W0201783

LE TRÔNE DE FER **12**

Un festin pour les corbeaux

Du même auteur
aux Éditions J'ai lu

Chanson pour Lya, *J'ai lu* 1380
Des astres et des ombres, *J'ai lu* 1462
L'agonie de la lumière, *J'ai lu* 2692
Les sables de Dorne, *J'ai lu* 8494

Le trône de fer :
1 - Le trône de fer, *J'ai lu* 5591
2 - Le donjon rouge, *J'ai lu* 6037
3 - La bataille des rois, *J'ai lu* 6090
4 - L'ombre maléfique, *J'ai lu* 6263
5 - L'invincible forteresse, *J'ai lu* 6335
6 - Intrigues à Port-Réal, *J'ai lu* 6513
7 - L'épée de feu, *J'ai lu* 6709
8 - Les noces pourpres, *J'ai lu* 6894
9 - La loi du régicide, *J'ai lu* 7339
10 - Le chaos, *J'ai lu* 8398
11 - Les sables de Dorne, *J'ai lu* 8495
12 - Un festin pour les corbeaux, *J'ai lu* 8813
Le chevalier errant *suivi de* L'épée lige (Prélude au Trône de fer, *à paraître*)

GEORGE R.R. MARTIN

LE TRÔNE DE FER 12

Un festin pour les corbeaux

Traduit de l'américain
par Jean Sola

J'AI LU

Titre original :
A FEAST FOR CROWS
A Song of Ice and Fire
(troisième partie)

Pour Stephen Boucher, magicien de *Windows*,
dragon de *DOS*,
sans lequel ce livre aurait été écrit à la craie.

PRINCIPAUX PERSONNAGES

Maison Targaryen (le dragon)

Le prince Viserys, héritier « légitime » des Sept Couronnes, tué par le *khal* dothraki Drogo, son beau-frère.

La princesse Daenerys, sa sœur, veuve de Drogo, « mère des Dragons », prétendante au Trône de Fer.

Maison Baratheon (le cerf couronné)

Le roi Robert, dit l'Usurpateur, mort d'un « accident de chasse » organisé par sa femme, Cersei Lannister.

Le roi Joffrey, leur fils putatif, issu comme ses deux puînés de l'inceste de Cersei avec son jumeau Jaime. Assassiné lors de ses noces avec Margaery Tyrell.

Le roi Tommen, huit ans, successeur de son frère tant sur le trône qu'en qualité de « promis » auprès de la veuve.

La princesse Myrcella, envoyée à Dorne comme fiancée du jeune prince Trystan, dans le but de resserrer l'alliance avec les Lannister.

Lord Stannis, seigneur de Peyredragon, et lord Renly, seigneur d'Accalmie, tous deux frères de Robert et prétendants au trône, le second assassiné par l'intermédiaire de la prêtresse rouge Mélisandre d'Asshaï, âme damnée du premier ; lequel, après sa défaite sur la Néra, s'est décidé à gagner le Mur pour y combattre les sauvageons, les Autres et reconquérir le royaume grâce à cette politique.

Maison Stark (le loup-garou)

Lord Eddard (Ned), seigneur de Winterfell, ami personnel et Main du roi Robert, décapité sous l'inculpation de félonie par le roi Joffrey.

Lady Catelyn (Cat), née Tully de Vivesaigues, sa femme, assassinée lors des « noces pourpres » de son frère avec Roslin Frey. « Ressuscitée » à l'insu de tous par le prêtre rouge Thoros de Myr, féal de lord Béric Dondarrion et de ses prétendus « brigands ».

Robb, leur fils aîné, devenu, du fait de la guerre civile, roi du Nord et du Conflans, assassiné comme sa mère aux Jumeaux par leurs hôtes à la veille de la reconquête de Winterfell sur les envahisseurs fer-nés.

Brandon (Bran) et Rickard (Rickon), ses cadets, présumés avoir péri assassinés de la main de Theon Greyjoy.

Sansa, sa sœur, retenue en otage à Port-Réal comme « fiancée » du roi Joffrey puis mariée de force à Tyrion Lannister. Mêlée à son insu au régicide (dont on la soupçonne à tort, comme son mari), s'est enfuie la nuit même du Donjon Rouge pour le Val d'Arryn, grâce à lord Petyr Baelish, dit Littlefinger, également instigateur du meurtre.

Arya, son autre sœur, qui n'est parvenue à s'échapper, le jour de l'exécution de lord Eddard, que pour courir depuis désespérément les routes du royaume, tour à tour captive des Braves Compaings, des « brigands », de Sandor Clegane qui n'aspire à son tour qu'à la rançonner, puis pour s'embarquer à destination de Braavos, sur l'autre rive du détroit.

Benjen (Ben), chef des patrouilles de la Garde de Nuit, réputé disparu au-delà du Mur, frère d'Eddard.

Jon le Bâtard (Snow), fils illégitime, officiellement, de lord Starket et d'une inconnue ; expédié au Mur et devenu là aide de camp du lord Commandant Mormont. Passé sur ordre aux sauvageons, leur a finalement faussé compagnie pour prévenir la Garde de Nuit et prendre part à la défense de Châteaunoir. Élu depuis lord Commandant, se trouve en tant que tel harcelé par les exigences inacceptables de Stands et menacé de voir ses rares concessions passer à Port-Réal pour autant de preuves de complicité.

Maison Lannister (le lion)

Lord Tywin, seigneur de Castral Roc, Main du roi Joffrey. Assassiné par son propre fils, Tyrion.

Kevan, son frère (et acolyte en toutes choses).

Jaime, son fils, dit le Régicide pour avoir tué le roi Aerys Targaryen le Fol, membre puis lord Commandant de la Garde Royale et amant de sa sœur, la reine Cersei. Fait prisonnier par Robb Stark lors de la bataille du Bois-aux-Murmures, n'a été élargi de son cachot de Vivesaigues par lady Catelyn que contre la promesse qu'il lui ferait restituer ses filles, Sansa et Arya.

Tyrion le nain, dit le Lutin, son second fils, ex-Main du Roi, Grand Argentier pour l'heure et mari malgré lui de Sansa Stark. Inculpé de régicide et de parricide, en dépit de son innocence, et condamné à mort pour le meurtre de son neveu Joffrey. Délivré par son frère, a tué leur père avant de s'enfuir.

Maison Tully (la truite)

Lord Hoster, seigneur de Vivesaigues. A fini par mourir après une interminable agonie.

Edmure, son fils, retenu captif aux Jumeaux par son beau-père Frey depuis les « noces pourpres ».

Catelyn (Stark), sa fille aînée.

Lysa, sa cadette, meurtrière de son premier mari, Jon Arryn, puis épouse en secondes noces de son amour de jeunesse et complice Littlefinger, qui l'a assassinée à son tour.

Brynden, dit le Silure, oncle des trois précédents. Assiégé pour l'heure dans Vivesaigues.

Maison Tyrell (la rose)

Lady Olenna Tyrell, dite la reine des Épines, meurtrière « directe » du roi Joffrey.

Lord Mace Tyrell, son fils, sire de Hautjardin, passé dans le camp Lannister après la mort de Renly Baratheon.

Lady Alerie, sa femme.

Willos, Garlan (dit le Preux), Loras (dit le Chevalier des Fleurs, et membre de la Garde Royale), leurs fils.

Margaery, veuve successivement de Renly Baratheon puis du roi Joffrey, leur fille, désormais promise à Tommen Baratheon.

Maison Greyjoy (la seiche)

Lord Balon Greyjoy, sire de Pyk, autoproclamé roi des Îles de Fer et du Nord après la chute de Winterfell. Victime d'une tornade on ne peut moins naturelle. Mort qui ouvre une succession houleuse entre ;

— Euron (dit le Choucas), inopinément reparu après une longue absence ; Victarion, amiral de la flotte de Fer ; Aeron (dit Tifs-Trempes), ses frères ;

— Asha, sa fille, qui s'est emparée de Motte-la-Forêt ;

— et Theon, son fils, ancien pupille de lord Eddard, preneur de Winterfell et « meurtrier » de Bran et Rickon Stark, réputé mort mais à présent captif du bâtard Bolton.

Maison Martell (le soleil transpercé d'une lance)

Le prince Doran, dont la sœur Elia, femme de Rhaegar Targaryen, fut assassinée avec ses enfants par les sbires des Lannister lors du sac de Port-Réal, dix-sept ans plus tôt.

Arianne, héritière présomptive de la principauté, sa fille aînée.

Quentyn et Trystan, ses fils.

Le prince Oberyn, son frère, dit la Vipère Rouge, récemment tué en duel par Gregor Clegane, alias la Montagne.

Les « Aspics des Sables », notamment Tyerne, Obara, Nyméria, filles bâtardes du précédent.

Maison Bolton (l'écorché)

Lord Roose Bolton, sire de Fort-Terreur, vassal de Winterfell, veuf sans descendance légitime et remarié récemment à une Frey, Walda la Grosse.

Ramsay, son bâtard, alias Schlingue, responsable, entre autres forfaits, de l'incendie de Winterfell, promis à la pseudo-Arya Stark inventée par Tywin Lannister.

Maison Mervault

Davos Mervault, dit le chevalier Oignon, ancien contrebandier repenti passé au service de Stannis Baratheon et devenu son homme de confiance, sa « conscience » et son conseiller officieux. Désormais sa Main, contrebalance de toutes ses forces l'influence « démoniaque » de Mélisandre et de son Maître de la Lumière.

Dale, Blurd, Matthos et Maric (disparus durant la bataille de la Néra), Devan, écuyer de Stannis, les petits Stannis et Steffon, ses fils.

Maison Tarly

Lord Randyll Tarly, sire de Corcolline, vassal de Hautjardin, allié de lord Renly puis des Lannister.

Samwell, dit Sam, son fils aîné, froussard et obèse, déshérité en faveur du cadet, Dickon, et expédié à la Garde de Nuit, où il est devenu l'adjoint de mestre Aemon (Targaryen), avant de suivre l'expédition de lord Mormont contre les sauvageons. « Passeur » au-delà du Mur de Bran Stark parti pour le nord avec ses compagnons Reed et Hodor en quête de la corneille à trois yeux.

Maison Torth

Essentiellement illustrée par Brienne, « la Pucelle de Torth », fille unique de lord Selwyn, l'Étoile du Soir. Amoureuse du roi Renly, au meurtre magique duquel elle a assisté, impuissante, ce qui ne l'en a pas moins fait accuser, soupçonner au mieux. Sauvée par lady

Catelyn Stark qui lui a confié la tâche de ramener Jaime Lannister à Port-Réal, sous condition qu'il lui fasse restituer ses filles. La force des choses l'empêchant de tenir sa promesse, Jaime a confié à Brienne le soin de rechercher Sansa (Arya passe pour morte) et de la protéger coûte que coûte contre la vindicte de Cersei.

BRIENNE

L'île sur laquelle était implanté le septuaire jaillissait des flots à un demi-mille de la côte, à l'endroit où la vaste embouchure du Trident s'élargissait encore davantage pour embrasser la baie des Crabes. Même à cette distance, sa prospérité crevait les yeux. Ses versants étaient tapissés de cultures en terrasses au bas desquelles miroitaient des étangs servant de viviers, et tout en haut tournoyaient lentement au gré de la brise du large les ailes de bois tendues de toile à voile d'un moulin. Brienne distingua des moutons qui paissaient sur les pentes et des cigognes qui survolaient les basses eaux dans les parages du débarcadère.

« Salins se trouve juste en face, annonça Septon Meribald en pointant le doigt vers la rive nord de la baie. Les frères nous y transborderont à la faveur de la marée du matin, mais ce que nous trouverons là-bas me révulse par avance. Autant avaler un bon repas chaud avant d'affronter ce spectacle. Quant à Chien, nos hôtes ont toujours un os en réserve pour lui. » Chien aboya et agita la queue.

La marée se retirait pour l'heure, et à toute vitesse. Les flots qui séparaient l'île de la terre ferme reculaient, abandonnant la place à de larges étendues brunes et boueuses ponctuées de laisses que la lumière radieuse de l'après-midi faisait rutiler comme des pièces d'or. Brienne gratta sa nuque meurtrie par une piqûre d'insecte. Elle avait relevé ses cheveux à l'aide d'une épingle, et le soleil lui avait échauffé la peau.

« Qu'est-ce qui a valu à l'île ce nom de Repose ? questionna Podrick.

— Ceux qui l'habitent s'y consacrent à la pénitence, dans le but d'expier leurs péchés par la contemplation, la prière et le silence. N'ont l'autorisation de parler que le doyen des frères et ses coadjuteurs, et encore ces derniers ne peuvent-ils le faire qu'un seul jour sur sept.

— Les sœurs silencieuses ne disent jamais un mot non plus, repartit Podrick. J'ai entendu raconter qu'elles n'ont pas de langue du tout. »

Septon Meribald sourit. « Les mères n'ont pas arrêté d'effaroucher leurs filles avec cette fable depuis que j'avais ton âge. Elle était déjà totalement infondée et le demeure aujourd'hui. Faire vœu de silence est un acte de contrition, un sacrifice destiné à prouver la dévotion envers les Sept d'En Haut. Un muet qui se vouerait au silence s'apparenterait à un cul-de-jatte renonçant à danser le rigodon. » Il entraîna son âne vers le bas de la berge et les invita d'un geste à le suivre. « Si vous avez envie de dormir cette nuit sous un toit, il vous faut descendre de cheval et traverser la vase en ma compagnie. Nous allons emprunter ce que nous appelons le sentier de la foi. Il n'y a que les fidèles qui puissent passer en sécurité. Les impies s'y font engloutir par les sables mouvants ou périssent noyés lorsque la marée remonte au galop. Aucun d'entre vous n'est un impie, j'espère ? Quoi qu'il en soit, je ne saurais trop vous conseiller de surveiller l'endroit où vous posez les pieds. Marchez uniquement là où je marche, et vous atteindrez le bord opposé. »

Le sentier de la foi se distinguait par des méandres compliqués, ne put s'empêcher de remarquer Brienne.

Alors que l'île se dressait visiblement au nord-est du point où ils délaissèrent la grève, Septon Meribald ne s'aventura pas vers elle en droite ligne. Il commença au contraire par se diriger carrément vers l'est, vers les eaux les plus profondes de la baie dont le bleu et l'argent scintillaient au loin. La boue brune et molle s'infiltrait entre ses orteils. De temps à autre, il s'arrêtait d'avancer pour tâter le terrain avec son bâton. Chien lui collait aux talons, tout en flairant chaque pierre, chaque coquillage et chaque enchevêtrement de varech. Pour une fois, il s'abstenait néanmoins de batifoler en avant comme de faire des écarts.

Brienne venait derrière, attentive à rester de son mieux dans le droit fil des empreintes tracées par le chien, l'âne et le saint homme. Podrick lui succédait immédiatement et ser Hyle fermait le ban. Au bout d'une centaine de toises, Meribald vira brusquement vers le sud, de sorte qu'il tournait quasiment le dos au septuaire. Il progressa dans cette direction quelque cent toises supplémentaires, entraînant ses compagnons entre deux laisses assez superficielles. Chien planta sa truffe dans l'une d'elles et se mit à piauler, pincé par un crabe. Une échauffourée brève mais furieuse s'ensuivit, puis le chien revint trottiner à sa place, trempé comme soupe, éclaboussé de vase, mais les mâchoires serrées sur le crustacé.

« N'est-ce pas vers *ça* qu'il nous faut aller ? lança ser Hyle de l'arrière, l'index pointé vers le septuaire. On jurerait que nous divaguons dans tous les sens sauf dans sa direction.

— Foi, lui enjoignit Septon Meribald. Croyez, persévérez et suivez, et nous finirons par trouver la paix que nous recherchons. »

Les vasières détrempées chatoyaient tout autour d'eux, bariolées de nuances innombrables. La bourbe était d'un brun tellement sombre qu'il paraissait presque bitumeux, mais il y avait aussi des nuées de sables dorés, des saillies rocheuses rouges et grises et des écheveaux d'algues vertes et noires. Des cigognes déambulaient parmi les creux remplis par le reflux de la marée, marquant leurs pourtours d'empreintes foisonnantes, et des crabes détalaient à la surface des flaques. L'atmosphère exhalait une odeur saumâtre de pourriture, et le sol qui aspirait goulûment les pieds ne les libérait qu'avec répugnance, non sans succions molles et soupirs visqueux. Septon Meribald n'arrêtait pas de changer de cap encore et encore. L'eau s'empressait d'envahir ses traces au fur et à mesure qu'il se déplaçait. Et lorsque, en définitive, le terrain se raffermit et se révéla monter peu à peu, on avait dû parcourir un bon mille et demi.

Trois hommes se tenaient là, qui les attendaient, tandis qu'ils gravissaient tant bien que mal les éboulis rocheux qui ceinturaient le rivage de l'île. Les robes de frères brun-gris qu'ils portaient étaient munies de larges manches cloches et de capuchons coniques. Deux d'entre eux s'étaient au surplus enroulé des écharpes de laine au bas du visage, si bien que l'on ne discernait en tout et pour tout de leurs personnes que les yeux. Au troisième revint de prendre la parole. « Septon Meribald ! s'écria-t-il. Cela fait près d'une année que l'on ne vous avait vu. Soyez le bienvenu. Tout comme vos compagnons. »

Chien battit de la queue, et Meribald secoua la boue qui lui engluait les pieds. « Nous serait-il permis de vous demander l'hospitalité pour une nuit ?

— Évidemment que oui. Nous devons avoir du ragoût de poisson ce soir. Vous aurez besoin du bateau, demain matin ?

— Si ce n'est trop demander. » Le septon se tourna vers ses compagnons de voyage. « En tant que coadjuteur de la communauté, Frère Narbert est autorisé à parler un jour sur sept. Frère, ces bonnes gens m'ont aidé pendant le trajet. Ser Hyle est un gentilhomme du Bief. Le gosse est Podrick Payne, originaire des terres de l'Ouest. Enfin, voici lady Brienne, connue sous la dénomination de Pucelle de Torth. »

Frère Narbert demeura court. « Une femme.

— Oui, frère. » Brienne déploya sa chevelure. « N'avez-vous pas de femmes, ici ?

— Pas actuellement, répondit-il. Celles qui viennent nous rendre visite sont blessées, malades ou enceintes. Les Sept ont gratifié notre frère Doyen de mains guérisseuses. Il a rendu la santé à nombre d'hommes que les mestres eux-mêmes ne parvenaient pas à soigner, ainsi qu'à maintes femmes.

— Je ne suis ni blessée ni malade ni enceinte.

— Lady Brienne est une jeune guerrière, intervint Septon Meribald. Elle est à la recherche du Limier.

— Ah bon ? » Frère Narbert eut l'air éberlué. « Dans quel dessein ? »

Brienne toucha la poignée de Féale. « Le sien », dit-elle.

Le coadjuteur la scruta de pied en cap. « Vous êtes... musclée, pour une femme, il est vrai, mais... Peut-être ferais-je mieux de vous conduire auprès du frère Doyen. Il vous aura sûrement vue traverser les vasières. Venez. »

Ils empruntèrent à sa suite un chemin tapissé de galets qui, après avoir traversé un verger de pommiers, les mena devant des écuries blanchies à la chaux et surmontées d'un toit pointu de chaume. « Vous pouvez laisser vos bêtes ici. Frère Gillam veillera à ce qu'elles soient abreuvées et nourries. »

Les écuries étaient plus qu'aux trois quarts inoccupées. À l'une de leurs extrémités se trouvaient une demi-douzaine de mulets qu'était en train de panser un petit brin de frère aux jambes arquées que Brienne présuma être ledit Gillam. Tout au fond de l'extrémité opposée, bien loin de ses congénères, un gigantesque étalon noir hennit d'un ton claironnant en entendant leurs voix et décocha une ruade contre la porte de sa stalle.

Ser Hyle lui dédia un coup d'œil admiratif tout en remettant à Frère Gillam la bride de sa propre monture. « Superbe, cet animal. »

Frère Narbert soupira. « Les Sept nous envoient des bénédictions, les Sept nous envoient également des épreuves. Tout superbe qu'il peut être, Bois-Flotté a sûrement été mis bas en enfer. Quand nous avons essayé de l'atteler à une charrue, le coup de pied dont il a gratifié Frère Rawney s'est soldé par une double fracture du tibia. Nous nous étions flattés que son terrible caractère serait amendé par la castration, mais... Voulez-vous avoir l'obligeance de leur montrer, Frère Gillam ? »

Celui-ci repoussa son capuchon. Des cheveux blonds ébouriffés soulignaient la tonsure de son crâne, et un pansement maculé de sang recouvrait l'emplacement d'une oreille perdue.

Podrick eut le souffle coupé. « Il vous a arraché *l'oreille* d'un coup de dents ? »

Le frère acquiesça d'un hochement pour toute réponse puis rabattit la coule sur sa tête.

« Pardonnez-moi, frère, commenta ser Hyle, mais je serais bien capable de vous ôter l'autre oreille si vous vous approchiez de moi avec des cisailles. »

Frère Narbert apprécia modérément la plaisanterie. « Vous êtes chevalier, ser. Ce fauve de Bois-Flotté n'est qu'un encombrement. C'est pour seconder le labeur des humains que les chevaux leur ont été donnés par le Ferrant. » Il se détourna. « Si vous voulez bien ? Le frère Doyen doit être en train d'attendre. »

L'île se révéla plus escarpée qu'elle n'en avait d'abord donné l'impression d'en deçà des vasières. Pour en faciliter l'ascension, les frères avaient établi des volées de marches de bois qui gravissaient en lacets successifs le flanc de la pente et desservaient les bâtiments. Au terme d'une longue journée en selle, Brienne savoura l'occasion de se dégourdir les jambes.

Au cours de l'escalade, ils croisèrent une douzaine de frères de la communauté ; leur passage suscita bien des regards curieux sous les capuchons brun-gris, mais pas la moindre parole de bienvenue. L'un des hommes emmenait une paire de vaches laitières vers une grange basse à toit de tourbe ; un autre barattait du beurre. Sur les hauteurs du versant s'aperçurent trois gamins qui guidaient un troupeau de moutons, et, encore au-dessus, le chemin longea un cimetière dans lequel un frère encore plus dégingandé que Brienne s'affairait à creuser une tombe. Chacun de ses mouvements trahissait sans conteste qu'il était boiteux. Comme il balançait une pelletée par-dessus son épaule, il se trouva qu'une volée de terre caillouteuse vint crépiter contre leurs pieds. « Un peu d'attention, holà ! le tança Frère Narbert. Septon Meribald a failli écoper d'une bouchée. » Le fossoyeur baissa la tête. Chien s'approchant pour le flairer, il laissa choir sa pelle pour lui grattouiller l'oreille.

« Un novice, expliqua Narbert.

— À qui est destinée la tombe ? demanda ser Hyle tandis que l'on se remettait à grimper les degrés de bois.

— À Frère Clément. Puisse le Père le juger en toute équité.

— Il était vieux ? s'enquit Podrick Payne.

— Mouais, si tu trouves que quarante-huit ans, c'est vieux. Mais ce n'est pas son âge qui l'a tué. Il est mort des blessures qu'il avait reçues à Salins. Il était allé apporter de notre hydromel au marché, le jour même où les hors-la-loi se sont abattus sur la ville.

— Le Limier ? fit Brienne.

— Un autre, mais une brute du même acabit. En constatant que le pauvre Clément refusait de parler, il lui a tranché la langue. Puisqu'il avait fait vœu de silence, a dit le pillard, elle ne lui servait strictement à rien. Le frère Doyen en sait bien davantage. Il garde par-devers lui les pires détails des nouvelles qui parviennent du dehors, afin de ne pas perturber la tranquillité du septuaire. Nombre de nos frères se sont réfugiés ici pour se soustraire aux horreurs du monde, pas pour s'appesantir sur elles. Frère Clément n'est pas le seul d'entre nous à avoir été blessé. Il est des blessures qui ne s'exhibent pas. » Frère Narbert fit un geste vers la droite. « Là se trouve notre vignoble d'été. Les grappes en sont très petites et acidulées, mais elles donnent un vin potable. Nous brassons aussi notre propre bière, et la réputation de notre hydromel s'étend au loin, comme celle de notre cidre.

— La guerre vous a toujours épargnés ? questionna Brienne.

— Celle-ci du moins, loués soient les Sept. Nos prières nous protègent.

— Ainsi que vos marées », suggéra Meribald. Chien aboya son approbation.

Le sommet de l'île était couronné par un muret de pierres sèches au sein duquel s'aggloméraient de vastes bâtiments : le moulin à vent, dont les ailes tournaient en grinçant ; les cloîtres abritant les dortoirs des frères, la salle commune qui leur servait de réfectoire, un septuaire en bois destiné à la prière et à la méditation. Ce dernier se distinguait par des verrières à réseaux de plomb, par de larges portes sculptées à l'effigie de la Mère et du Père et par un clocher à sept pans que surmontait une plate-forme en chemin de ronde. Un jardin potager s'étendait derrière, et quelques frères plus âgés s'y employaient à l'arrachage de mauvaises herbes. Après leur avoir fait contourner un châtaignier, Frère Narbert mena ses visiteurs devant un vantail de bois serti dans le flanc même de la colline.

« Une grotte équipée d'une porte ? » demanda ser Hyle, stupéfait.

Septon Meribald sourit. « C'est ce qu'on appelle le Trou de l'Ermite. C'est là qu'habita le premier saint homme qui réussit à parvenir ici, et il y accomplit de tels miracles que d'autres vinrent se joindre à lui. Il y a de cela deux mille ans, dit-on. La porte n'a été installée que quelque temps plus tard. »

Deux millénaires auparavant, le Trou de l'Ermite risquait de n'avoir été qu'un antre humide au sol de terre battue, peuplé de ténèbres et hanté par l'écho du goutte à goutte des infiltrations, mais tel n'était plus le cas. On avait transformé la grotte où pénétrèrent Brienne et les autres en un sanctuaire chaud et douillet. Des tapis de laine en recouvraient le sol, et des tapisseries les parois. De hautes chandelles en cire d'abeilles l'éclairaient plus que nécessaire. Malgré leur étrangeté, les meubles étaient simples : une longue table, une banquette, un coffre, plusieurs grands casiers bourrés de livres, des sièges. Tous étaient façonnés en bois flotté dont les éléments aux formes bizarroïdes s'ajustaient astucieusement, polis au point de refléter la lumière avec de sombres miroitements d'or.

Le frère Doyen ne répondait nullement à ce que Brienne s'était figuré. Pour commencer, on pouvait difficilement lui appliquer le terme de *doyen ;* alors que les épaules affaissées, les dos voûtés des frères occupés à désherber le potager trahissaient leur vieillesse, lui, de haute stature, se tenait droit comme un i, et la vigueur de ses mouvements révélait un homme dans la fleur de l'âge. Sa physionomie n'avait pas non plus la douceur et la bienveillance qu'elle escomptait d'un guérisseur. Il avait une grosse tête carrée, l'œil inquisiteur, le nez rouge et sillonné de veines. Malgré la tonsure qu'il arborait, son crâne était aussi broussailleux que sa volumineuse mâchoire.

Il a plutôt l'air d'un homme fait pour casser les os que pour en rabouter un, songea la Pucelle de Torth, pendant que le frère Doyen traversait la pièce à grandes enjambées pour serrer dans ses bras Septon Meribald et caresser Chien. « C'est toujours un heureux jour que celui où nos amis Meribald et Chien nous font l'honneur d'une visite supplémentaire, déclara-t-il, avant de se tourner vers ses autres hôtes. Et les nouvelles figures sont toujours bienvenues aussi. Nous en voyons si peu. »

Après avoir exécuté les présentations d'usage, Meribald s'installa sur la banquette. Contrairement à son coadjuteur Narbert, le frère Doyen ne se montra pas surpris par le sexe de Brienne, mais son sourire s'estompa et s'évanouit lorsque le septon l'informa du motif qui les avait amenés là, elle et ser Hyle. « Je vois », fit-il pour tout commentaire, avant de se détourner en proférant : « Vous devez avoir soif. De grâce, acceptez une goutte de notre cidre doux pour nettoyer vos gosiers de la poussière du voyage. » Il se chargea lui-même de le leur servir. Les coupes étant elles aussi sculptées dans du bois flotté, il n'y en avait pas deux d'identiques. Quand Brienne en fit l'éloge, il répondit : « Ma dame est trop bonne. Notre ouvrage se réduit à découper et polir le bois. Nous sommes bénis en ces lieux. Au point de rencontre entre la rivière et la baie, les courants et les marées s'affrontent et poussent vers nous bien des choses étonnantes et singulières qui viennent s'échouer sur nos rivages. Le bois flotté est la moindre d'entre elles. Nous ne cessons de découvrir des coupes d'argent et des marmites en fer, des sacs de laine et des ballots de soieries, des heaumes rouillés et des épées luisantes… voire des rubis. »

Ce dernier détail intéressa ser Hyle. « Des rubis de Rhaegar ?

— Possible. Qui pourrait le dire ? La bataille s'est livrée à des lieues et des lieues du coin, mais la rivière est aussi patiente qu'infatigable. On en a déjà trouvé six. Nous sommes tous dans l'expectative du septième.

— Mieux vaut des rubis que des ossements. » Septon Meribald se frictionnait le pied, et la boue s'écaillait sous ses doigts. « Les présents de la rivière ne sont pas tous plaisants. La mort fait aussi partie de la cueillette des bons frères. Vaches noyées, daims noyés, charognes de porcs ballonnées au point d'atteindre les dimensions d'un gros poney. Mouais, sans parler des cadavres.

— Beaucoup trop de cadavres, ces temps-ci. » Le frère Doyen soupira. « Notre fossoyeur ne connaît pas de répit. Riverains, gens de l'ouest, gens du nord, tous abordent chez nous. Chevaliers autant que canailles. Nous les ensevelissons côte à côte, qu'ils soient Stark ou Lannister, Nerbosc ou Bracken, Frey ou Darry. Tel est le devoir que nous impose la rivière en échange de tous ses cadeaux, et nous le remplissons du mieux que nous pouvons. Il nous arrive aussi de trouver parfois une femme… ou, pire, un gosse. Ces dons-là sont les plus cruels de tous. » Puis, s'adressant directement à Septon Meribald : « J'espère que vous aurez le temps de nous absoudre de nos péchés. Depuis que les pillards ont assassiné le vieux Septon Bennet, nous n'avons eu personne pour nous entendre en confession.

— Je trouverai le temps, répliqua Meribald, mais j'espère que vous me réservez des péchés plus palpitants que lors de ma dernière visite. » Chien aboya. « Vous voyez ? Chien lui-même en avait par-dessus la tête. »

Podrick Payne fut abasourdi. « Je croyais que personne n'avait le droit de parler. Enfin bon, pas personne. Les frères. Les autres frères. Pas vous.

— Il nous est permis de rompre le silence quand nous nous confessons, lui expliqua le frère Doyen. Il est difficile de traiter du péché rien que par signes et hochements de tête.

— Est-ce que ces bandits ont incendié le septuaire de Salins ? » questionna Hyle Hunt.

Le sourire s'évapora. « Ils ont réduit en cendres la ville entière, excepté le château. Lui seul était en pierre… Mais il aurait tout aussi bien pu être en suif, eu égard aux services qu'il a rendus à la population. C'est à moi qu'est incombée la tâche de soigner certains des survivants. Les pêcheurs leur ont fait traverser la baie pour me les confier après que les flammes se furent éteintes et qu'ils estimèrent pouvoir débarquer en toute sécurité. Une malheureuse femme s'était fait violer à plus de dix reprises, et ses seins… Ma dame, vous portez de la maille d'homme, aussi ne vous épargnerai-je pas ces abominations… Ses seins avaient été lacérés, mastiqués et *mangés*, comme par quelque… fauve impitoyable. J'ai fait ce que j'ai pu pour elle, si peu de chose que ce fût. Pendant qu'elle agonisait, ses pires malédictions ne retombaient pas sur les hommes qui l'avaient violée, ni sur le monstre qui s'était gorgé de sa chair vive, mais sur ser Quincy Cox, pour avoir barricadé ses portes quand les hors-la-loi ont pénétré à Salins et pour être demeuré tapi derrière ses remparts de pierre, bien à l'abri, tandis que son peuple hurlait à la mort et crevait.

— Ser Quincy est un vieillard, protesta doucement Septon Meribald. Ses fils et ses gendres se trouvent au diable ou sont morts, ses petits-fils sont encore des gamins, et il a deux filles. Qu'aurait-il pu faire, lui, seul homme, contre un aussi grand nombre d'agresseurs ? »

Il aurait pu essayer, songea Brienne. *Il aurait pu mourir. Qu'il soit vieux ou jeune, un authentique chevalier est tenu par serment de protéger les plus faibles que lui, quitte à périr dans l'entreprise.*

« Propos véridiques et sages, convint le frère Doyen à l'adresse de Meribald. Quand vous aurez gagné Salins, nul doute que ser Quincy implorera son pardon de vous. Je me réjouis que vous soyez là pour le lui accorder. Moi, je ne pourrais pas. » Il reposa sa coupe de bois flotté puis se leva. « La cloche du souper sonnera bientôt. Vous conviendrait-il, mes amis, de m'accompagner au septuaire afin de prier pour les âmes des bonnes gens de Salins avant d'aller rompre ensemble le pain et partager un morceau de quelque chose arrosé d'hydromel ?

— Volontiers », répondit Meribald, et Chien aboya.

Le repas qu'ils firent dans le couvent fut l'un des plus bizarres que Brienne eût jamais avalés, quoique nullement désagréable. Les mets étaient simples mais fort bons ; il y avait là des miches de pain croustillantes et qui conservaient encore la chaleur du four, des platées de beurre fraîchement baratté, du miel issu des propres ruches de la communauté, et un épais ragoût de crabe, de moules et d'au moins trois différentes variétés de poissons. Septon Meribald et ser Hyle burent de l'hydromel fait par les frères et le décrétèrent excellent, pendant qu'elle-même et Podrick se contentaient de cidre moins alcoolisé. L'ambiance n'avait rien de sombre non plus. Meribald prononça une prière avant que ne débute le service, et, tandis que les frères mangeaient à quatre longues tables montées sur tréteaux, l'un d'entre eux joua pour eux sur la grande harpe des mélodies dont les sonorités suaves emplirent le réfectoire. Après que le frère Doyen eut invité le musicien à dîner à son tour, Frère Narbert et un autre coadjuteur se mirent à lire en se relayant des passages de *L'Étoile à sept branches*.

Une fois terminées ces lectures, les novices chargés d'assurer le service avaient déjà entièrement débarrassé la table. La plupart étaient des gamins à peu près de l'âge de Podrick, voire plus jeunes, mais certains autres des hommes faits, notamment le grand diable de fossoyeur croisé durant l'escalade, et que sa démarche cahin-caha faisait tanguer comme un demi-infirme. Lorsque la salle se vida, le frère Doyen pria Narbert d'aller indiquer à Podrick et ser Hyle les paillasses qu'ils occuperaient dans les cloîtres. « Vous ne voyez pas d'inconvénient à partager une cellule tous les deux, j'espère ? Elle n'est pas très spacieuse, mais vous en apprécierez le confort.

— Je veux rester avec ser, déclara Podrick. Avec ma dame, je veux dire.

— Ce que lady Brienne et toi pouvez faire ailleurs ne regarde que les Sept et vous, répliqua Frère Narbert, mais, sur l'île de Repose, les hommes et les femmes ne dorment pas sous le même toit, à moins d'être mariés.

— Nous avons quelques modestes chaumières à part pour nos visiteuses, que celles-ci soient de nobles dames ou de jeunes villageoises du commun, reprit le frère Doyen. Quoiqu'elles ne servent pas bien souvent, nous les tenons propres et au sec. Voulez-vous me permettre, lady Brienne, de vous montrer le chemin ?

— Oui, je vous remercie. Va avec ser Hyle, Podrick. Nous sommes ici les hôtes des saints frères. Sous leur toit, leur loi. »

Les maisonnettes réservées au beau sexe se trouvaient dans la partie orientale de l'île et dominaient une large étendue de vasières et les eaux lointaines de la baie des Crabes. Le froid y était plus vif et plus âpre que sur le versant abrité. Ce côté de la colline était plus abrupt, et les lacets sinueux que formait le sentier traversaient des herbes folles et des ronces, des rochers érodés par le vent du large et des taillis d'arbres épineux, tordus qui se cramponnaient avec ténacité à la pente rocailleuse. Le frère Doyen charriait une lanterne pour éclairer la voie pendant la descente. Il s'arrêta à un virage. « Par les nuits limpides, on distinguait nettement d'ici les flammes qui ravageaient Salins. De l'autre côté de la baie, juste là. » Son doigt désigna un point de la côte.

« Il n'y a rien, fit Brienne.

— Il n'y subsiste que le château. Les pêcheurs eux-mêmes sont partis, les rares d'entre eux assez heureux pour s'être trouvés en mer lors de l'irruption des bandits. Ils regardaient leurs maisons brûler, ils écoutaient les cris et les pleurs flotter jusqu'à eux sur les eaux du havre, trop terrifiés pour pousser leurs barques à la côte. Lorsqu'ils finirent par descendre à terre, ce fut pour enterrer leurs parents et amis. Que trouveraient-ils maintenant en propre à Salins, si ce n'est des os et des souvenirs amers ? Ils ont déménagé pour Viergétang ou pour d'autres villes. » Il fit un geste avec sa lanterne, et ils reprirent leur descente. « Salins n'a jamais été un port important, mais des bateaux y faisaient escale de temps à autre. C'était cela, le but des agresseurs, une galère ou un cargo pour franchir le détroit. N'y apercevant rien de tel, ils ont passé leur rage et leur désespoir sur les citadins. Sans indiscrétion, ma dame… qu'espérez-vous donc découvrir là-bas ?

— Une jeune fille, lui dit-elle. Une jouvencelle de haute naissance âgée de treize ans, belle de visage et le cheveu auburn.

— Sansa Stark. » Le nom fut prononcé tout bas. « Vous croyez que la pauvre enfant demeure avec le Limier ?

— Le Dornien a prétendu qu'elle était en route pour Vivesaigues. Timeon. C'était un mercenaire, un des Braves Compaings, un tueur et un violeur et un menteur, mais je ne pense pas qu'il ait menti sur ce point. Il a affirmé que le Limier s'était emparé d'elle et l'avait emmenée.

— Je vois. » Les chaumières se présentèrent sous leurs yeux après un nouveau tournant du sentier. Le frère Doyen les avait qualifiées de modestes. Et ça, modestes, elles l'étaient, effectivement. Leur forme basse et arrondie, leur absence de fenêtres leur conféraient l'aspect de ruches de pierre. « Celle-ci », dit-il en désignant la plus proche, la seule d'où s'élevait de la fumée par le trou percé au centre du toit. Brienne dut courber l'échine en y pénétrant pour éviter de se fracasser le crâne contre le linteau. L'intérieur lui révéla un sol de terre battue, un matelas de paille, des fourrures et des couvertures pour la maintenir au chaud, une cuvette d'eau, un pichet de cidre, du fromage et du pain, un brin de feu et deux sièges bas. Le frère Doyen s'assit sur l'un de ces derniers et posa sa lanterne. « Puis-je rester un moment ? J'ai le sentiment que nous devrions bavarder.

— Si vous le désirez. » Brienne déboucla son ceinturon d'épée, le suspendit au second siège et s'installa sur la paillasse, les jambes croisées.

« Votre Dornien n'a pas menti, débuta le frère Doyen, mais je crains que vous ne l'ayez pas compris. Vous courez derrière le mauvais loup, ma dame. Eddard Stark avait deux filles. C'est avec la seconde, la cadette, que Sandor Clegane s'est enfui.

— *Arya* Stark ? » Brienne écarquilla les yeux, bouche ouverte, médusée. « Vous en êtes sûr ? La sœur de lady Sansa est toujours vivante ?

— Elle l'était encore à ce moment-là, lui dit-il. Si elle l'est toujours... je l'ignore. Elle risque de s'être trouvée du nombre des gosses assassinés à Salins. »

Ce lui fut comme un coup de poignard en plein ventre. *Non, cela serait trop cruel.* « *Risque* de s'être trouvée... Cela signifie que vous n'êtes pas certain ?

— Je suis certain que la petite était en compagnie de Sandor Clegane à l'auberge voisine du carrefour, celle-là même que tenait la vieille Masha Heddle avant d'être pendue par les lions. Je suis certain qu'ils se proposaient alors de gagner Salins. En dehors de cela, non. Je ne sais pas où elle est ni même si elle est en vie. Il y a cependant une chose que je sais encore. L'homme que vous pourchassez n'est plus. »

Ce fut un nouveau choc. « Comment est-il mort ?

— Par l'épée, comme il avait vécu.

— Vous le savez de façon certaine ?

— Je l'ai enseveli de mes propres mains. Je puis vous dire où se trouve sa tombe, si vous le souhaitez. J'ai recouvert son cadavre de pierres pour empêcher les charognards de le déterrer, puis j'ai déposé son heaume au sommet du cairn afin de marquer l'emplacement de sa toute dernière demeure. En quoi j'ai commis une grave erreur. Quelque autre vagabond s'est avisé de mon repère et se l'est adjugé. L'individu qui s'est repu de viol et de meurtre à Salins n'était pas Sandor Clegane, mais il peut se montrer tout aussi dangereux. Les bêtes immondes de cet acabit pullulent dans le Conflans. Je me refuse à les nommer loups. Les loups sont plus nobles que cela... Et les chiens aussi, m'est avis.

« Je ne suis pas sans en connaître un petit bout sur cet homme, Sandor Clegane. Il a été le bouclier juré du prince Joffrey maintes années durant, et même ici nous parvenait le bruit de ses exploits, tant bons que mauvais. N'y eût-il de vrai que la moitié de ce qu'on nous a conté, c'était une âme tourmentée, gorgée d'amertume, un pécheur qui se moquait tout à la fois des dieux et des hommes. Il servait, mais servir ne lui procurait aucun orgueil. Il se battait, mais il ne tirait aucune gloriole de ses victoires. Il buvait pour noyer sa peine dans un océan de vin. Il n'aimait pas, et on ne l'aimait pas non plus. C'était la haine qui l'animait. Il a eu beau commettre bien des péchés, jamais il n'a recherché le pardon. Alors que d'autres hommes rêvent d'amour ou de richesse ou bien de gloire, cet homme-là, Sandor Clegane, rêvait de tuer son propre frère, un péché si terrible que je tremble rien que d'en parler. Mais c'était là le pain qui le nourrissait, le combustible qui entretenait l'ardeur de ses feux. Tout ignoble que ce fût, l'espoir de voir le sang de son frère souiller sa lame fut tout ce que cette triste et furieuse créature eut pour raison de vivre... Et même cela lui fut ôté, le jour où le prince Oberyn de Dorne frappa ser Gregor avec une pique empoisonnée.

— À vous entendre, on jurerait qu'il vous inspire de la compassion, dit Brienne.

— Ce fut le cas. Vous auriez eu pitié de lui vous-même, si vous aviez assisté à sa fin. Je suis tombé sur lui près du Trident, attiré par ses cris de douleur. Il m'a conjuré de lui accorder le coup de grâce, mais j'ai juré de ne plus tuer. À la place, j'ai bassiné son front fiévreux avec de l'eau de la rivière, lui ai donné du vin pour apaiser sa soif et j'ai confectionné un emplâtre afin de panser sa blessure, mais mes efforts dérisoires arrivaient trop tard. Le Limier est mort là, dans mes bras. Vous avez peut-être aperçu un énorme étalon noir dans nos écuries. C'était sa monture de guerre, Etranger. Un nom blasphématoire. Nous préférons l'appeler Bois-Flotté, car on l'a retrouvé près de la rivière. J'ai peur qu'il n'ait hérité de la nature de son ancien maître. »

Le cheval. Elle avait bel et bien vu l'étalon, avait bel et bien entendu ses ruades, mais elle n'avait pas compris. On exerçait les destriers à mordre et à ruer. Sur le champ de bataille, ils étaient une arme, à l'instar des hommes qui les chevauchaient. *Comme le Limier.* « Ainsi donc, c'est vrai, fit-elle d'un ton morne. Sandor Clegane est mort.

— Il repose en paix. » Le frère Doyen demeura un moment silencieux. « Vous êtes jeune, mon enfant. Moi, j'ai compté quarante-quatre fois mon anniversaire. Ce qui doit me donner plus du double de votre âge, j'imagine. Seriez-vous étonnée d'apprendre que je fus autrefois chevalier ?

— Non. Vous avez plutôt l'aspect d'un chevalier que celui d'un saint homme. » C'était inscrit dans sa poitrine et dans ses épaules, ainsi que dans son épaisse mâchoire carrée. « D'où vient que vous ayez renoncé à la chevalerie ?

— Elle n'a jamais été de mon choix. Mon père était chevalier, tout comme son père avant lui. Ainsi que mes frères, chacun d'entre eux. On m'a entraîné à me battre dès le jour où l'on m'a jugé assez vieux pour tenir une épée de bois. Les combats, j'en ai vu ma part, et sans m'y déshonorer. J'ai eu des femmes aussi et là je me suis déshonoré moi-même, car j'en ai pris certaines de force. Il y avait une jeune fille que je désirais épouser, la benjamine d'un hobereau, mais comme j'étais le troisième-né de mon père, je ne possédais pas de terres ni de fortune à lui offrir. Rien d'autre qu'une épée, un cheval et un bouclier. En somme, j'étais un triste individu, et rien d'autre. Quand je ne me battais pas, je buvais. Mon existence était écrite en rouge, le rouge du sang et du vin.

— Quand est-ce que le changement a eu lieu ? demanda Brienne.

— Quand j'ai trouvé la mort à la bataille du Trident. Je combattais pour le prince Rhaegar, encore qu'il n'eût jamais seulement eu vent de mon nom. Je ne saurais vous dire pour quelle raison je le faisais, si ce n'est que le lord que je servais servait un lord qui servait un lord qui avait décidé de soutenir le dragon plutôt que le cerf. Aurait-il pris le parti contraire que je me serais tenu sur la berge opposée de la rivière. La bataille fut une formidable boucherie. Les chanteurs voudraient nous faire accroire qu'elle se réduisit à l'affrontement qui opposa Rhaegar et Robert dans le courant pour une femme qu'ils prétendaient aimer tous deux, mais je vous le garantis, d'autres hommes s'étripaient aussi, et j'étais l'un d'eux. Je pris une flèche à travers la cuisse et une seconde à travers le pied, et mon cheval fut tué sous moi, mais je persistai à me battre. Je puis encore me souvenir de l'intensité de mon désespoir à me procurer une autre monture, car je n'avais pas un sou pour en acheter une et, faute d'en avoir, je cesserais d'être un chevalier. À cette obsession se bornait toute ma pensée, pour ne point mentir. Je ne vis pas même arriver le coup qui m'abattit. J'entendis des sabots dans mon dos et me dis : *Un cheval !* mais je n'eus pas le loisir de me retourner que quelque chose me défonça le crâne et me renvoya baller dans la rivière où, normalement, j'aurais dû me noyer.

« Au lieu de quoi c'est ici que je me réveillai, dans l'île de Repose. Le frère Doyen m'apprit que la marée m'y avait échoué, nu comme au jour de ma venue au monde. Je puis seulement imaginer que quelqu'un me repéra dans quelque bas-fond, me dépouilla de mon armure, de mes bottes et de mes chausses puis me repoussa en eaux plus profondes. La rivière se chargea du reste. Comme nous naissons tous nus comme des vers, je suppose que rien n'était plus séant que d'entamer ma seconde vie dans le même appareil. J'ai passé les dix années suivantes dans le silence.

— Je vois. » Faute de concevoir dans quel but il lui racontait toute cette histoire, Brienne ne parvint pas davantage à se figurer quel autre commentaire elle aurait dû faire.

« Vraiment ? » Il inclina le buste en avant, ses grandes mains à plat sur ses genoux. « Dans ce cas, renoncez à votre quête. Le Limier est mort et, de toute façon, il n'a jamais eu votre Sansa Stark. Quant au fauve qui a usurpé son heaume, il sera retrouvé et pendu. Les guerres touchent à leur terme, et ces hors-la-loi ne peuvent survivre à la paix. Randyll Tarly les traque à partir de Viergétang et Walder Frey à partir des Jumeaux, et Darry possède un nouveau lord, un homme jeune et pieux qui rétablira sûrement l'état de droit dans ses domaines. Rentrez chez vous, mon enfant. Vous *avez* un chez-vous, ce qui est un privilège plus qu'assez rare en ces temps de noirceur. Vous avez un noble père qui ne doit pas manquer de vous chérir. Réfléchissez au chagrin qu'il éprouverait si vous deviez ne jamais revenir. Peut-être lui apportera-t-on votre épée et votre bouclier, après que vous aurez succombé. Peut-être même les suspendra-t-il dans sa grande salle et s'enorgueillira-t-il de les regarder... Mais si vous lui posiez d'aventure la question, je proteste qu'il vous répondrait qu'il aimerait mieux avoir une fille en vie qu'un bouclier démantibulé.

— Une fille. » Les yeux de Brienne se gonflèrent de larmes. « Il mérite cette bénédiction. Une fille qui serait capable de chanter à son intention, d'orner sa demeure et de lui donner des petits-fils. Il mérite aussi un fils, un fils énergique et valeureux qui honore son patronyme. Galldon s'est noyé quand il avait huit ans, moi quatre, et c'est encore au berceau que disparurent Arianne et Alysanne. Je suis l'unique enfant que les dieux lui ont accordé de conserver. La grotesque, aussi inapte à lui tenir lieu de fils que de fille. » Tous les détails de son infortune débordèrent alors en dépit d'elle, comme le sang noir d'une plaie ouverte ; les traîtrises et les fiançailles, Ronnet le Rouge et sa rose, lord Renly dansant avec elle, le pari sur sa virginité, les larmes amères qu'elle avait versées le soir où son roi avait épousé Margaery Tyrell, la mêlée de Pont-l'Amer, le manteau arc-en-ciel dont elle avait été si fière, l'ombre apparue dans le pavillon du roi, la mort de Renly dans ses bras, Vivesaigues et lady Catelyn, le voyage vers l'aval du Trident, le duel avec Jaime dans les bois, les Pitres Sanglants, Jaime et son cri de « *Saphirs !* », Jaime dans la baignoire d'Harrenhal et la vapeur qui se dégageait de son corps, le goût du sang de Varshé Hèvre quand elle avait planté ses dents dans son oreille, la fosse à l'ours, Jaime se précipitant d'un bond dans l'arène, la longue chevauchée jusqu'à

Port-Réal, Sansa Stark, le serment solennel qu'elle avait fait à Jaime, le serment solennel qu'elle avait fait à lady Catelyn, Féale, Sombreval, Viergétang, Dick Main-leste et Clacquepince et les Murmures, les hommes qu'elle avait tués…

« Il *faut* que je la retrouve, conclut-elle. D'autres sont à sa recherche, qui veulent tous la capturer pour la vendre à la reine. Je dois être la première à la retrouver. Je l'ai promis à Jaime. *Féale*, il a nommé l'épée. Je dois m'efforcer coûte que coûte de sauver lady Sansa… ou périr dans cette aventure. »

CERSEI

« *Un millier de bateaux !* » Les cheveux bruns de la petite reine étaient en désordre, tout ébouriffés, et ses joues paraissaient empourprées par la flamme des torches comme si elle venait tout juste de se détacher des embrassements d'un amant. « Votre Grâce, il faut répliquer de manière *impitoyable* ! » L'épithète résonna contre les poutres, et les ténèbres de la salle du Trône la répercutèrent en écho.

Assise au bas du Trône de Fer dans sa cathèdre écarlate et or, Cersei sentit sa nuque se raidir invinciblement. *Il faut*, songea-t-elle. *Elle ose me dire « il faut ».* Souffleter cette pécore de Tyrell en pleine figure la démangeait. *Elle devrait être à genoux, à quémander mon aide. Et, au lieu de cela, elle se permet de dicter à sa souveraine légitime la ligne de conduite qu'elle doit adopter.*

« Un millier de bateaux ? » Ser Harys Swyft soufflait comme un bœuf. « Sûrement pas. Aucun lord ne commande un millier de bateaux.

— Quelque imbécile terrifié qui aura compté double, abonda Orton Merryweather. C'est cela, ou bien les bannerets de lord Tyrell nous mentent en gonflant démesurément les forces de l'adversaire pour nous empêcher de les accuser de relâchement. »

Les torches fichées sur le mur du fond projetaient la longue silhouette barbelée du Trône de Fer jusqu'à mi-distance des portes. L'autre extrémité de la salle se perdait dans le noir, et Cersei éprouvait malgré qu'elle en eût le sentiment que les ombres se reployaient aussi sur sa propre personne. *Mes ennemis sont partout, et mes amis sont des inutilités.* Il lui suffisait de jeter un coup d'œil sur ses conseillers pour s'en rendre compte ; seuls lord Qyburn et Aurane Waters avaient l'air réveillés. Les autres avaient été tirés du lit par les émissaires de Margaery martelant leurs portes, et ils étaient plantés là, hirsutes et déboussolés. Au-dehors, nuit d'encre et silence. Le château et la ville dormaient. Boros Blount et Meryn Trant semblaient dormir, eux aussi, quoique étant debout sur leurs pieds. Osmund Potaunoir lui-même bâillait comme un four. *Mais pas Loras. Pas notre Chevalier des Fleurs.* Il se tenait derrière sa petite sœur, tel un spectre pâle, la hanche flanquée d'une interminable rapière.

« Deux fois moins de bateaux feraient encore cinq centaines, messire, signala Waters à Merryweather. Il n'y a que la Treille qui dispose de suffisamment de bâtiments en mer pour contrer une flotte de cette taille.

— Et vos dromons tout neufs ? questionna ser Harys. Les boutres des Fer-nés ne seraient pas en mesure de tenir tête à nos dromons, sûrement ? *Le Roi Robert* est le plus puissant vaisseau de guerre de tout Westeros.

— Il l'était, fit Waters. *Chère Cersei* l'égalera, une fois achevé, et *Lord Tywin* sera deux fois plus colossal qu'eux. Mais ils ne sont encore armés qu'à demi, et aucun n'a d'équipage complet. Lors même qu'ils seront en état de naviguer, le nombre jouerait prodigieusement contre nous. Le boutre ordinaire est de dimensions médiocres, comparé à nos galères, cela, je vous le concède, mais les Fer-nés possèdent aussi des bateaux plus considérables. *La Grand-Seiche* de lord Balon et les vaisseaux de guerre de la Flotte de Fer ont été construits pour la bataille et non pour de simples opérations de razzia. Pour la vitesse et la puissance, ils équivalent à nos galères de guerre de second rang, et ils bénéficient pour la plupart de meilleurs équipages et commandants de bord. Les Fer-nés passent en mer la totalité de leur existence. »

Robert aurait dû lessiver l'archipel après avoir maté la rébellion de Balon Greyjoy, songea Cersei. *Il a écrasé la flotte des insulaires, incendié leurs villes et forcé leurs châteaux mais, lorsqu'il les a eu bien agenouillés, il les a laissés se relever. Il aurait dû faire une autre île avec leurs crânes.* C'est de cette manière que Père aurait agi, mais Robert n'avait jamais eu les tripes indispensables à un roi soucieux de maintenir la paix dans son royaume. « Les Fer-nés n'ont pas osé razzier le Bief depuis que Dagon Greyjoy occupait le Trône de Grès, dit-elle. Pourquoi s'y remettraient-ils à présent ? Qu'est-ce qui leur a donné cette outrecuidance ?

— Leur nouveau roi. » Les mains de Qyburn étaient enfouies dans ses manches. « Le frère de lord Balon. L'Œil de Choucas, comme on le surnomme.

— Les charognards noirs se font un festin de la dépouille des morts et des agonisants, déclara le Grand Mestre Pycelle. Ils ne s'attaquent pas aux créatures vigoureuses et saines. Lord Euron va se gaver d'or et de butin, certes, mais, à peine ferons-nous mouvement contre lui qu'il regagnera Pyk, ainsi que lord Dagon avait coutume de le faire en son temps.

— Vous faites erreur, intervint Margaery Tyrell. De simples pillards ne mobilisent pas des forces de cette ampleur-là. *Un millier de bateaux !* Lord Houëtt et lord Chester ont été tués, de même que le fils et héritier de lord Serry. Serry s'est réfugié à Hautjardin avec le peu qui lui reste de navires, et lord Grimm est prisonnier dans son propre château. Willos annonce que le roi de fer a installé en leurs lieu et place quatre lords de son propre cru. »

Willos, songea Cersei, *le stropiat. C'est lui, le fautif, pour le coup. Ce godiche de Mace Tyrell a laissé la défense du Bief entre les mains d'une misérable mauviette.* « Des îles de Fer aux îles Bouclier, ça fait un fameux voyage, souligna-t-elle. Comment un millier de bateaux a-t-il pu effectuer tout ce trajet sans qu'on l'aperçoive ?

— Willos croit qu'ils n'ont pas suivi la côte, répondit Margaery. Ils ont navigué hors de la vue des terres en s'enfonçant profondément dans la mer du Crépuscule avant de repiquer tout droit à partir de l'ouest. »

Plus probable que l'infirme n'avait pas garni ses tours de guet, et il a peur maintenant que nous ne l'apprenions. La petite reine cherche à couvrir son frère. Cersei avait la bouche sèche. *J'ai grande envie d'une coupe de la Treille auré.* Si les Fer-nés décidaient ensuite de s'emparer de la Treille, le royaume tout entier risquait d'avoir bientôt soif. « Stannis a peut-être bien trempé dans cette affaire. Balon Greyjoy avait proposé une alliance à messire mon père. Il se peut que son fils en ait offert une à Stannis. »

Pycelle fronça les sourcils. « Que diable lord Stannis gagnerait-il à… ?

— Il y *gagne* une prise de pied supplémentaire. Et du butin, cela aussi. Il a besoin d'or pour payer ses mercenaires. En opérant des descentes dans l'ouest, il espère pouvoir détourner notre attention de Peyredragon et d'Accalmie. »

Lord Merryweather hocha du chef. « Une diversion. Stannis est un plus fin renard que nous ne l'avions cru. Il ne fallait rien de moins que l'acuité de Votre Grâce pour percer à jour son stratagème.

— Lord Stannis est en train de s'évertuer à gagner les Nordiens à sa cause, dit Pycelle. S'il s'acoquine avec les Fer-nés, il ne saurait se bercer…

— Les Nordiens ne voudront pas de lui, trancha Cersei, non sans s'étonner qu'un homme aussi instruit puisse être aussi stupide. Lord Manderly a tranché la tête et les mains de son chevalier Oignon, nous le tenons des Frey, et une demi-douzaine d'autres seigneurs du Nord se sont ralliés à lord Bolton. *L'ennemi de mon ennemi est mon ami.* De quel autre côté peut se tourner Stannis, sinon vers les Fer-nés et les sauvageons, les ennemis du Nord ? Mais s'il se figure que je vais tomber dans son piège, alors il est encore plus crétin que vous. » Elle en revint à la petite reine. « Les îles Bouclier appartiennent au Bief. Grimm et Serry et les autres ont juré leur foi à Hautjardin. C'est à Hautjardin qu'il incombe de répliquer.

— Hautjardin répliquera, dit Margaery Tyrell. Willos a fait alerter Leyton Hightower pour lui permettre de veiller par lui-même à la défense de Villevieille. Garlan est en train de rassembler des hommes pour reprendre possession des îles. Mais c'est devant Accalmie que se trouve la meilleure partie de nos forces avec messire mon père. Nous devons lui mander ce qui s'est passé. Toutes affaires cessantes.

— Et lever le siège ? » L'impudence de Margaery n'était pas précisément pour plaire à Cersei. *C'est à moi qu'elle dit « toutes affaires cessantes » ? Est-ce qu'elle me prend pour sa femme de chambre ?* « Je ne doute pas une seconde que lord Stannis en serait enchanté. Avez-vous écouté ce qui se disait jusqu'ici, ma dame ? S'il réussit à détourner nos regards de Peyredragon et d'Accalmie vers ces cailloux…

— *Cailloux ?* s'étrangla Margaery. Est-ce que Votre Grâce a bien dit *cailloux* ? »

Le Chevalier des Fleurs posa une main sur l'épaule de sa sœur. « Ne déplaise à Votre Grâce, à partir de ces *cailloux*, les Fer-nés menacent Villevieille et la Treille. À partir des forteresses sises sur les Boucliers, des bandes de pillards peuvent remonter la Mander jusqu'au cœur même du Bief, ainsi qu'ils le faisaient jadis. Qu'ils aient suffisamment d'hommes, et ils pourraient menacer même Hautjardin.

— Vraiment ? dit la reine avec une ingénuité consommée. Eh bien alors, vos valeureux frères feraient mieux de les déloger de ces cailloux, et vite.

— Comment la reine leur suggérerait-elle de s'y prendre pour en venir à bout, sans un nombre suffisant de navires ? demanda ser Loras. Willos et Garlan sont à même de lever dix mille hommes d'ici quinze jours et deux fois plus en une lunaison, mais ils ne le sont pas de marcher sur l'eau, Votre Grâce.

— Hautjardin est à l'amont de la Mander, lui rappela Cersei. Vous et vos vassaux commandez mille lieues de côte. N'y a-t-il pas de pêcheurs le long de vos rivages ? Ne possédez-vous pas de bateaux de plaisance, pas de bacs, pas de galères de rivière, pas de périssoires ?

— Tant et plus, convint ser Loras.

— De telles embarcations devraient être plus que suffisantes pour faire franchir à une armée un mince filet d'eau, me plairais-je à croire.

— Et lorsque les boutres des Fer-nés fondraient sur notre flotte miteuse pendant sa traversée de ce “mince filet d'eau”, qu'est-ce que Votre Grâce voudrait nous voir faire alors ? »

Vous noyer, pensa Cersei. « Hautjardin possède aussi de l'or. Vous avez ma permission d'engager des voiles mercenaires d'au-delà du détroit.

— Vous entendez par là des pirates de Myr et de Lys ? fit-il d'un ton méprisant. La lie des Cités libres ? »

Il est aussi insolent que sa sœur. « C'est triste à dire, mais nous nous trouvons tous tant que nous sommes, de temps à autre, dans l'obligation d'avoir affaire à la lie, répondit-elle avec une suavité vénéneuse. Peut-être avez-vous une meilleure idée ?

— Il n'y a que la Treille qui ait assez de galères pour reprendre aux Fer-nés l'embouchure de la Mander et pour protéger mes frères de leurs boutres durant la traversée. J'en supplie Votre Grâce, expédiez un message à Peyredragon et ordonnez à lord Redwyne de lever ses voiles sur-le-champ. »

Du moins a-t-il le bon sens de m'en supplier. Paxter Redwyne possédait deux cents vaisseaux de guerre et cinq fois autant de caraques et de galères marchandes, de cargos à vin et de baleiniers. Il avait cependant établi son camp sous les murailles de Peyredragon, et la majeure partie de sa flotte était occupée sur la baie de la Néra à transborder des troupes destinées à l'assaut de l'île-forteresse. Le restant de ses forces maraudait dans la baie des Naufrageurs, au sud, où sa seule présence empêchait Accalmie de se faire réapprovisionner par mer.

Aurane Waters fut indigné par la suggestion de ser Loras. « Si lord Redwyne remmène ses bateaux, comment ferons-nous pour approvisionner nos hommes à Peyredragon ? Sans les galères de la Treille, comment ferons-nous pour maintenir le siège d'Accalmie ?

— Le siège peut être repris plus tard, une fois que… »

Cersei le coupa. « Accalmie a cent fois plus de valeur que les Boucliers, et Peyredragon… Aussi longtemps que Peyredragon demeure aux mains de Stannis Baratheon, c'est un couteau sous la gorge de mon fils. Nous ne donnerons congé à lord Redwyne et à sa flotte qu'après la chute du château. » La reine se remit sur pied. « Fin de cette audience. Grand Mestre Pycelle, un mot. »

Le vieillard sursauta comme si l'interpellation l'avait arraché à quelque rêve de jeunesse, mais il n'eut pas le temps de répondre que ser Loras s'avança d'un pas si vif que la reine trahit son anxiété par un brusque mouvement de recul. Elle se trouvait à deux doigts d'appeler ser Osmund pour la défendre quand le Chevalier des Fleurs mit un genou en terre.

« Votre Grâce, accordez-moi la tâche de prendre Peyredragon. »

Sa sœur se couvrit instinctivement la bouche. « Non, Loras, non… ! »

Il ignora la prière. « Contraindre Peyredragon à se soumettre par la famine, comme lord Paxter compte le faire, nécessitera six mois, voire davantage. Confiez-moi le commandement, Votre Grâce. Le château sera vôtre d'ici quinze jours, dussé-je le démanteler à mains nues. »

Nul n'avait gratifié Cersei d'un cadeau aussi délectable depuis que Sansa Stark s'était précipitée chez elle pour lui divulguer les plans de lord Eddard. Elle eut le plaisir de voir que Margaery était devenue toute blême. « Votre bravoure me coupe le souffle, ser Loras, dit-elle. Lord Waters, certains de vos nouveaux dromons sont-ils en état d'appareiller ?

— *Chère Cersei* l'est, Votre Grâce. C'est un vaisseau rapide et aussi ferme que la reine dont il tient son nom.

— Merveilleux. Que *Chère Cersei* emmène sur-le-champ notre Chevalier des Fleurs à Peyredragon. Ser Loras, vous avez le commandement. Jurez-moi que vous ne reviendrez pas avant d'avoir assuré la possession de l'île à Tommen.

— Soit, Votre Grâce. » Il se releva.

Cersei l'embrassa sur les deux joues. Elle embrassa également sa sœur et chuchota : « Vous avez un frère hors pair. » Margaery n'eut pas la bonne grâce de répondre, à moins que la peur ne lui eût complètement coupé le caquet.

L'aube ne poindrait encore que dans nombre d'heures quand Cersei s'esquiva par la porte du roi derrière le Trône de Fer. Ser Osmund la précédait avec une torche, et Qyburn trottait à côté d'elle. Pycelle avait du mal à soutenir le train. « Ne déplaise à Votre Grâce, ahana-t-il, les jeunes gens pèchent par excès de témérité, ils ne pensent qu'à la gloire de la bataille et jamais à ses dangers. Ser Loras… son projet fourmille de périls. Emporter d'assaut les murailles mêmes de Peyredragon…

— … est *extrêmement* courageux.

— … courageux, oui, mais…

— Je suis on ne peut plus persuadée que notre Chevalier des Fleurs sera le premier à atteindre le haut des remparts. » *Et peut-être le premier à en dégringoler.* Le bâtard variolé que Stannis avait chargé de tenir son château n'était pas un champion de tournoi à la manque mais un tueur chevronné. Si les dieux se montraient bienveillants, il offrirait à ser Loras la fin glorieuse à laquelle semblait aspirer celui-ci. *À supposer qu'il ne se noie pas en chemin.* Une nouvelle tempête avait éclaté la nuit précédente, et d'une violence admirable. Une pluie noire s'était abattue par nappes torrentielles des heures durant. *Et ne serait-ce pas navrant ?* musa-t-elle. *La noyade a quelque chose de si vulgaire ! Ser Loras désire la gloire avec autant d'ardeur que les hommes véritables désirent les femmes, le moins que les dieux puissent faire est de lui accorder une mort digne d'une chanson.*

Quoi qu'il pût du reste advenir au jouvenceau sur Peyredragon, le grand gagnant serait de toute manière elle-même. Si Loras s'emparait de la forteresse, ce serait là un rude coup pour Stannis, et la flotte Redwyne pourrait repartir affronter les Fer-nés. S'il y échouait, elle veillerait à faire rejaillir sur lui l'essentiel des responsabilités. Rien ne ternit un héros plus grièvement qu'un échec. *Et s'il devait retourner chez lui sur son bouclier couvert de gloire et de sang, ser Osney sera là pour consoler la sœur dans son affliction.*

Réprimer son hilarité n'était plus possible. Les lèvres de Cersei laissèrent exploser un rire qui retentit jusqu'au fond du couloir.

« Votre Grâce ? » Le Grand Mestre Pycelle papillota, lippe décrochée. « Pourquoi… pourquoi riez-vous de si bon cœur ?

— Eh bien, c'est que… se vit-elle forcée de répondre, c'est que sans cela je risquerais de me mettre à pleurer. Mon cœur éclate d'affection pour notre ser Loras et pour sa vaillance. »

Elle quitta le Grand Mestre sur les marches serpentines. *Ce bougre est désormais usé jusqu'à la trame. Il a fait plus que son temps*, décida-t-elle. Tout ce à quoi semblait se borner dernièrement l'activité de Pycelle était de la harceler de mises en garde et d'objections. Il avait même trouvé à reprendre aux conventions qu'elle avait réussi à passer avec le Grand Septon, la regardant bouche bée d'un œil myope et chassieux pendant qu'elle lui ordonnait de préparer les documents nécessaires et lui bafouillant de vieilles fadaises historiques archimortes jusqu'à ce qu'elle lui cloue le bec : « L'époque du roi Maegor est révolue, et ses décrets sont périmés de même, avait-elle déclaré d'un ton sans réplique. L'époque où nous vivons est celle du roi Tommen et la mienne. » *J'aurais été mieux inspirée de le laisser crever dans les oubliettes.*

« Dans le cas où ser Loras disparaîtrait, Votre Grâce aura besoin de trouver un autre sujet de valeur pour la Garde Royale », lâcha lord Qyburn, alors qu'ils franchissaient de conserve la douve sèche hérissée de piques qui ceinturait la Citadelle de Maegor.

« Quelqu'un d'épatant, convint-elle. Quelqu'un de si jeune, si preste et si fort que Tommen oublie totalement ser Loras. Un rien d'héroïsme ne serait pas malvenu, mais il ne faudrait pas qu'il ait la cervelle farcie de folles chimères. Avez-vous eu vent d'un homme de ce genre-là ?

— Hélas non, dit Qyburn. J'avais en tête une autre espèce de champion. Ce qui lui manque d'héroïsme, il vous le compensera dix fois en dévouement. Il protégera votre fils, tuera vos ennemis et taira vos secrets, et aucun homme actuellement en vie ne sera capable de lui résister.

— C'est ce que vous dites. Les mots sont du vent. Une fois sonnée l'heure, vous pourrez exhiber votre prétendu parangon, et nous verrons bien s'il est tout ce que vous avez promis.

— On chantera ses exploits, je le jure. » Les yeux de Qyburn se plissèrent de malice. « Me serait-il permis de demander où en est l'armure ?

— J'ai passé votre commande. L'armurier pense que je suis folle. Il m'assure qu'aucun homme n'est assez puissant pour se mouvoir et se battre sous un tel poids de plates. » Elle adressa un regard menaçant au mestre sans chaîne. « Essayez de vous jouer de moi, et vous mourrez en hurlant. Vous êtes conscient de cela, je présume ?

— Toujours, Votre Grâce.

— Bon. Plus un mot de cela.

— La reine est sage. Ces murs ont des oreilles.

— En effet. » La nuit, elle percevait parfois de légers bruits, même dans ses appartements personnels. *Des souris dans les cloisons*, se rassurait-elle, *rien d'autre.*

Une chandelle brûlait au chevet de son lit, mais le feu s'était éteint dans la cheminée, et il n'y avait pas d'autre lumière. Il faisait froid dans la chambre, en plus. Cersei se dévêtit et, laissant sa robe s'affaler par terre, se faufila sous les couvertures. Sur l'autre bord du lit, Taena remua. « Votre Grâce, chuchota-t-elle dans un souffle. Quelle heure est-il ?

— L'heure de la chouette », répondit la reine.

Quitte à dormir souvent seule, elle n'avait jamais aimé cela. Dans ses souvenirs les plus anciens, elle faisait couche commune avec Jaime, alors qu'ils étaient encore si jeunes que personne ne réussissait à les distinguer l'un de l'autre. Par la suite, après leur séparation, elle avait subi toute une flopée de caméristes et de compagnes pour la plupart assorties à son âge, des filles de chevaliers et de bannerets de la maisonnée paternelle. Aucune ne lui avait plu, et il en était peu qui n'aient fait long feu. *De petites sournoises, toute la clique. Des créatures mièvres et pleurnichardes, constamment en train de débiter des fariboles et d'essayer de creuser leurs sapes entre Jaime et moi.* Il y avait eu néanmoins des nuits où, dans la noirceur des entrailles abyssales du Roc, elle avait trouvé bienvenue leur chaleur à ses côtés. Un lit vide était un lit froid.

Ici plus que partout ailleurs. On grelottait dans cette chambre, et son maudit époux royal était mort sous ce baldaquin. *Robert Baratheon, le premier du nom, puisse-t-il n'y en avoir jamais de second. Une sombre brute d'ivrogne. Qu'il chiale en enfer.* Taena lui chauffait son lit tout aussi efficacement que Robert l'avait jamais fait, et elle n'essayait jamais de lui écarter les jambes de force. Ces derniers temps, elle avait partagé plus souvent le lit de la reine que celui de lord Merryweather. Orton ne paraissait pas en être affecté… et, s'il l'était, il avait le bon esprit de n'en piper mot.

« Je me suis inquiétée lorsque, en me réveillant, j'ai constaté que vous n'étiez plus là », murmura lady Merryweather en calant son séant contre les oreillers, les courtepointes enchevêtrées autour de sa taille. « Quelque chose qui ne va pas ?

— Non, répondit Cersei, tout va bien. Au matin, ser Loras appareillera pour Peyredragon afin de prendre le château, de libérer la flotte Redwyne et de nous prouver à tous sa virilité. » Elle fit part à la Myrienne de tout ce qui s'était passé dans l'ombre mouvante du Trône de Fer. « Sans son vaillant frère, notre reinette est presque à poil. Elle a ses gardes, assurément, mais moi j'ai leur capitaine à propos du château. Un vieillard loquace avec un écureuil sur son surcot. Les écureuils détalent devant les lions. Lui n'est pas homme à défier le Trône de Fer.

— Margaery a d'autres épées dans son entourage, l'avertit lady Merryweather. Elle s'est fait beaucoup d'amis à la Cour, et elle et ses jeunes cousines ont toutes des admirateurs.

— Quelques soupirants ne m'alarment pas, répliqua Cersei. L'armée d'Accalmie, en revanche…

— Que comptez-vous faire, Votre Grâce ?

— Pourquoi le demander ? » La question était un peu trop pointue pour son goût. « J'espère que vous ne mijotez pas de rapporter mes songeries creuses à notre pauvre petite reine ?

— Jamais de la vie. Je ne suis pas cette garce de Senelle. »

Cersei n'avait aucune envie de s'appesantir sur le cas de Senelle. *Elle m'a remerciée de mes bontés en me trahissant.* Sansa Stark s'était comportée de la même manière. Tout comme Melara Cuillêtre et la grosse Jeyne Farman du temps de leur jeunesse à toutes les trois. *Sans elles, je n'aurais jamais pénétré dans la tente. Je n'aurais jamais permis à Maggy la Grenouille de goûter mon avenir dans une goutte de sang.* « Je serais infiniment peinée si vous trahissiez jamais ma confiance, Taena. Je n'aurais pas d'autre solution que de vous donner à lord Qyburn, mais je sais que cela me forcerait à pleurer.

— Je ne vous infligerai jamais de motif de pleurer, Votre Grâce. Si je le fais, un mot de votre part, un seul, et je me donnerai moi-même à Qyburn. Mon unique désir est d'être auprès de vous. Pour vous servir, quoi que vous exigiez de moi.

— Et pour ce service, qu'escompterez-vous comme rétribution ?

— Rien. Mon plaisir est de vous complaire. » Taena bascula sur le flanc, sa peau olivâtre moirée par la lumière de la chandelle. Elle avait les seins plus gros que ceux de la reine et d'énormes mamelons noirs comme de la corne. *Elle est plus jeune que moi. Ses seins n'ont pas commencé à s'affaisser.* Cersei se demanda quelle sensation lui procurerait le fait d'embrasser une autre femme. Pas légèrement, sur la joue, comme il était courant de le faire par politesse entre dames de haute naissance, mais en plein sur les lèvres. Les lèvres de Taena étaient extrêmement pulpeuses. Elle se demanda quelle sensation lui procurerait le fait de sucer ces seins-là, d'allonger la Myrienne sur le dos puis de lui écarter les jambes et d'user d'elle comme un homme en userait, comme Robert usait d'*elle-même* quand il était soûl, et qu'elle n'arrivait pas à le faire jouir à la main ou avec la bouche.

Ces nuits avaient été les pires de toutes, celles où elle gisait impuissante sous lui pendant qu'il prenait son plaisir, puant le vin et grognant comme un sanglier. D'ordinaire, à peine était-il parvenu à ses fins qu'il abandonnait la place et, avant même que sa semence n'eût séché sur les cuisses de Cersei, sombrait dans le sommeil en ronflant. Elle-même sortait invariablement de là tout endolorie, l'entrejambe à vif, les seins ravagés par les violences qu'il venait de leur infliger. En fait, il ne l'avait fait mouiller qu'une seule fois, au cours de leur nuit de noces.

À la période de leurs noces, Robert était assez beau, avec sa taille élevée, sa vigueur et sa force, mais il avait le poil noir et surabondant, dru sur le torse et rêche à l'aine. *L'homme qui est revenu du Trident n'était pas le bon*, songeait parfois la reine pendant qu'il la besognait. Les premières années, alors qu'il la chevauchait plus souvent, elle fermait les yeux et se donnait l'illusion qu'il était Rhaegar. Celle qu'il était Jaime demeurait inimaginable ; il était trop différent, trop étranger. Même *l'odeur* qu'il dégageait interdisait de se méprendre.

Pour Robert, ces nuits n'avaient jamais eu lieu. Le matin venu, il n'en conservait aucune espèce de souvenir, ou du moins aurait-il voulu le lui faire accroire. Une fois, la première année de leur mariage, Cersei avait exprimé son déplaisir le lendemain. « Vous m'avez fait mal », se plaignit-elle. Il eut la bonne grâce de prendre un air honteux. « Ce n'était pas moi, ma dame, répondit-il du ton boudeur et morne d'un gosse pris en flagrant délit de voler des gâteaux aux pommes dans les cuisines. C'était le vin. Je bois trop de vin. » Pour assurer la descente de son aveu, il s'empara de sa corne à bière. Comme il l'élevait vers sa bouche, elle lui assena sa corne personnelle en pleine figure, et si violemment qu'elle lui ébrécha une dent. Lors d'un banquet, des années plus tard, elle l'entendit raconter à une souillon de servante que c'était au cours d'une mêlée qu'il s'était abîmé cette dent.

Somme toute, réfléchit-elle, *il ne mentait pas, notre mariage ne fut rien d'autre qu'une mêlée.*

Mais tout le reste n'avait été que mensonges. Il se souvenait parfaitement de ce qu'il lui faisait la nuit, elle en avait la conviction. Elle le lisait clairement dans ses yeux. Il faisait seulement semblant d'oublier ; il était plus facile de l'affecter que d'affronter l'opprobre de sa conduite. Au fond, Robert Baratheon était un pleutre. À la longue, les assauts s'espacèrent. Pendant la première année, il la prenait au moins une fois par quinzaine ; vers la fin, ce ne fut pas même une fois par an. Il ne cessa jamais totalement, néanmoins. Tôt ou tard, toujours survenait une nuit où il buvait outre mesure et tenait à faire valoir ses droits. Ce qui l'humiliait à la lumière du jour lui faisait plaisir dans le noir.

« Ma reine ? intervint Taena Merryweather. Vos yeux ont une drôle d'expression. Seriez-vous souffrante ?

— J'étais simplement… en proie à des souvenirs. » Elle avait la gorge sèche. « Vous êtes une bonne amie, Taena. Je n'ai jamais eu d'amie véritable en… »

Quelqu'un martela la porte.

Encore ? Le rythme pressant des coups la fit frissonner. *Un autre millier de navires aurait-il fondu sur nous ?* Elle enfila une robe de chambre et alla voir de quoi il s'agissait. « Pardon du dérangement, Votre Grâce, fit le garde, mais lady Castelfoyer se trouve en bas, demandant audience.

— À cette heure-ci ? jappa la reine. Falyse a-t-elle perdu l'esprit ? Dites-lui que je me suis retirée. Dites-lui que les petites gens des Boucliers ont été massacrés. Dites-lui que j'ai passé la moitié de la nuit à veiller. Je la verrai demain matin. »

L'homme hésita. « Sauf le respect dû à Votre Grâce, elle est… elle ne tourne pas tout à fait rond, si vous voyez ce que je veux dire. »

Cersei fronça les sourcils. Elle avait présumé que Falyse était là pour lui annoncer la mort de Bronn. « Très bien. Je vais avoir à m'habiller. Emmenez-la dans le vestibule de ma loggia, qu'elle m'y attende. » En voyant que lady Merryweather faisait déjà mine de se lever pour l'accompagner, elle s'y opposa : « Non, restez. Tant vaut qu'au moins l'une de nous deux prenne un peu de repos. Je ne serai pas longue. »

Lady Falyse avait la figure couverte d'ecchymoses et boursouflée, les yeux rougis de larmes. Sa lèvre inférieure était fendue, ses vêtements sales et déchirés. « Bonté divine ! s'exclama Cersei en l'introduisant dans sa loggia avant d'en refermer la porte. Qu'est-il arrivé à votre visage ? »

Falyse eut l'air de n'avoir pas entendu la question. « Il l'a *tué*, dit-elle d'une voix tremblante. La Mère ait miséricorde… il… il… » Les sanglots lui coupèrent la parole, elle grelottait de tous ses membres.

Cersei emplit une coupe de vin puis l'apporta à sa visiteuse en larmes. « Buvez-moi ça. Le vin vous calmera. Voilà. Encore une petite gorgée, maintenant. Arrêtez de pleurer comme ça et dites-moi ce qui vous amène. »

Il fallut vider le reste du flacon avant que la reine ne soit finalement en mesure de soutirer à lady Falyse tous les détails de sa pitoyable histoire. Une fois édifiée, elle ne sut si elle devait en rire ou laisser éclater sa fureur. « Un combat singulier… », répéta-t-elle. *N'y a-t-il donc personne dans les Sept Couronnes sur qui je puisse compter ? Suis-je la seule personne de Westeros à avoir une pincée d'esprit ?* « Vous êtes bien en train de me raconter que ser Balmain a provoqué Bronn en *combat singulier* ?

— Il a dit que ce serait du… du g-g-gâteau. La lance est l'arme des ch-chevaliers, il a dit, et que B-Bronn n'était pas un véritable chevalier. Balmain a dit qu'il lui ferait vider les étriers puis profiterait de son ét-t-tourdissement pour l'achever. »

Bronn n'était pas un chevalier, ça, sûrement pas. Bronn était un tueur trempé par la bataille. *Votre crétin de mari a rédigé de sa propre main son arrêt de mort.* « Un plan magnifique. Oserai-je vous demander comment il se fait qu'il ait si mal tourné ?

— B-B-Bronn a planté sa lance dans le poitrail du p-p-pauvre *cheval* de Balmain. Balmain, il... il a eu les jambes écrasées quand sa monture s'est abattue. Il poussait des cris tellement pitoyables... »

Les reîtres ignorent la pitié, aurait pu riposter Cersei. « Je vous avais priés d'arranger un accident de chasse. Une flèche perdue, une chute de cheval, un sanglier furieux..., il y a tant de moyens qui permettent à un homme de mourir au fin fond des bois. Mais aucun d'entre eux ne comporte *des lances*. »

Falyse ne parut pas l'entendre. « Quand j'ai essayé de courir rejoindre mon Balmain, ce... cet individu m'a... m'a *frappée* au visage. Il a obligé mon seigneur et maître à a-a-avouer. Balmain hurlait pour obtenir que mestre Frenken vienne le soigner, mais le reître, il, il, il...

— Avouer ? » Cersei n'aimait pas ce mot. « Je veux croire que notre brave ser Balmain a tenu sa langue.

— Bronn lui a mis un poignard dans *l'œil*, et il m'a dit que je ferais mieux d'avoir quitté Castelfoyer avant le coucher du soleil ou que je subirais le même traitement. Il a dit qu'il me ferait passer en revue par la g-g-garnison, au cas où l'un des hommes aurait envie de me prendre. Quand j'ai ordonné de se saisir de Bronn, l'un de ses chevaliers a eu l'insolence de dire que je devrais faire comme disait lord Castelfoyer. Il l'a appelé *lord Castelfoyer* ! » Lady Falyse se cramponna à la main de la reine. « Votre Grâce doit me donner des chevaliers. Une centaine de chevaliers ! Et puis des arbalétriers, pour reprendre mon château. Castelfoyer est à moi ! Ils ne m'ont même pas permis de rassembler mes *vêtements* ! Bronn a dit que c'étaient maintenant les vêtements de sa femme, toutes mes s-s-soieries et tous mes v-v-velours. »

Tes fripes sont le moindre des ennuis qui te guettent. La reine dégagea ses doigts de l'étreinte collante de la visiteuse. « Je vous avais priés de souffler une chandelle pour contribuer à la protection du roi. Au lieu de cela, vous avez balancé dessus un pot de feu grégeois. Est-ce que votre imbécile de Balmain a mêlé mon nom à tout ça ? Dites-moi qu'il n'en a rien fait. »

Falyse se lécha les lèvres. « Il… il souffrait, ses jambes étaient brisées. Bronn lui a promis de se montrer clément, mais… Qu'est-ce qui va arriver à ma pauvre m-m-mère ? »

Crever, j'imagine. « D'après vous ? » Il se pouvait bien que lady Tanda fût déjà morte. Selon toute apparence, Bronn n'était pas le genre d'homme à se ruiner en efforts pour servir de nourrice à une vieille femme à la hanche cassée.

« Il faut que vous m'aidiez. Où dois-je aller ? Que vais-je faire ? »

Épouser Lunarion, peut-être, faillit lui répondre Cersei. *Il est presque aussi fol que feu ton époux.* Elle ne pouvait pas prendre le risque d'une guerre sur le seuil même de Port-Réal, pas maintenant. « Les sœurs silencieuses sont toujours contentes d'accueillir des veuves, dit-elle. L'existence qu'elles mènent est une existence sereine, une existence de prière, de contemplation et de bonnes œuvres. Elles apportent des consolations aux vivants et la paix aux morts. » *Et elles ne parlent pas.* Il lui était impossible de permettre à cette buse-là de traîner dans les Sept Couronnes en propageant de dangereux commérages.

Falyse demeura sourde au bon sens. « Tout ce que nous avons fait, nous l'avons fait au service de Votre Grâce. *Fier d'être Fidèle*. Vous avez dit…

— Je me rappelle. » Cersei s'arracha un sourire. « Vous resterez ici avec nous, ma dame, jusqu'à ce que nous trouvions un moyen de reconquérir votre château. Laissez-moi vous verser une autre coupe de vin. Cela vous aidera à dormir. Il est manifeste que vous n'en pouvez plus de fatigue et de chagrin. Ma pauvre chère Falyse. Voilà, videz-moi ça. »

Pendant que son invitée s'acharnait sur la bouteille, Cersei gagna la porte et appela ses caméristes. Elle chargea Dorcas de lui dénicher lord Qyburn et de le ramener sur-le-champ. Jocelyn Swyft, elle la dépêcha aux cuisines. « Rapporte du fromage et du pain, une tourte à la viande et des pommes. Et du vin. Nous avons une petite soif. »

Qyburn survint avant les victuailles. Entre-temps, Falyse avait descendu trois coupes supplémentaires, et elle commençait à somnoler, quitte à émerger de temps à autre en sursaut pour lâcher un sanglot de plus. La reine entraîna Qyburn à l'écart et lui raconta la folie commise par ser Balmain. « Il ne saurait être question que je laisse Falyse répandre des sornettes à travers la ville. Son chagrin l'a complètement abrutie. Est-ce que vous avez encore besoin de femmes pour votre… travail ?

— Oui, Votre Grâce. Les marionnettistes sont totalement hors d'usage.

— Alors, emmenez-la et faites d'elle ce qu'il vous plaira. Mais une fois qu'elle sera descendue dans les oubliettes… Ai-je besoin d'en dire davantage ?

— Non, Votre Grâce. Je comprends.

— Bien. » La reine remit son sourire une fois de plus. « Chère Falyse. Mestre Qyburn est là. Il va vous aider à vous reposer.

— Oh, fit Falyse d'un ton vague. Oh, bon. »

Quand la porte se fut refermée sur eux, Cersei se versa une autre coupe de vin. « Je suis entourée d'ennemis et d'imbéciles », dit-elle. Elle ne pouvait même pas se fier en sa parentèle et son propre sang, en Jaime non plus, qui avait été jadis sa seconde moitié. *Il était censé me tenir lieu d'épée et de bouclier, être mon puissant bras droit. Pourquoi lui faut-il absolument me contrarier ?*

Bronn n'était pas plus qu'un désagrément, pour sûr. Elle n'avait jamais véritablement cru qu'il hébergeait le Lutin. Son tordu de petit frère était beaucoup trop malin pour autoriser Lollys à baptiser Tyrion le maudit bâtard qu'elle avait conçu dans les caniveaux, sachant que ce seul nom était sûr d'attirer sur elle les foudres de la reine. Lady Merryweather avait signalé ce détail, et elle avait raison. La raillerie était presque certainement imputable au reître. Elle se le figurait très bien en train de contempler, une coupe de vin à la main et la face épanouie d'un sourire insolent, son ridé cramoisi de faux fils tétant goulûment l'un des pis distendus de Lollys. *Ricanez tout votre soûl, ser Bronn, vous ne tarderez guère à brailler. Jouissez de votre dame demeurée et de votre château volé pendant que vous en avez le loisir. Le moment venu, je vous aplatirai comme une mouche.* Peut-être expédierait-elle Loras Tyrell l'aplatir, tiens, s'il advenait jamais que le Chevalier des Fleurs réussisse quand même à revenir vivant de Peyredragon. *Ce serait un délice. Si les dieux y mettaient du leur, l'un tuerait l'autre et réciproquement, comme ser Arryk et ser Erryk.* Quant à ce qui était de Castelfoyer… non, elle en avait des nausées, de penser à Castelfoyer.

Taena s'était rassoupie quand la reine reintégra sa chambre à coucher. La tête lui tournait. *Trop de vin et trop peu de sommeil*, se dit-elle. Il ne lui arrivait pas toutes les nuits d'être réveillée deux fois de suite par des nouvelles aussi consternantes. *Du moins suis-je arrivée à me réveiller. Robert aurait été trop ivre pour se lever, à plus forte raison pour gouverner. C'est à Jon Arryn que serait échue la corvée de tout régler.* Elle prit plaisir à penser qu'elle faisait un meilleur monarque que Robert.

Derrière la fenêtre, le ciel commençait déjà à s'éclaircir. Cersei s'assit sur le lit près de lady Merryweather, prêtant l'oreille à son léger souffle et regardant son sein se soulever et retomber. *Est-ce de Myr qu'elle rêve ?* se demanda-t-elle. *Ou de son amant balafré, le beau ténébreux dangereux qui n'acceptait pas d'être rebuté ?* Elle était intimement convaincue que l'objet de ses rêves n'était en tout cas pas lord Orton.

Elle cueillit l'un des seins de sa compagne dans sa main. Doucement d'abord, sans presque le toucher, sensible à la chaleur qu'il communiquait à sa paume, au contact de sa peau, aussi moelleuse que du satin. Elle accentua délicatement la pression, puis fit imperceptiblement courir son pouce sur le gros mamelon noir, d'avant en arrière et d'arrière en avant, jusqu'à ce qu'elle le sente se durcir. Quand elle releva les yeux, ceux de Taena étaient ouverts. « Est-ce que c'est agréable ? demanda-t-elle.

— Oui, répondit lady Merryweather.

— Et ceci ? » Cersei lui pinçait à présent le téton, tirait dessus sans ménagement, le tordait entre ses doigts.

La Myrienne émit un hoquet douloureux. « Vous me faites mal.

— C'est le vin, simplement. J'ai vidé un flacon pendant mon souper, puis un second avec la veuve Castelfoyer. Je me suis vue forcée de boire pour qu'elle reste calme. » Elle vrilla aussi l'autre téton en tirant dessus jusqu'à ce que Taena exhale un nouveau hoquet. « Je suis la reine. J'entends faire valoir mes droits.

— Agissez à votre guise. » Elle avait les cheveux aussi noirs que ceux de Robert, tout comme la toison de son entrejambe, et lorsque Cersei la toucha là, elle la découvrit mouillant à force, contrairement au poil de Robert qui était rêche et sec. « De grâce, dit la Myrienne, continuez, ma reine. Faites de moi ce que vous voulez. Je vous appartiens. »

Mais le plaisir escompté ne fut pas au rendez-vous. Cersei fut incapable d'en éprouver, quel qu'eût été celui qu'éprouvait Robert les nuits où il la prenait. Il n'y avait aucune jouissance dans cela, du moins pas pour elle. Pour Taena, si. Ses mamelons étaient deux diamants noirs, son sexe gluant et torride. *Robert t'aurait aimée, le temps d'une heure.* La reine fourra un doigt dans ce bourbier de Myr, puis un autre, en les faisant entrer et sortir, *mais une fois qu'il se serait épanché en toi, il aurait été fort en peine de se rappeler seulement ton nom.*

Elle voulut voir si les choses seraient aussi faciles avec une femme qu'elles l'avaient toujours été avec Robert. *Dix mille de vos enfants ont péri dans ma paume, sire*, songea-t-elle en insérant un troisième doigt pour fourrager Myr. *Tandis que vous ronfliez, je léchais vos fils un par un pour débarbouiller ma figure et mes doigts de tous ces princes pâles et visqueux. Vous faisiez valoir vos droits, mon doux seigneur, mais moi, dans le noir, je dévorais vos héritiers.* Taena fut agitée d'un frisson. Elle haleta quelques mots d'une langue étrangère puis, parcourue d'un nouveau frisson, arqua son dos et se mit à s'égosiller. *Vous jureriez qu'on est en train de l'étriper*, songea la reine. Pendant un moment, elle se laissa aller à imaginer que ses doigts étaient des boutoirs de sanglier et qu'ils déchiquetaient la Myrienne de l'aine jusqu'à la gorge.

Le plaisir n'était toujours pas au rendez-vous.

Il ne l'avait jamais été avec personne d'autre qu'avec Jaime.

Quand elle essaya de récupérer sa main, Taena s'en empara et lui embrassa les doigts. « Reine de mon cœur, comment dois-je m'y prendre pour vous faire jouir ? » Elle glissa sa propre main le long du flanc de Cersei et lui toucha le sexe. « Dites-moi ce que vous voudriez me voir faire, mon amour.

— Laissez-moi. » Cersei s'écarta d'elle et remonta les courtepointes pour se couvrir. Elle grelottait. L'aube se levait. Il ferait bientôt jour, et tout cela sombrerait dans l'oubli.

N'avait jamais eu lieu.

JAIME

Les trompettes émirent un mugissement d'airain qui trancha net sur l'atmosphère encore bleue du crépuscule. Josmyn Dombecq bondit aussitôt sur ses pieds pour courir chercher le baudrier de son maître.

Le gosse a de bons instincts. « Les hors-la-loi ne font pas sonner les trompettes pour annoncer leur arrivée, lui dit Jaime. Je ne vais pas avoir besoin de mon épée. Il doit s'agir de mon cousin, le Gardien de l'Ouest. »

Les cavaliers étaient en train de mettre pied à terre quand il sortit de sa tente : une demi-douzaine de chevaliers, et quelque quarante hommes d'armes et archers montés. « *Jaime !* rugit un homme hirsute vêtu de mailles et d'un manteau de renard. Si maigre, et tout en blanc ! Et barbu, en plus !

— Ça ? Du simple chaume, à côté de la crinière que tu te paies, cousinet. » La barbe hérissée de ser Daven et sa moustache en broussaille fusionnaient en des favoris aussi drus que des haies, et ces derniers s'enchevêtraient au sommet de son crâne dans le fourré de tignasse jaune aplati jusqu'à ses sourcils par le heaume qu'il retirait. À peu près au milieu de tout ce poil se devinaient un nez camus et une paire d'yeux noisette pleins de vivacité. « Est-ce que des bandits t'ont volé ton rasoir ?

— J'ai fait vœu de n'en pas souffrir le contact jusqu'à ce que mon père soit vengé. » Pour un homme d'apparence aussi léonine, Daven Lannister parlait d'une voix singulièrement penaude. « Mais le Jeune Loup a eu Karstark avant. Il m'a dérobé ma vengeance. » Il tendit son heaume à un écuyer puis il rebroussa la toison que le poids de l'acier lui avait plaquée sur le front. « Un peu de poil n'est pas pour me déplaire. Les nuits deviennent de plus en plus froides, et un semblant de végétation contribue à vous tenir le visage au chaud. Ouais, sans compter que Tante Genna a toujours dit que j'avais une brique en guise de menton. » Il attrapa Jaime par les bras. « Nous avons eu peur pour toi, après le Bois-aux-Murmures. Il se colportait que le loup-garou de Stark t'avait égorgé.

— As-tu versé des larmes amères pour moi, cousinet ?

— La moitié de Port-Lannis était dans la désolation. La moitié femelle. » Le regard de ser Daven s'abaissa sur le moignon de Jaime. « Ainsi, c'est bien vrai. Ces salopards t'ont pris ta main d'épée.

— J'en ai une nouvelle, en or. Il y a beaucoup à dire sur le fait d'être manchot. Je bois moins de vin, crainte de le renverser et, à la Cour, je suis rarement tenté de me gratter le cul.

— Mouais, y a ça. Peut-être que je devrais aussi me faire couper la mienne. » Son cousin se mit à rire. « C'est lady Catelyn qui t'a mutilé ?

— Varshé Hèvre. » *D'où peuvent bien venir toutes ces sornettes ?*

« Le Qohorien ? » Ser Daven cracha. « Voilà pour lui et tous ses Braves Compaings. J'avais proposé à ton père de lui servir de fourrageur, mais il a refusé. Il est des tâches séantes pour des lions, il a dit, mais fourrager est beaucoup mieux dans les cordes des chèvres et des chiens. »

Les propres paroles de lord Tywin, Jaime le comprit ; il pouvait presque entendre la voix de son père. « Viens dedans, cousinet. Nous avons à causer. »

Garrett avait allumé les braseros, et leurs charbons incandescents peuplaient la tente de rougeoiements. Au vu de la touffeur ambiante, ser Daven se défit de sa pelisse d'un haussement d'épaules puis la jeta à Petit-Lou. « Toi, tu es un Piper, hein, mon gars ? grogna-t-il. Tu as cet air d'avorton.

— Je suis Lewys Piper, avec l'agrément de messire.

— J'ai salement rossé ton frangin dans une mêlée, dans le temps. Ce petit minus d'avorton s'est estimé offensé de ce que je lui demande si c'était sa frangine qui dansait à poil sur son bouclier.

— C'est l'emblème de notre maison. Nous n'avons pas de sœur.

— D'autant plus dommage. Votre emblème a de jolis nichons. Mais quel genre d'homme faut-il être pour se planquer derrière une gonzesse à poil ? Chaque fois que je martelais le bouclier de ton frangin, je me faisais l'impression fâcheuse de n'être pas chevaleresque.

— Suffit, dit Jaime en s'esclaffant. Fiche-lui la paix. » Armée d'une cuillère, Pia était en train de touiller du vin aux épices dans un chaudron. « J'ai besoin de savoir ce que je puis compter trouver à Vivesaigues. »

Son cousin haussa les épaules. « Le siège tire en longueur. Le Silure reste peinard dans le château, nous restons peinards dans nos camps, dehors. Sacrément emmerdant, si tu veux savoir la vérité. » Ser Daven s'assit sur un pliant de campagne. « Tully aurait dû faire une sortie, pour nous rappeler à tous que nous sommes encore en guerre. Serait chouette qu'il ait aussi massacré quelques Frey. Ryman, pour commencer. Celui-là ne dessoûle pour ainsi dire pas. Oh, et

Edwyn. Pas aussi bouché que son père, mais aussi plein de haine qu'un furoncle de pus. Et notre cher ser Emmon personnel – oh, pardon, *lord* Emmon ; les Sept nous préservent, faut pas oublier son nouveau titre –, notre sire de Vivesaigues ne fait rien d'autre que de me dire comment m'y prendre pour mener le siège. Il veut que je m'empare du château sans le lui *abîmer*, puisque c'est maintenant sa résidence seigneuriale.

— Ça y est, il est bien chaud, ce vin ? demanda Jaime à Pia.

— Oui, m'sire. » Elle se couvrait la bouche dès qu'elle l'ouvrait. Becq utilisa un plateau d'or pour faire le service. Ser Daven retira ses gants pour rafler une coupe. « Merci, mon gars. Qui pourrais-tu bien être, toi ?

— Josmyn Dombecq, avec l'agrément de messire.

— Becq s'est conduit en héros sur la Néra, dit Jaime. Il a tué deux chevaliers et en a capturé deux autres.

— Tu dois être plus dangereux que tu ne le parais, gamin. C'est du poil que tu as là, ou bien tu as omis de te débarbouiller le museau ? L'épouse de Stannis Baratheon a une moustache beaucoup plus fournie. Quel âge as-tu ?

— Quinze ans, ser. »

Ser Daven renifla. « Tu sais la meilleure à propos des héros, Jaime ? C'est qu'ils meurent tous jeunes, et qu'on a comme ça, nous autres, davantage de femmes pour nous. » Il relança sa coupe à l'écuyer. « Remplis ça à ras bord, et je te traiterai de héros moi aussi. Je suis assoiffé. »

Jaime souleva la sienne avec sa main gauche et avala une gorgée. La chaleur se répandit dans sa poitrine. « Tu parlais des Frey auxquels tu souhaitais male mort. Ryman, Edwyn, Emmon…

— Et Walder Rivers, fit Daven, ce fils de pute. Il déteste être un bâtard, et il déteste qui n'en est pas un.

Ser Perwyn a l'air d'un type comme il faut, lui, autant l'épargner, peut-être. Les femmes aussi. Je dois en épouser une, à ce qu'il paraît. Ton père aurait pu juger bon de me consulter sur ce mariage, par parenthèse. Le mien se trouvait en pleines négocations avec Paxter Redwyne avant Croixbœuf, tu savais ça ? Redwyne est pourvu d'une fille gentiment dotée…

— Desmera ? » Jaime se mit à rire. « Tu raffoles des taches de rousseur ?

— Si je n'ai pas d'autre choix que les taches de rousseur ou les Frey, ma foi… La moitié des volailles de lord Walder ressemblent à des fouines.

— La moitié seulement ? Ça te laisse encore une chance sur deux. J'ai vu la prétendue de Lancel à Darry.

— Ami corps-de-garde, bonté divine. Je n'arrivais pas à croire que Lancel ait pu jeter son dévolu sur celle-là. Qu'est-ce qu'il a qui cloche ?

— Il a sombré dans la piété, répondit Jaime, mais sans avoir été le moins du monde responsable dudit dévolu. Lady Amerei a pour mère une Darry. C'est notre oncle qui s'est flatté qu'elle aiderait Lancel à s'attirer par là la faveur des populations.

— Comment ça ? En baisant avec elles ? Tu sais d'où lui vient son sobriquet d'Ami corps-de-garde ? Elle relève sa herse en faveur du moindre chevalier qui vient à passer devant sa porte. Lancel aurait mieux fait de se dénicher un armurier susceptible de lui forger un heaume équipé de cornes.

— Ce ne sera pas nécessaire. Notre jouvenceau de cousin est en route pour Port-Réal, où il entend prononcer ses vœux en qualité d'épée du Grand Septon. »

Ser Daven n'aurait pas eu l'air plus médusé si Jaime lui avait annoncé la décision de Lancel de se faire le singe d'un cabotin. « Sans blague ? Tu veux me faire marcher ? Ami corps-de-garde doit être encore plus fouinière qu'on ne me l'avait dit pour avoir réussi à le pousser à faire un *truc* pareil. »

Lorsque Jaime avait pris congé d'elle, lady Amerei pleurait à petit bruit la dissolution de son mariage tout en se laissant consoler par Lyle Crakehall. Il s'était beaucoup moins ému de ses larmes que des mines ulcérées de sa parentèle plantée dans la cour. « J'espère que tu n'envisages pas de succomber toi-même à cette vocation, cousinet, dit-il à Daven. Les Frey sont d'une effroyable susceptibilité dès qu'il est question de contrats de mariage. Je détesterais leur infliger un nouveau désappointement. »

Ser Daven renifla. « J'épouserai ma fouinette et je la sauterai, n'aie crainte. Je sais ce qui est arrivé à Robb Stark. Mais si j'en crois ce que me débite Edwyn, je ferais mieux d'en choisir une encore impubère, sans quoi j'aurai toute chance de découvrir que Walder le Noir en a eu la primeur. Je suis prêt à parier qu'il s'est farci l'Ami corps-de-garde, et plus de trois fois. Ce qui pourrait bien expliquer la bigoterie de Lancel et la méchante humeur de son paternel.

— Tu as vu ser Kevan.

— Ouais. Il est passé par ici en se rendant dans l'Ouest. Je l'ai prié de nous aider à prendre Vivesaigues, mais il a refusé d'en entendre parler. Il n'a cessé de ruminer pendant tout son séjour. Assez courtois, mais glacial. Je lui ai juré que je n'avais jamais demandé à être promu Gardien de l'Ouest, protesté que c'était à lui qu'aurait dû revenir cet honneur, et il a déclaré qu'il ne m'en tenait nullement rancune, mais d'un ton qui t'aurait convaincu du contraire. Il est resté trois jours et ne m'a pas adressé trois mots. Aurait-il consenti à demeurer des nôtres que je ne me serais pas fait faute de recourir à ses conseils. Nos amis Frey n'auraient pas osé le contrecarrer comme ils n'ont pas arrêté de me contrecarrer, moi.

— Raconte, dit Jaime.

— Je ne souhaiterais pas mieux, mais par où débuter ? Pendant que je faisais construire des tours de siège et fabriquer des béliers, Ryman Frey a dressé un gibet. Chaque jour à l'aube, il y exhibe Edmure Tully, lui enserre le cou dans un nœud coulant et menace de le pendre à moins que le château ne se rende. Mais comme cette pantalonnade laisse le Silure impavide, le soir venu, lord Edmure est redescendu de son perchoir. Tu savais que sa femme est enceinte ? »

Jaime l'ignorait. « Il a couché avec elle après les Noces Pourpres ?

— Il était en train de coucher avec elle *pendant* les Noces Pourpres. Roslin est un joli petit morceau, pas fouinière pour un sol. Et follement éprise d'Edmure, bizarrement. Perwyn me raconte qu'elle se morfond en prières pour avoir une fille. »

Jaime médita la chose un moment. « Qu'il lui naisse un fils, et Edmure ne sera plus d'aucune utilité pour lord Walder.

— C'est aussi ma façon de voir. Notre bel-oncle Emm… zut, *lord* Emmon, je veux dire… exige qu'on pende Edmure sur-le-champ. La présence d'un Tully sire de Vivesaigues le tracasse presque autant que la naissance potentielle d'encore un autre. Il ne se passe pas de jour qu'il ne me conjure d'*obliger* ser Ryman, n'importe comment, à pendre Tully. Pendant ce temps, j'ai lord Gawen Ouestrelin qui me tiraille l'autre manche. Dame son épouse se trouve à la merci du Silure, dans le château, de conserve avec trois de ses morveux. Sa Seigneurie craint qu'on ne les lui zigouille tous, si les Frey exécutent Edmure. La petite reine du Jeune Loup fait partie du lot. »

Il revint à l'esprit de Jaime qu'il avait rencontré Jeyne Ouestrelin, mais il ne parvint pas à se rappeler de quoi elle avait l'air. *Elle doit être belle, en fait, pour avoir valu un royaume.* « Ser Brynden ne tuera jamais des gosses, assura-t-il à son cousin. Il n'est pas un poisson si noir que cela. » Il commençait à saisir pourquoi Vivesaigues n'était pas encore tombé. « Parle-moi des dispositions que tu as prises, cousinet.

— Le château est bien encerclé. Ser Ryman et les Frey sont au nord de la Culbute. Lord Emmon occupe le sud de la Ruffurque avec ser Forley Prestre et les vestiges de ton ancienne armée, et avec en sus ceux des seigneurs riverains qui nous ont ralliés après les Noces Pourpres. Un ramassis maussade, pour parler franc, ceux-là. Bons pour bouder dans leurs tentes, mais pas beaucoup plus. Mon camp personnel est établi entre les rivières, face à la douve et aux portes principales de Vivesaigues. Nous avons jeté une estacade sur l'autre rive de la Ruffurque, en aval de la forteresse. Manfryd If et Raynard Rouxtigre sont chargés de la défendre, afin d'empêcher quiconque de s'enfuir par bateau. Je leur ai aussi procuré des filets, grâce auxquels ils contribuent à notre alimentation.

— Nous est-il possible de réduire la place par la famine ? »

Ser Daven secoua la tête. « Le Silure a fait évacuer toutes les bouches inutiles, et il a ratiboisé les campagnes. Il a suffisamment de réserves pour assurer la survie de ses hommes et de ses chevaux pendant deux années pleines.

— Et nous, dans quel état sont nos approvisionnements ?

— Tant qu'il reste du poisson dans les rivières, nous ne mourrons pas de faim, mais j'ignore comment nous allons nourrir nos chevaux. Des jumeaux, les Frey rapportent des vivres et du fourrage, mais ser Ryman prétend qu'il n'en a pas assez pour les partager, de sorte qu'il nous faut nous débrouiller par nos propres moyens. La moitié des hommes que j'expédie chercher de la nourriture ne reviennent pas. Certains désertent. Nous en trouvons d'autres en train de mûrir sous des arbres, la corde au cou.

— Nous sommes tombés sur certains d'entre eux, voilà deux jours, dit Jaime. Des éclaireurs d'Addam Marpheux les ont découverts en train de se balancer, la tronche toute noire, sous un pommier sauvage. Les cadavres avaient été dépouillés de tous leurs vêtements, et chacun d'entre eux avait une pomme sauvage coincée entre les dents. Aucun ne portant la moindre blessure, ils s'étaient manifestement rendus sans combat. À cette vue, le Sanglier est entré dans une fureur folle, et il a juré d'exercer des représailles sanglantes sur la tête de quiconque trousserait à mort des guerriers comme des cochons de lait.

— Cela pourrait être l'œuvre de hors-la-loi, répondit ser Daven au récit de Jaime, tout autant que non. Il rôde encore dans les parages des bandes de Nordiens. Et ces lords du Trident ont eu beau ployer le genou, m'est avis que leurs cœurs persistent à demeurer… *louvistes.* »

Jaime jeta un coup d'œil vers ses deux plus jeunes écuyers qui tournicotaient autour des braseros en faisant semblant de ne pas écouter. Lewys Piper et Garrett Paege étaient les fils l'un et l'autre de seigneurs du Conflans. Il s'était pris d'affection pour eux, et il lui répugnerait d'avoir à les livrer à ser Ilyn. « Les cordes m'incitent à incriminer Dondarrion.

— Ton sire la Foudre n'est pas le seul homme à savoir faire un nœud coulant. Garde-toi de me lancer sur le chapitre de lord Béric. Il est ici, il est là, il est partout, mais quand tu fiches des gens à ses trousses, il se dissipe comme rosée. Les seigneurs riverains l'épaulent, il n'y a pas l'ombre d'un doute là-dessus. Un putain de Marchien, si tu peux m'accorder crédit. Un jour, tu entends jurer qu'il est mort, le lendemain, on te garantit qu'il est impossible de le tuer. » Ser Daven reposa sa coupe. « Les rapports de mes éclaireurs font état de feux allumés, la nuit, sur des hauteurs. Des feux qui servent de signaux, d'après eux... comme s'il y avait des guetteurs tout autour de nous. Et des feux, il en brûle aussi dans les villages. Une espèce de nouveau dieu... »

Que nenni, un vieux dieu... « Dondarrion est accompagné par Thoros, ce gros lard de prêtre de Myr qui picolait avec Robert. » Sa main d'or gisait sur la table. Jaime la toucha et en regarda miroiter le métal dans la lueur louche des braseros. « Nous réglerons son compte à Dondarrion s'il le faut, mais le Silure doit avoir la priorité. Il faut qu'il sache que sa cause est désespérée. Tu as essayé de négocier avec lui ?

— Ser Ryman l'a fait. Il s'est approché à cheval des portes du château, à moitié pompette et le bec farci de fanfaronnades et de menaces. Le Silure est apparu sur les remparts assez longtemps pour déclarer qu'il ne comptait pas se perdre en beaux discours avec des ordures. Puis il a décoché une flèche dans la croupe du palefroi de Ryman. La bête s'est cabrée, Frey s'est aplati dans la gadoue, et je me suis tellement gondolé que j'ai failli m'en compisser. Si c'était moi qui m'étais trouvé dans le château, cette flèche-là, je te l'aurais fichée, moi, dans le gosier mensonger de Ryman.

— Je porterai un gorgerin quand je négocierai avec ser Brynden, dit Jaime avec un demi-sourire. J'ai l'intention de lui soumettre des conditions généreuses. » S'il avait la possibilité d'achever ce siège sans effusion de sang, nul ne pourrait lui reprocher d'avoir pris les armes contre la maison Tully.

« Ta tentative sera la bienvenue, mon beau sire, mais je doute que des paroles gagnent la journée. C'est de vive force qu'il nous faut emporter la place. »

Il y avait eu une époque, et pas si lointaine, où Jaime aurait vivement conseillé le même menu. Il était conscient qu'il ne pouvait pas rester là inactif deux ans pour affamer le Silure. « Quoi que nous fassions, cela doit être rapide, dit-il à Daven. Ma place est à Port-Réal, aux côtés du roi.

— Ouais, fit son cousin. Je ne doute pas que ta sœur ait besoin de toi. Pourquoi a-t-elle congédié ser Kevan ? Je me figurais qu'elle en ferait sa Main.

— Il s'est récusé pour occuper le poste. » *Il n'était pas aussi aveugle que moi.*

« C'est Kevan qui devrait être le Gardien de l'Ouest. Ou toi. Ce n'est pas que l'honneur qui m'a été fait ne m'inspire pas de gratitude, note bien, mais notre oncle a le double de mon âge et une bien plus grande expérience du commandement. J'espère qu'il sait que je n'ai jamais demandé ce titre.

— Il le sait, et tu le lui as dit toi-même.

— Comment va Cersei ? Aussi belle que jamais ?

— Resplendissante. » *Couche-toi là.* « En or. » *Fausse comme des dorures en carton.* La nuit précédente, il avait rêvé qu'il la surprenait en train de baiser avec Lunarion. Il tuait le bouffon puis démolissait les dents de sa sœur avec sa main postiche, exactement comme l'avait fait Gregor Clegane à la pauvre Pia. Dans ses rêves, il avait toujours deux mains, dont une en or, mais qui fonctionnait tout à fait comme l'autre. « Plus tôt nous en aurons terminé avec Vivesaigues, et plus tôt je serai de retour auprès de Cersei. » Ce qu'il ferait alors, il n'en savait rien.

Il bavarda avec son cousin pendant une heure de plus avant que celui-ci ne se décide à prendre congé. Après son départ, Jaime arrima sa main d'or et revêtit un manteau brun pour aller flâner parmi les tentes.

Pour être tout à fait franc, cette existence lui plaisait. Il se sentait beaucoup plus à son aise au milieu des soldats sur le champ de bataille qu'il ne l'avait jamais été à la Cour. Et ses hommes semblaient eux aussi à leur aise avec lui. À l'un des feux de camp, trois arbalétriers lui offrirent de partager un lièvre qu'ils avaient attrapé. À un autre, un jeune chevalier prit conseil de lui sur la meilleure manière de se défendre contre une masse de guerre. Près de la berge de la rivière, il regarda jouter en eau peu profonde deux lavandières juchées sur les épaules d'une paire d'hommes d'armes. Les filles étaient passablement grises et à demi nues, et elles riaient en se fustigeant l'une l'autre avec des manteaux enroulés, sous les yeux d'une douzaine de spectateurs qui les encourageaient de leurs clameurs. Jaime misa une étoile de cuivre sur la blonde qui chevauchait Raff Tout-miel, et il la perdit quand le couple s'effondra d'un bloc avec un gros plouf au sein des roseaux.

De l'autre côté de la rivière, des loups hurlaient, et le vent qui soufflait par rafales dans un bosquet de saules faisait se tordre et murmurer leurs branches. Jaime trouva ser Ilyn Payne tout seul devant sa tente, en train de passer et de repasser la pierre à aiguiser sur sa longue épée. « Venez », lui dit-il, et le chevalier muet se leva, non sans un sourire imperceptible. *Il aime ça*, comprit-il subitement. *Ça lui fait plaisir, de m'humilier chaque nuit. Ça lui ferait peut-être encore davantage plaisir de me tuer.* Il se complaisait pour sa part à croire qu'il s'améliorait, mais ses progrès étaient lents et n'allaient pas sans lui coûter cher. Sous son acier, ses lainages et ses cuirs bouillis, Jaime Lannister était tapissé d'ecchymoses, de coupures et de croûtes.

Une sentinelle les interpella lorsqu'ils entraînaient leurs chevaux vers la sortie du camp. Jaime lui administra une tape sur l'épaule avec sa main d'or. « Reste vigilant. Il y a des loups dans les environs. » Ils longèrent la Ruffurque jusqu'aux ruines d'un village incendié par lequel ils étaient passés au cours de l'après-midi. C'est là qu'ils dansèrent leur danse de minuit, parmi les pierres noircies et les vieilles cendres refroidies. Pendant un petit moment, Jaime eut le dessus. Peut-être était-ce son adresse antérieure qui lui revenait, se permit-il de supposer. Peut-être que ce serait Payne qui, tout à l'heure, irait se coucher couvert de bleus et d'écorchures.

Or, ser Ilyn parut avoir entendu les pensées de son adversaire. Après avoir nonchalamment paré une dernière taillade, il lança une contre-attaque qui repoussa Jaime jusque dans la rivière, où sa botte se déroba sous lui dans la boue. Il se retrouva finalement à genoux, l'épée du chevalier silencieux pointée sur sa gorge, tandis qu'il avait perdu la sienne dans les roseaux. À la faveur du clair de lune, les marques de petite vérole qui affectaient la trogne de Payne semblaient aussi vastes que des cratères. Il émit l'espèce de cliquetis qui pouvait passer pour un rire et fit remonter la pointe de sa lame de la gorge de Jaime jusqu'entre ses lèvres, où elle s'immobilisa. Ce fut seulement alors qu'il recula d'un pas pour rengainer.

J'aurais mieux fait de défier Raff Tout-miel avec une putain sur mon dos, songea Jaime tout en secouant sa main d'or bourbeuse. Il était passablement tenté de l'arracher du moignon pour la balancer dans la rivière. Elle ne lui était strictement bonne à rien, et la gauche ne valait guère mieux. Ser Ilyn était entre-temps retourné vers les chevaux, le laissant se relever par ses propres moyens. *Au moins ai-je encore deux pieds.*

Le dernier jour de leur voyage fut froid et venteux. La bise ferraillait parmi les branches dans les bois de plus en plus dénudés et couchait les roseaux le long de la Ruffurque. Malgré les blancs lainages hivernaux de la Garde Royale qui le protégeaient, Jaime en percevait la méchante morsure pendant qu'il chevauchait aux côtés de son cousin. L'après-midi touchait à sa fin quand ils parvinrent en vue de Vivesaigues, fièrement dressé sur l'étroite langue de terre au confluent de la Culbute et de la Ruffurque. La forteresse des Tully ressemblait à un colossal vaisseau de pierre à la proue pointée vers l'aval. Ses murailles de grès baignaient dans une lumière d'or rouge, et elles semblèrent à Jaime plus hautes et plus massives que dans ses souvenirs. *Cette noix ne sera pas facile à casser*, songea-t-il sombrement. Si le Silure se refusait à entrer dans son système de pourparlers, lui-même n'aurait pas d'autre solution que de rompre le serment qu'il avait fait à lady Catelyn. La foi jurée au roi devait prévaloir.

Sur la berge opposée de la rivière, l'estacade et les trois immenses camps de l'armée assiégeante correspondaient exactement à la description de ser Daven. Pour être le plus important, au nord de la Ruffurque, le campement de ser Ryman Frey était également le plus désordonné. Une impressionnante potence grise dominait les tentes, aussi dégingandée qu'un quelconque trébuchet. En haut de sa plate-forme se tenait une silhouette solitaire, la corde au cou. *Edmure Tully.* Jaime eut une bouffée de compassion. *Plutôt que de le contraindre à rester là debout, jour après jour, la gorge prise dans un nœud coulant, mieux vaudrait lui trancher la tête une fois pour toutes afin d'en finir avec ce supplice.*

Au-delà du gibet, tentes et feux de camp s'éparpillaient en tous sens au petit bonheur. Pour assurer leur confort, la noblaille Frey et ses chevaliers avaient dressé leurs pavillons vers l'amont, à l'écart des fosses d'aisances ; l'aval foisonnait en revanche de taudis crottés, de fourgons et de chars à bœufs. « Pour empêcher ses gars de finir par s'emmerder, ser Ryman leur offre des putes, des combats de coqs et des battues de sanglier, déclara ser Daven. Il s'est même dégotté pour son propre usage un putain de *chanteur*. Crois-le ou pas, notre tante ayant ramené de Port-Lannis Wat Blancherisette, il a jugé indispensable de posséder son baladin personnel. Ne pourrions-nous tout bonnement endiguer la rivière et les noyer tous tant qu'ils sont, cousinet ? »

Jaime distinguait nettement des archers qui circulaient derrière les merlons des remparts du château. Au-dessus de leurs têtes flottaient les bannières de la maison Tully, la provocante truite au bond d'argent sur son champ strié de bleu et de rouge. Mais la plus haute tour arborait un étendard différent, un long étendard blanc frappé du loup-garou, le blason des Stark. « La première fois que j'ai vu Vivesaigues, je n'étais qu'un bleu d'écuyer, novice comme une pucelle, confia Jaime à son cousin. Le vieux Sumner Crakehall m'y envoyait délivrer un message qu'il jurait ses grands dieux ne pouvoir confier à un corbeau. Lord Hoster me retint une quinzaine pendant qu'il ruminait sa réponse, et il me plaçait à chaque repas aux côtés de sa fille Lysa.

— Pas étonnant que tu aies pris le blanc. J'aurais fait la même chose.

— Oh, Lysa n'était pas si épouvantable que ça. » Elle était à l'époque une jolie fille, à la vérité ; elle avait des traits délicats, des fossettes et une longue chevelure auburn. *Elle était timide, en revanche. Encline à des silences de vraie muette et à des accès de gloussements, sans une once du feu de Cersei.* La sœur aînée lui avait semblé plus intéressante, mais Catelyn était déjà promise à un garçon du Nord, l'héritier de Winterfell en l'occurrence. Seulement, à cet âge, Jaime s'intéressait bien moins, tant s'en fallait, à quelque fille que ce fût qu'au fameux frère d'Hoster, lequel s'était acquis une brillante réputation lors de la bataille des Degrés de Pierre contre les Rois à neuf sous. À table, il avait par conséquent ignoré la pauvre Lysa pour mieux presser Brynden Tully de le régaler d'anecdotes à propos du Prince d'Ebène et de Maelys le Monstrueux. *Ser Brynden était alors plus jeune que je ne le suis à présent*, se dit-il à la réflexion, *et moi j'étais plus jeune que Becq.*

Le gué de la Ruffurque le plus proche se trouvait en amont du château. Pour atteindre le camp de ser Daven, ils eurent à traverser celui d'Emmon Frey, à dépasser les pavillons des seigneurs riverains à qui leur soumission avait valu de se voir réintégrer dans la paix du roi. Jaime repéra les bannières de Lychester et de Vance, de Roote et de Bonru, les glands de la maison Smallford et la jouvencelle dansante de lord Piper, mais ce furent les bannières *absentes* qui le frappèrent par-dessus tout. Nulle part ne s'apercevait l'aigle d'argent Mallister, pas davantage le cheval rouge Bracken, non plus que le saule des Ryger, les serpents jumelés de Paege. Toutes ces maisons avaient eu beau faire nouvel acte de féauté vis-à-vis du Trône de Fer, aucune ne s'était présentée pour participer au siège. Certes, Jaime savait que les Bracken étaient aux prises avec les Nerbosc, ce qui justifiait leur abstention, mais en ce qui concernait les autres…

Nos nouveaux amis ne sont nullement des amis. Leur loyauté ne dépasse pas l'épiderme. Il fallait s'emparer de Vivesaigues, et vite. Plus le siège tirait en longueur, et plus le reste des récalcitrants, tel Tytos Nerbosc, retrouverait de cœur au ventre.

Devant le gué, ser Kennos de Kayce fit résonner la Trompe de Herrock. *Cela devrait amener le Silure aux créneaux.* Brandissant le blanc étendard de la Garde Royale et la bannière cerf et lion de Tommen qui claquaient au vent, ser Hugo et ser Dermot ouvrirent la marche à Jaime en pataugeant dans les eaux boueuses de la rivière. La suite de la colonne se pressait à vive allure sur leurs talons.

Le vacarme des marteaux de bois assourdissait le camp Lannister, où l'on s'affairait à construire une nouvelle tour de siège. Il y en avait déjà deux d'achevées, à moitié recouvertes de cuir cru de cheval. Entre elles reposait un bélier roulant fait d'un tronc d'arbre à la pointe durcie au feu et qui, suspendu par des chaînes à son affût, bénéficiait d'une toiture de bois. *Le cousinet n'a pas chômé, semblerait-il.*

« Messire, demanda Becq, où souhaitez-vous que l'on dresse votre tente ?

— Là-bas, sur cette butte. » Il utilisa sa main d'or, tout inadaptée qu'elle était à ce genre de tâche, pour désigner l'endroit. « Les bagages ici, les piquets de chevaux là. Nous nous servirons des latrines que mon cousin a fait si obligeamment creuser à notre intention. Ser Addam, inspectez notre périmètre d'un œil qui ne souffre aucune faiblesse. » Il ne s'attendait certes à subir aucune espèce d'agression, mais il ne s'y était pas davantage attendu – n'est-ce pas ? – dans le Bois-aux-Murmures…

« Convoquerai-je les fouines à la tenue d'un conseil de guerre ? s'enquit Daven.

— Pas avant que j'aie parlé au Silure. » Jaime invita d'un geste Jon Bettley l'Imberbe à s'approcher. « Agitez un drapeau de paix et allez transmettre un message au château. Informez ser Brynden Tully que je souhaiterais m'entretenir au point du jour avec lui demain. Je me rendrai au bord de la douve et le rencontrerai sur son pont-levis. »

Becq prit un air alarmé. « Mais, messire, les archers pourraient…

— Ils ne le feront pas. » Jaime mit pied à terre. « Montez ma tente et plantez mes étendards. » *Et nous verrons bien qui accourt, et avec quel empressement.*

Il n'eut pas longtemps à attendre. Pia asticotait déjà les charbons d'un brasero pour tenter de les enflammer. Becq alla lui prêter main-forte. Il arrivait souvent à Jaime, ces derniers temps, de s'endormir en les entendant forniquer dans un coin. Alors que Garrett s'employait à lui dégrafer les attaches de ses jambières, la portière de la tente s'ouvrit en trombe. « Enfin, te voilà, hein ? » tonitrua lady Genna. Elle obstruait carrément le seuil, et, du dehors, son Frey de mari faufilait un œil derrière elle. « Pas trop tôt. Tu n'as pas une seule embrassade à perdre pour ta bonne vieille grosse tante ? » Elle écarta les bras, ne lui laissant pas d'autre solution que de s'exécuter.

Genna Lannister avait eu dans sa jeunesse des formes plantureuses qui menaçaient en permanence de submerger son corsage. À présent, la seule forme qu'elle eût était celle d'un cube. Sa face était large et poupine, son cou un pilier rose colossal, sa poitrine énorme. Elle trimbalait suffisamment de viande pour fabriquer deux êtres du format de son époux. Jaime l'étreignit de son mieux et s'attendit à ce qu'elle lui pince l'oreille. Aussi loin qu'il remontât dans ses souvenirs, elle n'avait jamais manqué de lui pincer l'oreille, mais elle s'en abstint aujourd'hui. En revanche, elle lui colla sur les joues des baisers flasques comme des méduses. « Je suis désolée de la perte que tu as subie.

— Je me suis fait faire une nouvelle main. En or. » Il la lui exhiba sous le nez.

« Très joli. Va-t-on te faire un père en or aussi ? » Il y avait de l'âpreté dans l'intonation. « C'était à la perte de Tywin que je faisais allusion.

— Il ne se manifeste un homme de l'envergure de Tywin Lannister qu'une fois tous les mille ans », déclara son époux. Emmon Frey était un individu fébrile aux mains nerveuses. Il aurait pu parvenir à peser dans les cent vingt-cinq livres, mais à la condition formelle d'être trempé jusqu'à l'os et revêtu de mailles. C'était une mauviette habillée de laine, sans menton digne de ce nom, lacune dont la proéminence de la pomme plantée en travers de son gosier rendait l'ineptie plus insondable encore. La moitié de ses cheveux l'avait déserté dès avant qu'il n'ait atteint la trentaine. À soixante ans qu'il avait désormais, seules en subsistaient quelques houppettes blanches éparses.

« Il est dernièrement parvenu à nos oreilles des contes extravagants, reprit lady Genna, après que Jaime eut congédié Pia et ses écuyers. Une femme sait difficilement que croire. Se pourrait-il que ce soit vraiment Tyrion qui ait assassiné Tywin ? Ou bien s'agit-il là d'une calomnie propagée par ta sœur ?

— C'est la vérité pure et simple. » La pesanteur de sa main d'or était devenue agaçante. Il trifouilla dans les lanières qui l'arrimaient au moignon de son poignet.

« Un fils, lever la main contre son père ! lâcha ser Emmon. Monstrueux. Ces jours-ci sont bien noirs pour

Westeros. La disparition de lord Tywin me fait trembler pour nous tous.

— Tu tremblais déjà pour nous tous quand il était encore là. » Lady Genna posa sa volumineuse croupe sur un pliant de campagne qui craqua de façon alarmante sous son poids. « Neveu, parle-nous de notre fils Cleos et des circonstances de sa mort. »

Après en avoir défait la dernière attache, Jaime se débarrassa de sa main postiche. « Nous sommes tombés dans une embuscade de hors-la-loi. Ser Cleos les a dispersés, mais cet exploit lui a coûté la vie. » Le mensonge lui était venu sans effort ; il constata qu'ils en étaient visiblement ravis.

« C'était un garçon courageux, je l'ai toujours dit. Il avait ça dans le sang. » Une bave rosâtre faisait luire les lèvres de ser Emmon quand il se mettait à parler. Le mérite en revenait à la surelle qu'il se complaisait à mâchouiller.

« Ses os seront enterrés sous le Roc dans la salle des Héros, décréta lady Genna. Où repose-t-il actuellement ? »

Nulle part. Après avoir entièrement dépouillé son cadavre, les Pitres Sanglants l'ont abandonné aux corbeaux charognards pour qu'ils se repaissent de sa bidoche. « Près d'un ruisseau, mentit-il. Une fois terminée cette guerre, je retrouverai l'endroit pour rapatrier ses restes à la maison. » Des os étaient des os ; ces temps-ci, rien n'était plus facile que de s'en procurer.

« Cette guerre… » Lord Emmon s'éclaircit la gorge, ce qui fit monter et descendre la fichue pomme coincée dedans. « Tu auras vu les machines de siège. Tours, béliers, trébuchets. Ça ne saurait faire l'affaire, Jaime. Daven a l'intention de démolir mes murailles, de défoncer mes portes. Il parle de poix enflammée pour mettre le feu au château. À *mon* château. » Il farfouilla dans l'une de ses manches, en extirpa un parchemin qu'il brandit sous le nez de son neveu. « Le décret est en ma possession. Signé par le roi, par Tommen, tiens, regarde, le sceau royal, cerf et lion. Je suis le seigneur et maître légitime de Vivesaigues, et je ne tolérerai pas qu'on me réduise mon château en ruines fumantes.

— Oh, range-moi donc ce truc idiot, jappa sa femme. Aussi longtemps que le Silure occupe Vivesaigues, tu peux toujours te torcher le cul avec cette paperasse, elle nous fait une belle jambe ! » Elle avait beau être une Frey depuis cinquante ans, lady Genna demeurait une sacrée Lannister. *Essentiellement une Lannister.* « Jaime te le livrera, ton château.

— Assurément, fit lord Emmon. Ser Jaime, la confiance que messire votre père avait en moi était bien placée, vous verrez. Je compte me montrer ferme mais beau joueur envers mes nouveaux vassaux. Les Nerbosc et Bracken, Jason Mallister, Vance et Piper apprendront qu'ils ont un suzerain juste en la personne d'Emmon Frey. Mon père aussi, oui-da. Il a beau être le lord du Pont, *moi*, je suis le lord de Vivesaigues. Un fils doit obéissance à son père, c'est entendu, mais un banneret doit obéissance à son suzerain. »

Oh, bonté divine ! « Vous n'êtes pas son suzerain, ser. Lisez donc votre parchemin. On vous a attribué Vivesaigues avec ses terres et ses revenus, mais un point c'est tout. C'est à lord Petyr Baelish qu'est revenue la suprématie du Trident. Vivesaigues va être assujetti à la tutelle d'Harrenhal. »

Cela fit regimber lord Emmon. « Harrenhal est une ruine maudite et hantée de spectres, objecta-t-il, et Baelish… c'est un compteur de picaillons mais pas un lord digne de ce nom, sa naissance…

— Si ces dispositions vous mécontentent, allez à Port-Réal en débattre avec ma sœur chérie. » Cersei ne ferait qu'une bouchée d'Emmon Frey et se curerait les dents avec ses os, ça, Jaime n'en avait aucun doute. *En tout cas, si elle n'est pas trop occupée à se farcir Osmund Potaunoir.*

Lady Genna émit un reniflement. « Il est oiseux d'ennuyer Sa Grâce avec de telles fariboles. Emm, qu'est-ce qui te retient d'aller faire un tour dehors pour prendre une bouffée d'air ?

— Une bouffée d'air ?

— Ou pisser un bon coup, si tu préfères. Mon neveu et moi avons à discuter d'affaires *de famille.* »

Lord Emmon s'empourpra. « Oui, il fait trop chaud dedans. J'attendrai à l'extérieur, ma dame. Ser. » Sa Seigneurie roula son parchemin, esquissa une révérence à l'adresse de Jaime et quitta la tente d'un pas titubant.

Il était difficile de ne pas éprouver de mépris pour Emmon Frey. Il était arrivé à Castral Roc dans sa quatorzième année pour épouser une lionne deux fois plus jeune que lui. Tyrion disait volontiers que lord Tywin lui avait offert en présent de noces un ventre nerveux. *Genna joua sa partie là-dedans, elle aussi.* Jaime gardait le souvenir de maints festins durant lesquels Emmon chipotait dans son écuelle d'un air morne tandis que son épouse échangeait des gaudrioles salaces avec n'importe lequel des chevaliers de la maisonnée qu'elle se trouvait avoir pour voisin de gauche, tout en ponctuant leurs conversations d'éclats de rire assourdissants. *Elle a donné quatre fils à Frey, ça, c'est sûr. Du moins assure-t-elle qu'ils sont de lui.* Personne à Castral Roc n'avait eu le toupet d'insinuer le contraire, et ser Emmon moins que quiconque.

Ce dernier n'eut pas plus tôt vidé les lieux que dame son épouse roula les yeux. « Mon seigneur et maître. À quoi *pensait* donc ton père, de le nommer sire de Vivesaigues ?

— J'imagine qu'il pensait à vos enfants.

— J'y pense aussi. Emm fera un lord minable. Ty peut s'en tirer mieux, s'il a le bon sens de préférer mes leçons à celles de son père. » Son regard parcourut la tente. « Tu as du vin ? »

Jaime en dénicha une carafe et assura lui-même le service d'une seule main. « Pourquoi vous trouvez-vous ici, ma dame ? Vous n'auriez pas dû quitter Castral Roc avant la fin des affrontements.

— Une fois qu'Emm a appris qu'il était un lord, il lui a fallu venir toutes affaires cessantes revendiquer son siège. » Lady Genna s'envoya une lampée puis essuya sa bouche sur sa manche. « Ton père aurait été mieux inspiré de nous donner Darry. Cleos avait épousé l'une des filles du Laboureur, tu dois t'en souvenir. Sa veuve éplorée est furieuse que les domaines du seigneur son père n'aient pas été donnés à ses propres fils. Ami corps-de-garde n'est Darry que du côté de sa mère. Ma belle-fille Jeyne est sa tante, une sœur pleine et entière de lady Mariya.

— Une sœur cadette, lui rappela Jaime, et Ty possédera Vivesaigues, ce qui représente un morceau incomparablement plus copieux que Darry.

— Un morceau empoisonné. La maison Darry est éteinte dans la lignée mâle, la maison Tully ne l'est pas. Cette tête de veau de ser Ryman a beau passer le cou d'Edmure dans un nœud coulant, il ne le pendra pas. Et une truite se développe dans le ventre de Roslin Frey. À Vivesaigues, mes petits-fils ne seront jamais en sécurité tant que restera en vie le moindre héritier Tully. »

Elle n'avait pas tort, Jaime le savait fort bien. « Si Roslin met au monde une fille…

— … elle peut épouser Ty, pourvu toutefois que le vieux lord Walder veuille y consentir. Oui, j'ai pensé à ça. Mais un garçon est tout aussi probable, et sa petite queue brouillerait les cartes. Et s'il advenait que ser Brynden réchappe à ce siège, il pourrait être enclin à revendiquer Vivesaigues en son propre nom… ou au nom du jeune Robert Arryn. »

Les souvenirs que Jaime gardait de ce dernier dataient de Port-Réal et de l'époque où, âgé de quatre ans, le mioche en était encore à pomper les seins de sa mère. « Arryn ne vivra pas assez longtemps pour procréer. Et pourquoi le sire des Eyrié aurait-il envie de Vivesaigues ?

— Pourquoi le propriétaire d'une potée d'or a-t-il envie d'en posséder une seconde ? Les êtres humains sont gourmands. Tywin aurait dû donner Vivesaigues à Kevan et Darry à Emm. Je le lui aurais dit moi-même s'il s'était seulement soucié de me demander mon avis, mais ton père a-t-il jamais consulté quiconque d'autre que Kevan ? » Elle poussa un soupir à fendre l'âme. « Je ne reproche pas à Kevan d'avoir voulu le siège le plus sûr pour son propre fils, remarque. Je le connais trop bien.

— Ce que veut Kevan et ce que veut Lancel, voilà qui fait deux, tout compte fait. » Il la mit au courant de la décision prise par son cousin de répudier femme, terres et titre de lord pour se battre en faveur de la Sainte Foi. « Si vous voulez Darry, écrivez à Cersei pour régler votre affaire. »

Lady Genna agita sa coupe en signe de dénégation. « Non, il n'est plus temps d'enfourcher ce cheval. Emm s'est fourré dans son crâne pointu qu'il est appelé à gouverner le Conflans. Et Lancel… Je présume que nous aurions dû voir venir cela de loin. Une existence consacrée à la protection du Grand Septon, cela ne diffère pas tant que cela d'une existence consacrée à la protection du roi, en définitive. Kevan va être fou de rage, je crains. Aussi fou de rage que Tywin quand tu t'es mis en tête de prendre le blanc. Au moins Kevan a-t-il encore Martyn comme héritier. Il peut toujours lui faire épouser Ami corps-de-garde à la place de Lancel. Puissent les Sept nous sauvegarder tous ! » Elle soupira derechef. « À propos des Sept, au fait, pourquoi diable Cersei a-t-elle permis à la Foi de se réarmer ? »

Jaime haussa les épaules. « Je suis persuadé qu'elle avait des raisons.

— Des raisons ? » Lady Genna lâcha un bruit grossier. « Elles auraient tout intérêt à être de *bonnes* raisons. Les Étoiles et les Épées ont tracassé les Targaryens eux-mêmes. Le Conquérant en personne ménageait la Foi pour éviter de se l'aliéner. Et lorsqu'à la mort d'Aegon les lords se soulevèrent contre ses fils, les deux ordres se trouvaient en plein cœur de cette rébellion. Les seigneurs les plus pieux les soutenaient, et un grand nombre de petites gens. Le roi Maegor se vit finalement contraint à mettre à prix la tête de leurs membres. Il payait un dragon pour celle de chaque Fils du Guerrier qui ne venait pas à résipiscence, et un cerf d'argent pour le cuir chevelu d'un Pauvre Compagnon, si je me rappelle mon histoire. Il en fut tué des milliers, mais presque autant d'entre eux continuèrent à vadrouiller de façon provocante dans tout le royaume jusqu'à ce que le Trône de Fer assassine Maegor et que le roi Jaehaerys convienne de pardonner à tous ceux qui déposeraient les armes.

— J'avais oublié la plupart de ces détails, confessa Jaime.

— Ta sœur autant que toi. » Elle prit une nouvelle gorgée de son vin. « Est-il vrai que Tywin souriait sur son catafalque ?

— Il pourrissait sur son catafalque. Ce qui faisait se gondoler sa bouche.

— Cela ne tenait donc qu'à ça ? » Elle en parut tout attristée. « Les gens prétendent que Tywin n'a jamais souri, mais il souriait quand il a épousé ta mère et quand Aerys a fait de lui sa Main. Lorsque Tarbeck Hall s'est effondré sur lady Ellyn, cette chienne d'intrigante, Tyg a juré l'avoir vu sourire. Et il souriait à votre naissance, Jaime, ça, je l'ai vu de mes propres yeux. Toi et Cersei, roses et parfaits, aussi pareils que des pois dans leur cosse – enfin, sauf entre les jambes. Quels *poumons* vous aviez !

— Entendez nos rugissements. » Jaime sourit à belles dents. « La prochaine fois, vous me conterez qu'il adorait rire.

— Non. Tywin se méfiait de l'hilarité. Il avait entendu trop de gens rire de ton aïeul. » Elle fronça les sourcils. « Je te le garantis, cette pantalonnade de siège ne l'aurait pas amusé. Comment comptes-tu t'y prendre pour y mettre fin, maintenant que tu es ici ?

— En négociant avec le Silure.

— Ça ne marchera pas.

— J'ai l'intention de lui soumettre des conditions avantageuses.

— Les conditions exigent de la confiance. Or, les Frey ont assassiné des hôtes reçus sous leur propre toit. Et toi, eh bien… sans vouloir t'offenser, mon cœur, il n'empêche que tu as *bel et bien* trucidé certain roi que tu avais juré de protéger.

— Et je tuerai le Silure s'il ne se rend pas. » Il avait riposté d'un ton beaucoup plus hargneux qu'il n'entendait le faire, mais il n'était pas d'humeur à supporter qu'on lui balance en pleine gueule Aerys Targaryen.

« Comment ça ? Avec ta langue ? » Il y avait du dédain dans sa voix. « Je peux bien être une grosse vieille femme, je n'ai pas de la mélasse entre les oreilles. Le Silure non plus. Il ne se laissera pas démonter par des menaces creuses.

— Vous conseilleriez quoi, vous ? »

Elle haussa pesamment les épaules. « Emm veut qu'on raccourcisse Edmure. Pour une fois, peut-être n'a-t-il pas tort. Ser Ryman nous rend de plus en plus grotesques avec cette potence de sa façon. Il faut que tu montres à ser Brynden que tes menaces ne sont pas en l'air.

— L'exécution d'Edmure risquerait de durcir la détermination de ser Brynden.

— La détermination est une chose dont Brynden Silure n'a jamais manqué. Hoster Tully aurait pu te le confirmer. » Lady Genna termina son vin. « Enfin, je n'aurais jamais le culot de te chapitrer sur la manière de mener des hostilités. Je sais quelle est ma place... contrairement à ta sœur. Est-il exact qu'elle a brûlé le Donjon Rouge ?

— Uniquement la tour de la Main. »

Sa tante roula des yeux. « Elle aurait mieux fait de laisser la tour intacte et de brûler sa Main. Harys *Swyft* ? S'il est un homme qui ait jamais mérité ses armes, c'est bien ser Harys. Et Gyles Rosby, les Sept nous préservent, je le croyais mort depuis des années. Quant à Merryweather... Ton père appelait son aïeul "le Glousseur", si tu veux savoir. Tywin affirmait qu'il n'était bon qu'à glousser sitôt que le roi lâchait un de ses mots spirituels. Sa Seigneurie s'est elle-même condamnée tout droit à l'exil par ses gloussements, pour autant que je me rappelle. Cersei a également flanqué je ne sais quel bâtard au Conseil, et un pot marmiteux dans la Garde Royale. Elle autorise la Foi à s'armer et les Braaviens à lancer des emprunts dans tous les coins de Westeros. Rien de tout cela ne serait en train de se produire si elle avait eu le simple bon sens de nommer ton oncle Main du Roi.

— Ser Kevan a refusé le poste.

— C'est ce qu'il a dit. Il n'a pas précisé pourquoi. Il y a des tas de choses qu'il n'a pas dites. Pas *voulu* dire. » Sa tante fit une grimace. « Kevan a *toujours* fait ce qu'on réclamait de lui. Ce n'est pas son genre de se dérober devant quelque obligation que ce soit. Il y a quelque chose de tordu dans toutes ces salades, mon flair me le garantit.

— Il a prétendu qu'il était fatigué. » *Il est au courant*, avait déclaré Cersei, pendant qu'ils s'inclinaient sur la dépouille de leur père. *Il est au courant, pour nous deux.*

« Fatigué ? » Une moue revêche gonfla les lèvres de lady Genna. « Je suppose qu'il a quelque droit de l'être. Ce n'a pas été du nougat pour Kevan, de vivre sa vie entière dans l'ombre de Tywin. Ce fut dur pour tous mes frères. L'ombre que projetait Tywin était longue et noire, et chacun d'entre eux devait lutter pour jouir d'un brin de soleil. Tygett essaya d'être son propre maître, mais il ne fut jamais en mesure de concurrencer ton père, et cet échec ne réussit qu'à le rendre de plus en plus acrimonieux au fur et à mesure que les années passaient. Gerion, lui, s'en sortit à force de plaisanteries. Tant vaut se gausser de la partie que de la jouer et la perdre. Mais Kevan s'avisa dès le début de la situation, de sorte qu'il se fit de lui-même une place aux côtés de ton père.

— Et vous ? lui demanda Jaime.

— La partie qui se jouait ne concernait pas les filles. J'étais la précieuse princesse de mon père, et celle de Tywin aussi, jusqu'au jour où je l'ai désappointé. Mon frère n'a jamais appris à savourer le goût du désappointement. » Elle se hissa sur ses pieds. « J'ai dit ce que j'étais venue dire, je ne prendrai plus rien de ton temps. Fais ce qu'aurait fait Tywin.

— Vous l'aimiez ? » s'entendit-il demander.

Sa tante le regarda d'un air singulier. « J'avais sept ans quand Walder Frey persuada mon père d'accorder ma main à Emm. Son *deuxième* fils, pas même son héritier.

Père était lui-même un troisième-né, et les cadets ont follement soif de l'approbation de leurs aînés. Frey perça cette faiblesse à jour, et Père consentit sans meilleur motif que de lui complaire. Mes fiançailles furent publiées au cours d'un festin auquel participait la moitié de l'Ouest. Ellyn Tarbeck s'en tordit de rire, et le Lion Rouge quitta la salle furibond. Le reste de l'assistance s'assit sur sa langue. Tywin fut le seul à se déclarer hostile à cette union. Un gamin de dix ans. Père devint aussi blanc que du lait de jument, et Walder Frey *tremblait* de tous ses membres. » Elle sourit. « Comment aurais-je pu ne pas l'aimer, après ça ? Cela ne revient pas à dire que j'aie approuvé chacun de ses faits et gestes, ou que j'aie beaucoup apprécié la compagnie de l'homme qu'il devint... Mais toutes les petites filles ont besoin d'un grand frère qui les protège. » Elle poussa un soupir. « Qui nous protégera désormais ? »

Jaime l'embrassa sur la joue. « Il a laissé un fils.

— Ouais, en effet. C'est ce qui m'effraie le plus, à la vérité. »

C'était une remarque pour le moins bizarre. « Pourquoi devriez-vous en être effrayée ?

— Jaime, dit-elle en lui tirant l'oreille, mon petit chéri, je te connais depuis que Joanna te donnait le sein. Tu souris comme Gerion et te bats comme Tyg, et tu n'es pas sans avoir un rien de ressemblance avec Kevan, sans quoi tu ne porterais pas ce manteau. Mais c'est Tyrion qui *est* le fils tout craché de Tywin, pas toi. Je l'ai carrément dit à ton père, un jour, et il a passé six mois sans daigner m'adresser la parole après cela. Les hommes sont de grands benêts tellement ombrageux. Même ceux de l'espèce qui ne se présente qu'une fois tous les mille ans. »

CAT DES CANAUX

Le soleil n'était pas encore levé quand elle se réveilla, dans la petite chambre qu'elle partageait dans les combles avec les filles de Brusco.

Elle était toujours la première à se réveiller. Il faisait chaud et douillet sous les couvertures en compagnie de Brea et de Talea. Elle les entendait respirer doucement. Lorsqu'elle bougea, se dressa sur son séant puis tâtonna en quête de ses pantoufles, Brea marmotta une plainte engourdie sans faire autre chose que se retourner à plat ventre. Le froid qui émanait des murs de pierre grise donna la chair de poule à Cat. Elle s'habilla promptement dans le noir. Elle était en train d'enfiler sa tunique par-dessus sa tête quand Talea ouvrit les yeux et lança : « Cat, sois un chou et apporte-moi mes vêtements. » C'était une fille dégingandée, tout en coudes, en os et en peau, qui n'arrêtait pas de geindre qu'elle était gelée.

Cat alla les lui chercher, et Talea s'y faufila en se tortillant sous les couvertures. À elles deux, elles extirpèrent du lit la sœur aînée qui leur ronchonna des menaces ensommeillées.

Lorsque enfin toutes trois descendirent l'échelle de leur galetas, Brusco était déjà dehors avec ses fils, à bord du bateau amarré dans le petit canal qui longeait les arrières de la maison. Brusco leur aboya de se dépêcher, comme il le faisait chaque matin. Ses fils aidèrent

Talea et Brea à s'embarquer à leur tour. À Cat incombait la tâche de les désarrimer de l'appontement, de larguer l'amarre à Brea puis d'écarter le bateau du quai en le repoussant avec son pied botté. Enfin, tandis que les fils de Brusco s'arc-boutaient déjà sur leurs perches, elle prit son élan pour franchir d'un bond l'espace qui s'élargissait entre la terre ferme et le pont du bateau.

Après quoi elle n'eut rien d'autre à faire que de se tenir longtemps tranquille à bâiller, tandis que Brusco et ses fils les véhiculaient au travers de l'obscurité qui précède l'aube en traçant leur route dans un dédale inextricable de canaux minuscules. La journée s'annonçait sous les apparences d'une rareté, avec un froid vif et une atmosphère limpide et brillante. Braavos ne possédait que trois variétés de temps ; vilain avec le brouillard, pire avec la pluie, détestable avec les giboulées givrantes. Il arrivait toutefois que de loin en loin survienne un matin où l'aurore apparaissait toute bleue et rose et où l'air avait une acuité vivifiante et salée. C'étaient là les jours favoris de Cat.

Quand ils eurent atteint la large voie d'eau toute droite qu'on appelait le Long Canal, ils y virèrent vers le sud pour gagner le marché au poisson. Assise les jambes en tailleur, Cat réprima un bâillement tout en s'efforçant de se rappeler les détails de son rêve. *J'ai rêvé que j'étais redevenue un loup.* Les odeurs étaient ce dont elle se souvenait le plus nettement : celles des arbres et de l'humus, celle de ses frères de meute, des relents de cheval et d'homme et de daim, chacune de ces senteurs distincte des autres, et les effluves âcres, acérés, toujours identiques, eux, de la peur. Certaines nuits, les rêves de loup étaient empreints d'une telle vivacité qu'elle pouvait entendre hurler ses frères même quand elle se réveillait, et, une fois, Brea lui avait affirmé qu'elle grondait dans son sommeil en se démenant sous les couvertures. Elle avait cru qu'il s'agissait là d'un stupide mensonge jusqu'à ce que Talea lui confirme également le fait.

Je ne devrais pas continuer à faire des rêves de loup, se dit-elle. *Je suis maintenant un chat, pas un loup. Je suis Cat des Canaux.* Les rêves de loup appartenaient à Arya, de la maison Stark. Mais elle avait beau essayer de son mieux, elle ne parvenait pas à se débarrasser d'Arya. Qu'elle dormît dans les soubassements du temple ou dans la petite chambre des combles avec les filles de Brusco ne changeait strictement rien, les rêves de loup persistaient à la hanter, la nuit… Et d'autres rêves aussi parfois.

Les rêves de loup étaient les rêves agréables. Dans les rêves de loup, elle était rapide et puissante, elle abattait sa proie, talonnée par sa meute. C'étaient les autres rêves qu'elle exécrait, ceux où elle avait deux pieds au lieu de quatre pattes. Dans ceux-là, elle était toujours à la recherche de sa mère et trébuchait dans une contrée dévastée, boueuse, sanglante et en feu. Il pleuvait toujours, dans ces rêves-là, et elle percevait distinctement les cris de sa mère, mais un monstre à tête de chien l'empêchait d'aller la sauver. Dans ces rêves-là, elle était toujours en train de pleurer, comme une fillette effarée. *Les chats ne pleurent jamais*, se dit-elle, *non plus que les loups. Ce n'est rien de plus que des rêves stupides.*

Le Long Canal mena le bateau de Brusco sous les dômes de cuivre vert du Palais de la Vérité puis sous les hautes tours carrées des Prestayn et des Antaryon avant de passer sous les immenses arches grises de la rivière d'eau douce en direction du district connu sous la dénomination de Ville Ensablée, dont les édifices étaient tout à la fois de dimensions plus modestes et d'aspect moins spectaculaire. D'ici quelques heures, le canal serait embouteillé par des barges et des barques serpents, mais dans les ténèbres de l'avant-aube, ils avaient la voie d'eau quasiment pour eux seuls. Brusco aimait bien parvenir au marché au poisson juste au moment où le Titan proclamait en rugissant le lever du soleil. Sa voix tonitruante retentissait à travers la lagune, certes affaiblie par la distance mais encore assez forte pour réveiller la ville endormie.

Quand Brusco et ses fils s'amarrèrent auprès du marché au poisson, celui-ci grouillait déjà de vendeurs de harengs, de marchandes de morues, d'ostréiculteurs, de ramasseurs de palourdes, d'intendants, de cuisiniers, de bonnes femmes et de matelots débarqués des galères qui marchandaient tous en échangeant de grands coups de gueule pendant qu'ils examinaient la pêche du jour. Brusco se baladait d'un bateau à l'autre pour jeter un œil à tout ce qui était coquillage ou crustacé, et il tapotait de temps à autre une futaille ou une caisse du bout de sa canne. « Celle-ci, disait-il. Oui. » *Toc toc.* « Celle-ci. » *Toc toc.* « Non, pas celle-là. Celle-ci. » *Toc.* Il n'était pas du genre bavard. Talea disait de son père qu'il était aussi avare de ses mots que de ses liards. Huîtres, palourdes, crabes, moules, coques, crevettes roses quelquefois... Telles étaient en tout et pour tout ses acquisitions quotidiennes, son choix se portant uniquement sur ce qui lui paraissait être de la meilleure qualité. C'étaient eux quatre qui se chargeaient de transporter au fur et à mesure jusqu'au bateau les futailles et les caisses qu'il tapotait, ses problèmes de dos lui interdisant de soulever lui-même quoi que ce soit de plus pesant qu'une chope de bière brune.

Cat empestait la poiscaille et la saumure lorsqu'ils reprenaient le chemin de la maison. Elle s'y était tellement accoutumée que c'était à peine si elle s'en apercevait encore. Il lui était égal d'avoir à travailler. Lorsqu'elle avait d'aventure les muscles tout endoloris par l'enlèvement d'une caque ou que le poids qu'elle charriait lui martyrisait l'échine, elle se disait simplement qu'elle devenait ainsi plus solide.

Une fois embarquée toute sa cargaison, Brusco les faisait à nouveau déborder, et ses fils se remettaient à peser sur leurs perches pour remonter le Long Canal. Brea et Talea prenaient place à l'avant pour se chuchoter des choses. Cat savait qu'elles parlaient du petit ami de Brea, celui qu'elle rejoignait en grimpant sur le toit, une fois leur père endormi.

« Apprends toujours trois choses nouvelles avant de venir nous rendre visite », avait ordonné à Cat l'homme plein de gentillesse, le jour où il l'avait envoyée dans la ville. Elle s'y employait avec constance. Parfois, cela n'aboutissait qu'à l'apprentissage de trois mots supplémentaires en langue braavienne. Parfois, sa cueillette consistait en histoires de matelots portant sur des événements bizarres et merveilleux survenus dans le vaste monde humide au-delà des îles de Braavos, guerres et pluies de crapauds et éclosion de dragons. Il lui arrivait aussi d'apprendre trois nouvelles blagues ou trois nouvelles devinettes, ou des combines en usage dans tel ou tel commerce. Enfin, de-ci de-là, elle surprenait un secret.

Braavos était une ville faite pour les secrets, une ville de brouillards et de masques et de rumeurs sourdes. Son existence même était restée secrète pendant un siècle, à ce qu'avait appris Cat ; et sa localisation était demeurée cachée trois fois plus longtemps. « Les neuf Cités libres sont les filles de la défunte Valyria, lui avait appris l'homme plein de gentillesse, alors que Braavos est l'enfant bâtard qui s'est enfui de la maison. Nous sommes un peuple de métis, les fils d'esclaves, de voleurs et de putains. Nos ancêtres sont venus d'une cinquantaine de contrées différentes dans ce pays de refuge pour échapper aux seigneurs du dragon qui les avaient asservis. Une cinquantaine de dieux arrivèrent avec eux, mais il est un dieu unique qu'ils avaient tous en commun.

— Celui qui a maintes faces.

— Et maints noms, avait dit l'homme plein de gentillesse. À Qohor, il est la Chèvre Noire, à Yi Ti le Lion de Nuit, à Westeros l'Étranger. Tous les hommes doivent finalement s'incliner devant lui, qu'ils adorent les Sept ou le Maître de la Lumière, la Lune Mère ou le dieu Noyé ou le Grand Berger. L'humanité tout entière lui appartient… Sinon il y aurait quelque part au monde un peuple assuré de vivre à jamais. As-tu connaissance d'un quelconque peuple qui vive éternellement ?

— Non, répondit-elle. Tous les hommes doivent mourir. »

Cat trouvait toujours l'homme plein de gentillesse en train de l'attendre quand elle retournait au temple de la butte en catimini, la nuit où la lune devenait noire. « Que sais-tu que tu ne savais pas lorsque tu nous as quittés ? » lui demandait-il invariablement.

« Je sais ce que Beqqo l'Aveugle met dans la sauce épicée dont il nappe ses huîtres, répondait-elle. Je sais que les histrions de *La Lanterne bleue* vont représenter *Le Seigneur à la mine affligée*, et que les histrions du *Navire* entendent répliquer avec *Sept rameurs ivres*. Je sais que le libraire Lotho Lornel couche dans la demeure du capitaine-marchand Moredo Prestayn chaque fois que l'honorable capitaine-marchand s'absente pour un voyage, et qu'il en décampe chaque fois que le *Vixen* rentre au port.

— Il est bon de savoir ces choses-là. Et qui es-tu ?

— Personne.

— Mensonge. Tu es Cat des Canaux, je te connais bien. Va dormir, enfant. Il te faudra servir demain matin.

— Tous les hommes doivent servir. » Et elle le faisait, trois jours tous les trente. Quand la lune était noire, elle n'était personne, une servante du dieu Multiface vêtue d'une robe blanche et noire. Elle marchait auprès de l'homme plein de gentillesse dans les ténèbres parfumées, sa lanterne de fer à la main. Elle lavait les morts, fouillait leurs vêtements et comptait leur pécule. Certains jours, elle aidait Umma aux cuisines, hachait de gros champignons blancs et désarêtait du poisson. Mais uniquement quand la lune était noire. Le reste du temps, elle était une petite orpheline qui, chaussée de bottes éculées trop grandes pour ses pieds et drapée dans un manteau brun dont l'ourlet s'effilochait, criait : « *Moules et coques et palourdes* », tout en poussant sa carriole à travers le port du Chiffonnier.

Cette nuit, la lune serait noire, elle le savait ; la nuit précédente, il ne restait plus guère de l'astre qu'une fine lamelle. « Que sais-tu que tu ne savais pas lorsque tu nous as quittés ? » questionnerait l'homme plein de gentillesse dès qu'il la verrait. *Je sais que la fille de Brusco rencontre un garçon sur le toit quand son père s'est endormi*, songea-t-elle. *Brea lui permet de la toucher, d'après ce que dit Talea, bien qu'il ne soit qu'un rat de gouttière, et que tous les rats de gouttière passent pour être des voleurs.* Mais cela ne faisait qu'une seule chose. Il lui en faudrait deux de plus. Elle n'en fut pas inquiète. Il y avait toujours des choses nouvelles à apprendre du côté des bateaux.

Une fois de retour à la maison, Cat aida les fils de Brusco à débarquer les achats. Le père et ses filles répartirent ceux-ci entre trois carrioles, tout en installant les divers produits sur des couches successives d'algues. « Revenez quand tout sera vendu », dit-il aux gamines, ainsi qu'il le faisait chaque matin, et elles partirent crier leurs denrées. Brea pousserait sa carriole jusqu'au port Pourpre, où étaient ancrés les vaisseaux dont les matelots braaviens constituaient sa clientèle. Talea irait tenter sa chance dans les ruelles qui entouraient le Bassin de la Lune ou parmi les temples de l'île des Dieux. Cat se dirigea quant à elle vers le port du Chiffonnier, comme elle le faisait neuf jours sur dix.

Les Braaviens seuls étaient autorisés à se servir du port Pourpre, qui s'étendait de la Ville Noyée au palais du Seigneur de la Mer ; les bâtiments des cités sœurs et du reste du vaste monde étaient, eux, tenus de mouiller dans le port du Chiffonnier, plus pauvre, plus rudimentaire et plus crasseux que le précédent. Il était aussi plus bruyant, car les marins et les marchands d'une cinquantaine de contrées différentes bondaient ses ruelles et ses quais, mêlés à ceux qui les servaient ou faisaient d'eux leurs proies. C'était l'endroit de Braavos que Cat aimait le plus. Elle en aimait bien le vacarme et les odeurs étranges, et elle aimait bien voir quels navires y avait amenés la marée du soir et quels navires avaient repris le large. Elle aimait bien les matelots aussi : les exubérants Tyroshis, leurs voix de stentors et leurs favoris teints ; les Lysiens blonds qui essayaient toujours de lui faire baisser ses prix ; les Ibbéniens trapus, velus, grommelant des malédictions d'une voix grave et râpeuse. Ses préférés étaient cependant ceux des îles d'Eté : leur peau était aussi lisse et sombre que du bois de teck, ils portaient des manteaux de plumes bariolés de jaune, de rouge et de vert, et leurs bateaux-cygnes avaient des mâts chargés d'immenses voiles blanches magnifiques.

Puis il s'y trouvait aussi, quelquefois, des hommes originaires de Westeros, rameurs et marins déversés à terre par des caraques de Villevieille, par des galères marchandes de Sombreval, de Port-Réal et de Goëville, par des cargos à vin pansus de la Treille. Cat connaissait les termes braaviens signifiant moules et coques et palourdes mais, sur le port du Chiffonnier, elle criait sa camelote dans la langue du commerce, la langue des quais, des docks et des tavernes à matelots, un immonde sabir de mots et de phrases tirés d'une douzaine d'idiomes et accompagnés de signes de main et de gestes pour la plupart injurieux. Cat avait une furieuse prédilection pour ces façons-là. Quiconque lui cherchait des noises était assuré de se voir faire la figue, voire de s'entendre portraiturer comme un con de chamelle ou un trou du cul. « Peut-être bien que je n'ai jamais vu de chameau, disait-elle à ses tourmenteurs, mais les cons de chamelle, je les reconnais à l'odeur ! »

Lorsqu'il arrivait, mais c'était très rare, que l'un d'eux s'en offusque et devienne agressif, alors, elle avait son canif. Elle le maintenait extrêmement pointu, et elle connaissait aussi la manière de s'en servir. Roggo le Rouge l'en avait instruite au *Havre heureux*, un après-midi où il attendait que Lanna se libère. Il lui avait appris à le planquer dans sa manche et à l'en extraire en cas d'urgence, tout comme à trancher les liens d'une escarcelle avec tant de prestesse et de doigté que toute la pécune s'en trouvait dépensée avant que le propriétaire ne se soit seulement avisé de sa disparition. C'était une bonne chose à savoir, l'homme plein de gentillesse en convint lui-même ; notamment la nuit, quand les spadassins et les rats de gouttière étaient en maraude.

Cat s'était fait des amis sur les quais : débardeurs et histrions, cordiers et ravaudeurs de voiles, taverniers, brasseurs et boulangers et mendiants et putains. Ils lui achetaient des palourdes et des coques, lui racontaient des histoires véridiques sur Braavos et des mensonges sur leur propre existence, et sa façon de baragouiner les faisait rigoler quand elle essayait de parler braavien. Elle ne se laissait pas démonter pour si peu. En guise de riposte, elle leur faisait la figue aux uns comme aux autres et les traitait de cons de chamelle, ce qui les faisait hurler de rire. Gyloro Dothare lui enseigna des chansons dégueulasses, et Gyleno, son frère, lui révéla les meilleurs coins pour attraper des anguilles. Les histrions du *Navire* lui montrèrent comment se campe un héros, et ils lui dévoilèrent des tirades extraites de *La Chanson de la Rhoyne*, des *Deux épouses du conquérant* et de *La Brave Dame du marchand*. Quill, le petit homme aux yeux tristes qui fabriquait toutes les farces graveleuses du *Navire*, offrit de lui apprendre à embrasser comme une femme, mais Tagganaro mit un terme à l'affaire en l'assommant avec une morue. Cossomo le Conjurateur l'initia aux tours de passe-passe. Il avalait des souris qu'il retirait ensuite des oreilles de Cat. « C'est de la magie, disait-il. Non pas, répliquait-elle. Les souris n'ont jamais quitté votre manche. Je les y voyais bouger. »

« *Huîtres, palourdes et coques* », tels étaient ses mots magiques personnels, et ils lui permettaient de se transporter à peu près n'importe où. Elle était montée à bord de vaisseaux en provenance de Lys, de Villevieille et du port d'Ibben vendre ses huîtres directement sur le pont. Certains jours, elle poussait sa carriole jusqu'aux tours des puissants pour proposer des palourdes cuites aux gardes en sentinelle devant les porches. Un jour, elle cria ses produits sur les marches du Palais de la Vérité, et lorsqu'un concurrent prétendit l'en chasser, elle lui retourna sa carriole cul par-dessus tête pour en éparpiller les coquillages sur les pavés. Des officiers des Douanes du port Échiqueté faisaient partie de sa clientèle, ainsi que des pagayeurs de la Ville Noyée dont les dômes et les tours émergeaient des eaux vertes de la lagune. Une fois, son flux lunaire ayant obligé Brea à rester alitée, Cat roula sa carriole vers le port Pourpre pour écouler des crevettes et des crabes auprès des rameurs de la barge de plaisance du Seigneur de la Mer, tapissée de la poupe à la proue de physionomies rieuses. D'autres jours, elle longeait la rivière d'eau douce jusqu'au Bassin de la Lune. Elle y avait aussi bien pour pratiques des spadassins vêtus de satins mi-partis que des officiers de justice et des huissiers d'aspect terne avec leurs manteaux gris et bruns. Mais c'était au port du Chiffonnier qu'elle revenait toujours.

« *Huîtres, palourdes et coques !* » s'époumonait-elle tout en poussant sa carriole le long des quais. « *Moules, crevettes et coques !* » Un chat au pelage orange crasseux se mit à la suivre, attiré par le tapage de ses appels. Plus loin un nouveau chat fit son apparition, celui-ci d'un gris dépenaillé que rehaussait un moignon de queue. Les chats aimaient bien l'odeur de Cat. Il y avait des jours où elle en traînait une douzaine dans son sillage avant le coucher du soleil. De temps à autre, elle leur lançait une huître et les observait pour voir lequel d'entre eux se l'adjugerait. Les plus gros matous gagnaient rarement la partie, remarqua-t-elle ; neuf fois sur dix, la prise revenait à un animal plus petit, plus rapide, efflanqué, piètre et famélique. *Comme moi*, se disait-elle. Son favori était un vieux mâle maigrichon dont l'oreille en loques lui remémorait celui qu'elle avait jadis pourchassé tout autour du Donjon Rouge. *Non, ça, c'était une autre fille, pas moi.*

Deux des vaisseaux qui se trouvaient là la veille avaient appareillé, vit-elle, mais cinq bâtiments nouveaux avaient accosté : une modeste caraque nommée *Le Singe dévergondé* ; un colossal baleinier d'Ibben qui puait le sang, le bitume et l'huile de baleine ; deux cargos de Pentos passablement avariés ; une fine galère verte enfin de l'Ancienne Volantys. Cat se planta au pied de chacune de leurs passerelles pour crier ses palourdes et ses huîtres, d'abord en langue de commerce puis derechef en Langue Commune de Westeros. Un homme d'équipage du baleinier l'accabla de malédictions si tonitruantes qu'il fit déguerpir les chats affolés, et un rameur de Pentos lui demanda le prix qu'elle réclamait pour la palourde de son entrecuisse, mais elle remporta plus de succès auprès des autres navires. Un officier en second de la galère verte goba une demi-douzaine d'huîtres et lui conta comment son capitaine avait été tué lors d'une tentative d'abordage effectuée par des pirates lysiens près des Degrés de Pierre. « Ce salopard de Saan, c'était, avec *Le Fils de la Vieille Mère* et son grand *Valyrien*. On s'en est tirés, mais d'extrême justesse. »

Le petit *Singe dévergondé* se révéla être de Goëville et monté par un équipage d'Ouestriens qui furent enchantés d'avoir quelqu'un à qui parler en Langue Commune. L'un d'eux s'étant étonné de ce qu'une gamine de Port-Réal en soit venue à vendre des moules sur les docks de Braavos, elle dut débiter sa petite fable. « Nous allons rester ici quatre jours et quatre longues nuits, lui dit un autre matelot. Où c'est-y qu'un homme doit aller pour trouver à s'amuser un brin ?

— Les comédiens du *Navire* sont en train de donner *Sept rameurs ivres*, répondit-elle, et il y a des combats d'anguilles au *Cellier tacheté*, là-bas, près des portes de la Ville Noyée. Ou bien, si vous en avez envie, vous pouvez aller près du Bassin de la Lune, les spadassins s'y affrontent en duel la nuit.

— Ouais, tout ça c'est bien bon, convint un troisième, mais ce que Wat désire en réalité, c'est une femme.

— Les meilleures putes sont au *Havre heureux*, de ce côté-là, tout près de l'endroit où est amarré le *Navire* des comédiens. » Elle tendit le doigt. Certaines des putains du quartier des docks étaient des frimeuses, et les matelots fraîchement débarqués ne savaient jamais lesquelles. La pire était S'vrone. Tout le monde l'accusait d'avoir dépouillé et tué une douzaine de types avant de rouler leurs cadavres dans le canal pour engraisser les anguilles. La Fille Soûle pouvait être avenante à jeun, mais pas quand elle était bourrée. Et Jeyne le Chancre était en fait un homme. « Demandez Merry. Meralyn est son véritable nom, mais tout le monde l'appelle Merry, et ça, joviale[1], elle l'est. » Merry achetait à Cat une douzaine d'huîtres chaque fois qu'elle passait auprès du bordel, puis elle les partageait avec ses pensionnaires. Elle avait bon cœur, personne n'en disconvenait. « Ça, et la plus grosse paire de nichons de tout Braavos », aimait à fanfaronner Merry en personne.

Ses « filles » étaient tout aussi gentilles : Bethany la Rougissante et la Femme du matelot, la borgne Yna qui pouvait vous dire la bonne aventure à partir d'une goutte de sang, l'Ibbénienne avec sa moustache. Elles pouvaient bien n'être pas belles, n'empêche qu'elles se montraient gracieuses envers Cat. « *Le Havre heureux* est l'endroit où vont tous les débardeurs, assura-t-elle à ses interlocuteurs du *Singe dévergondé*. Comme le dit Merry : “Les gars déchargent les navires, et mes filles déchargent les gars qui naviguent dessus.”

— Et les putains fantastiques dont les chanteurs nous rebattent les oreilles ? » demanda le plus jeune des singes, un garçon roux moucheté de son qui devait avoir seize ans tout au plus. « Elles sont aussi jolies qu'ils le prétendent ? Où c'est-y que je pourrais m'en dégotter une ? »

1. Traduction de l'adjectif *merry*. (*N.d.T.*)

Ses camarades le regardèrent en éclatant de rire. « Par les sept enfers, morveux ! s'exclama l'un d'eux. Ça se pourrait bien que notre capitaine, il ait les moyens de se farcir une cortya-zane, mais encore faudrait qu'y vende d'abord son bougre de bateau ! Cette variété-là de cramouilles, c'est pour les lords et les pareils au même, pas pour la bougraille que nous autres on est. »

Les courtisanes de Braavos étaient fameuses dans le monde entier. Les chanteurs les célébraient, les orfèvres et les joailliers les couvraient de cadeaux, les artisans quémandaient l'honneur de leur clientèle, les princes marchands payaient des sommes royales pour leur donner le bras lors des bals, des festins et des spectacles de comédie, et les spadassins s'entretuaient en leur nom. Pendant qu'elle poussait sa carriole le long des quais, Cat apercevait parfois l'une d'elles passer sur les eaux du canal, en route pour quelque soirée avec un amant. Chacune possédait sa barge personnelle et des serviteurs attitrés pour la conduire, arc-boutés sur leurs perches, à ses rendez-vous galants. La Poétesse tenait toujours un livre à la main, la Sélénombre ne se vêtait que de blanc et d'argent, et la Reine des Tritons ne se montrait jamais qu'escortée de ses Sirènes, quatre jouvencelles dans tout l'éclat de leur première floraison qui portaient sa traîne et la coiffaient. Toutes étaient plus belles les unes que les autres. Même la Dame Voilée était une beauté, mais elle ne laissait jamais voir son visage qu'à ceux qu'elle prenait pour amants.

« J'ai vendu trois coques à une courtisane, confia Cat aux matelots. Elle m'a hélée pendant qu'elle descendait de sa barge. » Brusco l'avait formellement avertie qu'elle ne devait sous aucun prétexte adresser la parole à une courtisane à moins que celle-ci ne la lui eût d'abord adressée, mais la femme lui avait souri, et elle lui avait payé ses coques en bel et bon argent dix fois le prix qu'elles valaient.

« Laquelle que c'était, pour le coup ? La Reine des Coques, c'était-y ?

— La Perle Noire », leur révéla-t-elle. Merry prétendait que la Perle Noire était la plus réputée de toutes les courtisanes. « Elle est descendue des dragons, celle-là, avait dit la tenancière à Cat. La première Perle Noire était une reine pirate. Un prince de Westeros la prit pour maîtresse et eut d'elle une fille qui devint par la suite une courtisane. Sa propre fille a suivi ses traces, puis sa fille *à elle* et ainsi de suite jusqu'à ce que t'aies celle de maintenant. Qu'est-ce qu'elle t'a dit, Cat ?

— Elle a dit : "*Je prendrai trois coques*", et puis : "*Est-ce que tu as de la sauce épicée, petite ?*" répondit-elle.

— Et tu as dit quoi, toi ?

— J'ai dit : "*Non, ma dame*, avant d'ajouter : *Ne m'appelez pas* petite. *Je m'appelle* Cat." Il faudrait que j'aie de la sauce épicée. Beqqo en a, et il vend trois fois plus d'huîtres que Brusco. »

Cat avait aussi parlé de la Perle Noire à l'homme plein de gentillesse. « Son nom véritable est Bellegere Otherys », l'informa-t-elle. C'était l'une des trois choses qu'elle avait apprises.

« En effet, dit le prêtre d'une voix douce. Celui de sa mère était Bellonara, mais la première Perle Noire se prénommait également Bellegere. »

Mais, en l'occurrence, Cat se douta que les hommes du *Singe dévergondé* se soucieraient comme d'une guigne du prénom de la mère d'une courtisane. Aussi préféra-t-elle leur demander des nouvelles des Sept Couronnes et de la guerre.

« La guerre ? s'esbaudit l'un d'eux. Quelle guerre ? Y a pas de guerre !

— Pas à Goëville, reprit un autre. Pas dans le Val. Le petit lord continue de nous maintenir en dehors de ces salades, pareil que faisait sa mère. »

Pareil que faisait sa mère. La dame du Val était la sœur de sa propre mère. « Lady Lysa, fit-elle, est-ce qu'elle est... ?

— ... morte ? acheva le gamin moucheté de son qui avait la cervelle farcie de courtisanes. Et comment ! Assassinée par son troubadour attitré.

— Oh. » *Ça ne me concerne pas du tout. Cat des Canaux n'a jamais eu de tante. Jamais de la vie.* Elle releva là-dessus les brancards de sa carriole et s'éloigna du *Singe dévergondé* en cahotant sur les pavés. « *Huîtres, palourdes et coques !* se remit-elle à crier. *Huîtres, palourdes et coques !* » Elle vendit la plus grande partie de ses palourdes aux débardeurs qui déchargeaient le gros cargo à vin de la Treille, puis le reste aux hommes qui réparaient une galère marchande de Myr salement mise à mal par les tempêtes.

Plus loin sur les quais, elle tomba sur Tagganaro qui s'était assis par terre, adossé contre une pile, avec Casso, le Roi des Phoques, à ses côtés. Il lui acheta quelques moules, et Casso aboya, tout en la laissant secouer sa nageoire. « Tu viens travailler avec moi, Cat », la pressa Tagganaro pendant qu'il aspirait les moules hors de leurs coquilles. Il n'avait pas arrêté de se chercher un partenaire depuis que la Fille Soûle avait planté son couteau dans la main de Petit Narbo. « Je te donne plus que Brusco, et tu ne sentirais pas le poisson comme ça.

— Casso ne déteste pas mon odeur », répondit-elle. Le Roi des Phoques aboya, comme pour exprimer son accord. « Est-ce que la main de Narbo ne va pas mieux ?

— Trois doigts ne plient pas, gémit Tagganaro entre deux moules. À quoi ça sert, un coupeur de bourse qui ne peut pas utiliser ses doigts ? Narbo était doué pour trifouiller les poches, plus que pour trifouiller les putes.

— Merry dit pareil. » Cat s'attrista. Elle aimait bien Petit Narbo, tout voleur qu'il était. « Qu'est-ce qu'il va faire ?

— Se mettre à tirer la rame, il dit. Deux doigts suffisent pour ça, il pense, et le Seigneur de la Mer est toujours en quête de rameurs supplémentaires. Je lui dis : "Narbo, non. La mer est plus froide qu'une pucelle et plus cruelle qu'une putain. Vaudrait mieux te couper la main puis mendier." Casso sait que j'ai raison. Pas vrai, Casso ? »

Le phoque aboya, et Cat ne put s'empêcher de sourire. Elle lança une nouvelle coque de son côté avant de se remettre en chemin du sien.

Le jour n'était pas loin de tomber quand elle parvint au *Havre heureux*, dans la ruelle en face de l'endroit où était ancré *Le Navire*. Quelques-uns des comédiens étaient installés sur le pont sévèrement incliné du rafiot, et ils faisaient circuler de main en main une gourde de vin, mais lorsqu'ils aperçurent la carriole de Cat, ils dégringolèrent de leur perchoir pour réclamer des huîtres. Elle leur demanda comment marchait *Sept rameurs ivres*. Joss la Morosité secoua la tête. « Quence a fini par surprendre Alaquo au pieu avec Sloey. Ils se sont rués l'un sur l'autre avec des épées de scène puis nous ont lâchés tous les deux. Nous ne serons que cinq rameurs ivres, ce soir, apparemment.

— Nous nous efforcerons de compenser le manque de rameurs par une surenchère dans l'ivresse, déclara Myrmello. Je me fais fort pour ma part, moi, d'être à la hauteur de la tâche.

— Petit Narbo veut devenir rameur, leur rapporta Cat. Si vous le preniez, vous seriez six, alors.

— Tu ferais mieux d'aller voir Merry, lui dit Joss. Tu sais comme elle vire au vinaigre, quand elle n'a pas ses huîtres. »

Or, lorsque Cat se faufila dans le bordel, elle trouva la taulière assise dans la salle commune et en train d'écouter, les paupières closes, Dareon grattouiller sa harpe. Yna s'y tenait aussi, occupée à natter la longue chevelure fine et dorée de Lanna. *Encore une autre de ces stupides chansons d'amour.* Lanna passait son temps à supplier le chanteur de lui jouer de stupides chansons d'amour. Seulement âgée de quatorze printemps, elle était la benjamine des pensionnaires. De là résultait que Merry exigeait trois fois plus cher pour elle que pour n'importe laquelle de ses autres « filles », savait Cat.

La vue de Dareon installé là de manière aussi éhontée, faisant les yeux doux à Lanna pendant que ses doigts virevoltaient sur les cordes de son instrument, la mit en colère. Les putains l'appelaient le chanteur noir, malgré le fait que l'on repérait à peine la moindre trace de noir dans son accoutrement. Grâce à l'argent que lui rapportait son art, le corbeau s'était métamorphosé en paon. Il portait ce jour-là un manteau de peluche violette bordée de vair, une tunique à rayures blanches et lilas et les chausses mi-parties rutilantes d'un spadassin, mais il possédait aussi deux autres manteaux, l'un de soie, le second de velours lie-de-vin soutaché de brocart d'or. Il n'avait de noir que ses bottes. Cat avait entendu dire à Lanna qu'il avait bazardé dans un canal tout le reste de son ancienne tenue. « C'en est terminé pour moi des ténèbres », avait-il annoncé.

Il était membre de la Garde de Nuit, songea-t-elle, tandis qu'il célébrait une dame stupide qui, du haut d'une tour stupide, se précipitait stupidement dans le vide sous prétexte que son stupide prince était mort. *La dame devrait aller tuer les meurtriers de son prince. Et le chanteur devrait être sur le Mur.* Lorsque Dareon s'était présenté pour la première fois au *Havre heureux*, il s'en était failli de peu qu'Arya ne lui demande s'il voudrait bien l'emmener quand il retournerait à Fort-Levant, mais elle s'en était abstenue lorsqu'elle l'avait entendu dire à Bethany qu'il n'y remettrait jamais les pieds. « Lits durs, morue salée et veilles interminables, voilà ce que c'est que le Mur, avait-il ajouté. En plus, il n'y a pas une seule fille à Fort-Levant moitié si mignonne que toi. Comment pourrais-je jamais te quitter ? » Cat l'avait surpris à servir la même salade à Lanna, tout autant qu'à l'une des putains de *La Chattière*, et même au Rossignol, la nuit où il jouait à *La Maison des sept lampes*.

Dommage que je ne me sois pas trouvée là celle où le gros lard l'a tabassé. Les pensionnaires de Merry s'en tenaient encore les côtes. Yna disait que l'obèse était devenu rouge comme une betterave chaque fois qu'elle le touchait, mais que, lorsqu'il s'était mis à faire des histoires, Merry avait commandé de le foutre à la porte et de le balancer dans le canal.

Cat était en train de penser à lui et de se rappeler comment elle l'avait arraché aux griffes de Terro et d'Orbelo quand la Femme du matelot surgit à ses côtés. « Il chante une jolie chanson, souffla-t-elle tout bas en Langue Commune de Westeros. Il faut que les dieux l'aient aimé pour le doter d'une voix pareille et de ce beau visage en plus. »

Il est beau de visage et ignoble de cœur, songea Arya, mais en gardant sa réflexion pour elle. Dareon s'était un jour marié avec la Femme du matelot, qui ne consentait à coucher qu'avec les hommes qui l'épousaient. *Le Havre heureux* était parfois le théâtre de trois ou quatre épousailles par nuit. C'était souvent cette joyeuse éponge à vin de prêtre rouge Ezzelyno qui célébrait le rituel. Sinon, c'était Eustace, un ancien septon du septuaire d'Outre-la-Mer. Si l'on n'avait ni prêtre ni septon sous la main, l'une des putains se précipitait au *Navire* pour en ramener l'un des histrions. Merry ne manquait jamais d'affirmer que les histrions, surtout Myrmello, jouaient beaucoup mieux les religieux que les religieux eux-mêmes.

Ces noces étaient tapageuses et comiques, et l'on y buvait sec. Chaque fois que Cat se tenait là d'aventure avec sa carriole, la Femme du matelot exigeait de son nouveau mari qu'il achète des huîtres pour bien bander lors de la consommation. Elle était bonne à cet égard, et prompte à rire aussi, mais Cat lui trouvait quand même quelque chose de triste au fond.

À en croire les autres putains, la Femme du matelot se rendait en visite dans l'île des Dieux les jours où elle était en pleine floraison, et elle connaissait tous les dieux qui résidaient là, même ceux que Braavos avait oubliés. À les en croire encore, elle allait y prier pour son premier mari, son vrai mari, qui s'était perdu en mer quand elle n'était pas plus âgée que Lanna. « Elle se figure que si elle arrive à trouver le dieu convenable, peut-être qu'il fera souffler les vents qui lui ramèneront son amour d'autrefois », commentait la borgne Yna, qui la connaissait depuis plus longtemps que quiconque, « mais moi je prie pour que ça n'arrive jamais. Son amour est mort, le goût de son sang me l'a révélé sans conteste. S'il devait jamais lui revenir, ce sera sous la forme d'un cadavre. »

La chanson de Dareon s'achevait enfin. Pendant que les dernières notes se dissipaient dans l'air, Lanna poussa un soupir, et le chanteur rangea sa harpe avant d'attirer l'adolescente dans son giron. Il venait tout juste de commencer à la tripoter quand Cat claironna : « Y a des huîtres, s'y a quelqu'un qu'en veut ! », et Merry rouvrit les yeux en sursaut. « Bon, dit la taulière. Apporte-les dedans, mon enfant. Yna, va chercher du vinaigre et du pain. »

Le soleil pendait dans le ciel, rouge et bouffi, derrière les rangées de mâts quand Cat quitta *Le Havre heureux*, sa bourse dodue de pièces et sa carriole vide, hormis quelques poignées d'algues et de sel. Dareon partait lui aussi. Il avait promis de chanter à l'auberge de *L'Anguille verte*, cette nuit-là, lui confia-t-il tandis qu'ils déambulaient de conserve. « Chaque fois que je m'y produis, je rafle tout plein d'argent, se vanta-t-il, et il y a là, certaines soirées, des capitaines et des armateurs. » Ils traversèrent un petit pont puis descendirent une arrière-ruelle en zigzag pendant que les ombres du jour devenaient de plus en plus longues. « Bientôt, je jouerai au *Pourpre*, et après ça au Palais du Seigneur de la Mer », poursuivit-il. La carriole vide de Cat cliquetait bruyamment sur les pavés, produisant par là sa propre sorte de musique ferraillante. « Hier, j'ai mangé des harengs avec les putains mais, dans moins d'un an, je dégusterai du crabe empereur avec des courtisanes.

— Qu'est-il advenu de votre frère ? demanda-t-elle. Le gros lard. Est-ce qu'il a fini par trouver un bateau pour Villevieille ? Il disait qu'il était censé naviguer à bord de la *Dame Ushanora*.

— Nous l'étions tous. Ordre de lord Snow. J'ai dit à Sam : “Lâche le vieux”, mais ce gros imbécile n'a pas voulu m'écouter. » Les derniers rayons du soleil couchant miroitèrent dans ses cheveux. « Eh bien, c'est trop tard, maintenant.

— Exact », conclut-elle alors qu'ils pénétraient dans l'obscurité d'une ruelle étroite et tortueuse.

Lorsqu'elle arriva chez elle, le soir déployait des nappes de brouillard au-dessus du petit canal. Après avoir remisé sa carriole, elle rejoignit Brusco dans la pièce où il tenait ses comptes, et elle déposa, boum ! sa bourse sur la table devant lui. Elle y déposa aussi, boum ! les bottes.

Brusco tapota la bourse. « Bien. Mais ça, c'est quoi ?

— Des bottes.

— Il est difficile de trouver de bonnes bottes, dit-il, mais celles-ci sont trop étroites pour mes pieds. » Il en rafla une pour loucher dessus.

« La lune sera noire, cette nuit, lui rappela-t-elle.

— Mieux vaut faire tes prières, alors. » Il écarta les bottes et fit ruisseler les pièces pour les compter. « *Valar dohaeris.* »

Valar morghulis, songea-t-elle.

Le brouillard montait de toutes parts quand elle se remit à parcourir les rues de Braavos. Elle frissonnait un peu lorsqu'elle franchit la porte en bois de barral de la Demeure du Noir et du Blanc. À l'intérieur ne brûlaient que quelques chandelles, ce soir-là, qui clignotaient comme des étoiles déchues. Dans les ténèbres, tous les dieux étaient des étrangers.

Une fois dans les caves, elle dénoua le manteau râpé de Cat, retira par-dessus sa tête la tunique brune douteuse de Cat, se débarrassa à grandes ruades des bottes maculées de sel de Cat, s'extirpa des sous-vêtements de Cat et prit un bain d'eau citronnée pour éliminer l'odeur même de Cat des Canaux. Quand elle en refit surface, toute rose de s'être savonnée et récurée à fond, ses cheveux noirs plaqués sur les joues, Cat avait disparu. Elle revêtit des robes propres et chaussa des pantoufles de feutre avant de gagner sans bruit les cuisines pour demander à Umma de quoi se restaurer. Les prêtres et les acolytes avaient déjà mangé, mais la cuisinière avait réservé pour elle un joli morceau de cabillaud frit et de la purée de navets jaunes. Elle n'en fit qu'une bouchée, lava le plat puis s'en fut aider *la mioche* à préparer ses potions.

Son rôle consistait essentiellement à aller chercher les ingrédients, à grimper aux échelles pour dénicher les herbes et les feuilles dont sa compagne avait besoin. « Le bonsomme est le plus gentil des poisons, lui confia celle-ci pendant qu'armée d'un pilon elle en broyait dans un mortier. Quelques graines suffisent pour ralentir les battements affolés d'un cœur, pour arrêter les tremblements d'une main et pour aider un homme à se sentir calme et fort. Une pincée suffit à procurer une nuit de sommeil sans rêves et profond. Trois pincées suffisent à produire ce sommeil qui n'a pas de fin. Comme la saveur en est très sucrée, le mieux est de l'utiliser dans des gâteaux, des tartes et des vins au miel. Tiens, tu peux sentir comme c'est doux. » Elle l'en laissa respirer une bouffée puis la réexpédia sur les échelles attraper une fiole de verre rouge. « C'est un poison plus cruel, ça, mais insipide et inodore et par là même plus facile à cacher. Les larmes de Lys, les gens l'appellent. Dilué dans l'eau ou le vin, il ronge les boyaux et le ventre, et il tue comme une maladie de ces parties-là. Sens. » Arya renifla et ne sentit rien. La mioche mit les larmes de côté et déboucha une jarre de pierre pansue. « Cette pâte est épicée avec du sang de basilic. Elle confère à la viande cuite un parfum friand mais, si l'on en mange, elle suscite une folie furieuse, chez les bêtes aussi bien que chez les humains. Une souris attaquera un lion, après avoir seulement goûté du sang de basilic. »

Arya se mâchouilla la lèvre. « Ça opérerait, sur des chiens ?

— Sur n'importe quel animal à sang chaud. » La mioche lui flanqua une gifle.

Arya leva la main vers sa joue, plus suffoquée qu'endolorie. « Pourquoi as-tu fait cela ?

— C'est Arya, de la maison Stark, qui mâchouille sa lèvre chaque fois qu'elle réfléchit. Es-tu Arya, de la maison Stark ?

— Je ne suis personne. » Elle était en rogne. « Qui es-tu, *toi* ? »

Elle n'avait pas escompté que la mioche lui répondrait, mais celle-ci le fit : « Je suis née l'unique enfant d'une vénérable maison, l'héritière de mon noble père, dit-elle. Ma mère est morte quand j'étais toute petite, je ne conserve aucun souvenir d'elle. J'avais six ans quand mon père se remaria. Sa nouvelle épouse me traita gentiment jusqu'au jour où elle mit au monde une fille de sa façon. Alors, elle ne désira plus qu'une chose, que je meure, afin que son propre sang puisse hériter des biens de mon père. Elle aurait dû rechercher la faveur du dieu Multiface, mais il lui fut impossible de supporter l'idée du sacrifice qu'il exigerait d'elle. À la place, elle décida de m'empoisonner elle-même. Son crime me laissa telle que tu me vois maintenant, mais je ne mourus pas. Lorsque les guérisseurs de la Demeure des Mains Rouges informèrent mon père de l'acte qu'elle avait commis, il vint ici faire sacrifice et offrit toutes ses richesses et moi-même. Celui-qui-a-Maints-Visages entendit sa prière. Je fus amenée au temple pour y servir, et la femme de mon père reçut le don. »

Arya la considéra d'un air circonspect. « Est-ce que c'est vrai, tout ça ?

— Il y a du vrai dedans.

— Et des mensonges aussi ?

— Une inexactitude et une exagération. »

Arya n'avait pas lâché la mioche de l'œil une seule seconde pendant qu'elle lui racontait son histoire, mais sa physionomie était demeurée imperturbable. « Le dieu Multiface a pris les deux tiers de la fortune de ton père, pas tout.

— Exact. C'était ça, mon exagération. »

Arya sourit, se rendit compte qu'elle souriait et se pinça la joue. *Maîtrise ta figure*, se dit-elle. *Ton sourire*

est ton serviteur, il devrait venir à ton commandement.
« Et où se trouvait l'inexactitude ?

— Nulle part. J'ai menti, pour l'inexactitude.

— Ah bon ? Ou bien est-ce maintenant que tu es en train de mentir ? »

Mais la mioche n'eut pas le temps de répondre que l'homme plein de gentillesse entra dans la pièce en souriant. « Te voilà de retour parmi nous.

— La lune est noire.

— En effet. Quelles sont les trois choses nouvelles que tu sais et que tu ne savais pas la dernière fois que tu nous as quittés ? »

Je sais trente choses nouvelles, faillit-elle dire. « Trois des doigts de Petit Narbo vont rester tout raides. Il a l'intention de se faire rameur.

— C'est bon de savoir cela. Et quoi d'autre ? »

Elle repensa à sa journée. « Quence et Alaquo se sont battus, et ils ont quitté *Le Navire*, mais je crois qu'ils y reviendront.

— Tu ne fais que le croire, ou bien tu le *sais* ?

— Je ne fais que le croire », dut-elle avouer, toute certaine qu'elle en était. Les histrions devaient manger, tout comme le reste des humains, et Quence et Alaquo n'avaient pas assez de talent pour qu'on les engage à *La Lanterne bleue*.

« Exact, dit l'homme plein de gentillesse. Et la troisième chose ? »

Cette fois, elle n'hésita pas. « Dareon est mort. Le chanteur noir qui couchait au *Havre heureux*. C'était en réalité un déserteur de la Garde de Nuit. Quelqu'un lui a tranché le gosier puis l'a poussé dans un canal, mais on a conservé ses bottes.

— Il est difficile de trouver de bonnes bottes.

— Exact. » Elle s'efforça de garder une mine impassible.

« Qui peut bien avoir fait cela, je me le demande ?

— Arya, de la maison Stark. » Elle scruta ses yeux, sa bouche, les muscles de sa mâchoire.

« Cette fillette ? Je croyais qu'elle avait quitté Braavos. Qui es-tu ?

— Personne.

— Mensonge. » Il se tourna vers la mioche. « J'ai la gorge sèche. Aurais-tu l'obligeance d'apporter une coupe de vin pour moi et du lait chaud pour notre amie Arya, qui est revenue parmi nous d'une manière si inattendue. »

Pendant qu'elle traversait la ville, Arya n'avait pas arrêté de se demander ce que l'homme plein de gentillesse dirait quand elle lui parlerait de Dareon. Peut-être qu'il serait en colère contre elle, ou peut-être qu'il serait content qu'elle ait administré au chanteur le don du dieu Multiface. Elle s'était joué cette discussion cent fois dans sa tête, comme un histrion sur ses tréteaux. Mais elle n'avait pas une seconde envisagé *lait chaud*.

Quand le lait survint, elle l'avala d'un trait. Il sentait un peu le brûlé, et il avait un arrière-goût amer. « Va te coucher maintenant, mon enfant, dit l'homme plein de gentillesse. « Tu dois servir, demain matin. »

Elle rêva cette nuit-là qu'elle était de nouveau un loup, mais son rêve différait de ses autres rêves. Dans ce rêve-ci, elle n'avait pas de meute. Elle rôdait toute seule, se juchait d'un bond sur le faîte des toits et longeait à pas feutrés, silencieusement, les bords d'un canal, pourchassant des ombres à travers le brouillard.

À son réveil, le lendemain, elle était aveugle.

SAMWELL

La Brise cannelle était un bateau-cygne originaire de Grand-Banian, dans les îles d'Eté où les hommes étaient noirs, les femmes lubriques, et où les dieux étaient eux-mêmes bizarres. Comme elle n'avait pas à son bord de septon susceptible d'assurer la conduite des prières pour les trépassés, ce fut à Samwell Tarly qu'échut la tâche de les prononcer, quelque part au large de la côte méridionale de Dorne calcinée par le soleil.

Sam revêtit ses noirs à cet effet, en dépit de l'absence du moindre souffle de vent pour atténuer la chaleur suffocante de l'après-midi. « Il fut un homme de bien... », débuta-t-il, mais à peine eut-il proféré ces mots qu'il se rendit compte qu'ils ne convenaient nullement. « Non. Il fut un *grand* homme. Un mestre de la Citadelle, pourvu d'une chaîne et assermenté, ainsi qu'un frère juré de la Garde de Nuit, d'une fidélité sans faille. À sa naissance, il a reçu le nom d'un héros disparu trop jeune, mais cela ne l'a pas empêché de vivre très, très longtemps, et sa propre existence ne fut pas moins héroïque. Aucun homme ne s'est révélé plus sage, plus noble et plus aimable. Au Mur, une douzaine de lords Commandants se sont succédé au cours de ses années de service, mais il s'est toujours trouvé là pour les conseiller. Il a également conseillé des rois. Il aurait pu être roi lui-même, mais lorsqu'on lui a offert la couronne, il répondit qu'il fallait la donner à son frère cadet. Combien d'hommes feraient cela ? » Sam sentit ses yeux se gonfler de larmes, et il comprit qu'il ne pourrait guère aller plus loin. « Il était le sang du dragon, mais son feu l'a maintenant délaissé. Il était Aemon Targaryen. Et voici que sa veille est terminée.

— Et voici que sa veille est terminée », murmura Vère après lui, tout en berçant le bébé dans ses bras. Kojja Mo lui fit écho dans la Langue Commune de Westeros puis elle répéta la formule en langue d'Eté pour son capitaine de père, pour Xhondo et le reste de l'équipage assemblé là. Sam baissa la tête et se mit à pleurer en sanglotant à fendre l'âme et si violemment qu'il en était secoué de tous ses membres. Vère vint se planter à ses côtés pour lui permettre d'épancher toutes ses larmes sur son épaule. Elle en avait elle-même plein les yeux.

L'air était moite et brûlant, d'un calme mortel, et *La Brise cannelle* dérivait sur une mer bleu sombre, fort en deçà de la vue des terres. « Noir Sam avoir dit bonnes paroles, fit Xhondo. Maintenant, nous boire sa vie. » Il cria quelque chose en langue d'Eté, et un tonneau de rhum aux épices fut roulé sur la plate-forme du gaillard arrière et mis en perce, de manière à ce que les hommes de vigie puissent vider une coupe en mémoire du vieux dragon aveugle. L'équipage ne l'avait connu que peu de temps, mais les insulaires d'Eté révéraient les gens d'âge et célébraient des cérémonies en l'honneur de leurs propres défunts.

Sam n'avait jamais bu de rhum jusque-là. C'était un breuvage étrange et entêtant ; doux d'abord, mais qui, après coup, lui embrasa sauvagement la langue. Il était fatigué, tellement fatigué… Chacun de ses muscles lui faisait mal, et mal il avait également dans des endroits où il n'avait jamais su qu'il avait des muscles.

Ses genoux étaient raides, ses mains couvertes de nouvelles ampoules toutes fraîches et de plaques de peau gluantes et à vif, là où les précédentes avaient éclaté. Mais à eux deux, le rhum et la tristesse semblaient balayer ses douleurs. « Si seulement nous avions réussi à l'amener jusqu'à Villevieille, les archimestres auraient pu le sauver », dit-il à Vère, pendant qu'ils sirotaient leur rhum, juchés sur l'impressionnant château de proue de *La Brise cannelle*. « Les guérisseurs de la Citadelle sont les meilleurs des Sept Couronnes. Pendant quelque temps, je me suis dit… j'espérais que… »

À Braavos, il avait semblé possible qu'Aemon parvienne à se rétablir. L'entretien qu'il avait eu avec Xhondo à propos des dragons paraissait presque l'avoir rendu à lui-même. Il avala ce soir-là chaque bouchée que Sam lui présentait. « Jamais personne ne s'est mis en quête d'une fille, dit-il. C'est un prince qui était promis, pas une princesse. Rhaegar, je pensais… La fumée était celle de l'incendie qui a ravagé Lestival le jour de sa naissance, le sel celui des larmes versées pour ceux qui avaient péri. Il partageait ma conviction quand il était jeune, mais ensuite il en vint à se persuader que c'était son fils qui accomplirait la prophétie, car on avait vu une comète au-dessus de Port-Réal la nuit où fut conçu Aegon, et Rhaegar était certain que l'étoile sanglante devait être une comète. Quels niais nous étions, nous qui nous flattions d'être si sages ! L'erreur s'était sournoisement insinuée à partir de la transcription. Les dragons ne sont ni mâles ni femelles, Barth l'avait parfaitement discerné, mais tantôt l'un et tantôt l'autre, aussi changeants que la flamme. Le langage nous a tous induits en erreur pendant un millier d'années. *Daenerys* est l'élue véritable, elle qui est née parmi le sel et la fumée. Les dragons le prouvent. » Rien que parler d'elle semblait le revigorer. « Il faut que j'aille la rejoindre. C'est mon *devoir*. Que ne suis-je plus jeune, ne serait-ce même que de dix ans ! »

Le vieillard avait dès lors fait preuve d'une telle détermination qu'il était même arrivé à gravir la passerelle de *La Brise cannelle* sur ses deux jambes, après que Sam se fut débrouillé pour négocier vaille que vaille leur embarquement. Le manteau de plumes que ce colosse de Xhondo avait gâché pour le sauver de la noyade ayant déjà été remboursé par la donation de son épée et de son fourreau, les seuls objets de valeur qu'ils possédaient encore étaient les vieux grimoires pêchés dans les souterrains de Châteaunoir. Sam ne s'en sépara pas sans une mine des plus maussades. « Ils étaient destinés à la Citadelle », expliqua-t-il lorsque Xhondo lui demanda ce qui n'allait pas. Une fois la réflexion traduite par son second, le capitaine répondit quelque chose en riant. « Quhuru Mo dit que les hommes gris auront ces livres quand même, rapporta Xhondo, seulement, ils vont avoir à les acheter à Quhuru Mo. Les mestres donnent du bon argent pour les livres qu'ils n'ont pas encore, et quelquefois de l'or jaune et rouge. »

Le capitaine réclama par surcroît la chaîne d'Aemon, mais là, Sam avait refusé tout net. C'était pour tout mestre un comble de honte que de se dépouiller de sa chaîne, expliqua-t-il. Xhondo dut répéter la chose à trois reprises avant que Quhuru Mo ne renonce à ses prétentions. Le temps de conclure enfin le marché, Sam n'avait plus que ses noirs, ses sous-vêtements, ses bottes et le cor brisé que Jon avait découvert sur le Poing des Premiers Hommes. *Je n'avais pas le choix*, se dit-il. *Il nous était impossible de rester à Braavos et, à moins de nous mettre à voler ou à mendier, nous n'avions pas d'autre moyen pour payer le passage.* Celui-ci lui eût-il d'ailleurs coûté trois fois plus cher qu'il aurait encore estimé s'en tirer à bon compte si seulement ils étaient arrivés à ramener mestre Aemon sain et sauf à Villevieille.

Or, leur descente au sud avait été de l'espèce orageuse, et chaque bourrasque prélevait sa dîme sur les forces et la lucidité du vieillard. À Pentos, il demanda à être transporté sur le pont pour que Sam lui dépeigne la ville, mais ce fut en cette occasion qu'il quitta la couchette du capitaine pour la dernière fois. Peu après, son esprit se mit à battre à nouveau la campagne. Quand *La Brise cannelle* dépassa la tour Sanglante pour entrer dans le port de Tyrosh, Aemon ne parlait plus de quérir un navire qui l'emmène à l'est. Au lieu de cela, ses propos concernèrent à nouveau Villevieille et les archimestres de la Citadelle.

« Tu dois les avertir, Sam, dit-il. Les archimestres. Tu dois leur faire comprendre. Les hommes qui se trouvaient à la Citadelle quand j'y étais moi-même sont morts depuis cinquante ans. Les autres n'ont jamais rien su de moi. Mes lettres… À Villevieille, ils ont dû les prendre pour les divagations d'un vieux gâteux. Tu dois les convaincre, alors que moi je n'ai pas su. Dis-leur, Sam… dis-leur comment c'est, sur le Mur… les spectres et les marcheurs blancs et le froid qui progresse en rampant…

— Je le ferai, promit Sam. J'ajouterai ma voix à la vôtre, mestre. Nous le leur dirons tous les deux… tous les deux, ensemble.

— Non, fit le vieil homme. Il faudra que ce soit toi. Dis-leur. La prophétie… le rêve de mon frère… Lady Mélisandre a mal interprété les signes. Stannis… Stannis a un peu de sang du dragon dans les veines, oui. Ses frères en avaient aussi. Rhaella, la gamine de l'Œuf, c'est par elle qu'il leur en est venu… la mère de leur père… elle m'appelait Oncle Mestre quand elle était toute petite. Je me suis souvenu de ça, alors je me suis permis d'espérer…, peut-être bien que je l'ai voulu… nous nous abusons tous nous-mêmes, quand nous voulons croire à tout prix. Mélisandre plus que quiconque, à mon avis. L'épée est fausse, il faut qu'elle sache ça…, de la lumière sans chaleur… un prestige vide… l'épée est *fausse*, et la lumière fallacieuse ne peut nous mener que plus profondément dans les ténèbres, Sam. *Daenerys* est notre espoir. Dis-le-leur, à la Citadelle. Fais-toi écouter d'eux. Ils doivent lui envoyer un mestre. Daenerys doit être conseillée, instruite, *protégée*. Pendant toutes ces années, je me suis attardé à attendre, à guetter, et maintenant que le jour a commencé à poindre, je suis trop vieux. Je suis en train de mourir, Sam. » Ce constat fit couler des larmes de ses yeux blanchis par la cécité. « La mort ne devrait pas inspirer la moindre crainte à un homme aussi vieux que moi, et pourtant elle m'en inspire. N'est-ce pas risible ? Alors qu'il fait toujours noir où je suis, pourquoi devrais-je avoir peur des ténèbres ? Et néanmoins je ne puis m'empêcher de m'interroger sur ce qui s'ensuivra, lorsque les derniers vestiges de chaleur auront abandonné mon corps. Festoierai-je à jamais dans la grand-salle en or du Père, comme les septons le prétendent ? Causerai-je avec l'Œuf de nouveau, retrouverai-je Daeron entier et heureux, entendrai-je mes sœurs chanter pour leurs enfants ? Qu'adviendra-t-il de moi si ce sont les seigneurs du cheval qui détiennent la vérité ? Chevaucherai-je à travers le firmament nocturne, éternellement, monté sur un étalon de flammes ? Ou bien devrai-je revenir encore dans cette vallée d'affliction ? Qui peut le dire, à la vérité ? Qui est allé voir au-delà du mur de la mort ? Uniquement les spectres, et nous savons de quoi ils ont l'air. Nous savons. »

Il n'y avait pas grand-chose à répondre à cela, mais Sam avait fait tout son possible pour le réconforter si peu que ce fût. Et Vère vint ensuite chanter une chanson pour le vieillard, une espèce de chansonnette absurde qu'elle avait apprise de l'une des autres épouses de Craster mais qui n'en fit pas moins sourire le destinataire et l'aida à se rendormir.

Ç'avait été là l'un de ses derniers bons jours. Ensuite, il finit par passer plus de temps assoupi qu'éveillé, pelotonné sous des tas de fourrures dans la cabine du capitaine. Il lui arrivait parfois de marmonner dans son sommeil. Dès son réveil, il faisait appeler Sam, affirmant qu'il avait quelque chose à lui dire, mais le plus souvent, quand Sam arrivait, il avait oublié ce dont il comptait lui parler. Et quand bien même il s'en souvenait, ses propos étaient totalement chaotiques. Il évoquait des rêves dont il ne nommait jamais celui qui les avait faits, une chandelle de verre qu'on ne pouvait pas allumer et des œufs qui ne pouvaient pas éclore. Il disait que le sphinx était l'énigme et non pas l'énigmateur, mais allez savoir, vous, ce que cela pouvait bien signifier. Il priait Sam de lui lire des extraits d'un livre de Septon Barth, dont les écrits avaient été brûlés sous le règne de Baelor le Bienheureux. Une fois, il se réveilla en larmes. « Les dragons doivent avoir trois têtes, pleurnicha-t-il, mais je suis trop vieux et fragile pour être du nombre. Je devrais être avec elle afin de lui montrer la voie, mais mon corps m'a trahi. »

Tandis que *La Brise cannelle* frayait sa route parmi les Degrés de Pierre, mestre Aemon en était venu à ne plus guère se rappeler le nom de Sam. Certains jours, il le prenait pour l'un de ses frères morts. « Il était trop fragile pour faire un aussi long voyage, dit Sam à Vère sur le château de proue, après avoir siroté trois nouvelles gouttes de rhum. Jon aurait dû s'en rendre compte. Aemon étant âgé de cent deux ans, jamais il n'aurait fallu lui faire prendre la mer. S'il était resté à Châteaunoir, il aurait pu vivre dix ans de plus.

— Elle aurait aussi bien pu le brûler, dans ce cas. La femme rouge. » Même ici, à mille lieues du Mur, Vère répugnait à prononcer tout haut le nom de lady Mélisandre. « Elle voulait du sang de roi pour ses feux. Val le savait. Lord Snow aussi. C'est pour ça qu'ils m'ont fait emporter l'enfant de Della et laisser le mien à la place. Mestre Aemon s'est endormi pour ne plus se réveiller, mais s'il était resté là-bas, elle l'aurait brûlé. »

Il va brûler, de toute manière, songea misérablement Sam, *simplement, c'est moi qui vais devoir me charger de cette besogne.* Les Targaryens donnaient toujours leurs défunts aux flammes. Mais comme Quhuru Mo ne voulait pas entendre parler de bûcher funéraire à bord de *La Brise cannelle*, on avait fourré la dépouille d'Aemon dans un baril d'alcool de mûres pour qu'elle se conserve jusqu'à ce que le navire ait atteint Villevieille.

« La nuit d'avant sa mort, il m'a demandé la permission de tenir le bébé, poursuivit Vère. J'avais peur qu'il le lâche, mais il ne l'a pas lâché. Il l'a bercé et lui a fredonné une chanson, et le fils de Della a levé sa menotte pour toucher son visage. À la façon dont il lui tiraillait la lèvre, j'ai cru qu'il risquait de lui faire mal, mais le vieil homme n'a fait qu'en rire. » Elle caressa la main de Sam. « Nous pourrions baptiser le petit Mestre, si ça te plaît. Quand il sera assez vieux pour ça, pas maintenant. Nous pourrions, non ?

— *Mestre* n'est pas un prénom. Mais tu pourrais toujours le nommer Aemon. »

Vère réfléchit à la suggestion. « Della l'a mis au monde pendant la bataille, pendant que les épées chantaient tout autour d'elle. Aemon des Combats. Aemon Chant d'Acier. »

Un nom qui pourrait plaire même à mon père. Un nom de guerrier. Le gosse était le fils de Mance Rayder et le petit-fils de Craster, après tout. Il n'avait pas une seule goutte du sang pleutre de Sam. « Oui. Appelle-le comme ça.

— Quand il aura deux ans, promit-elle, pas avant.

— Où est-il, au fait ? » s'avisa subitement Sam. Entre le rhum et le chagrin, il lui avait fallu tout ce temps pour s'apercevoir que Vère ne l'avait pas avec elle.

« C'est Kojja qui le garde. Je l'ai priée de s'en occuper pendant un moment.

— Ah. » Fille du capitaine, Kojja Mo était plus grande que Sam et svelte comme une pique, et elle avait la peau aussi noire et lisse que du jais poli. Elle commandait en outre les archers rouges du navire, et l'arc d'orcœur à double courbure qu'elle maniait pouvait décocher des traits à quelque quatre cents pas. Quand ils avaient été attaqués dans les Degrés de Pierre par les pirates, ses flèches avaient abattu une douzaine d'individus, pendant que celles de Sam tombaient toutes à la mer. La seule chose que Kojja préférait à son arc était de faire sauter l'enfant de Della sur ses genoux et de lui chanter des chansons en langue d'Eté. Le petit prince sauvageon était devenu le chouchou de toutes les femmes de l'équipage, et Vère paraissait le leur confier plus volontiers qu'elle ne l'avait jamais fait avec n'importe quel homme.

« C'est bien aimable à elle, commenta Sam.

— Elle me faisait une peur bleue, au début, reconnut Vère. Elle était si noire, et elle avait des dents si grandes et si blanches, je craignais qu'elle soit une bête fauve ou un monstre, mais elle ne l'est pas. Elle a bon cœur. Je l'aime bien.

— Je le sais. » Pendant la plus grande partie de son existence, Vère n'avait pas connu d'autre homme que le terrifiant Craster. Le reste de son univers était alors composé de femmes. *Les hommes lui font peur, mais pas les femmes*, saisit brusquement Sam. Il n'avait pas de mal à le comprendre. À Corcolline, il avait lui-même préféré la compagnie des filles. Ses sœurs étaient gentilles avec lui, et les autres filles avaient beau l'accabler parfois de railleries, les cruautés verbales étaient plus faciles à ignorer que les coups et les mauvais traitements que lui infligeaient les autres garçons du château. Même maintenant, là, sur *La Brise cannelle*, Sam se sentait beaucoup plus à l'aise avec Kojja Mo qu'avec son Quhuru Mo de père, mais peut-être cela tenait-il à ce qu'elle parlait la Langue Commune et lui non.

« Je t'aime bien toi aussi, Sam, chuchota Vère. Et j'aime bien cette boisson. Elle a un goût de feu. »

Oui, songea Sam, *une boisson pour dragons*. Leurs coupes étant vides, il se rendit auprès du baril afin de les remplir une nouvelle fois. Le soleil était bas, à l'ouest, vit-il, et boursouflé au point d'avoir le triple de sa dimension normale. Son éclat rougeâtre donnait au visage de Vère un aspect cramoisi. Ils burent une coupe en l'honneur de Kojja Mo, puis une pour l'enfant de Della, et encore une pour celui de Vère, là-bas, sur le Mur. Après quoi, force leur fut d'en vider deux à la mémoire d'Aemon, de la maison Targaryen. « Puisse le Père le juger en toute équité », fit Sam en reniflant. Le soleil avait presque disparu quand ils en eurent terminé de l'hommage à mestre Aemon. Seul brillait encore, à l'ouest, au-dessus de l'horizon, un long filet ténu, telle une écorchure sanguinolente en travers du ciel. Vère ayant dit que la boisson faisait toupiller le bateau, Sam l'aida à descendre l'échelle qui conduisait aux quartiers des femmes, à l'avant.

Une lanterne était suspendue juste au-delà du seuil de la cabine, et il se débrouilla pour s'y cogner le crâne en entrant. « Aïe ! » lâcha-t-il, et Vère demanda : « Tu t'es blessé ? Montre voir. » Elle se pencha tout près…

… et l'embrassa sur la bouche.

Sam se surprit à lui retourner son baiser. *J'ai prononcé les vœux*, songea-t-il, mais les mains de Vère fourrageaient déjà ses noirs et tiraillaient sur le laçage de ses chausses. Il dégagea ses lèvres le temps de dire : « Nous ne pouvons pas », mais Vère riposta : « Nous pouvons », et plaqua de nouveau sa bouche sur la sienne. *La Brise cannelle* tournoyait autour d'eux, et il perçut le goût du rhum sur la langue de sa compagne, et puis elle eut là-dessus les seins dénudés et il était en train de les palper. *J'ai prononcé les vœux*, songea-t-il à nouveau, mais l'un des tétons de Vère sut venir se loger entre ses lèvres. Celui-ci était rose et dur, et lorsque Sam se mit à le sucer, du lait lui emplit la bouche, s'y mêlant à la saveur du rhum, et il n'avait jamais rien goûté d'aussi délicat, d'aussi suave et d'aussi succulent. *Si je fais ça, je ne vaux pas mieux que Dareon*, songea-t-il, mais c'était trop bon pour qu'il s'interrompe. Et subitement, sa queue se trouva à l'air libre, émergeant de ses chausses comme un gros mât rose. Elle avait l'air si comique, érigée là, qu'il y avait presque de quoi rire, mais Vère le fit basculer en arrière sur sa paillasse, retroussa ses jupes sur ses cuisses et s'accroupit sur lui en exhalant une espèce de vague gémissement. C'était encore meilleur que ses tétons. *Elle est si humide*, songea-t-il, haletant. *Je ne savais pas qu'une femme pouvait être aussi humide à cet endroit-là.* « Je suis ta femme, maintenant », souffla-t-elle en allant et venant sur lui. Et Sam émit une plainte et pensa : *Non, non, tu ne peux pas l'être, j'ai prononcé les vœux, j'ai prononcé les vœux…* mais le seul mot qu'il proféra fut : « Oui. »

Après, elle s'endormit, l'enlaçant dans ses bras et la tête sur sa poitrine. Sam avait besoin de dormir lui aussi, mais il était ivre de rhum, de lait maternel et de Vère. Il avait beau savoir qu'il devait retourner en tapinois à son propre hamac dans la cabine des hommes, il éprouvait un tel bien-être avec elle lovée contre lui qu'il lui était en quelque sorte impossible de bouger.

D'autres personnes entrèrent, tant hommes que femmes, et il les écouta s'embrasser, rire et s'accoupler. *Des insulaires d'Eté. C'est leur façon de porter le deuil. Ils répliquent à la mort par la vie.* Il avait lu ça quelque part, voilà fort longtemps. Il se demanda si Vère était au courant, si ce n'était pas plutôt Kojja Mo qui lui avait indiqué la conduite à tenir.

Tout en respirant le parfum de sa chevelure, il fixa la lanterne qui se balançait au plafond. *L'Aïeule en personne ne saurait me guider pour me tirer sans dommage de ce guêpier.* La meilleure chose qu'il pouvait faire était de s'esquiver pour aller se jeter dans la mer. *Si je me noie, personne ne saura jamais que je me suis couvert d'opprobre en rompant mes vœux, et Vère pourra toujours se trouver un homme de meilleure qualité, un qui ne soit pas un gros lard de pleutre.*

C'est dans son hamac personnel de la cabine des hommes qu'il fut réveillé le lendemain matin par les beuglements de Xhondo concernant le vent. « *Le vent s'est levé !* continua de rugir le second. *Réveil et travail, Noir Sam ! Le vent s'est levé !* » Il compensait les lacunes de son vocabulaire en forçant le volume vocal. Sam se laissa rouler hors de son hamac pour se mettre debout, et il déplora aussitôt son geste. Il avait des maux de tête épouvantables, l'une des ampoules de sa paume s'était ouverte pendant la nuit, et il avait l'impression qu'il allait se mettre à vomir.

Xhondo se montrant dépourvu de la moindre commisération, Sam se trouva réduit à la nécessité de renfiler tant bien que mal ses noirs. Il les découvrit par terre, sous son hamac, empilés en vrac en un seul tas humide. Il les flaira pour en évaluer la pestilence et inhala des relents de sel et de mer et de bitume, de toile mouillée, de moisissure, de fruit, de poisson et d'alcool de mûres, d'épices étranges et de bois exotiques, ainsi qu'un capiteux bouquet de ses suées successives à lui. Toutefois, l'odeur de Vère s'y mêlait aussi, la senteur proprette de ses cheveux, la senteur suave de son lait, et cela le rendit tout aise de les porter. Il aurait néanmoins volontiers donné tant et plus pour avoir des chaussettes bien chaudes et sèches. Des espèces de champignons s'étaient mis à proliférer entre ses orteils.

La caisse de livres avait été loin de suffire à payer le passage pour quatre de Braavos à Villevieille. Mais comme *La Brise cannelle* manquait de main-d'œuvre, Quhuru Mo avait consenti à les prendre, pourvu qu'ils travaillent à bord durant le trajet. Sam avait protesté que mestre Aemon était trop faible, le petit encore au berceau, et que Vère avait une peur panique de la mer, mais Xhondo s'était contenté de répondre en riant : « Noir Sam est grand gros homme. Noir Sam travaillera pour quatre. »

Pour parler franc, Sam était si gauche de ses doigts qu'il doutait être seulement capable d'accomplir le boulot d'un seul bon ouvrier, mais il s'y essaya de son mieux. Il récurait les ponts et les ponçait avec des pierres pour les lisser, il hissait les chaînes d'ancre, il enroulait des cordages et pourchassait les rats, il ravaudait des voiles déchirées, calfatait les voies d'eau avec du goudron bouillant, désarêtait du poisson et hachait des fruits pour le cuisinier. Vère s'efforçait aussi de se rendre utile. Elle était plus douée pour le gréement que Sam, malgré le fait que de temps à autre la seule vue de tant d'eau déserte alentour l'obligeait encore à fermer les yeux.

Vère, songea Sam, *qu'est-ce que je vais faire de Vère ?*

La journée, torride et poisseuse, n'en finissait pas, rendue plus interminable encore par les martèlements de la migraine. Sam la meubla à s'occuper de cordages, de voiles et à exécuter les autres tâches que lui imposa Xhondo, tout en essayant de ne pas laisser ses yeux s'égarer ni vers le baril de rhum qui contenait le corps de mestre Aemon… ni du côté de Vère. Il lui était impossible de regarder la jeune sauvageonne en face, là, tout de suite, après ce qu'ils avaient fait la nuit précédente. Quand elle monta sur le pont, il alla se réfugier en bas. Quand elle se rendit à l'avant, il gagna l'arrière. Quand elle lui adressa un sourire, il se détourna, submergé par la honte. *J'aurais dû sauter dans la mer pendant qu'elle était encore endormie*, songea-t-il. *J'ai toujours été un lâche, mais je n'avais jamais été un parjure jusqu'à maintenant.*

Si mestre Aemon n'était pas mort, Sam aurait pu lui demander ce qu'il devait faire. Si Jon Snow s'était trouvé à bord, ou même Pyp et Grenn, il aurait pu s'adresser à eux. À la place, il avait Xhondo. *Xhondo ne comprendrait pas ce que j'étais en train de me dire. Et s'il le comprenait, il me conseillerait tout simplement de baiser de nouveau la fille.* « Baiser » était le premier mot de la Langue Commune que Xhondo avait appris, et il adorait s'en servir.

C'était une chance, en tout cas, pour Sam que *La Brise cannelle* soit un aussi gros bâtiment. À bord du *Merle*, Vère lui aurait mis la main dessus en un rien de temps. « Bateaux-cygnes », tel était le nom qu'on donnait dans les Sept Couronnes aux grands vaisseaux des îles d'Eté, eu égard aux battements de leurs voiles blanches et à leurs figures de proue qui représentaient pour la plupart des oiseaux. En dépit de leur masse énorme, ils chevauchaient les vagues avec une grâce qui n'appartenait qu'à eux. Par bon vent vif arrière, *La Brise cannelle* était capable de distancer à la course n'importe quelle galère, mais elle était réduite à l'impuissance quand elle se trouvait encalminée. Ce qui ne l'empêchait pas d'offrir à un couard d'innombrables cachettes.

Le terme de son tour de veille approchait quand Sam finit par se faire coincer. Il était en train de dévaler d'une échelle quand Xhondo l'empoigna par son col. « *Noir Sam venir avec Xhondo* », dit-il en le traînant à travers le pont puis en le déballant aux pieds de Kojja Mo.

Dans le lointain, au nord, se discernait une brume basse sur l'horizon. Kojja la désigna du doigt. « Voilà la côte de Dorne. Des rochers, du sable et des scorpions, et pas un seul bon mouillage sur des centaines de lieues. Tu peux la gagner à la nage, si ça te chante, et puis marcher jusqu'à Villevieille. Il te faudra traverser le fin fond du désert, escalader quelques montagnes et franchir à la nage la Torentine. Autrement, tu pourrais toujours aller rejoindre Vère.

— Vous ne comprenez pas. La nuit dernière, nous…

— … vous avez honoré votre défunt, ainsi que les dieux qui vous ont créés tous les deux. Xhondo a fait la même chose. Je gardais l'enfant, sans quoi j'aurais été avec lui. Vous autres, à Westeros, vous faites tous une honte d'aimer. Il n'y a pas de honte à aimer. Si vos septons disent qu'il y en a, vos sept dieux doivent être des démons. Dans les îles, nous sommes plus perspicaces. Nos dieux nous ont procuré des jambes pour nous permettre de courir, des nez pour nous permettre de sentir, des mains sensibles pour toucher. Quel dément dieu cruel donnerait des yeux à un homme et lui dirait qu'il doit les garder fermés pour toujours et ne jamais accorder un regard à toute la beauté du monde ? Seulement un dieu monstre, un démon des ténèbres. » Kojja mit sa main entre les jambes de Sam. « Les dieux t'ont donné ça pour une raison aussi, pour…

— *Baiser*, proposa obligeamment Xhondo.

— Oui, pour baiser. Pour offrir du plaisir et pour fabriquer des enfants. Il n'y a pas de honte à ça. »

Sam se recula. « J'ai prêté un serment. *Je ne prendrai pas d'épouse et je n'engendrerai pas d'enfants.* Tels sont les vœux que j'ai prononcés.

— Elle sait les vœux que tu as prononcés. Elle est une enfant par certains côtés, mais elle n'est pas aveugle. Elle sait pourquoi tu portes le noir, pourquoi tu vas à Villevieille. Elle sait qu'elle ne peut pas te garder. Elle te veut pour un petit bout de temps, c'est tout. Elle a perdu son père et son mari, sa mère et ses sœurs, sa maison, son *monde*. Tout ce qu'elle a, c'est toi et le bébé. Aussi, ou tu vas la rejoindre, ou tu nages. »

Sam regarda désespérément la brume qui signalait la ligne lointaine des côtes. Il n'arriverait jamais à nager jusque-là, il le savait trop bien.

Il alla rejoindre Vère. « Ce que nous avons fait… S'il m'était permis de prendre une épouse, je te préférerais à n'importe quelle princesse ou jouvencelle de haute naissance, mais cela m'est interdit. Je suis et demeure un corbeau. J'ai prononcé les vœux, Vère. Je suis allé avec Jon dans les bois, et j'ai prononcé les vœux devant un arbre-cœur.

— Les arbres nous surveillent, chuchota Vère, tout en essuyant ses joues baignées de larmes. Dans la forêt, ils voient tout… mais il n'y a pas d'arbres, ici. Rien que de l'eau, Sam. Rien que de l'eau. »

CERSEI

La journée avait été froide, grise et humide. Il avait plu des trombes tout le matin, et même après que le déluge s'était arrêté, dans l'après-midi, les nuages avaient refusé de se dissiper. On n'avait pas une seconde entrevu le soleil. Un temps si détestable était de nature à décourager même la petite reine. Au lieu d'aller se balader à cheval avec ses volailles et sa suite de gardes et d'admirateurs, elle resta constamment recluse dans la Crypte-aux-Vierges en compagnie de ses caqueteuses à écouter chanter le Barde Bleu.

La journée personnelle de Cersei fut un peu meilleure jusqu'au crépuscule. Le ciel plombé commençait à virer au noir quand on lui annonça que *Chère Cersei* avait profité de la marée du soir pour rentrer, et qu'Aurane Waters était dans l'antichambre et demandait une audience.

Elle l'envoya quérir tout de suite. Aussitôt qu'il pénétra dans la loggia, elle comprit qu'il était porteur de bonnes nouvelles. « Votre Grâce, dit-il avec un large sourire, Peyredragon est à vous.

— Merveilleux ! » Elle lui prit les mains et l'embrassa sur les deux joues. « Je sais que Tommen en sera enchanté lui aussi. Cela signifie que nous allons pouvoir libérer la flotte de lord Redwyne et chasser les Fernés des Boucliers. » Les nouvelles en provenance du

Bief semblaient devenir de plus en plus désastreuses à chaque arrivée de corbeau. Selon toute apparence, les Fer-nés ne s'étaient pas contentés de leurs nouveaux cailloux. Ils lançaient des raids en force vers l'amont de la Mander, et ils avaient poussé l'audace jusqu'à attaquer la Treille et les îles plus petites qui l'entouraient. Les Redwyne n'avaient pas laissé dans leurs eaux plus d'une douzaine de vaisseaux de guerre, qui s'étaient tous fait battre à plate couture, capturer ou couler. Et maintenant, certains rapports mentionnaient que le fou furieux qui se faisait appeler Euron Œil de Choucas était en train d'expédier des boutres remonter la Chuchoteuse en direction de Villevieille.

« Lord Paxter était en train d'embarquer des provisions pour sa navigation de retour personnelle quand *Chère Cersei* a mis à la voile, spécifia lord Waters. Je serais prêt à parier que le gros de sa flotte a déjà appareillé maintenant.

— Espérons qu'ils bénéficieront d'une navigation rapide et d'un temps meilleur que celui d'aujourd'hui. » La reine entraîna Waters vers la banquette de la fenêtre et le fit s'asseoir auprès d'elle. « Nous faudra-t-il remercier ser Loras pour ce triomphe ? »

Le sourire du visiteur s'évanouit. « D'aucuns seront de cet avis, Votre Grâce.

— D'aucuns ? » Elle lui décocha un regard interrogatif. « Pas vous ?

— Je n'ai jamais vu de chevalier plus courageux, lui répondit Waters, mais il a transformé en carnage ce qui aurait pu être une victoire sans effusion de sang. Un millier d'hommes ont péri, ou il s'en faut de trop peu pour qu'on pinaille sur le chiffre exact. Des nôtres pour la plupart. Et pas seulement de la piétaille, Votre Grâce, mais des chevaliers et de jeunes lords, les plus valeureux et les plus braves.

— Et ser Loras lui-même ?

— Il fera le mille et unième. On l'a transporté dans le château après la bataille, mais ses blessures sont d'une extrême gravité. Il a perdu tant de sang que les mestres ne veulent même pas lui poser de sangsues.

— Oh, quelle tristesse. Tommen va en avoir le cœur brisé. Il éprouvait tant d'admiration pour notre vaillant Chevalier des Fleurs.

— Le petit peuple aussi, déclara son amiral. Le royaume sera inondé de jouvencelles pleurnichant dans leur vin quand Loras mourra. »

Il ne se trompait pas, la reine le savait. Trois mille badauds du commun s'étaient engouffrés dans la porte de la Gadoue pour assister au départ de ser Loras le jour de son appareillage, et trois sur quatre étaient des femmes. Ce spectacle n'avait servi qu'à l'emplir, elle, de mépris. Elle brûlait de leur crier qu'elles étaient de vulgaires brebis, de les avertir que tout ce qu'elles pourraient jamais espérer de Loras Tyrell était une risette et une fleur. Au lieu de quoi elle l'avait proclamé le chevalier le plus hardi des Sept Couronnes, et elle avait souri quand Tommen lui avait offert en prévision de la bataille une épée sertie de pierreries. Le roi l'avait même étreint à pleins bras, geste qui n'entrait nullement dans les plans de Cersei mais qui n'avait plus la moindre importance à présent. Elle pouvait se permettre d'être généreuse. Loras Tyrell était à deux doigts de crever.

« Racontez-moi, commanda-t-elle. Je veux savoir tous les détails de cette affaire, et du début jusqu'à la fin. »

Quand il en eut terminé, les ténèbres avaient envahi la pièce. La reine alluma quelques chandelles et dépêcha Dorcas aux cuisines leur chercher du fromage et du pain, ainsi qu'un morceau de bœuf bouilli avec du raifort. Pendant qu'ils soupaient, elle intima l'ordre à Aurane de lui répéter le récit des combats pour qu'elle s'en rappelle correctement les moindres péripéties. « Tout bien réfléchi, je m'en voudrais mortellement de laisser notre précieuse Margaery apprendre ces nouvelles par un étranger, dit-elle. Je lui en ferai part moi-même.

— Votre Grâce est la bonté même », commenta Waters avec un sourire. *Un sourire malicieux*, songea la reine. Aurane Waters ressemblait moins au prince Rhaegar qu'elle ne l'avait d'abord pensé. *Il en a les cheveux, mais c'est le cas de la moitié des putains de Lys, s'il faut en croire les racontars. Rhaegar était un homme. Lui n'est qu'un garçon matois, pas plus. Mais utile à sa manière.*

Margaery se trouvait dans la Crypte-aux-Vierges, à siroter du vin et à essayer de deviner, de conserve avec ses trois cousines, les arcanes d'un nouveau jeu venu de Volantys. En dépit de l'heure tardive, les gardes introduisirent Cersei sur-le-champ. « Votre Grâce, débuta celle-ci, mieux vaut que vous appreniez les nouvelles de ma propre bouche. Aurane est revenu de Peyredragon. Votre frère est un héros.

— J'ai toujours su qu'il l'était. » Margaery ne manifesta pas de surprise. *Pourquoi le ferait-elle ? Elle n'a pas cessé de s'attendre à cela, depuis le moment où Loras a quémandé le commandement.* Toutefois, quand Cersei eut fini de lui raconter les choses, des larmes luisaient sur les joues de la reine cadette. « Redwyne avait attelé des sapeurs à creuser un tunnel sous les murailles de la forteresse, mais leur travail était trop lent pour le Chevalier des Fleurs. Sans doute était-il obsédé par les souffrances des ressortissants de votre seigneur père sur les Boucliers. D'après ce que dit lord Waters, il a ordonné l'assaut moins d'une demi-journée après sa prise de commandement, une fois que le gouverneur de lord Stannis eut décliné son offre de régler la question du siège en l'affrontant en combat singulier. Loras fut le premier sur la brèche quand le bélier défonça les portes du château. Il se précipita tout droit dans la gueule du dragon, dit-on, tout de blanc vêtu et, la tête auréolée par les tournoiements de son fléau d'armes, massacrant tout de droite et de gauche. »

Megga Tyrell sanglotait ouvertement pour lors. « Comment est-il mort ? interrogea-t-elle. Qui l'a tué ?

— Cet honneur ne revient pas à un seul homme, répondit Cersei. Ser Loras prit un carreau dans la cuisse et un autre dans l'épaule, mais il continua vaillamment de se battre, malgré le sang qu'il perdait à flots. Plus tard, il se vit infliger un coup de masse qui lui brisa quelques côtes. Après quoi… mais non, j'aimerais mieux vous épargner le pire de tout.

— Parlez, dit Margaery. C'est un ordre. »

Un ordre ? Cersei demeura muette un moment, puis décida de laisser passer l'impudence. « Les défenseurs se replièrent vers un fort intérieur après la prise du rempart de courtine. Loras y prit également la tête de l'attaque. Il fut arrosé d'huile bouillante. »

Lady Alla devint d'un blanc de craie puis sortit de la pièce en courant.

« Les mestres sont en train de faire tout leur possible, m'assure lord Waters, mais je crains que votre frère ne soit trop grièvement brûlé. » Cersei prit Margaery dans ses bras pour la réconforter. « Il a sauvé le royaume. » Lorsqu'elle déposa un baiser sur la joue de la petite reine, ses lèvres y perçurent la saveur salée des larmes. « Jaime inscrira tous ses exploits dans le Blanc Livre, et les chanteurs chanteront sa personne pendant mille ans. »

Margaery se dégagea si violemment de l'étreinte de Cersei que cette dernière faillit s'affaler par terre. « Mourant ne signifie pas mort, fit-elle.

— Non, mais les mestres disent…

— *Mourant ne signifie pas mort !*

— Je souhaite seulement vous épargner…

— Je sais ce que vous souhaitez. Sortez. »

Maintenant, tu sais quelles affres j'ai éprouvées, la nuit où mon Joffrey est mort. Elle s'inclina, un masque de politesse froide plaqué sur sa physionomie. « Ma chère fille. Je suis tellement affligée pour vous. Je vais vous laisser avec votre chagrin. »

Lady Merryweather ne fit pas son apparition, cette nuit-là, et Cersei se découvrit trop agitée pour fermer l'œil. *Si lord Tywin pouvait me voir, maintenant, il reconnaîtrait que je suis bel et bien son héritière, une héritière digne du Roc*, songea-t-elle allongée dans son lit, sur l'autre oreiller duquel Jocelyn Swyft ronflait doucement. Margaery verserait bientôt les larmes amères qu'elle aurait dû verser pour Joffrey. Quant à Mace Tyrell, libre à lui de chialer aussi, mais du moins ne lui avait-elle pas donné le moindre motif de rompre avec elle. Qu'avait-elle fait d'autre, après tout, que d'honorer Loras de sa confiance ? C'était bien lui qui l'avait priée de lui confier le commandement, un genou en terre, au vu et au su de la moitié de la Cour, non ?

À sa mort, il me faudra lui faire ériger quelque part une statue, et je lui donnerai des funérailles telles que Port-Réal n'en a jamais vu. Le petit peuple aimerait bien ça. Et Tommen aussi. *Mace lui-même risque de m'en savoir gré, pauvre homme. Quant à madame sa mère, cette nouvelle la tuera, si les dieux ont un peu de bonté.*

Le lever du soleil fut le plus ravissant que Cersei eût contemplé depuis des années. Taena se présenta peu après et confessa qu'elle avait passé la nuit à consoler Margaery et ses dames, à boire du vin, pleurer et raconter des anecdotes sur Loras. « Margaery demeure convaincue qu'il ne mourra pas, rapporta-t-elle, pendant qu'on habillait la reine en tenue de Cour. Elle projette d'envoyer son mestre personnel prendre soin de lui. Les cousines sont en prière pour obtenir miséricorde de la Mère.

— Je prierai moi-même. Demain, vous m'accompagnerez au septuaire de Baelor, et nous allumerons une centaine de cierges pour notre vaillant Chevalier des Fleurs. » Elle se tourna vers sa camériste. « Dorcas, apporte ma couronne. La nouvelle, s'il te plaît. » Celle-ci était plus légère que l'ancienne, et les émeraudes enchâssées dans son filigrane d'or pâle jetaient mille feux au moindre mouvement de tête.

« Il y en a quatre de venus pour le Lutin, ce matin, annonça ser Osmund, sitôt que Jocelyn l'eût laissé pénétrer.

— Quatre ? » La reine fut agréablement surprise. Un flot ininterrompu d'informateurs était déjà venu au Donjon Rouge se flatter d'avoir repéré Tyrion, mais quatre en un seul jour, voilà qui était inhabituel.

« Ouais, fit Osmund. Avec même un qu'a amené une tête pour vous.

— Je le verrai en premier. Emmenez-le à ma loggia. » *Cette fois, puisse-t-il n'y avoir pas d'erreur. Puissé-je être enfin vengée, pour permettre à Joff de reposer en paix.* Les septons prétendaient que le chiffre sept était sacré au regard des dieux. Si tel était vraiment le cas, peut-êre que cette septième tête lui procurerait le baume qu'elle désirait de toute son âme.

L'individu se révéla être originaire de Tyrosh ; courtaud, trapu et suant, il affichait un sourire onctueux qui lui rappela Varys et une barbe teinte en vert et rose. Cersei le prit en grippe à première vue, mais elle était toute prête à lui passer ses tares si le coffret qu'il portait recelait véritablement la tête de Tyrion. Le bois de cèdre en était marqueté d'ivoire formant un motif de pampres et de fleurs, et ses charnières et fermoirs étaient en or blanc. Bref, une chose exquise, mais la reine ne prêta d'intérêt qu'à ce qu'il pouvait bien contenir. *Il est assez grand, du moins. Tyrion avait une tête grotesquement énorme, pour quelqu'un de si malingre et de si petit.*

« Votre Grâce, murmura le Tyroshi en s'inclinant bien bas, je constate que vous êtes aussi adorable que dans les contes. Même au-delà du détroit, nous avons entendu parler de votre splendeur insigne et du chagrin qui déchire votre noble cœur. Nul être au monde n'est capable de vous rendre votre brave jouvenceau de fils, mais mon espoir est de pouvoir au moins vous offrir de quoi adoucir votre peine. » Il posa sa main sur le coffret. « Je vous apporte la justice. Je vous apporte la tête de votre *valonqar.* »

L'antique terme valyrien donna des sueurs froides à la reine, mais également un picotement d'espoir. « Le Lutin n'est plus mon frère, s'il le fut jamais, déclara-t-elle. Et je ne veux plus prononcer son nom. C'était un nom dont on se glorifia jadis avant qu'il ne le déshonore.

— À Tyrosh, nous l'appelons Mains Rouges, en raison du sang qui ruisselle de ses doigts. Le sang d'un roi, le sang d'un père. Certains affirment qu'il fut aussi l'assassin de sa mère en s'arrachant de ses entrailles à coups de griffes impitoyables. »

Quelle absurdité, songea Cersei. « C'est vrai, dit-elle. Si la tête du Lutin se trouve dans ce coffret, je vous élèverai à la dignité de lord et vous accorderai de riches terres et des places fortes. » Les titres coûtaient moins cher que de la crotte, et le Conflans foisonnait de castels dont les ruines désolées se dressaient au milieu de champs en friche et de villages incendiés. « Ma Cour attend. Ouvrez la boîte et voyons cela. »

Le Tyroshi souleva le couvercle d'un geste théâtral et se recula, tout sourires. À l'intérieur reposait sur un lit de velours bleu douillet la tête d'un nain qui la regardait fixement.

Cersei l'examina avec attention. « Ce n'est pas mon frère. » Elle avait dans la bouche un goût aigre. *Je suppose que c'était me bercer d'un excès d'espoir, surtout après Loras. Les dieux ne sont jamais généreux à ce point.* « Cet homme a des yeux marron. Le Lutin en avait un noir et un vert.

— Les yeux, c'est un fait… Votre Grâce, les yeux de votre frère s'étaient quelque peu… décomposés. J'ai pris la liberté de les remplacer par du verre… mais pas de la bonne couleur, comme vous le dites. »

La réflexion ne fit que l'exaspérer davantage. « Votre tête peut bien avoir des yeux de verre, mais moi non. Il y a des gargouilles à Peyredragon qui présentent plus de similitudes avec le Lutin que cette créature. Il est *chauve*, et deux fois plus vieux que mon frère. Qu'est-il arrivé à ses dents ? »

La fureur contenue de ses intonations fit se ratatiner l'homme. « Il avait un superbe râtelier d'or, Votre Grâce, mais nous… Je regrette…

— Oh, pas encore. Mais vous n'y couperez pas. » *Je devrais le faire étrangler. Qu'il halète pour reprendre souffle jusqu'à ce que sa figure vire au noir, de la même manière que mon fils bien-aimé.* La sentence était sur ses lèvres.

« Une simple méprise, en toute honnêteté. Un nain a tellement l'air pareil à un autre, et puis… Votre Grâce remarquera, il n'a pas de nez…

— Il n'a pas de nez parce que vous le lui avez *coupé*.

— Non ! » La sueur qui lui perlait au front trahissait le mensonge de sa dénégation.

« Si. » Une douceur empoisonnée se glissa dans la voix de Cersei. « Au moins avez-vous eu suffisamment de bon sens pour ça. Le crétin précédent a essayé de me faire gober qu'un magicien errant le lui avait fait repousser. Cependant, il me semble que vous êtes redevable d'un nez à ce nain-ci. La maison Lannister paie ses dettes, et vous en agirez de même. Ser Meryn, emmenez ce fraudeur chez Qyburn. »

Ser Meryn Trant empoigna le Tyroshi par le bras et l'entraîna, malgré sa persistance à protester. Quand ils furent partis, Cersei se tourna vers Osmund Potaunoir. « Ser Osmund, retirez cette immondice de ma vue, et faites entrer les trois autres qui se prétendent détenteurs de renseignements sur le Lutin.

— Ouais, Votre Grâce. »

Chose navrante à dire, les trois soi-disant informateurs se révélèrent tout aussi judicieux que le Tyroshi. L'un d'eux garantit que le Lutin se planquait dans un bordel de Villevieille où il faisait jouir les hommes en les suçant. Tout bouffon que c'était à imaginer, Cersei n'y crut pas un seul instant. Le second se fit fort d'avoir vu le nain dans un spectacle d'histrions à Braavos. Le troisième soutint mordicus que Tyrion s'était fait ermite dans le Conflans et qu'il vivait sur une colline hantée. La reine leur répondit à tous de la même manière. « Si vous voulez bien pousser l'obligeance jusqu'à mener quelques-uns de mes vaillants chevaliers jusqu'à ce nain-là, vous serez richement récompensés, promit-elle. Pourvu toutefois qu'il s'agisse *effectivement* du Lutin. Dans le cas contraire… eh bien, mes chevaliers n'ont pas plus de patience pour les insolents qui cherchent à les duper que pour les imbéciles qui les lancent aux trousses d'ombres chimériques. On risque sa langue dans l'aventure… » Et, du coup, les trois zèbres perdirent tous instantanément leur bel aplomb et concédèrent qu'il se pouvait, somme toute, que le nain qu'ils avaient repéré ne fût pas forcément le bon.

Cersei ne s'était jamais doutée jusqu'alors qu'il y eût un si grand nombre de nains. « Ces petits monstres contrefaits pulluleraient-ils dans l'univers entier ? se lamenta-t-elle, tandis qu'on flanquait dehors le dernier des mouchards. Combien peut-il donc y en avoir ?

— Un peu moins qu'auparavant, répondit lady Merryweather. Me serait-il permis d'avoir l'honneur d'accompagner Votre Grâce à la Cour ?

— S'il vous est possible d'en supporter l'ennui, fit Cersei. Robert ne comprenait rien à rien dans la plupart des domaines, mais il y en avait un sur lequel il ne se trompait pas. C'est une assommante corvée que de gouverner un royaume.

— Cela m'afflige de voir Votre Grâce aussi accablée de soucis. Moi, je dis, courez vous divertir et laissez à la Main du Roi le soin de subir ces fastidieuses pétitions. Nous pourrions nous déguiser en servantes et passer la journée parmi les gens du vulgaire, pour écouter ce qu'ils disent de la chute de Peyredragon. Je connais l'auberge où se produit le Barde Bleu, quand il ne chante pas sur convocation expresse de la petite reine, et certaine cave où un conjurateur transforme le plomb en or, l'eau en vin et les filles en garçons. Peut-être qu'il consentirait à mettre en œuvre ses sortilèges sur nous deux. Cela n'amuserait pas Votre Grâce d'être un homme pendant une nuit ? »

Si j'étais un homme, je serais Jaime, songea la reine. *Si j'étais un homme, je pourrais gouverner le royaume en mon propre nom à la place de Tommen.* « Seulement si vous restiez vous-même une femme, répliqua-t-elle, sachant que c'était là ce que Taena avait envie d'entendre. Vous êtes une diablesse de me tenter comme vous le faites, mais quelle espèce de reine serais-je si je plaçais mon royaume entre les mains tremblantes d'Harys Swyft ? »

Taena fit une moue. « Votre Grâce est trop consciencieuse.

— C'est exact, concéda Cersei, et je m'en repentirai d'ici à la fin de la journée. » Elle glissa son bras sous celui de lady Merryweather. « Venez. »

Jalabhar Xho fut le premier à lui présenter une requête, ce jour-là, conformément à la préséance que lui conférait son statut de prince en exil. Tout splendide qu'il paraissait dans son rutilant manteau de plumes, il n'était venu que pour mendier. Cersei le laissa débiter sa sempiternelle demande d'hommes et d'armes pour l'aider à reconquérir le Val de l'Hibiscus rouge puis déclara : « Sa Majesté mène actuellement sa propre guerre, prince Jalabhar. Elle n'a pas de troupes disponibles pour appuyer les vôtres en ce moment même. L'année prochaine, peut-être. » C'était le discours que lui tenait invariablement Robert. L'année prochaine, elle lui dirait *jamais*, mais pas aujourd'hui. Peyredragon était à elle.

Lord Hallyne, de la Guilde des Alchimistes, se présenta lui-même pour quémander que ses pyromants soient autorisés à faire éclore tout œuf de dragon qui serait découvert à Peyredragon, le cas échéant, maintenant que l'île était dûment rentrée en sécurité dans le giron royal. « S'il subsistait de tels œufs, Stannis les aurait vendus pour solder sa rébellion », lui objecta la reine. Elle se retint de déclarer que c'était un projet dément. Depuis le décès du dernier dragon targaryen, toutes les tentatives de ce genre s'étaient infailliblement soldées par une mort, un désastre ou du déshonneur.

Un groupe de marchands lui succéda devant elle pour conjurer le Trône d'intercéder en leur faveur auprès de la Banque de Fer de Braavos. Les Braaviens exigeaient d'eux le remboursement de leurs dettes en souffrance, paraît-il, et refusaient tout nouveau prêt. *Il nous faut avoir une banque à nous*, décida Cersei, *la Banque d'Or de Port-Lannis.* Elle serait peut-être en mesure, une fois assurée la stabilité du trône de Tommen, de concrétiser cette idée. Dans les circonstances présentes, elle n'eut d'autre solution que d'inviter les marchands à payer leur dû aux usuriers.

La délégation de la Foi était conduite par son vieil ami Septon Raynard. Six des Fils du Guerrier l'ayant escorté à travers la ville, ils étaient en tout et pour tout sept, nombre sacré d'heureux présage. Le nouveau Grand Septon – ou Grand Moineau, selon le sobriquet dont l'avait affublé Lunarion – faisait absolument tout par septaines. Les chevaliers portaient des baudriers d'épée rayés aux sept couleurs de la Foi. Des cristaux adornaient le pommeau de leur longue rapière et la pointe de leur heaume. Ils trimbalaient des boucliers en forme de cerf-volant d'un style tombé en désuétude depuis la conquête et frappés d'un emblème que l'on n'avait pas vu depuis des siècles dans les Sept Couronnes : une épée arc-en-ciel dont les diaprures éclatantes se détachaient sur un champ de ténèbres. Près d'une centaine de chevaliers s'étaient déjà solennellement engagés à consacrer leur existence et leur lame au service de l'ordre ressuscité, relatait Qyburn, et de nouveaux adeptes grossissaient chaque jour leurs rangs. *Poivrots des dieux, toute leur clique. Qui aurait cru que le royaume contenait tant et tant de soiffards mystiques ?*

La plupart n'avaient été jusque-là que des chevaliers servants d'une maisonnée ou bien des chevaliers errants, mais voici qu'une poignée d'entre eux étaient désormais de haute naissance ; on trouvait dans ce ramassis des fils puînés, des lords de troisième classe, des vieillards désireux d'expier leurs péchés d'autrefois. Et puis il y avait Lancel. Elle s'était figuré que Qyburn devait lui faire une farce quand il l'avait informée que son lunatique de cousin venait de tout lâcher, château, domaines, épouse, pour revenir à Port-Réal s'affilier au Noble et Puissant Ordre des Fils du Guerrier, mais non, il se tenait bel et bien là, sous son nez, planté parmi les autres pieux écervelés.

Cersei n'apprécia pas du tout cela. Pas plus que ne furent à son gré l'ingratitude et la goujaterie sans fond du Grand Moineau. « Où est le Grand Septon ? lança-t-elle à Raynard d'un ton impérieux. C'est lui que j'avais convoqué. »

Septon Raynard adopta une voix vibrante de regrets. « Sa Sainteté Suprême a envoyé mon humble personne à sa place et prié de transmettre à Votre Grâce que les Sept l'ont dépêchée combattre la mauvaiseté.

— Comment cela ? En prêchaillant la chasteté le long de la rue de la Soie ? S'imagine-t-il qu'à force de prier sur les putains, il leur rendra leur virginité ?

— Nos corps ont été façonnés par nos Père et Mère d'En Haut pour nous permettre d'accoupler mâle et femelle afin de procréer des enfants légitimes, expliqua benoîtement Raynard. Il est ignoble et peccamineux aux femmes de vendre à prix d'argent l'intimité de leurs parties sacrées. »

Cette attitude dévotieuse aurait été plus convaincante si la reine n'avait pas su que Septon Raynard jouissait d'amitiés on ne pouvait plus spécifiques dans chacun des bordels de la rue de la Soie. Mais sans doute avait-il fini par trouver que se faire l'écho docile des babillages du Grand Septon l'échinait moins que le récurage des sols. « Ne vous avisez pas d'aller me sermonner, dit-elle. Les tenanciers de bordels nous ont fait part de leurs doléances, et à juste titre.

— Si les pécheurs parlent, qu'est-ce qui obligerait les vertueux à écouter ?

— Ces pécheurs-là alimentent les caisses royales, répliqua-t-elle vertement, et leurs liards aident à payer la solde de mes manteaux d'or et à construire des galères pour défendre nos côtes. Il faut aussi prendre en considération le commerce. Si Port-Réal n'avait pas de bordels, les navires s'en détourneraient au profit de Sombreval ou de Goëville. Sa Sainteté Suprême m'a promis la paix dans mes rues. Le putanat contribue au maintien de cette paix. Privés de putains, les hommes du commun sont enclins à recourir au viol. Dorénavant, que Sa Sainteté Suprême fasse ses prières dans le septuaire, c'est là qu'est leur place. »

La reine s'était attendue à devoir subir aussi les prônes quinteux de lord Gyles, mais au lieu de cela, ce fut le Grand Mestre Pycelle qui apparut, la mine grise et contrite, pour annoncer que Rosby était trop faible pour quitter son lit. « À mon grand regret, je crains fort que lord Gyles ne doive incessamment rejoindre ses nobles ancêtres. Puisse le Père le juger en toute équité. »

Si Rosby meurt, Mace Tyrell et la petite reine essaieront à nouveau de m'imposer Garth la Brute. « Lord Gyles a cette toux depuis *des années*, et elle ne l'a pas tué jusqu'à présent, gémit-elle. Il a toussé pendant la moitié du règne de Robert et pendant tout celui de Joffrey. S'il est maintenant en train de mourir, ce ne peut être que parce que quelqu'un veut sa mort. »

Le Grand Mestre Pycelle clignota d'un air incrédule. « Votre Grâce ? Qui... qui donc pourrait vouloir la disparition de lord Gyles ?

— Son héritier, peut-être. » *Ou bien la petite reine.* « Une femme qu'il aura dédaignée, dans le temps. » *Margaery et Mace et la Reine des Epines, pourquoi pas ? Gyles est en travers de leur route.* « Un vieil ennemi. Un nouveau. Vous. »

Le vieillard blêmit. « Vo... Votre Grâce plaisante. Je... j'ai purgé Sa Seigneurie, je l'ai saignée, je l'ai soignée avec des cataplasmes et des infusions... Les inhalations lui procurent un peu de soulagement, et le bonsomme atténue la violence de sa toux, mais j'ai bien peur qu'en plus du sang il n'expectore maintenant des morceaux de poumon.

— Libre à lui de le faire. Mais vous allez retourner tout de suite à son chevet et l'informer que je ne lui permets absolument pas de mourir.

— Si tel est le bon plaisir de Votre Grâce. » Pycelle s'inclina avec raideur.

Il survint de nouveaux pétitionnaires, et puis d'autres et encore d'autres, chacun plus assommant que le précédent. Et, ce soir-là, quand le dernier d'entre eux eut fini par se retirer et qu'elle était en train d'avaler un souper tout simple en compagnie de son fils, elle lui dit soudain : « Tommen, lorsque tu fais tes prières avant de te coucher, ne manque pas d'exprimer à la Mère et au Père ta reconnaissance d'être encore un enfant. Régner est une rude besogne. Je te le garantis, tu n'aimeras pas beaucoup ça. Les gens te dévorent à coups de bec comme des corbeaux meurtriers. Tout le monde veut une lichette de ta chair.

— Oui, Mère », lui répondit Tommen d'un ton tristounet. La petite reine lui avait parlé de ser Loras, se souvint-elle. D'après ser Osmund, il avait fondu en larmes. *Il est jeune. Quand il aura l'âge de Joff, il ne se rappellera même pas à quoi ressemblait Loras.* « Mais ça me serait égal, les coups de bec, poursuivit-il. Je devrais quand même vous accompagner tous les jours à la Cour, afin d'écouter. Margaery dit…

— … beaucoup trop de choses ! jappa Cersei. Je lui ferais volontiers arracher la langue pour un demi-sol.

— *Ne dites pas ça, vous !* » cria subitement Tommen, sa petite bouille ronde virant au rouge. « Laissez sa langue tranquille. Ne la touchez pas ! C'est moi, le roi, pas vous. »

Elle le dévisagea, suffoquée. « Qu'est-ce que tu as dit ?

— C'est moi qui suis le roi. C'est à moi qu'il appartient de dire qui mérite d'avoir la langue arrachée, pas à vous. Je ne tolérerai pas que vous fassiez du mal à Margaery. *Je ne le tolérerai pas.* Je vous l'interdis. »

Elle le saisit par l'oreille et, malgré ses piaulements, le traîna vers la porte devant laquelle ser Boros Blount se trouvait chargé de monter la garde. « Ser Boros, Sa Majesté Tommen vient d'oublier ce qu'il doit à sa dignité. Reconduisez-le gentiment à sa chambre à coucher et faites-y monter Pat. Cette fois-ci, je veux qu'il le fouette lui-même. Il devra continuer jusqu'à ce que les deux fesses du garçon soient en sang. Si Sa Majesté refuse ou émet un seul mot de protestation, convoquez Qyburn et ordonnez-lui d'arracher la langue à Pat, de sorte que Sa Majesté puisse apprendre ce que coûte l'insolence.

— À vos ordres, bougonna ser Boros, tout en jetant un coup d'œil embarrassé du côté du roi. Sire, veuillez avoir l'obligeance de m'accompagner. »

Cependant que la nuit tombait sur le Donjon Rouge, Jocelyn fit une flambée dans la cheminée de la reine tandis que Dorcas allumait les chandelles au chevet du lit. Cersei ouvrit la fenêtre pour prendre un peu d'air, et elle constata que les nuages s'étaient de nouveau amoncelés et masquaient les étoiles. « Que cette nuit est noire, Votre Grâce ! » murmura Dorcas.

Mouais, songea la reine, *mais pas aussi noire que dans la Crypte-aux-Vierges ou sur Peyredragon, où Loras Tyrell gît sanglant et brûlé, ou bien encore tout au fond des cellules aveugles sous le Donjon Rouge.* Elle ne comprit pas pourquoi cette dernière idée lui avait traversé l'esprit. Elle s'était résolue à ne plus repenser à Falyse. *Un combat singulier. Falyse aurait dû se montrer assez perspicace pour ne pas épouser un pareil imbécile.* De Castelfoyer était arrivée la nouvelle que lady Tanda était morte d'un refroidissement de poitrine consécutif à la fracture de sa hanche. Lollys la Simplette avait été solennellement accoutrée du titre de lady Castelfoyer, avec son ser Bronn pour seigneur et maître. *Tanda morte et Gyles en train de mourir. Heureusement que nous avons Lunarion, sans quoi la Cour serait entièrement privée de bouffons.* La reine sourit en s'allongeant, la tête sur l'oreiller. *Quand j'ai embrassé cette chère Margaery sur la joue, j'ai pu savourer le goût de ses larmes.*

Elle fit un rêve ancien, dans lequel figuraient trois fillettes en manteau brun, une sorcière aux fanons flasques, et une tente qui puait la mort.

La tente de la sorcière était sombre et surmontée d'un grand toit pointu. Cersei Lannister n'avait pas plus envie d'y pénétrer maintenant que lorsqu'elle était seulement âgée de dix ans, mais ses deux compagnes ne la lâchaient pas de l'œil, de sorte qu'il lui était impossible de se dérober. Elles étaient trois dans le rêve, comme elles l'avaient été dans la réalité vécue. La grosse Jeyne Farman traînassait en arrière, ainsi qu'elle le faisait toujours. C'était même miraculeux qu'elle soit venue jusque-là. Melara Cuillêtre était plus audacieuse, plus âgée et plus jolie dans son genre, l'espèce de genre à taches de rousseur. Emmitouflées dans des pèlerines de grosse bure dont elles avaient rabattu les capuchons, toutes les trois s'étaient esquivées de leur lit pour aller en tapinois consulter la sorcière en traversant les lices de tournoi. Melara avait entendu les servantes chuchoter que l'horrible vieille était capable de frapper les gens de malédiction, de les faire tomber amoureux, d'évoquer les démons et de prédire l'avenir.

Dans la réalité vécue, la tête leur tournait, le souffle leur manquait, elles se chuchotaient des trucs pendant le trajet, et elles étaient aussi excitées qu'apeurées. Le rêve était diffférent. Dans le rêve, les pavillons étaient plongés dans l'ombre, et les chevaliers et serviteurs qu'elles croisaient étaient faits de brouillard. Elles erraient longuement avant de trouver la tente de la sorcière. Lorsqu'elles y parvenaient enfin, toutes les torches étaient sur le point de s'éteindre. Cersei regardait les deux autres se recroqueviller en échangeant tout bas des cachotteries. *Rebroussez chemin*, tentait-elle de leur dire. *Allez-vous-en. Il n'y a rien pour vous ici.* Mais ses lèvres avaient beau bouger, pas un mot n'en sortait.

La fille de lord Tywin fut la première à franchir la portière, suivie de près par Melara. Jeyne Farman entra la dernière, tout en tâchant de rester planquée derrière ses amies, comme elle le faisait invariablement.

L'intérieur de la tente était plein d'odeurs. Cannelle et muscade. Poivres, et tant rouge et noir que blanc. Lait d'amande et oignons. Clous de girofle et citronnelle et safran précieux, sans compter des épices plus étranges et plus rares encore. L'unique lumière émanait d'un brasero de fer forgé en forme de tête de basilic, et c'était une lumière d'un vert lugubre qui donnait aux parois de la tente un air froid, mort et putréfié. Est-ce que ç'avait été comme ça dans la réalité vécue ? Il semblait à Cersei qu'elle n'arrivait pas à s'en souvenir.

La sorcière était en train de dormir dans le rêve, comme elle l'avait été jadis dans la réalité. *Laissez-la tranquille !* voulait crier la reine. *Petites folles que vous êtes, ne réveillez jamais une sorcière endormie !* Faute de langue, tout ce qu'elle pouvait faire était regarder la gamine se débarrasser de son manteau, donner des coups de pied dans le lit de la sorcière et commander : « Réveillez-vous, nous voulons nous faire prédire nos avenirs. »

Quand Maggy la Grenouille ouvrit les yeux, Jeyne Farman poussa un couinement d'effroi et s'enfuit de la tente, retournant se plonger tête baissée dans la nuit. Rondouillarde stupide timide petite Jeyne, le teint terreux, grosse et crevant de trouille devant chaque ombre. *Mais c'était elle, la sage du lot.* Jeyne était toujours vivante, à Belle Ile. Elle avait épousé l'un des bannerets du seigneur son frère et mis bas une douzaine de moutards.

Les yeux de la vieille étaient jaunes et tout encroûtés de quelque chose d'immonde. À Port-Lannis, on racontait l'avoir connue jeune et belle à l'époque où son mari l'avait rapportée de l'est avec une cargaison d'épices, mais l'âge et le mal l'avaient marquée de manière indélébile. Elle était courtaude, trapue, tapissée de verrues, pourvue de bajoues granuleuses et verdâtres. Il ne lui restait plus de dents, et ses mamelles lui pendouillaient jusqu'aux genoux. De toute sa personne se dégageait une odeur de vomi si vous vous teniez trop près d'elle et, quand elle parlait, son haleine puissante vous révulsait par une étrange fétidité. « Dehors ! leur dit-elle en un souffle coassant.

— Nous sommes venues pour une prédiction, lui répliqua la petite Cersei.

— Dehors ! coassa derechef la vieille.

— Nous avons entendu dire que vous saviez lire dans l'avenir, intervint Melara. Nous désirons simplement savoir quels hommes nous allons épouser.

— Dehors ! » coassa Maggy pour la troisième fois.

Ecoutez son conseil ! aurait crié la reine si elle avait eu sa langue. *Vous avez encore le temps de déguerpir. Filez au galop, petites folles que vous êtes !*

Mais la fillette aux boucles dorées se campa, mains sur les hanches. « Donnez-nous notre prédiction, ou bien j'irai trouver le seigneur mon père, et je vous ferai fouetter pour insolence.

— S'il vous plaît..., conjura Melara. Révélez-nous seulement notre avenir, et puis nous partirons.

— Il y en a ici qui n'ont pas d'avenir », marmonna Maggy de sa terrible voix grave. Elle attira sa robe sur ses épaules puis invita les gamines à se rapprocher. « Venez çà, puisque vous ne voulez pas filer. Idiotes. Venez çà, oui. Il me faut goûter votre sang. »

Melara pâlit, mais pas Cersei. Une lionne n'a pas peur d'une grenouille, si vieille et laide que puisse être celle-ci. Elle aurait dû décamper, elle aurait dû suivre le conseil, elle aurait dû prendre ses jambes à son cou. Au lieu de quoi elle saisit la dague que lui présentait Maggy, et elle s'entailla le gras du pouce avec la lame de fer tordue. Puis elle fit de même avec Melara.

Dans le vert lugubre de la tente, le sang paraissait plutôt noir que rouge. Sa vue fit trembler la bouche édentée de Maggy. « Ici, dit-elle, donne-le ici. » Une fois que Cersei lui eut tendu sa main, elle suçota le sang avec des gencives aussi douces que celles d'un nouveau-né. La reine conservait encore le souvenir de la sensation que lui avait fait éprouver le froid singulier de cette bouche-là.

« Il t'est permis de poser trois questions, reprit la sorcière, après avoir dégusté sa boisson. Tu ne vas pas aimer mes réponses. Demande, ou débarrasse le plancher. »

Pars, songea la reine dans son rêve, *tiens ta langue et fuis*. Mais la fillette n'avait pas suffisamment de jugeote pour être effrayée si peu que ce soit.

« Quand vais-je épouser le prince ? interrogea-t-elle.

— Jamais. Tu épouseras le roi. »

Sous ses boucles dorées, le minois de la gamine se plissa de perplexité. Durant des années, ensuite, elle crut que ces mots signifiaient qu'elle n'épouserait Rhaegar qu'après la mort d'Aerys, son père. « Mais je serai *bien* reine ? insista son moi d'autrefois.

— Ouais. » Une malignité fit étinceler les yeux jaunes de Maggy. « Reine tu seras, jusqu'à ce qu'en survienne une autre, plus jeune et plus belle, pour te jeter à bas et s'emparer de tout ce qui te tient le plus chèrement au cœur. »

La colère fulgura sur les traits de la petite. « Qu'elle essaie seulement, et je la ferai tuer par mon frère ! » Même alors, rien au monde ne l'aurait empêchée de continuer, en gosse opiniâtre qu'elle était. Elle avait encore le droit de poser une question de plus, de jeter un coup d'œil supplémentaire dans son existence future. « Est-ce que nous aurons des enfants, le roi et moi ? s'enquit-elle.

— Oh, ouais. Lui seize et toi trois. »

Cette réponse lui parut totalement absurde. La coupure qu'elle s'était faite au pouce la lancinait, et son sang coulait goutte à goutte sur le tapis. *Comment cela se pourrait-il ?* brûla-t-elle de demander, mais c'était terminé pour elle, d'interroger.

La vieille n'en avait pas fini avec elle, en revanche. « D'or seront leurs couronnes et d'or leurs linceuls, reprit-elle. Et lorsque tes larmes t'auront noyée, les mains du *valonqar* se resserreront autour de ta gorge blanche et te feront exhaler ton dernier souffle de vie.

— Qu'est-ce que c'est, un *valonqar* ? Une espèce de monstre ? » La fillette aux cheveux d'or avait peu goûté cette ultime prophétie. « Vous êtes une menteuse et une grenouille cloquée de verrues et une vieille sauvage puante, et je ne crois pas un seul mot de ce que vous dites. Viens, Melara, partons. Elle ne mérite pas qu'on lui prête l'oreille.

— J'ai droit à trois questions, moi aussi », protesta son amie. Et, quand Cersei lui tirailla le bras, elle se démena pour se libérer et retourner vers la sorcière. « Est-ce que j'épouserai Jaime ? » lâcha-t-elle tout à trac.

Quelle gourde tu fais ! songea la reine, avec une colère intacte comme au premier jour. *Jaime ne sait même pas que tu existes.* À cette époque-là, il ne vivait que pour les épées, les chevaux, les chiens… et pour elle, sa sœur jumelle.

« Jaime, non, ni aucun autre homme, répondit Maggy. Les vers auront ta virginité. Ta mort est présente ici, cette nuit, petiote. Ne sens-tu pas son haleine ? Elle est tout près.

— La seule haleine que nous sentions est la vôtre », déclara Cersei. Il y avait, posé sur une table à portée de sa main, un pot de terre empli d'une espèce de potion visqueuse. Elle le saisit à la volée et le lança dans les yeux de la vieille. Dans la réalité vécue, la sorcière leur avait glapi quelque chose dans une langue étrangère bizarre et les avait maudites pendant qu'elles s'enfuyaient de sa tente. Mais dans le rêve, sa trogne se dissolvait, se dissipait en effilochures de brouillard gris, jusqu'à ce que n'en subsistent plus que deux yeux jaunes et louchons, les yeux de la mort.

Les mains du valonqar *se resserreront autour de ta gorge*, entendit la reine, mais la voix n'était pas celle de la vieille femme. Les mains émergèrent des brumes de son rêve et se reployèrent sur son cou ; des mains épaisses et vigoureuses. Au-dessus d'elles flottait *sa* figure, dont les yeux dépareillés la lorgnaient sournoisement. *Non !* tenta de hurler la reine, mais les doigts du nain s'enfouirent si profondément dans sa chair qu'ils étranglèrent ses protestations. Elle eut beau ruer et glapir, peine perdue. Et elle ne fut pas longue à émettre un son identique à celui qu'avait émis son fils, le terrible et infime bruit de succion caractéristique du dernier souffle terrestre de Joff.

Cersei se réveilla dans le noir, hors d'haleine, la gorge enchevêtrée dans un pan de sa couverture. Elle l'en arracha si violemment que le tissu se déchira, puis elle se dressa sur son séant, les seins haletants. *Un rêve*, se dit-elle, *un vieux rêve et le méli-mélo d'un dessus-de-lit, voilà tout ce que c'était.*

Comme Taena passait de nouveau la nuit avec la petite reine, c'était Dorcas qui dormait en l'occurrence aux côtés de Cersei. Celle-ci la secoua sans ménagement par l'épaule. « Réveille-toi et va chercher Pycelle. Il doit se trouver au chevet de lord Gyles, je pense. Ramène-le ici tout de suite. » Encore à moitié assoupie, Dorcas dégringola du lit et, ses pieds nus faisant crisser la jonchée, s'empressa de traverser la chambre afin de récupérer ses vêtements.

Il s'écoula une éternité avant que le Grand Mestre Pycelle n'entre d'un pas traînant pour se présenter devant la reine, la tête baissée, l'œil papillotant sous ses pesantes paupières, et la lippe luttant pour réprimer ses bâillements. On aurait juré que le poids de l'énorme chaîne mestrale qui entourait les caroncules de son cou l'attirait invinciblement vers le plancher. Si loin que Cersei pût remonter dans ses souvenirs, elle ne l'avait jamais connu qu'âgé, mais il y avait eu une époque où il avait eu grande allure aussi : somptueusement vêtu, plein de dignité, d'une exquise courtoisie. Son immense barbe blanche lui conférait alors un air de sagesse ineffable. Mais le rasoir de Tyrion l'en avait dépouillé depuis, et ce qui avait repoussé était pitoyable, quelques maigres touffes erratiques de poil cassant qui ne réussissaient guère à camoufler les pendeloques de viande rose ballottantes sous son menton flasque. *Ce n'est pas un homme*, songea-t-elle, *c'en est seulement les ruines. Son séjour dans les cellules aveugles lui a retiré ce qu'il pouvait encore avoir d'énergie. Ça, et le coupe-chou du Lutin.*

« Quel âge avez-vous ? lui demanda-t-elle d'un ton brusque.

— Quatre-vingt-quatre ans, pour plaire à Votre Grâce.

— Un homme plus jeune me plairait davantage. »

Il se lécha les lèvres d'un bref coup de langue. « Je n'étais âgé que de quarante-deux ans quand le Conclave fit appel à moi. Kaeth en avait quatre-vingts lorsqu'il fut élu, et Ellendor près de quatre-vingt-dix. Les soucis de la charge les écrasèrent, et tous les deux étaient morts moins d'un an après leur élévation. Merion leur succéda quand il en avait seulement soixante-six, mais une pneumonie l'emporta pendant qu'il se rendait à Port-Réal. À la suite de quoi le roi Aegon pria la Citadelle d'envoyer quelqu'un de plus jeune. Il fut le premier roi que je servis. »

Et Tommen sera le dernier. « J'ai besoin que vous me donniez une potion. Quelque chose qui m'aide à dormir.

— Une coupe de vin avant de se mettre au lit suffit souvent à…

— Du vin, j'en *bois*, bougre de crétin ! Il me faut quelque chose de plus fort. Quelque chose qui m'empêche de rêver.

— Vous… Votre Grâce n'a pas envie de rêver ?

— Qu'est-ce que je viens de dire ? Vos oreilles sont-elles devenues aussi débiles que votre queue ? Êtes-vous capable de me faire une telle potion, ou dois-je commander à lord Qyburn de réparer encore une de vos défaillances ?

— Non. Il n'est pas nécessaire de recourir à ce… de recourir à Qyburn. Un sommeil sans rêves. Vous aurez votre potion.

— Bon. Vous pouvez vous retirer. » Comme il se tournait vers la porte, elle le rappela. « Encore une chose. Qu'enseigne la Citadelle en matière de prophéties ? Est-il possible de nous prédire notre avenir ? »

Le vieil homme hésita. L'une de ses mains fripées tâtonna pour tripoter sa poitrine, comme afin d'y caresser la barbe qui n'existait plus. « Est-il possible de nous prédire notre avenir ? répéta-t-il lentement. Peut-être bien. Les grimoires anciens font état de certains sortilèges… Mais la question de Votre Grâce mériterait plutôt d'être formulée de la façon suivante : "*Devrait*-on nous prédire notre avenir ?" Et là, force me serait de répondre : "Non." Il est des portes que mieux vaut laisser fermées.

— Veillez à bien refermer la mienne en sortant. » Elle aurait dû savoir qu'il lui fournirait une réponse aussi dénuée d'utilité que lui-même.

Le lendemain matin, elle prit son petit déjeuner avec Tommen. Il semblait plus soumis ; l'administration du châtiment à Pat avait apparemment atteint son but. Ils mangèrent des œufs frits, du pain frit, du petit lard et des oranges sanguines nouvellement arrivées par bateau de Dorne. Le petit s'était fait escorter par ses chatons. En les regardant batifoler autour des pieds de son fils, Cersei se sentit un peu mieux. *Il ne lui arrivera jamais le moindre mal tant qu'il me restera un souffle de vie.* Elle tuerait de bon cœur la moitié des lords de Westeros et la totalité des gens du commun si tel était le prix à payer pour garantir la sécurité de Tommen. « Va avec Jocelyn », lui dit-elle quand leur repas fut achevé.

Puis elle envoya quérir Qyburn. « Lady Falyse est-elle encore vivante ?

— Vivante, oui. Peut-être pas entièrement… à son aise.

— Je vois. » Elle réfléchit un moment. « Ce Bronn…, je ne saurais dire que l'idée d'avoir un ennemi si près d'ici me plaise beaucoup. C'est de Lollys que dérive tout son pouvoir. Si nous nous voyions obligés de produire sa sœur aînée…

— Hélas, dit Qyburn, j'ai peur que lady Falyse ne soit plus capable de gouverner Castelfoyer. Ou, en fait, de s'alimenter elle-même. J'ai appris d'elle des tas de choses, je me plais à le reconnaître, mais les leçons n'ont pas été totalement gratuites. J'espère n'avoir pas outrepassé les instructions de Votre Grâce.

— Non. » Quelles qu'eussent été ses intentions, il était trop tard. Il était absurde de s'appesantir sur de telles choses. *Tant mieux si elle meurt*, se dit-elle. *Elle n'aurait pas envie de continuer à vivre sans son mari. Tout balourd qu'il était, cette buse avait l'air de l'aimer.* « Voici un tout autre chapitre. La nuit dernière, j'ai fait un rêve effroyable.

— Tous les humains sont affligés de ce genre de chose, de temps à autre.

— Ce rêve-là concernait une sorcière à qui j'ai rendu visite quand j'étais enfant.

— Une sorcière des bois ? La plupart sont des créatures inoffensives. Elles ont quelques notions rudimentaires d'herboristerie, elles savent un rien d'obstétrique, mais autrement…

— Elle était plus que ça. La moitié de Port-Lannis allait lui demander des charmes et des potions. Elle était la mère d'une manière de lord, un riche marchand parvenu du fait de mon grand-père. Le père de ce nobliau l'avait découverte pendant qu'il trafiquait dans l'Est. D'aucuns la soupçonnaient de lui avoir jeté un sort, mais le plus vraisemblable est que le seul sortilège dont elle avait eu besoin se trouvait entre ses cuisses. Elle n'avait pas toujours été laide, à ce qu'on prétendait du moins. Je ne me souviens pas de son nom. Quelque chose de long, d'oriental et d'extravagant. Le petit peuple l'appelait Maggy.

— *Maegi ?*

— Est-ce ainsi que vous le prononcez ? Elle suçait une goutte de sang tirée de votre doigt puis vous révélait le contenu de votre avenir.

— La sangmagie est ce qu'il y a de plus noir en matière de sorcellerie. Il y a des gens pour prétendre que c'en est aussi la variété la plus puissante. »

Cersei ne tenait pas à l'entendre de cette oreille. « Cette *maegi* donc me débita certaines prophéties. Je m'en gaussai d'abord, mais… mais elle se mit à prédire la mort d'une de mes compagnes de lit. Quand elle fit cette prédiction, la fillette avait onze ans, elle jouissait d'une santé de cheval et vivait au Roc en toute sécurité. Elle n'en tomba pas moins peu après dans un puits et s'y noya. » Melara l'avait suppliée de ne jamais parler de ce qu'elles avaient entendu cette nuit-là dans la tente de la sorcière. *Si nous n'en parlons jamais, nous ne tarderons pas à l'oublier, et puis ce sera juste comme un mauvais rêve que nous aurions fait*, avait-elle dit. *Les mauvais rêves ne se réalisent jamais.* Elles étaient si jeunes alors toutes les deux que ce point de vue leur avait paru plutôt sage.

« Est-ce que vous continuez à pleurer cette amie d'enfance ? interrogea Qyburn. Est-ce son triste sort qui vous perturbe, Votre Grâce ?

— Melara ? Non. J'arrive à peine à me rappeler son aspect. C'est uniquement… La *maegi* savait combien j'aurais d'enfants, tout comme le nombre des bâtards de Robert. Des années avant qu'il n'ait engendré ne serait-ce que le premier, elle savait. Elle m'affirma que j'étais appelée à devenir reine, mais elle ajouta que surviendrait une autre reine… » *Plus jeune et plus belle.* « … une autre reine qui me dépouillerait de tout ce que j'aimais.

— Et vous voulez contrecarrer la prophétie ? »

Plus que tout au monde, songea-t-elle. « Est-il *possible* de la contrecarrer ?

— Oh, oui. N'ayez aucun doute à cet égard.

— Comment ?

— Je pense que Votre Grâce sait comment. »

Elle le savait, effectivement. *Je n'ai jamais cessé de le savoir*, reconnut-elle. *Même dans la tente. "Qu'elle essaie seulement, et je la ferai tuer par mon frère."*

Mais savoir ce qu'il fallait faire était une chose, et savoir comment le faire, une autre. Il n'était plus possible de compter sur Jaime. Une maladie subite serait l'idéal, mais les dieux se montraient rarement aussi obligeants. *Comment, alors ? Un poignard, un oreiller, une coupe de corvenin ?* Toutes ces solutions posaient des problèmes. Quand un vieillard mourait durant son sommeil, personne n'y réfléchissait à deux fois, mais la découverte d'une fille de seize ans morte dans son lit était assurée de soulever des questions embarrassantes. En outre, Margaery ne dormait jamais seule. Ser Loras avait beau être à l'agonie, elle était environnée d'épées nuit et jour.

Les épées ont deux tranchants, néanmoins. Les hommes mêmes qui la gardent pourraient être utilisés pour l'abattre. Il faudrait que les preuves soient si accablantes que le propre seigneur père de Margaery n'ait pas lui-même d'autre solution que de consentir à son exécution. Ce ne serait pas chose aisée. *Il est improbable que ses amants passent aux aveux, sachant pertinemment qu'ils le paieraient de leur tête comme elle. À moins...*

Le lendemain, la reine tomba dans la cour sur ser Osmund Potaunoir, alors qu'il s'entraînait avec l'un des jumeaux Redwyne. Elle n'aurait su dire lequel des deux ; elle n'avait jamais été capable de les différencier l'un de l'autre. Elle regarda les épées se croiser pendant un moment puis manda ser Osmund à part. « Venez faire quelques pas avec moi, lui commanda-t-elle, et dites-moi la vérité. Je ne veux pas de fanfaronnades creuses maintenant, pas de jacasseries tendant à faire accroire qu'un Potaunoir vaut trois fois mieux que n'importe quel autre chevalier. De votre réponse peuvent dépendre bien des choses. Votre frère Osney. Quelle est la valeur de son épée ?

— Bonne. Vous l'avez vu se battre. Il n'est pas aussi fort que moi ni qu'Osfryd, mais il va vite à tuer.

— Si les choses en venaient là, serait-il capable de vaincre ser Boros Blount ?

— Boros la Bedaine ? » Ser Osmund pouffa. « Il a quoi, quarante ans ? Cinquante ? À moitié soûl la plupart du temps, gras même quand il est à jeun. S'il a jamais eu du goût pour se battre, il l'a perdu. Ouais, Votre Grâce, si ser Boros est en manque de meurtre, Osney pourrait assez facilement le soigner. Mais pourquoi ça ? Boros a commis une trahison ?

— Non », répondit-elle. *Mais Osney, oui.*

BRIENNE

Ils tombèrent sur le premier cadavre à un mille du carrefour.

Il se balançait sous la branche d'un arbre mort dont le tronc noirci portait encore les marques de la foudre qui l'avait frappé. Les corbeaux charognards n'avaient pas chômé avec sa figure, et les loups s'étaient repus de la partie de ses jambes qui pendouillait à portée de leurs crocs. En dessous de ses genoux ne restaient que des os et de vagues haillons, ainsi qu'une chaussure orpheline cent fois mâchée, remâchée, et à demi couverte de glaise et de moisissure.

« Qu'est-ce qu'il a dans la bouche ? » questionna Podrick.

Brienne dut s'armer de courage pour regarder. Le visage était gris et vert et blafard, la bouche démesurément béante. Quelqu'un avait fourré entre les dents une pierre blanche aux arêtes aiguës. Une pierre, ou bien…

« Du sel », déclara Septon Meribald.

Cinquante pas plus loin, ils repérèrent le deuxième corps. Les charognards l'avaient entièrement déchiqueté, de sorte que ses vestiges étaient éparpillés sur le sol sous une corde élimée nouée à la branche d'un orme. Brienne aurait risqué de passer au large sans se douter de rien si Chien, suivant son flair, ne s'était élancé dans les herbes folles pour aller renifler le fumet de plus près.

« Qu'est-ce que tu tiens là, Chien ? » Ser Hyle mit pied à terre pour le rejoindre à grandes enjambées et découvrit un demi-heaume. Le crâne du mort se trouvait encore à l'intérieur, ainsi que des coléoptères et des asticots. « Du bon acier, décréta-t-il, et pas trop salement cabossé, bien que le lion ait perdu son chef. Ça te plairait, d'avoir un heaume, Pod ?

— Pas celui-ci. Il est truffé de vers.

— Les vers, ça part au lavage, mon gars. Tu es aussi impressionnable qu'une péronnelle. »

Brienne lui répliqua d'un air renfrogné : « Votre heaume est trop grand pour lui.

— C'est lui qui grandira dedans.

— Je n'ai pas envie de le faire », rétorqua Podrick. Ser Hyle haussa les épaules et rejeta le heaume abîmé dans les folles herbes, cimier léonin et tout. Chien aboya puis alla lever la patte contre l'arbre.

Après cet incident, les cadavres se succédèrent à un intervalle d'à peine cent pas. Ils pendaient tantôt sous un frêne ou un aulne, tantôt sous un hêtre ou un bouleau, un mélèze ou un orme, tantôt sous de vieux saules chenus ou sous des châtaigniers d'une taille imposante. Chacun d'eux avait le cou pris dans un nœud coulant et oscillait au bout d'une corde de chanvre, et ils avaient tous la bouche bourrée de sel. Certains portaient des manteaux gris, bleus ou écarlates, mais que le soleil et la pluie avaient tellement délavés qu'il était presque impossible de faire la différence entre leurs couleurs respectives. D'autres portaient des emblèmes sur la poitrine. Brienne distingua des haches, des flèches, pas mal de saumons, un pin, une feuille de chêne, des scarabées, des coqs de combat, la hure d'un sanglier, une demi-douzaine de tridents. *Des hommes en rupture de ban*, comprit-elle subitement, *la lie d'une douzaine d'armées, les rognures des lords.*

Parmi les suppliciés se trouvaient des chauves, des barbus, des jeunes et des vieux, des petits, des grands, des gros, des maigres. La boursouflure de la mort, leurs visages rongés et putréfiés les faisaient tous paraître identiques. *Avec un arbre pour potence, tous les hommes sont frères.* Brienne avait lu cette sentence dans un bouquin, mais elle ne put se rappeler lequel.

Ce fut Hyle Hunt qui crut finalement bon de formuler ce qu'ils avaient déjà tous deviné. « Ça, ce sont les types qui ont saccagé Salins.

— Puisse le Père les juger en toute sévérité », dit Meribald, qui avait été l'ami du vieux septon de la ville martyre.

Qui ils pouvaient être inquiétait deux fois moins Brienne que l'identité de ceux qui les avaient châtiés. À ce que l'on disait, la pendaison était la méthode favorite d'exécution de Béric Dondarrion et de sa bande de hors-la-loi. Si tel était bien le cas, le dénommé seigneur la Foudre risquait de rôder dans les parages immédiats.

Chien aboya, et Septon Meribald jeta un regard circulaire en fronçant les sourcils. « Si nous pressions l'allure ? Le soleil va bientôt se coucher, et les cadavres font de méchants compagnons, la nuit. Vivants, ces gaillards-là étaient d'une dangereuse noirceur. Je doute que la mort les ait améliorés.

— Là, nos avis divergent, répliqua ser Hyle. Ils sont précisément le genre de types que la mort améliore le plus. » Il n'en éperonna pas moins les flancs de sa monture, et tous adoptèrent un pas légèrement plus vif.

Un peu plus loin, les arbres commencèrent à se clairsemer, mais pas les cadavres. Les bois cédèrent la place à des champs boueux, les branches d'arbres à des gibets. Des nuées de corbeaux s'élevaient des charognes en criaillant quand les voyageurs arrivaient à proximité, puis ils s'abattaient à nouveau sur elles aussitôt ces derniers passés. *C'étaient des criminels*, se rappela Brienne, mais leur vue continuait de l'attrister. Elle se contraignit à tous les dévisager tour à tour, en quête de traits familiers. Il lui sembla reconnaître quelques-uns des sbires d'Harrenhal, mais l'état dans lequel ils se trouvaient ne permettait guère de certitude. Pas un seul n'arborait de heaume à mufle de chien, mais quelques-uns en portaient de toute sorte. La plupart avaient été dépouillés de leurs armes, de leur armure et de leurs bottes avant qu'on ne les pende haut et court.

Lorsque Podrick s'enquit du nom de l'auberge où ils espéraient passer la nuit, Septon Meribald s'empressa de saisir la balle au bond, peut-être afin de détourner les esprits des sinistres sentinelles qui bordaient la route. « Il y en a qui l'appellent *La Vieille Auberge*. Cela fait des centaines d'années qu'une auberge se trouve là, mais l'auberge *actuelle* n'a été bâtie que sous le règne du premier Jaehaerys, le roi qui fit tracer la route Royale. Jaehaerys et sa reine s'y arrêtaient durant leurs voyages, à ce qu'on raconte. Pendant un certain temps, elle fut connue sous l'appellation des *Deux Couronnes*, en leur honneur, mais après qu'il l'eut surmontée d'un clocher, un aubergiste la rebaptisa *L'Auberge du Carillonneur*. Par la suite, elle échut à un chevalier estropié dénommé Jon Heddle le Long, qui s'y fit forgeron quand il fut devenu trop âgé pour se battre. Il fabriqua une nouvelle enseigne pour la cour, un dragon tricéphale en fer noir qu'il suspendit en haut d'un poteau de bois. La bête était si grande qu'il fallut la réaliser en une douzaine de pièces ajustées par des cordes et du fil de fer. Quand le vent soufflait, l'assemblage cliquetait et faisait un boucan d'enfer, si bien que l'auberge fut désormais connue à des lieues à la ronde et bien au-delà sous le nom du *Dragon Quincaille*.

— L'enseigne au dragon s'y trouve toujours ? demanda Podrick.

— Non, répondit Septon Meribald. Le fils du forgeron était lui-même un vieil homme quand un fils bâtard du quatrième Aegon fomenta une rébellion contre son frère légitime et adopta pour emblème un dragon noir. Ces terres appartenaient alors à lord Darry, et Sa Seigneurie était d'une loyauté inflexible vis-à-vis du roi. La vue du dragon de fer noir le mit en colère, et il abattit le poteau, détruisit l'enseigne et en jeta les miettes dans la rivière. L'une des têtes du dragon s'en fut s'échouer sur l'île de Repose bien des années après, mais elle était alors rouge de rouille. L'aubergiste ne rétablit jamais d'autre enseigne, et c'est ainsi que les gens perdirent tout souvenir du dragon et se mirent à appeler l'établissement *L'Auberge de la Rivière*. À cette époque-là, le Trident coulait sous la porte de derrière, et la moitié des chambres étaient bâties en saillie au-dessus des eaux. Les clients pouvaient lancer une ligne par leur fenêtre et attraper des truites, paraît-il. Il y avait aussi là l'embarcadère d'un bac, ce qui permettait aux voyageurs de traverser jusqu'à Lord Herpivoie-Ville et Murs-blancs.

— Nous avons quitté le Trident au sud d'ici, puis nous avons chevauché vers le nord et l'ouest… Pas en direction de la rivière mais à l'opposé.

— Ouais, ma dame, acquiesça le septon. La rivière s'est déplacée. Soixante-dix ans que ça fait. Ou bien quatre-vingts, plutôt ? C'est arrivé quand le grand-père de la vieille Masha Heddle était le taulier. C'est elle qui m'a raconté toute cette histoire. Une brave femme, Masha, friande de surelle et de gâteaux au miel. Quand elle n'avait pas de chambre pour moi, elle me laissait dormir au coin de son feu, et elle ne m'a jamais laissé repartir sans un morceau de pain, du fromage et une poignée de biscuits.

— C'est toujours elle qui tient l'auberge ? questionna Podrick.

— Non. Les lions l'ont pendue. Après leur départ, j'ai entendu dire qu'un de ses neveux tenta de rouvrir l'auberge, mais les guerres avaient rendu les routes trop dangereuses pour la circulation des petites gens, de sorte que la pratique se faisait rare. Il a ramené des putains, mais même ça n'a pas pu le sauver. Un lord l'a tué lui aussi, j'ai appris. »

Ser Hyle fit une grimace comique. « Je ne m'étais jamais imaginé que tenir une auberge pouvait être aussi mortellement dangereux.

— C'est être de naissance commune qui est dangereux, lorsque les grands seigneurs s'amusent à leur jeu de trônes, répliqua Septon Meribald. N'en va-t-il pas ainsi, Chien ? » Chien aboya son agrément.

« Et alors, fit Podrick, est-ce que l'auberge porte un nom, *maintenant* ?

— Les petites gens l'appellent simplement l'auberge du carrefour. Le frère Doyen m'a raconté que deux des nièces de Masha Heddle l'ont rouverte au commerce une fois de plus. » Il brandit son bâton de marche. « Si les dieux se montrent bienveillants, cette fumée qu'on voit monter derrière les pendus doit provenir de ses cheminées.

— On pourrait toujours l'appeler *L'Auberge des gibets* », commenta ser Hyle.

Sous quelque nom que ce soit, l'établissement était vaste, haut de deux étages sur rez-de-chaussée qui dominaient les routes poudreuses, et ses murs, ses tourelles et ses cheminées de belle pierre blanche se détachaient avec une pâleur fantomatique sur le gris du ciel. Édifiés sur des piliers de bois massifs, les bâtiments de son aile sud surplombaient un terrain crevé d'ornières et marécageux couvert de végétation sauvage et d'herbes mortes toutes brunes. Sur le flanc nord étaient attachés des écuries à toit de chaume et un clocher. L'ensemble était intégralement ceinturé par un mur bas en brisures de pierre blanche tapissées de mousse.

Au moins personne ne l'a-t-il incendiée. À Salins, Brienne et ses compagnons n'avaient trouvé que mort et désolation. Lorsque le bac de l'île de Repose les avait débarqués sur la rive opposée, les survivants avaient déjà fui les lieux, les morts déjà été confiés à la terre, mais le cadavre de la ville elle-même subsistait, cendres et décombres sans sépulture. L'atmosphère sentait encore la fumée, et les cris des mouettes qui planaient dans le ciel semblaient presque humains, lamentables comme des sanglots d'enfants perdus. Le château lui-même avait un air lugubre et abandonné. Aussi gris que les cendres de la ville qui l'entourait, il se composait d'un donjon carré enclos dans des murs de courtine et conçu de manière à surveiller le port. Il était rigoureusement fermé quand ils abordèrent, chacun menant son cheval par la bride, et rien ne bougeait sur les remparts, hormis les bannières. Chien dut aboyer et le bâton de Septon Meribald cogner à la grand-porte pendant un quart d'heure avant qu'une femme n'apparaisse au-dessus de leurs têtes pour leur demander ce qu'ils faisaient là.

Entre-temps, le bac était reparti, et il s'était mis à pleuvoir. « Je suis un saint septon, gente dame, avait crié Meribald, le nez en l'air, et mes compagnons sont d'honnêtes voyageurs. Nous vous serions obligés de daigner nous accorder cette nuit un abri contre la pluie et une place au coin de votre feu. » La femme ne s'était nullement laissé ébranler par ses requêtes.

« L'auberge la plus proche se trouve au carrefour, à l'ouest, rétorqua-t-elle. Nous ne voulons pas d'étrangers ici. Passez votre chemin. » Après qu'elle eut disparu, ni les prières de Meribald, ni les aboiements de Chien, ni les jurons de ser Hyle ne réussirent à la faire revenir. En définitive, ils avaient passé la nuit dans les bois, sous un auvent de branches entrelacées.

À l'auberge du carrefour, en revanche, il y avait de la vie. Dès avant qu'ils n'en aient atteint la porte, Brienne perçut le bruit : un martèlement vague mais régulier. Et qui rendait un son métallique d'acier.

« Une forge, dit ser Hyle. Soit qu'ils aient là leur propre forgeron, soit que le fantôme du vieil aubergiste soit en train de fabriquer un nouveau dragon de fer. » Il talonna sa monture. « J'espère qu'ils ont aussi un cuisinier fantôme. Un croustillant poulet rôti remettrait le monde d'aplomb. »

La cour de l'auberge était une mer de gadoue brune qui déglutissait les sabots des chevaux. La résonance de l'acier y était beaucoup plus nette, et Brienne discerna les rougeoiements de la forge, au-delà du bas bout des écuries, derrière un char à bœufs qui avait une roue brisée. Elle distingua aussi des chevaux dans les écuries, et un petit garçon qui jouait à se balancer, cramponné aux chaînes rouillées de la potence vermoulue qui dominait les lieux. Debout sur le seuil du porche de l'auberge, quatre fillettes le regardaient faire. La benjamine, qui n'avait pas plus de deux ans, était toute nue. L'aînée, âgée de neuf ou dix, l'enserrait dans ses bras pour la protéger. « Holà, petiotes ! leur cria ser Hyle, courez nous chercher votre mère ! »

Le gosse lâcha les chaînes et fusa d'un trait vers les écuries. Les quatre gamines se contentèrent de gigoter sur place. Au bout d'un moment, l'une d'entre elles dit : « Nous n'avons pas de mères », et une autre ajouta : « Moi, j'en avais une, mais on l'a tuée. » La plus grande des quatre fit un pas en avant, tout en repoussant la petite derrière ses jupes. « Qui vous êtes ? demanda-t-elle.

— D'honnêtes voyageurs à la recherche d'un abri. Je m'appelle Brienne, et voici Septon Meribald, qui est connu dans tout le Conflans. Le garçon est Podrick Payne, mon écuyer, le chevalier ser Hyle Hunt. »

Le tapage du marteau s'interrompit brusquement. La gamine du porche jeta sur eux un coup d'œil aussi méfiant que peut l'être celui d'une enfant qui n'a que onze ans. « Moi, c'est Saule. Vous voulez des lits ?

— Des lits et de la bière et de la nourriture bien chaude pour nous remplir le ventre, répondit ser Hyle Hunt tout en démontant. Tu es l'aubergiste ? »

Elle secoua la tête. « Ma sœur Jeyne. Elle n'est pas là. Tout ce que nous avons à manger, c'est de la viande de cheval. Si vous venez pour des putains, il n'y en a aucune. Ma sœur les a chassées. Mais nous avons des lits. Certains avec des matelas de plume, mais beaucoup d'autres avec des paillasses.

— Et tous ont des puces, j'en suis convaincu, fit ser Hyle.

— Vous avez de quoi payer ? En argent ? »

Le chevalier se mit à rire. « De l'argent ? Pour se pieuter rien qu'une nuit et bouffer du gigot de canasson ? Tu comptes nous dévaliser, petiote ?

— Ça sera de l'argent. Autrement, vous n'avez qu'à aller dormir dans les bois avec les morts. » Saule lorgna du côté de l'âne et de son chargement de tonneaux et de baluchons. « C'est de la nourriture ? Vous l'avez eue où ?

— À Viergétang », dit Meribald. Chien aboya.

« Tu questionnes tous vos clients de cette façon ? demanda ser Hyle.

— Nous n'avons pas tant de clients que ça. Pas comme avant la guerre. C'est surtout des moineaux qu'il y a sur les routes ces temps-ci, ou pire.

— Pire ? interrogea Brienne.

— Des voleurs, répondit une voix de garçon qui provenait des écuries. Des canailles. »

Brienne se retourna et vit un fantôme.

Renly. Un coup de masse en plein cœur aurait été loin de lui faire un effet aussi douloureux. « Monseigneur ?

— Seigneur ? » L'adolescent repoussa une mèche de cheveux noirs qui lui barrait les yeux. « Je ne suis qu'un forgeron. »

Ce n'est pas Renly, saisit-elle en un éclair. *Renly est mort. Renly s'est éteint dans mes bras, adulte, âgé de vingt et un ans. Celui-ci n'est qu'un jouvenceau.* Un jouvenceau qui ressemblait au Renly venu en visite à Torth, la première fois. *Non, plus jeune. Il a la mâchoire plus carrée, les sourcils plus broussailleux.* Renly avait été mince et d'allure alerte, tandis que ce garçon-là exhibait les épaules massives et le bras droit tout en muscles qui étaient si souvent le signe distinctif des forgerons. Il portait un long tablier de cuir, mais il était torse nu dessous. Des picots de poil noir tapissaient ses joues et son menton, et ses cheveux formaient une masse noire et drue qui descendait jusqu'au bas de ses oreilles. Les cheveux du roi Renly avaient eu cette même noirceur charbonneuse, mais ils étaient toujours impeccablement propres, brossés et coiffés. Parfois, il les coupait court, et parfois il les laissait flotter jusqu'à ses épaules ou bien les nouait sur sa nuque avec un ruban doré, mais jamais ils n'étaient hirsutes ou ternis par la sueur. Et ses yeux avaient eu beau être de ce même bleu sombre, leur expression était toujours chaleureuse et accueillante, pleine de rires, alors que ceux du garçon débordaient de colère et de suspicion.

Septon Meribald s'en aperçut aussi. « Nous n'avons aucune male intention, mon gars. Du temps où Masha Heddle était la propriétaire de cette auberge, elle avait toujours un gâteau au miel pour moi. Il arrivait même qu'elle me permette de jouir d'un lit, si son établissement n'était pas bondé.

— Elle est morte, dit le garçon. Les lions l'ont pendue.

— Pendre les gens semble être votre amusement de prédilection, dans cette région, commenta ser Hyle Hunt. Que n'ai-je des terres à moi dans les parages. Je sèmerais du chanvre, vendrais de la corde et ferais fortune.

— Tous ces enfants, dit Brienne à la petite Saule. Ils sont tes... sœurs ? Des frères ? Des parents et des cousins ?

— Non. » Saule la dévisageait d'une façon qu'elle connaissait bien. « Ce sont seulement... Je ne sais pas... Les moineaux les amènent ici, quelquefois. D'autres se débrouillent pour arriver tout seuls. Si vous êtes une femme, pourquoi vous portez des vêtements d'homme ? »

Ce fut Septon Meribald qui répondit. « Lady Brienne est une vierge guerrière qui a entrepris une quête. Pour le moment, toutefois, c'est d'un lit sec et d'un bon feu qu'elle a besoin. Comme nous tous. Mes vieux os me disent qu'il va se remettre à pleuvoir, et bientôt. Est-ce que vous avez des chambres pour nous ?

— Non, déclara le jeune forgeron.

— Oui », affirma la petite Saule.

Ils échangèrent un coup d'œil. Puis Saule tapa du pied. « Ils ont de la *nourriture*, Gendry. Les gosses ont faim. » Elle siffla, et de nouveaux enfants apparurent comme par magie ; des garçons vêtus de haillons et à tignasse en friche émergèrent en tapinois de dessous le porche, et des fillettes furtives se montrèrent aux fenêtres qui dominaient la cour. Certains s'agrippaient à des arbalètes remontées et chargées.

« On pourrait appeler l'auberge *L'Arbalète*, aussi », suggéra ser Hyle.

« L'Auberge des orphelins » serait un nom plus adéquat, songea Brienne pour sa part.

« Wat, tu te charges de ces chevaux, dit Saule. Will, tu poses cette pierre, ils ne sont pas venus nous faire du mal. Chanvrine, Pat, courez chercher du bois pour alimenter le feu. Jon Penny, tu aides le septon à porter ses paquets. Moi, je vais leur montrer des chambres. »

En définitive, ils jetèrent leur dévolu sur trois piaules contiguës qui se vantaient toutes de posséder un lit de plume, un pot de chambre et une fenêtre. Celle de Brienne disposait en outre d'une cheminée. Elle paya quelques sols supplémentaires pour avoir des bûches.

« Est-ce que je dormirai dans votre chambre ou dans celle de ser Hyle ? » demanda Podrick, pendant qu'elle ouvrait les volets.

« Nous ne sommes pas à l'île de Repose, lui répondit-elle. Tu peux rester avec moi. » Le matin venu, elle avait l'intention de se remettre à voler de ses propres ailes avec lui. Septon Meribald devait continuer sa tournée en direction de Nutten, de Courberive et de Lord Herpivoie-Ville, mais elle ne voyait pas l'intérêt de le suivre encore si peu que ce soit. Il avait Chien pour lui tenir compagnie, et le frère Doyen l'avait persuadée qu'elle ne trouverait pas Sansa Stark le long du Trident. « Je compte être debout avant le lever du soleil, pendant que ser Hyle sera encore en train de dormir. » Elle ne lui avait toujours pas pardonné la blague de Hautjardin… et puis, comme il l'avait proclamé lui-même, aucun serment ne l'engageait vis-à-vis de Sansa.

« Où irons-nous, ser ? Je veux dire, ma dame ? »

Elle n'avait pas de réponse toute prête à lui servir. Ils étaient arrivés au carrefour, dans le sens tout à fait littéral du terme ; au point même où la route Royale, la route de la rivière et la grand-route se rejoignaient toutes trois. La grand-route les emmènerait à l'est, à travers les montagnes, jusqu'au Val d'Arryn, que la tante de lady Sansa avait gouverné jusqu'à son décès. La route de la rivière courait vers l'ouest et suivait le lit de la Ruffurque jusqu'à Vivesaigues, où le grand-oncle de la jeune fille se trouvait assiégé mais toujours en vie. Enfin, ils pouvaient également opter pour la route Royale qui se poursuivait vers le nord et, au-delà des Jumeaux, traversait les tourbières et les marécages du Neck. Si Brienne arrivait à découvrir un moyen de franchir le verrou de Moat Cailin, quel qu'en fût l'actuel détenteur, cette même route les conduirait droit à Winterfell sans solution de continuité.

À moins que je n'emprunte plutôt la route Royale vers le sud, songea Brienne. *Je pourrais regagner Port-Réal à bride abattue, confesser mon échec à ser Jaime, lui rendre son épée puis embarquer sur un bateau qui me ramène à Torth, chez moi, comme le frère Doyen m'a pressée de le faire.* Envisager cela n'allait pas sans amertume, mais il y avait une part de son être qui aspirait à revoir son père et la Vesprée, et une autre qui se demandait si Jaime la réconforterait, au cas où elle pleurerait sur son épaule. C'était bien de ça que les hommes avaient envie, n'est-ce pas ? De faibles femmes éperdues de détresse qu'ils soient tenus de protéger ?

« Ser ? Ma dame ? J'ai demandé : où allons-nous aller ?

— Dans la salle commune, en bas, pour souper. »

La salle commune grouillait d'enfants. Brienne essaya de les compter, mais comme ils n'arrêtaient pas un instant de bouger, elle en compta certains deux ou trois fois de suite et d'autres pas une seule avant de renoncer. Ils avaient rassemblé les tables en trois longues rangées, et les plus âgés des garçons se débattaient avec des bancs pour les apporter de l'arrière. *Plus âgés* signifiait en l'occurrence dix ou douze ans. Gendry était là-dedans ce qui se rapprochait le plus de ce qui s'appelle un adulte, mais c'était Saule qui glapissait tous les ordres, comme si elle était la reine dans son château, et que le reste des mioches ne fût rien de plus que des serviteurs.

Si elle était de haute naissance, commander lui viendrait tout naturellement, comme la déférence à eux. Brienne se demanda si Saule pouvait être plus qu'elle n'en avait l'air. Elle était trop jeune et trop quelconque de figure pour être Sansa Stark, mais elle avait l'âge requis pour être Arya, la cadette, dont lady Catelyn elle-même était convenue que la beauté de sa sœur aînée lui faisait défaut. *Des cheveux bruns, des yeux bruns, maigrichonne… Cela se pourrait-il ?* Arya Stark avait bien des cheveux bruns, se rappela-t-elle, mais la couleur de ses yeux, ça, elle n'était pas sûre. *Bruns et bruns, c'était ? Se pourrait-il qu'elle ne soit pas morte à Salins, tout compte fait ?*

À l'extérieur, les dernières lueurs du jour s'estompaient peu à peu. Dedans, Saule fit allumer quatre chandelles de suif et dit aux fillettes d'entretenir le feu pour qu'il flambe haut et fort. Les garçons aidèrent Podrick à décharger l'âne et rentrèrent chargés de la morue salée, du mouton, des légumes, des noix et des formes de fromage, tandis que Septon Meribald s'engouffrait aux cuisines pour apprêter la bouillie d'avoine. « Hélas, mes oranges se sont toutes envolées, et je doute d'en voir une seule autre d'ici au printemps, dit-il à l'un des marmots. Est-ce que tu as jamais tâté d'une orange, mon gars ? En as-tu jamais pressé une et sucé ce jus succulent qui en dégouline ? » En le voyant secouer la tête, le religieux lui ébouriffa les cheveux. « Alors, je t'en apporterai une, le printemps venu, si tu veux bien avoir la gentillesse de m'aider à touiller la bouillie d'avoine. »

Ser Hyle retira ses bottes pour se chauffer les pieds auprès du feu. Lorsque Brienne vint s'asseoir à ses côtés, il indiqua d'un haussement de menton l'autre bout de la salle. « Il y a des taches de sang sur le sol à l'endroit où Chien est en train de flairer. On a eu beau gratter, le sang a si profondément imbibé le plancher qu'il n'y a pas eu moyen de l'en retirer.

— C'est dans cette auberge que Sandor Clegane a tué trois des hommes de son frère, lui rappela-t-elle.

— C't un fait, abonda-t-il, mais qui saurait dire s'ils ont été les premiers à crever ici... ou s'ils seront les derniers ?

— Auriez-vous peur d'une poignée d'enfants ?

— Quatre seraient une poignée. Dix feraient déjà trop. Ça, c'est une cohue, une cacophonie. Des enfants, pour moi, ça devrait être entortillé de langes et accrochés à des patères, au mur, jusqu'à ce qu'il pousse des nichons aux filles et que les garçons soient en âge de se raser.

— Eh bien, moi, je les plains de toute mon âme. Ils ont tous perdu leurs père et mère. Certains d'entre eux ont assisté à leur assassinat. »

Hunt roula les yeux. « J'avais oublié que je parlais à une femme. Votre cœur est aussi pâteux que la bouillie d'avoine de ce cher septon. Cela se peut-il ? Quelque part au fond de notre gueuse d'épée frétille une mère qui ne demande qu'à mettre bas ! Ce dont vous avez réellement envie, c'est d'un mignon poupon rose pour vous téter le sein. » Ser Hyle se mit à sourire. « Il vous faut un homme pour ça, j'ai entendu dire. Un mari, de préférence. Pourquoi pas moi ?

— Si vous espérez toujours gagner votre pari…

— Ce que je veux gagner, c'est vous, l'unique rejeton restant de lord Selwyn. Je connais des zèbres qui ont épousé des greluches simples d'esprit ou des chiardes à la mamelle rien que pour attraper des lots dix fois moins tentants que Torth. Je ne suis pas Renly Baratheon, je le confesse, mais j'ai le mérite de faire encore partie des vivants. D'aucuns diraient que c'est mon seul mérite. Un mariage nous avantagerait tous les deux. Des terres pour moi, et un château pour vous plein de ces machins-là. » Sa main désigna les gosses. « J'en suis capable, je vous l'assure. J'ai engendré au moins une bâtarde, pour autant que je sache. N'ayez crainte, je ne vous l'infligerai pas. La dernière fois que je suis allé la voir, sa mère m'a balancé dessus toute une marmite de soupe. »

Elle sentit une rougeur escalader son cou. « Mon père est seulement âgé de cinquante-quatre ans. Pas trop vieux pour se remarier et pour avoir un fils de sa nouvelle épouse.

— C'est un risque à courir… *Si* votre père se remarie et *si* sa femme se révèle féconde et *si* c'est un garçon qu'elle met au monde. J'ai fait des paris plus mauvais.

— Et vous les avez perdus. Jouez votre partie avec quelqu'un d'autre, ser.

— Ainsi parle une jouvencelle qui n'a jamais joué la partie avec qui que ce soit. Une fois que vous l'aurez fait, vous changerez de point de vue. Dans le noir, vous seriez aussi belle que n'importe quelle autre. Vos lèvres ont été faites pour embrasser.

— Ce sont de simples lèvres, répliqua-t-elle. Toutes les lèvres sont pareilles.

— Et toutes les lèvres sont faites pour embrasser, accorda Hunt d'un ton plaisant. Ne barrez pas la porte de votre chambre, cette nuit, et je viendrai me faufiler dans votre lit pour vous prouver la véracité de mes assertions.

— Risquez-vous-y, et vous serez eunuque lorsque vous repasserez le seuil. » Elle se leva et s'éloigna de lui.

Sans se soucier de la petite fille qui rampait toute nue sur la table, Septon Meribald demanda la permission de faire dire des actions de grâces aux enfants. « Ouais », consentit Saule en attrapant la mioche avant qu'elle n'atteigne la bouillie d'avoine. Aussi baissèrent-ils tous la tête ensemble pour remercier le Père et la Mère de leur générosité... Tous sauf le garçon à cheveux noirs de la forge, qui, croisant les bras sur sa poitrine, demeura assis d'un air courroucé pendant que les autres priaient. Brienne ne fut pas la seule à remarquer son comportement. La prière achevée, Septon Meribald le dévisagea par-dessus la table et dit : « Est-ce que tu n'aimes pas les dieux, mon fils ?

— Pas les vôtres. » Gendry se leva brusquement. « J'ai du travail à faire. » Et il sortit à grandes enjambées sans avaler la moindre lichette du repas.

« Y a-t-il quelque autre dieu qu'il chérisse ? demanda Hyle Hunt.

— Le Maître de la Lumière », répondit d'une voix flûtée un marmouset chétif de près de six ans.

Saule lui administra un coup de louche. « Ben Grande Gueule. Il y a de quoi *manger*. Tu devrais être en train de te remplir le ventre, et pas d'enquiquiner m'sires avec tes caquets. »

Les gosses s'abattirent sur le souper comme des loups sur un daim blessé, se disputant la morue, déchiquetant à qui mieux mieux le pain d'orge et faisant gicler la bouillie d'avoine de tous les côtés. Même l'énorme forme de fromage ne tarda guère à succomber. Brienne se contenta de poisson, de pain et de carottes, pendant que pour chacune des bouchées qu'il avalait lui-même

Septon Meribald en distribuait deux à Chien. Dehors, il commençait à pleuvoir. Dedans, le feu pétillait, et la salle commune retentissait du vacarme des mastications, ponctué par les coups de louche que Saule infligeait aux enfants. « Un jour, cette mouflette fera une épouse redoutable pour quelqu'un, observa ser Hyle. Pour ce pauvre apprenti forgeron, selon toute probabilité.

— Quelqu'un devrait aller lui porter un morceau avant qu'il ne reste plus rien.

— Vous êtes quelqu'un. »

Brienne enveloppa dans un carré de tissu une lamelle de fromage, un quignon de pain, une pomme toute ridée et deux bouts de morue frite en miettes. Quand Podrick se leva pour la suivre à l'extérieur, elle lui ordonna de se rasseoir et de manger. « Je ne serai pas longue. »

Il pleuvait désormais à verse dans la cour. Brienne couvrit sa maigre provision de vivres avec un pan de son manteau. Certains des chevaux l'interpellèrent en hennissant quand elle entreprit de longer les écuries. *Ils sont affamés, eux aussi.*

Gendry s'affairait à sa forge, torse nu sous son tablier de cuir. La virulence avec laquelle il était en train de marteler une épée donnait le sentiment qu'il brûlait qu'elle soit un adversaire, et sa tignasse trempée de sueur lui retombait jusqu'aux sourcils. Elle le contempla un moment. *Il a les yeux de Renly, les cheveux de Renly, mais pas sa carrure. Lord Renly était plus souple que musclé, contrairement à son frère Robert, dont la force était légendaire.*

Gendry ne s'avisa de la présence de Brienne que lorsqu'il s'interrompit pour s'éponger le front. « Qu'est-ce que vous me voulez, *vous* ?

— Je vous ai apporté de quoi souper. » Elle ouvrit le paquet pour lui montrer.

« Si j'avais eu envie de manger quoi que ce soit, je l'aurais déjà fait.

— Un forgeron a besoin de manger pour se maintenir en pleine forme.

— Vous êtes ma mère ?

— Non. » Elle déposa les victuailles. « Qui était votre mère ?

— Qu'est-ce que ça peut vous faire ?

— Vous êtes né à Port-Réal. » Il lui suffisait de l'entendre parler pour en être absolument sûre.

« Comme quantité d'autres. » Il plongea l'épée dans une cuve d'eau de pluie pour en assurer la trempe. L'acier brûlant siffla de fureur.

« Quel âge avez-vous ? demanda Brienne. Votre mère est toujours en vie ? Et votre père, qui était-il ?

— Vous posez trop de questions. » Il reposa l'épée. « Ma mère est morte, et je n'ai jamais connu mon père.

— Vous êtes un bâtard. »

Il prit la réflexion pour une insulte. « Je suis un *chevalier*. Cette épée sera mienne, une fois terminée. »

À quoi s'emploierait un chevalier qui travaille dans une forge ? « Vous avez des cheveux noirs et des yeux bleus, et vous êtes né dans l'ombre du Donjon Rouge. Est-ce que personne ne vous a jamais fait de remarques à propos de votre visage ?

— Qu'est-ce qu'il a qui cloche, mon visage ? Il n'est pas aussi laid que le vôtre.

— À Port-Réal, vous avez dû voir le roi Robert. »

Il haussa les épaules. « Quelquefois. À des tournois, de loin. Un jour, au septuaire de Baelor. Les manteaux d'or nous ont repoussés pour lui permettre de passer. Une autre fois, j'étais en train de m'amuser près de la porte de la Gadoue lorsqu'il rentra d'une de ses chasses. Il était si soûl qu'il a failli me passer sur le corps.

Un grand poivrot gras, c'était, mais un meilleur roi que ces fils qu'il a eus. »

Ils ne sont pas ses fils, Stannis a dit la vérité, le jour de sa rencontre avec Renly. Joffrey et Tommen n'ont jamais été les fils de Robert. Tandis que ce garçon-là… « Écoutez-moi », débuta-t-elle, mais elle entendit alors Chien aboyer à plein gosier, frénétiquement. « Quelqu'un vient.

— Des amis, dit Gendry, nonchalamment.

— Quel genre d'amis ? » Elle gagna la porte de la forge pour jeter un œil au-dehors à travers la pluie.

Il haussa les épaules. « Vous les rencontrerez bien assez tôt. »

Il se peut que je n'aie pas la moindre envie de les rencontrer, songea-t-elle alors que les premiers cavaliers pénétraient dans la cour et y soulevaient des gerbes d'éclaboussures en pataugeant dans les flaques. En dépit du clapotement de l'averse et des aboiements de Chien, elle perçut le cliquetis feutré d'épées et de mailles émanant de sous leurs manteaux en loques. Elle les compta au fur et à mesure qu'ils apparaissaient. *Deux, quatre, six, sept.* Certains d'entre eux étaient blessés, à en juger d'après leur façon de monter. Le dernier était un colosse massif, taillé à lui seul comme deux de ses compagnons. Son cheval ensanglanté ahanait en titubant sous son poids. Toute la bande avait rabattu son capuchon pour se protéger de la pluie cinglante, excepté lui. Il avait la face large et glabre, d'un blanc d'asticot, et ses joues poupines étaient tapissées de plaies suintantes.

Brienne retint son souffle et dégaina Féale. *Trop nombreux*, songea-t-elle, prise d'un accès de peur, *ils sont trop nombreux.* « Gendry, dit-elle à voix basse, vous allez avoir besoin d'une armure et d'une épée. Ces gens-là ne sont pas des amis à vous. Ils ne sont les amis de personne.

— Que me chantez-vous là ? » Il vint se planter près d'elle, son marteau au poing.

Un éclair zébra le ciel au sud lorsque les cavaliers sautèrent à bas de leurs montures. Pendant un demi-battement de cœur, les ténèbres virèrent au grand jour. Une lueur d'un bleu argenté fusa d'une hache, la lumière fit miroiter des mailles et des plates, et Brienne entr'aperçut sous le capuchon sombre du cavalier de tête un mufle de fer et des rangées de dents d'acier dénudées par un grondement.

Gendry le vit aussi. « Lui !

— Pas lui. Son heaume. » Elle essaya de maîtriser sa voix pour ne pas trahir sa peur, mais sa bouche était aussi sèche que de la poussière. Elle était joliment bien placée pour avoir en tête sa petite idée quant à l'individu qui usurpait le heaume du Limier. *Les enfants*, songea-t-elle.

La porte de l'auberge s'ouvrit avec fracas. Saule sortit sous la pluie, une arbalète entre les mains. La fillette hurlait quelque chose à l'adresse des cavaliers, mais un coup de tonnerre ébranla la cour et noya ses paroles. Le silence à peu près retombé, Brienne entendit le faux Limier vociférer : « Lâche-moi un carreau, et je te foutrai cette arbalète dans ton con et je te baiserai avec elle. Puis je te ferai sauter tes putains d'yeux dehors, et je te les ferai bouffer. » Ses intonations furibondes firent reculer Saule d'un pas, toute tremblante.

Sept, songea de nouveau Brienne avec désespoir. Elle n'avait aucune chance contre sept adversaires, elle le savait. *Aucune chance et pas le choix.*

Elle s'avança sous la pluie battante, Féale au poing. « *Laissez-la tranquille !* Si vous avez envie de violer quelqu'un, tentez votre chance avec moi. »

Les hors-la-loi se retournèrent comme un seul homme. L'un d'eux s'esclaffa, et un autre dit quelque chose dans une langue qu'elle ne connaissait pas. Le colosse à large face blafarde émit un *ssssssssssssssssssssssssss* vipérin. Le porteur du heaume du Limier se mit à rire. « T'es encore plus moche que je me rappelais. J'aimerais mieux violer ton canasson.

— Des chevaux, c'est ça qu'on veut, dit l'un des blessés. Des chevaux frais et de quoi manger. On a des bandits à nos trousses. Donnez-nous vos chevaux, et on sera partis. On vous fera pas de mal.

— Foutre non. » Le hors-la-loi coiffé du heaume du Limier retira des fontes de sa selle une hache de guerre. « Moi, j'ai envie de lui couper ses putains de jambes. Et ensuite je la planterai sur ses moignons pour qu'elle puisse bien me regarder baiser la môme à l'arbalète.

— Avec quoi ? le railla Brienne. Huppé-le-Louf a dit qu'on vous avait dépouillé de vos attributs virils en même temps que de votre nez. »

C'était là le provoquer délibérément, et il tomba dans le panneau. Il fonça vers elle à toutes jambes en soulevant des gerbes d'eau noire et en beuglant des bordées de jurons. Ses compères ne bougèrent ni pied ni patte, en prévision du spectacle imminent, comme si Brienne avait prié le Ciel de leur inspirer ce comportement. Elle demeura d'une immobilité de pierre, dans l'expectative. La cour était plongée dans les ténèbres, la boue glissante sous les pieds. *Mieux vaut le laisser venir à moi. Si les dieux ont quelque bienveillance, il va déraper et se flanquer par terre.*

La bonté des dieux n'alla pas jusque-là, mais son épée démontra la sienne. *Cinq pas, quatre pas, maintenant !* compta Brienne, et Féale balaya l'espace à la rencontre de l'agresseur lancé au galop. L'acier crissa au contact de l'acier quand sa lame, mordant au travers des tissus en loques, ouvrit une large brèche dans la chaîne de mailles, alors même que la hache s'abattait pour écraser Brienne, qui pivota de côté, tout en taillant à la poitrine, cette fois, pendant qu'elle reprenait du champ.

Il suivit le mouvement, titubant et sanglant, rugissant sa rage : « *Putain !* tonna-t-il. *Monstre ! Chienne ! Je te ferai enculer par mon chien, saloperie de chienne !* » Sa hache virevoltait en courbes meurtrières, réduite à une ombre noire et brutale qui s'argentait soudain chaque fois qu'un éclair déchirait la nuit. Brienne n'avait pas de bouclier pour parer les coups. Elle ne pouvait rien faire d'autre que s'esquiver à reculons, biaisant prestement de-ci puis de-là quand la hache volait vers elle. Une fois, la boue céda sous son pied, et elle faillit tomber, réussissant par miracle à recouvrer son équilibre, mais la hache lui avait entretemps éraflé l'épaule gauche en laissant dans son sillage une douleur fulgurante. « T'as eu la chienne ! » cria l'un de ses comparses, et un autre ajouta : « Voyons voir sa danse pour échapper à c' coup-là ! »

Et elle dansa, soulagée de savoir qu'ils se contentaient toujours du rôle de spectateurs. Mieux valait qu'ils n'interviennent pas. Elle ne pouvait pas en combattre sept, pas seule, même si un ou deux d'entre eux étaient déjà blessés. Le vieux ser Bonvainc gisait dans sa tombe depuis longtemps, mais elle l'entendit nettement lui chuchoter quelque chose à l'oreille. *Les hommes te sous-estimeront toujours*, disait-il, *et leur vanité les incitera à vouloir te vaincre au plus vite, de peur qu'il ne soit dit qu'une bonne femme leur ait sacrément donné du fil à retordre. Laisse-les gaspiller leurs forces en assauts furieux, pendant que toi tu conserves les tiennes intactes. Patience et vigilance, petite, patience et vigilance.* Elle patienta, vigilante, en se déplaçant latéralement puis à reculons, puis de nouveau latéralement, tout en taillant tantôt au visage de l'adversaire, tantôt à ses jambes, tantôt à son bras. Les coups qu'il lui assenait se faisaient plus lents à venir au fur et à mesure que sa hache devenait plus lourde. Elle le contourna pour qu'il ait la pluie dans les yeux, puis fit deux pas vifs en arrière. Il fit tournoyer sa hache une fois de plus en jurant puis fit une embardée vers elle, l'un de ses pieds glissant dans la boue…

… et elle bondit au-devant de lui, les deux mains cramponnées sur la poignée de son épée. En chargeant tête baissée, il vint de lui-même s'empaler droit sur la pointe de Féale qui creva le tissu, la maille et le cuir et encore du tissu pour s'enfoncer dans les tripes et ressortir dans le dos, non sans émettre un bruit râpeux lorsqu'elle érafla les vertèbres. Sa main flasque lâcha la hache, et puis ils se heurtèrent tous deux de plein fouet, et le visage de Brienne vint s'aplatir contre le heaume à mufle de chien. Elle sentit sur sa joue le froid du métal humide. La pluie ruisselait à flots sur l'acier, et quand un nouvel éclair illumina la cour, elle discerna par les fentes de la visière la souffrance et la trouille et une incrédulité totale. « *Saphirs* », lui chuchota-t-elle, tout en vrillant si durement sa lame en lui qu'il en frissonna de la tête aux pieds. Sa masse s'affaissa pesamment contre elle et, tout à coup, ce fut un cadavre qu'elle étreignait, là, sous les trombes noires. Elle se recula et le laissait s'affaler, quand…

… quand Mordeur vint la percuter en poussant des glapissements suraigus.

En fondant sur elle comme une avalanche de lainages détrempés et de chair blafarde, il la fit décoller de ses pieds et atterrir brutalement dans une flaque dont les éclaboussures lui rejaillirent dans le nez et les yeux. Elle en eut le souffle entièrement coupé, et son crâne fit *crac* ! en se cognant contre une pierre à demi enterrée. « Non », fut tout ce qu'elle eut le loisir de dire avant qu'il ne tombe sur elle de tout son poids, l'enfonçant davantage encore dans la boue. L'une de ses mains l'empoignait par les cheveux et lui tirait la tête en arrière. L'autre cherchait sa gorge à tâtons. Féale avait disparu, arrachée de son poing par la violence du choc. Elle ne disposait plus dès lors que de ses mains nues pour combattre son agresseur, mais lorsqu'elle lui balança son poing en pleine figure, elle eut l'impression qu'elle venait de frapper une boule de pâte blanchâtre et molle. Il n'accusa le coup que par l'un de ses *ssssssssssifflements*.

Elle le frappa de nouveau, de nouveau, *de nouveau*, tout en lui fourrant le talon de sa main dans l'œil, mais il n'avait pas l'air de sentir les coups. Elle se mit à lui lacérer les poignets avec ses ongles mais, loin de se relâcher, son étreinte se resserra, malgré le sang qui ruisselait des plaies qu'elle lui infligeait. Il l'écrasait sous son poids, l'étouffait. Elle le repoussa par les épaules pour se débarrasser de lui, mais il était aussi lourd qu'un cheval, impossible à ébranler si peu que ce soit. Lorsqu'elle essaya de lui décocher son genou dans l'aine, elle ne parvint qu'à le lui planter dans le ventre. Avec un grondement, Mordeur lui arracha une poignée de cheveux.

Ma dague. Elle s'accrocha désespérément à cette idée. Elle s'évertua à faufiler sa main entre eux, ses doigts se tortillant en aveugles pour découvrir l'arme sous la chair aigre qui la suffoquait, jusqu'à ce qu'ils finissent par en atteindre la poignée. Mordeur referma ses deux mains autour de son cou et commença à lui marteler le crâne contre le sol. Un nouvel éclair fusa, dans sa cervelle cette fois, mais ses doigts se débrouillèrent va savoir comment pour se crisper sur la dague et pour l'extirper de son fourreau. Mais comme, avec Mordeur plaqué de la sorte sur elle, il lui était impossible de relever la lame afin de le poignarder, elle en tira de toutes ses forces le tranchant le long de son ventre. Quelque chose de moite et de chaud gicla entre ses doigts. Mordeur cracha un nouveau *sssssssssssifflement*, plus fort que les précédents, et ne lâcha sa gorge que le temps de la frapper au visage. Elle entendit des os craquer, et la douleur l'aveugla pendant un instant. Lorsqu'elle tenta de tailler derechef, il saisit sa dague et abattit un genou si violemment sur son avant-bras qu'il le lui cassa. Puis il lui rempoigna la tête et se remit à essayer de la lui arracher des épaules.

Elle entendit nettement les aboiements de Chien, ainsi que des hommes qui braillaient tout autour d'elle et, entre deux vrombissements du tonnerre, elle perçut la sonorité caractéristique de l'acier croisant l'acier. *Ser Hyle*, songea-t-elle, *ser Hyle est entré dans la lutte*, mais tout cela lui paraissait aussi lointain que dérisoire. Son univers personnel se réduisait aux mains qui lui broyaient la gorge et à la figure qui la surplombait. La pluie souffla son capuchon quand il se pencha plus près. Son haleine avait une puanteur de fromage pourri.

Elle avait la poitrine en feu, et c'était derrière ses yeux que se déchaînait la tempête qui l'aveuglait. Les os s'entrechoquaient en elle comme pour se moudre mutuellement. La bouche de Mordeur haletait, béante, impossiblement vaste. Elle distingua ses dents jaunes et crochues, effilées en pointes. Lorsqu'elles se refermèrent sur la chair tendre de sa joue, elle le sentit à peine. Elle avait l'impression de sombrer en spirale dans le noir. *Je ne peux pas mourir encore*, se dit-elle, *il me reste encore quelque chose à faire.*

La bouche de Mordeur se dégagea d'une saccade déchirante, pleine de chair et de sang. Il cracha, sourit puis replanta ses crocs acérés dans sa chair. Cette fois, il la mastiqua et l'avala. *Il est en train de me manger*, comprit-elle subitement, mais elle n'avait plus de forces pour le combattre. Elle avait l'impression de flotter au-dessus d'elle-même et d'assister à cette abomination comme si la victime en était une autre femme, une fille stupide qui se prenait pour un chevalier. *Ce sera bientôt terminé*, se dit-elle. *Ensuite, ça n'aura pas d'importance s'il me mange.* Mordeur rejeta sa tête en arrière et ouvrit de nouveau la bouche en hurlant, puis il lui tira la langue. C'était une langue étonnamment pointue, dégouttante de sang, plus longue qu'il n'était permis à quelque langue que ce fût. Elle lui sortait en glissant de la bouche et sortait sortait, sortait encore et sortait toujours, rouge et humide et luisante, ce qui en faisait une vision hideuse et obscène. *Il a une langue d'un pied de long*, songea Brienne, juste avant que les ténèbres ne l'engloutissent. *Ça alors, elle ressemble presque à une épée.*

JAIME

La broche qui agrafait le manteau de ser Brynden Tully affectait la forme d'un poisson noir – son silure personnel –, ouvragé en or et en jais. Son haubert en anneaux de mailles était gris sombre. Il portait pardessus des jambières, un gorgerin, des gantelets, des spallières et des solerets à la poulaine d'acier noirci, mais aucune de ces pièces n'était aussi sombre, tant s'en fallait, que l'expression de sa physionomie pendant qu'il attendait Jaime Lannister au bout du pont-levis, tout seul et monté sur un coursier alezan caparaçonné de rouge et de bleu.

Il ne m'aime pas. Tully avait un visage taillé à coups de serpe, sillonné de rides profondes et brûlé par le soleil sous une tignasse raide de cheveux gris, mais Jaime n'eut pas de peine à retrouver dans sa personne le prestigieux chevalier qui avait jadis captivé un simple écuyer par ses anecdotes sur les Rois à neuf sous. Les sabots d'Honneur cliquetèrent sur les planches du pont-levis. Jaime avait consacré de longues et sévères méditations à sa tenue : revêtirait-il pour la rencontre son armure d'or ou bien ses blancs ? Son choix s'était finalement porté sur un justaucorps de cuir et sur un manteau écarlate.

Il s'avança jusqu'à un pas de ser Brynden et salua le vieil homme en inclinant la tête. « Régicide », articula Tully.

Qu'il ait voulu faire de cette appellation le premier mot sorti de sa bouche valait des volumes, mais Jaime était fermement résolu à conserver son sang-froid. « Silure, répondit-il. Merci à vous d'être venu.

— Je présume que vous voici de retour afin de tenir pleinement les serments que vous aviez faits à ma nièce ? fit ser Brynden. Si ma mémoire ne m'abuse, vous aviez promis ses filles à Catelyn en échange de votre liberté. » Sa bouche se rétrécit. « Et cependant, je ne vois pas les petites. Où sont-elles ? »

Doit-il me forcer à l'avouer ? « Je ne les ai pas.

— Dommage. Vous souhaitez reprendre votre captivité ? Votre ancienne cellule est toujours disponible. Nous y avons renouvelé la jonchée. »

Et mis une jolie tinette toute neuve pour que je chie dedans, je n'en doute pas. « C'est fort prévenant à vous d'y avoir pensé, ser, mais je crains d'avoir à décliner l'invitation. Je préfère le confort de mon pavillon.

— Tandis que Catelyn jouit du confort de sa tombe. »

Je n'ai nullement trempé dans la mort de lady Catelyn, aurait-il pu répondre, *et ses filles avaient disparu avant que je ne parvienne à Port-Réal.* La langue lui démangea de parler de Brienne et de l'épée qu'il lui avait offerte, mais le Silure le dévisageait de la même manière que l'avait fait Eddard Stark en le découvrant installé sur le Trône de Fer, jadis, avec sa lame rougie par le sang du Roi Dément. « Je suis là pour parler des vivants, pas des morts. De ceux qui n'ont que faire de périr, mais qui périront...

— ... à moins que je ne vous livre Vivesaigues. Est-ce maintenant que vous comptez me menacer de pendre Edmure ? » Sous leurs sourcils broussailleux, les yeux de Tully demeuraient de pierre. « Mon neveu est voué à la mort, quoi que je puisse faire. Alors, pendez-le, et qu'on en finisse avec ça. Je pense qu'Edmure doit être aussi las de se tenir sur cette potence que moi je le suis de l'y voir. »

Ce bougre de Ryman Frey n'est qu'un pitre imbécile. Son exhibition bouffonne d'Edmure et de la potence avait eu pour seul résultat de rendre le Silure plus intransigeant, c'était une évidence. « Vous tenez lady Sibylle Ouestrelin et trois de ses enfants. En échange de leurs personnes, je vous renverrai votre neveu.

— Comme vous avez renvoyé les filles de lady Catelyn ? »

Jaime s'interdit de répondre à cette provocation. « Une vieille femme et trois gosses contre votre lord suzerain. Il y a là un marché plus avantageux qu'aucun de ceux que vous auriez pu espérer obtenir. »

Ser Brynden sourit d'un sourire dur. « Vous ne manquez pas d'impudence, Régicide. Mais conclure un marché avec des parjures est aussi sain que de bâtir sur des sables mouvants. Cat aurait dû mieux savoir de quelle confiance sont dignes vos pareils. »

C'est en Tyrion qu'elle a eu confiance, faillit lâcher Jaime. *Le Lutin l'a dupée, elle aussi.* « Les promesses que j'avais faites à lady Catelyn me furent extorquées l'épée sur la gorge.

— Et la foi que vous aviez jurée à Aerys ? »

Il sentit des tiraillements dans ses doigts fantômes. « Aerys n'a rien à voir ici. Consentez-vous à échanger les Oustrelin contre Edmure ?

— Non. Mon roi m'a confié la garde de sa reine, et je lui ai juré d'en assurer la sécurité. Je ne la livrerai pas à un nœud coulant Frey.

— Elle a été pardonnée. Il ne lui sera fait aucun mal. Je vous en donne ma parole.

— Votre parole *d'honneur* ? » Ser Brynden haussa un sourcil. « Savez-vous seulement ce qu'honneur veut dire ? »

Un cheval. « Je suis prêt à prêter n'importe quel serment que vous exigerez.

— Epargnez-moi, Régicide.

— Je veux bien. Affalez vos bannières et ouvrez vos portes, et j'accorderai la vie sauve à vos hommes. Ceux qui souhaiteront rester à Vivesaigues au service de lord Emmon pourront le faire. Les autres seront libres d'aller où il leur plaira, sous réserve de me remettre leurs armes et armures.

— Je me demande jusqu'où ils pourront bien aller, désarmés, avant que des "hors-la-loi" ne leur tombent dessus. Vous n'aurez pas le culot de les autoriser à se joindre à lord Béric, nous le savons pertinemment tous deux. Et pour ce qui me concerne ? Serai-je promené en grande pompe dans tout Port-Réal afin de mourir comme Eddard Stark ?

— Je vous permettrai de prendre le noir. Le bâtard de Ned Stark est lord Commandant du Mur. »

Les yeux du Silure se plissèrent. « Est-ce votre père qui a pris des dispositions pour cela aussi ? Catelyn s'est toujours défiée du garçon, pour autant que je m'en souvienne, comme elle s'est toujours défiée de Theon Greyjoy. Il semblerait qu'elle ait vu juste pour les deux. Non, ser, je crois que c'est non. J'entends mourir au chaud, ne vous déplaise, avec une épée au poing ruisselante et rouge de sang de lion.

— Le sang Tully ruisselle tout aussi rouge, lui remémora Jaime. Si vous refusez la reddition du château, je vais devoir le prendre d'assaut. Au prix de centaines de morts.

— De centaines des miens. De milliers des vôtres.

— Votre garnison périra jusqu'au dernier homme.

— Je connais cette chanson-là. Est-ce que vous la chantez sur l'air des *Pluies de Castamere* ? Mes hommes aimeraient mieux mourir debout en se battant qu'agenouillés et par la hache d'un bourreau. »

Ça prend une vilaine tournure. « Cette attitude de défi ne rime plus à rien, ser. La guerre est terminée, et votre Jeune Loup est mort.

— Assassiné en violation de toutes les lois sacrées de l'hospitalité.

— L'ouvrage des Frey, pas le mien.

— Appelez-le comme il vous plaira. Il pue son Tywin Lannister. »

Jaime ne pouvait le nier. « Mon père aussi est mort.

— Puisse le Père le juger en toute équité. »

Eh bien, voilà une perspective effroyable. « J'aurais volontiers tué Robb Stark dans le Bois-aux-Murmures, s'il m'avait été possible de parvenir jusqu'à lui. Des crétins m'ont bloqué le passage. Est-ce que ça compte, la façon dont il a péri ? Il n'en est pas moins mort, et son royaume est mort avec lui.

— Vous devez être aussi aveugle qu'infirme, ser. Levez les yeux, et vous verrez que le loup-garou continue de flotter au-dessus de nos murs.

— Je l'ai déjà vu. Il a l'air bien solitaire. Harrenhal est tombé. Et Salvemer comme Viergétang. Les Bracken ont ployé le genou, et ils ont fini par encercler Tytos Nerbosc dans son Cormeilles. Piper, Vance, Mouton, tous vos bannerets se sont rendus. Il ne reste plus que Vivesaigues. Nos effectifs sont vingt fois plus nombreux que les vôtres.

— Vingt fois plus d'effectifs, cela signifie vingt fois plus de bouches à nourrir. Êtes-vous satisfait de vos approvisionnements en vivres, messire ?

— Assez pour camper là jusqu'à la fin des jours, si c'est nécessaire, pendant que vous crèverez de faim derrière vos murailles. » Il proféra ce mensonge aussi hardiment qu'il le put, non sans espérer que sa physionomie ne le trahissait pas.

Le Silure ne goba pas le leurre. « La fin de vos propres jours, peut-être. Nos réserves personnelles sont considérables, mais je crains que nous n'ayons pas laissé grand-chose dans les champs pour des visiteurs.

— Nous sommes à même de faire descendre des Jumeaux du ravitaillement, affirma Jaime, ou bien, si les choses en viennent là, d'en faire remonter des collines de l'ouest.

— Puisque vous le dites... Loin de moi l'idée de mettre en question la parole d'un chevalier aussi honorable. »

Son ton méprisant hérissa Jaime. « Il existe une manière plus expéditive de trancher la question. Un combat singulier. Mon champion contre le vôtre.

— Je me demandais quand vous en arriveriez à cette calembredaine. » Ser Brynden éclata de rire. « De qui donc avez-vous fait choix ? Du Sanglier ? D'Addam Marpheux ? De Walder Frey le Noir ? » Il se pencha d'un air confidentiel. « Pourquoi pas vous et moi, ser ? »

Ç'aurait été un duel exquis, dans le temps, songea Jaime, *du fourrage de premier choix pour les chanteurs.* « Lorsque lady Catelyn m'a remis en liberté, elle m'a fait jurer de ne plus prendre les armes contre les Stark ou les Tully.

— Un serment des plus commodes, ser. »

Jaime se rembrunit. « Me traitez-vous de pleutre, ser ?

— Non. Je vous traite d'estropié. » Le Silure indiqua d'un signe de tête la main d'or. « Nous n'ignorons ni l'un ni l'autre qu'il vous est impossible de vous battre avec cela.

— J'ai eu deux mains. » *Voudrais-tu jeter ta vie aux orties par orgueil ?* lui souffla une petite voix intérieure. « Il pourrait se trouver des gens pour dire qu'un estropié et un vieillard sont bien assortis. Déliez-moi du serment que j'ai fait à lady Catelyn, et je vous rencontrerai épée contre épée. Si je l'emporte, Vivesaigues est à nous. Si vous me tuez, nous lèverons le siège. »

Ser Brynden se remit à rire. « Quelque forte que soit la tentation de sauter sur l'aubaine de vous prendre cette épée d'or et de percer votre cœur noir, vos promesses n'ont aucune espèce de valeur. Je ne gagnerais rien à votre mort, hormis le plaisir de vous tuer, et je n'aventurerai certes pas ma propre existence pour cela… si mince que puisse être le risque. »

Heureusement que Jaime ne portait pas d'épée ; sans quoi il n'aurait pas manqué de la mettre au clair, et si ser Brynden ne l'avait pas tué, les archers postés sur les remparts s'en seraient chargés à coup sûr. « Est-il quelques conditions que ce soit que vous consentiriez à accepter ? demanda-t-il au Silure.

— De votre part ? » Ser Brynden haussa les épaules. « Non.

— Pourquoi être venu tout de même, alors, négocier avec moi ?

— Subir un siège est mortellement ennuyeux. J'ai eu tout bonnement envie de voir votre fameux moignon et d'entendre de quels faux-fuyants vous prendriez soin de me régaler pour couvrir vos toutes dernières ignominies. Ils sont plus faiblards que je ne l'avais espéré. Vous êtes un désappointement permanent, Régicide. » Le Silure fit là-dessus volter sa jument et retourna au petit trot vers Vivesaigues. La herse retomba précipitamment, et ses pointes de fer s'enfoncèrent jusqu'à la garde dans la terre boueuse.

Jaime fit pivoter la tête d'Honneur pour l'inviter à rebrousser chemin jusqu'aux lointaines lignes de siège Lannister. Il sentait les regards appesantis sur sa personne ; ceux des Tully juchés sur les remparts, ceux des Frey de l'autre côté de la rivière. *S'ils ne sont pas aveugles, ils savent tous qu'il m'a fait ravaler mon offre.* Il allait lui falloir emporter le château de vive force. *Bah, qu'est-ce qu'un parjure de plus pour le Régicide ? Juste un supplément de merde dans la tinette.* Il résolut d'être le premier à poser le pied sur les murailles de la place. *Et, avec cette main d'or que je me trimbale, le premier à crever, selon toute probabilité.*

À son retour au camp, Petit Lou tint la bride du cheval, pendant que Becq lui tendait une main pour l'aider à descendre de selle. *S'imaginent-ils que je suis infirme au point de ne pouvoir démonter par mes seuls moyens ?* « Comment cela s'est-il passé, beau sire ? lui demanda son cousin ser Daven.

— Nul n'a décoché de flèche dans la croupe de mon cheval. À part cela, on ne m'a pas beaucoup distingué de ser Ryman. » Il fit une grimace. « De sorte qu'il va nous falloir maintenant rendre la Ruffurque encore plus rouge. » *À toi de te le reprocher, Silure. Tu ne m'as guère laissé d'alternative.* « Convoque un Conseil de guerre. Ser Addam, le Sanglier, Forley Prestre, ces fameux seigneurs riverains prétendument ralliés à nous, plus nos excellents Frey : ser Ryman, lord Emmon et qui que ce soit d'autre qu'il leur chantera d'amener. »

Ils eurent tôt fait de se rassembler. Lord Piper et les deux lords Vance vinrent parler au nom des lords repentants du Trident, dont la loyauté serait sous peu mise à l'épreuve. L'Ouest était représenté par ser Daven, par le Sanglier, par Addam Marpheux et par Forley Prestre. Lord Emmon Frey se joignit à eux, escorté de sa moitié. Lady Genna revendiqua son tabouret d'un air à défier n'importe lequel de ces hommes d'oser contester sa présence. Aucun ne le fit. Les Frey envoyèrent ser Walder Rivers, alias « Walder le Bâtard », et le fils aîné de ser Ryman, Edwyn, un individu mince et blafard au nez pincé et à cheveux noirs et plats. Sous un manteau de laine d'agneau bleue, ledit Edwyn portait un justaucorps en veau gris délicatement repoussé et orné de volutes imprimées dans le cuir. « C'est moi qui suis le porte-parole de la maison Frey, annonça-t-il. Mon père est indisposé, ce matin. »

Ser Daven émit un reniflement. « Il est déjà ivre mort, ou bien tout simplement encore barbouillé par sa biture de la nuit dernière ? »

Edwyn avait la bouche dure et mesquine d'un avare. « Lord Jaime, fit-il, dois-je tolérer semblable discourtoisie ?

— Est-ce exact ? lui demanda Jaime. Votre père est-il soûl ? »

Frey crispa ses lèvres et jeta un coup d'œil vers ser Ilyn Payne, qui se tenait près de la portière de la tente, revêtu de sa maille rouillée, la garde de son épée dépassant une épaule osseuse. « Il… mon père a un mauvais estomac, messire. Le vin rouge facilite sa digestion.

— Il doit être en train de digérer un foutu mammouth, alors », commenta ser Daven. Le Sanglier se mit à rire, et lady Genna à glousser.

« Assez, trancha Jaime. Nous avons une forteresse à prendre. » Lorsque son père siégeait en Conseil, il laissait ses capitaines parler les premiers. Il était décidé à en agir de même. « Comment procéderons-nous ?

— En *pendant* Edmure Tully, pour commencer, déclara lord Emmon Frey d'un ton pressant. Cela apprendra à ser Brynden que nos paroles ne sont pas du vent. Si nous lui expédions la tête de son neveu, cela peut le pousser à se rendre.

— Brynden le Silure n'est pas si facile à pousser. » Karyl Vance, le seigneur et maître de Bel Accueil, avait une mine mélancolique. Une tache de naissance violacée lui couvrait la moitié du cou et tout un côté de la figure. « Son propre frère n'a pu le pousser dans un lit conjugal. »

Ser Daven secoua sa tête en broussaille. « Il nous faut emporter la forteresse d'assaut, comme je m'échine à le rabâcher depuis le premier jour. Des tours de siège, des échelles pour monter au créneau, un bélier pour défoncer la porte, voilà de quoi nous avons besoin ici.

— Je conduirai l'attaque, dit le Sanglier. Faire tâter au poisson du goût de l'acier et du feu, voilà ce que je préconise.

— Ce sont *mes* murailles, protesta lord Emmon, et c'est *ma* porte que vous voudriez démolir. » Il tira son parchemin de sa manche pour l'exhiber une fois de plus. « Le roi Tommen en personne m'a accordé…

— Nous avons déjà tous vu votre chiffon de papier, m'n onc', jappa Edwyn Frey. Pourquoi n'allez-vous pas l'agiter sous le nez du Silure, pour changer ?

— Prendre les murs d'assaut ne sera pas une mince affaire, intervint Addam Marpheux. Je propose que nous attendions une nuit sans lune pour envoyer une douzaine d'hommes triés sur le volet traverser la rivière à bord d'une barque équipée de rames assourdies. Ils escaladeraient les remparts avec des cordes et des grappins puis ouvriraient les portes de l'intérieur. C'est moi qui les mènerai, si le Conseil le souhaite.

— Folie ! déclara Walder Rivers le Bâtard. Ser Brynden n'est pas homme à se laisser filouter par de semblables stratagèmes.

— Le Silure est effectivement l'obstacle, abonda Edwyn Frey. Son heaume arbore un poisson noir pour cimier qui le rend facile à repérer de loin. Je propose que nous déplacions nos tours de siège pour les rapprocher de la place, que nous les emplissions à ras bord d'archers, et que nous feignions de nous attaquer aux portes. Cela ne manquera pas d'attirer le Silure, cimier et tout et tout, sur les fortifications. Que chacun des archers barbouille d'excréments ses flèches et prenne ce cimier pour cible. Une fois mort ser Brynden, Vivesaigues est à nous.

— À moi, flûta lord Emmon. Vivesaigues est *à moi.* »

La marque de naissance de lord Karyl vira au violet. « Les excréments seront-ils votre contribution personnelle, Edwyn ? Un poison mortel, je n'en saurais douter.

— Le Silure mérite un trépas plus noble, et je me fais fort, moi, de le lui offrir. » Le Sanglier abattit son poing sur la table. « Je vais le défier en combat singulier. À l'épée, la masse ou la hache, il n'importe. Le vieux sera ma chair à pâté.

— Pourquoi condescendrait-il à relever votre défi, ser ? interrogea ser Forley Prestre. Que pourrait-il gagner à un tel duel ? Lèverions-nous le siège s'il devait l'emporter ? Je ne le crois pas. Et il n'en fera rien non plus. Un combat singulier ne résoudrait strictement que dalle.

— Je connais Brynden Tully depuis l'époque où nous étions écuyers tous deux au service de lord Darry, dit Norbert Vance, le seigneur et maître aveugle d'Atranta. S'il plaît à Vos Seigneuries, qu'il me soit permis d'aller m'entretenir avec lui pour essayer de lui faire comprendre que sa position est désespérée.

— Il le comprend bien assez tout seul », intervint lord Piper. C'était un bonhomme courtaud, rondouillard, aux jambes arquées, perdu dans un fourré de poil rouge en bataille, et il était le propre père de l'un des écuyers de Jaime ; le gamin lui ressemblait de façon frappante. « Il n'est pas le dernier des *cons*, foutrebleu, Norbert ! Il a des yeux pour voir… et trop de bon sens pour se rendre à des fripouilles de cet acabit. » Il esquissa un geste grossier en direction d'Edwyn Frey et de Walder Rivers.

Edwyn Frey se rebiffa. « Si messire Piper entend insinuer…

— Je n'*insinue* pas, Frey. Je dis ce que je pense, et droit au but, comme un honnête homme. Mais que pourriez-vous savoir d'un comportement d'honnête homme, *vous* ? Vous êtes une fouine fourrée de mensonge et de félonie, comme votre parentèle tout entière. J'aimerais mieux boire une pinte de pisse que de me fier à la parole d'un quelconque Frey. » Il se pencha par-dessus la table. « Où est Marq, dites, répondez ? Qu'avez-vous fait de mon fils ? C'est en qualité d'*hôte* qu'il se trouvait à vos putains de noces sanglantes.

— Et notre hôte honoré il demeurera, répliqua ser Edwyn, jusqu'à ce que vous administriez la preuve de votre loyauté envers Sa Majesté le roi Tommen.

— Il était parti pour les Jumeaux cinq chevaliers et vingt hommes d'armes avec Marq, renchérit lord Piper. Sont-ils également vos hôtes, Frey ?

— Certains des chevaliers peut-être. Les autres n'ont eu que ce qu'ils méritaient. Vous feriez bien de tenir votre langue de traître, Piper, à moins que vous n'ayez envie que votre héritier vous soit retourné en pièces détachées. »

Les conseils de mon père ne se passaient jamais de cette manière, songea Jaime, tandis que Piper bondissait sur ses pieds. « Dites cela avec une épée au poing, Frey ! gronda le petit homme. Ou bien les barbouillages de merde sont-ils la seule arme que vous sachiez manier pour vous battre ? »

Le museau pincé de ser Edwyn blêmit. À ses côtés, Walder Frey se leva. « Edwyn n'a rien d'un bretteur, mais moi si, Piper. Si vous avez encore des remarques à faire, venez dehors me les déballer.

— Ceci est un Conseil de guerre, pas une guerre, leur rappela Jaime. Rasseyez-vous tous les deux. » Ils ne bougèrent ni l'un ni l'autre. « *Immédiatement !* »

Walder le Bâtard obtempéra. Lord Piper ne se laissa pas intimider si facilement. Il marmonna un juron puis sortit en trombe de la tente. « Dépêcherai-je des hommes à ses trousses pour le ramener de gré ou de force, messire ? demanda ser Daven à Jaime.

— Envoyez ser Ilyn, le pressa ser Edwyn Frey. Il nous faut seulement sa tête. »

Karyl Vance se tourna vers Jaime. « Lord Piper s'est laissé emporter par le chagrin. Marq est son fils premier-né. Quant aux chevaliers qui l'accompagnèrent aux Jumeaux, tous étaient des neveux ou cousins.

— Tous des traîtres et rebelles, vous voulez dire », observa Edwyn Frey.

Jaime le dévisagea froidement. « Les Jumeaux avaient eux aussi pris fait et cause pour le Jeune Loup, rafraîchit-il la mémoire aux membres de la tribu. Après quoi vous l'avez trahi. Ce qui vous rend deux fois plus traître que Piper. » Il eut la volupté de voir se cailler et mourir le sourire finassier d'Edwyn. *J'ai enduré plus que ma dose de conseils pour une seule journée*, décida-t-il. « Terminé. Veuillez vous attacher à vos préparatifs, messires. Nous attaquons au point du jour. »

Le vent soufflait du nord quand les lords quittèrent la tente à la queue-leu-leu. Il apportait aux narines de Jaime la pestilence des campements Frey, sur la rive opposée de la Culbute. Là-bas, Edmure Tully se tenait toujours d'un air morne en haut de la grande potence grise, le cou emprisonné dans son nœud coulant.

Lady Genna se retira la dernière, talonnée par son mari. « Messire neveu, protesta Emmon, cet assaut contre mon siège seigneurial, vous n'avez pas le droit de le lancer. » Quand il déglutit, la pomme qu'il avait en travers du gosier monta puis redescendit. « Vous n'avez pas *le droit*. Je… je vous l'interdis. » Il avait encore mâchouillé de la surelle ; une écume rose luisait sur ses lèvres. « Le château est à moi, j'ai le parchemin. Signé par le roi, par le petit Tommen. C'est moi qui suis le seigneur et maître légitime de Vivesaigues, et…

— Non pas, tant qu'Edmure Tully est toujours en vie, le coupa sa femme. Il a le cœur tendre et la cervelle molle, je sais, mais, vivant, il représente encore un danger. Que comptes-tu faire à cet égard, Jaime ? »

C'est le Silure qui est le danger, pas Edmure. « Laissez-moi Edmure. Ser Lyle, ser Ilyn. Accompagnez-moi, je vous prie. Il est temps que je rende visite à cette potence. »

La Culbute était plus profonde et plus rapide que la Ruffurque, et le gué le plus proche se trouvait à des lieues. Le bac venait tout juste d'entreprendre la traversée avec à son bord Walder Rivers et Edwyn Frey lorsque Jaime et ses hommes atteignirent la berge. Pendant qu'ils attendaient qu'il revienne les embarquer, Jaime leur fit part de ses volontés. Ser Ilyn les accueillit en crachant dans la rivière.

Une fois que le bac les eut déposés sur la rive nord, une traînée de camp offrit au Sanglier de le faire jouir avec sa bouche. « Tiens, fais jouir mon copain », répondit ser Lyle en la poussant vers ser Ilyn. La femme se mit à rire et s'avança pour embrasser Payne sur les lèvres, mais la seule vue de ses yeux suffit ensuite à la dissuader d'insister.

Les sentiers qui sinuaient entre les feux de camp se réduisaient à des fondrières de boue brune entremêlée de crottin, dans lesquelles étaient imprimées des traces de sabots tout autant que de bottes. Jaime aperçut partout des boucliers et des bannières frappées des tours jumelles, bleu sur gris, de la maison Frey, ainsi que les armoiries de maisons secondaires vassales du Pont : le héron d'Erongué, la fourche de Foyngs, les trois brindilles de gui de lord Charlton. L'arrivée du Régicide ne passa pas inaperçue. Une vieille femme en train de vendre des porcelets dans une corbeille s'interrompit net pour le dévisager, un chevalier au visage vaguement familier planta un genou en terre sur son passage, et deux hommes d'armes qui pissaient dans une sentine se retournèrent en s'aspergeant mutuellement. « Ser Jaime ! » s'entendit-il héler par quelqu'un, derrière, mais il poursuivit sa route comme si de rien n'était. Il entrevit autour de lui les figures de gens qu'il avait fait de son mieux pour tuer dans le Bois-aux-Murmures, alors que les Frey combattaient sous les bannières au loup-garou de Robb Stark. Sa main d'or pendait pesamment le long de sa cuisse.

Le grand pavillon rectangulaire de Ryman Frey était le plus vaste du camp ; ses murs de toile grise étaient faits de carrés cousus de manière à imiter un appareillage de pierres, et les deux pointes de son toit évoquaient les Jumeaux. Loin d'être indisposé, ser Ryman s'adonnait à va savoir quels divertissements. Les éclats de rire d'une femme soûle s'échappaient de la tente, mêlés aux accents d'une harpe et à la voix d'un chanteur. *Je m'occuperai de vous plus tard, ser*, songea Jaime. Debout devant sa modeste tente personnelle, Walder Rivers s'entretenait avec deux hommes d'armes. Son bouclier portait les armoiries de la maison Frey, mais avec des couleurs interverties et une barre senestre rouge en travers des tours. En apercevant Jaime, le bâtard fronça les sourcils. *Voilà ce qui s'appelle une mine soupçonneuse et froide, s'il m'est jamais arrivé d'en voir. Ce type est plus dangereux que n'importe lequel de ses demi-frères légitimes.*

On avait dressé la potence à dix pieds au-dessus du sol. Deux factionnaires armés de piques étaient postés au pied des marches. « Vous ne pouvez pas monter sans l'autorisation de ser Ryman, dit l'un d'eux à Jaime.

— Ceci prétend que je peux. » Jaime tapota d'un doigt la poignée de son épée. « La question est : me faudra-t-il enjamber votre cadavre ? »

Les gardes s'écartèrent.

Planté sur la plate-forme de la potence, le sire de Vivesaigues regardait fixement la trappe qui le supportait. Ses pieds étaient noirs et encroûtés de glaise, ses jambes nues. Il portait une tunique de soie crasseuse rayée des rouge et bleu Tully, et le nœud coulant d'une corde de chanvre. Le bruit des pas de Jaime lui fit relever la tête, et il lécha ses lèvres sèches et crevassées. « *Régicide ?* » Ses yeux s'agrandirent à la vue de ser Ilyn. « Plutôt une épée qu'une corde. Faites, Payne.

— Ser Ilyn, dit Jaime. Vous avez entendu lord Tully. Faites. »

Le chevalier silencieux saisit son épée à deux mains. Longue et lourde elle était, et aussi tranchante que pouvait l'être de l'acier commun. Les lèvres crevassées d'Edmure s'animèrent sans émettre le moindre son. En voyant ser Ilyn brandir sa lame de manière à ce qu'elle bénéficie du maximum de recul requis, il ferma les yeux. Payne concentra tout son poids derrière le coup fatal.

« *Non ! Arrêtez ! NON ! ! !* » Edwyn Frey surgit, pantelant. « Mon père arrive. Aussi vite qu'il peut. Jaime, vous devez…

— *Messire* me siérait mieux, Frey, lui assena Jaime. Et vous feriez bien d'exclure une fois pour toutes *devez* des moindres paroles qui s'adressent à moi. »

Ser Ryman survint là-dessus, gravissant d'un pas pesant les marches de la potence en compagnie d'une souillon à cheveux de paille aussi bourrée que lui. Elle avait une robe qui se laçait par-devant, mais quelqu'un l'avait débraillée jusqu'au nombril, de sorte que ses seins s'éparpillaient à l'air. Ils étaient gros et lourds, avec de grands tétons bruns. Sur sa tête était posé de guingois un bandeau de bronze martelé, gravé de runes et ceinturé de petites épées noires. À la vue de Jaime, elle s'esclaffa. « Par les sept enfers, qui qu' c'est-y, çui-là ?

— Le lord Commandant de la Garde Royale, lui retourna Jaime d'un ton froidement poli. Je pourrais vous poser la même question, ma dame.

— Dame ? Chuis pas dame. Chuis la reine.

— Ma sœur sera surprise de l'apprendre.

— Lord Ryman m'a couronnée lui-même 'vec ses prop'es mains. » Elle affecta ses hanches copieuses d'un trémoussement. « Chuis la reine des putes. »

Non, songea Jaime, *ma chère sœur détient aussi ce titre-là.*

Ser Ryman retrouva sa langue. « Ferme-la, salope, lord Jaime n'a pas envie d'entendre des couillonnades de catin. » Ce Frey-là était du genre trapu, avec une large bouille, de petits yeux, et des tripotées molles de doubles mentons charnus. Son haleine puait le picrate et l'oignon.

« On fait des reines, ser Ryman ? s'enquit Jaime doucereusement. Stupide. Aussi stupide que tout ce bordel avec lord Edmure.

— J'ai donné au Silure un avertissement. Je lui ai dit qu'Edmure mourrait, à moins que le château se rende. J'ai fait construire cette potence, pour leur montrer que ser Ryman Frey fait pas des menaces en l'air. À Salvemer, mon fils Walder a fait pareil avec Patrek Mallister, et lord Jason a ployé le genou, mais… le Silure est un homme froid. Il nous a refusés, alors…

— … vous avez pendu lord Edmure ? »

L'autre rougit. « Messire mon grand-père… Si nous le pendons, nous n'avons pas d'*otage*, ser. Avez-vous réfléchi à cela ?

— Seul un bouffon brandit des menaces qu'il n'est pas prêt à exécuter. Si j'en venais à menacer de vous casser la gueule à moins que vous ne la fermiez, et que vous ayez néanmoins le culot de la rouvrir, que pensez-vous que je ferais ?

— Ser, vous ne compre… »

Jaime le frappa. Ce fut d'un simple revers administré avec sa main d'or, mais la force du choc suffit à expédier ser Ryman à reculons s'affaler en titubant entre les bras de sa pouffiasse. « Vous avez une tête de lard, ser Ryman, et une nuque épaisse aussi. Ser Ilyn, combien de coups vous faudrait-il pour trancher de part en part cette échine-là ? »

Ser Ilyn posa un seul doigt sur son nez.

Jaime se mit à rire. « Une vantardise creuse. Je parie pour trois, moi. »

Ryman Frey s'effondra sur ses deux genoux. « Je n'ai absolument rien fait…

— … sauf boire et courir les putes. Je sais.

— Je suis l'héritier du Pont. Vous ne pouvez pas…

— Je vous ai prévenu d'avoir à vous taire. » Jaime le regarda devenir blême. *Un poivrot, un pitre et un pleutre. Lord Walder ferait mieux de lui survivre, ou les Frey sont fichus.* « Vous êtes congédié, ser.

— Congédié ?

— Vous m'avez entendu. Tirez-vous.

— Mais… où devrais-je aller ?

— En enfer ou chez vous, comme vous préférez. Prenez garde à ne plus vous trouver dans le camp au lever du soleil. Libre à vous d'emmener votre reine des putes, mais sans sa couronne. » Jaime se détourna de ser Ryman au profit de son fils. « Edwyn, je vous confie le commandement qu'exerçait jusqu'ici votre père. Tâchez de ne pas vous montrer aussi bouché que lui.

— Cela ne devrait pas soulever beaucoup de difficulté, messire.

— Envoyez un message à lord Walder. La Couronne réclame tous les prisonniers qu'il détient. » Jaime agita sa main d'or. « Ser Lyle, amenez-le. »

Edmure Tully était tombé à plat ventre sur le plancher de la potence lorsque la lame de ser Ilyn avait sectionné la corde. Un pied de chanvre prolongeait encore le nœud coulant qui entourait son cou. Le Sanglier en saisit l'extrémité et tira dessus pour le remettre sur ses pieds. « Une truite en laisse, dit-il en pouffant, voilà un spectacle que je n'avais jamais vu jusqu'ici. »

Les Frey s'écartèrent pour leur livrer passage. Pas mal de gens s'étaient amassés au pied de l'échafaudage, y inclus une douzaine de traînées de camp plus ou moins dévêtues. Jaime remarqua dans le tas un individu qui tenait une harpe. « Holà, toi. Le chanteur. Suis-moi. »

L'interpellé ôta son chapeau. « À vos ordres, messire. »

Aucun d'entre eux ne pipa mot, pendant qu'ils retournaient au bac, le chanteur de ser Ryman dans leur sillage. Mais lorsqu'ils commencèrent à s'écarter de la berge et à voguer vers la rive méridionale de la Culbute, Edmure Tully empoigna le bras de Jaime. « *Pourquoi ?* »

Un Lannister paie toujours ses dettes, songea-t-il, *et vous êtes la seule pièce qu'il me reste en poche.* « Considérez qu'il s'agit là d'un cadeau de noces. »

Edmure le dévisagea d'un air circonspect. « Un… cadeau de noces ?

— Je me suis laissé dire que votre épouse était jolie. Il fallait qu'elle le soit vraiment, pour que vous couchiez avec elle pendant qu'on assassinait votre sœur et votre roi.

— Je n'en savais rien. » Edmure lécha ses lèvres crevassées. « Il y avait des violoneux sur le palier de la chambre à coucher…

— Et lady Roslin vous distrayait.

— Elle… ils l'y ont contrainte, lord Walder et les autres. Roslin n'a jamais été consentante… elle pleurait, mais je me suis figuré que c'était…

— La vue de votre exubérante virilité ? Ouais, ça ferait pleurer n'importe quelle femme, je suis sûr.

— Elle porte mon enfant. »

Non, songea Jaime, *c'est votre mort qui se développe dans ses entrailles.* De retour à son pavillon, il congédia le Sanglier et ser Ilyn, mais pas le chanteur. « Je risque d'avoir incessamment besoin d'une chanson, lui dit-il. Lou, fais chauffer un bain pour mon hôte. Pia, trouve-lui des vêtements propres. Sans effigie de lion sur aucun, s'il te plaît. Becq, du vin pour lord Tully. Avez-vous faim, messire ? »

Edmure acquiesça d'un hochement de tête, mais ses yeux conservaient leur expression soupçonneuse.

Jaime s'installa sur un tabouret pendant que Tully prenait son bain. La crasse se résolvait dans l'eau en nuages gris. « Une fois que vous vous serez restauré, mes hommes vous escorteront jusqu'à Vivesaigues. La suite des événements dépend uniquement de vous.

— Qu'entendez-vous par là ?

— Votre oncle est un homme âgé. Valeureux, certes, mais la meilleure partie de son existence est terminée. Il n'a pas d'épouse pour le pleurer, pas d'enfants à défendre. Une bonne mort est tout ce qu'il peut espérer. Tandis que vous, il vous reste des années à vivre, Edmure. Et c'est *vous*, le seigneur et maître légitime de Vivesaigues, pas lui. Lui est au service de votre bon plaisir. Le sort de Vivesaigues repose entre vos mains. »

Le regard d'Edmure fixa le vide. « Le sort de Vivesaigues…

— Rendez la place, et personne ne meurt. Libre à vos gens de partir en paix ou de rester pour servir lord Emmon. Ser Brynden sera autorisé à prendre le noir, ainsi que ceux de vos garnisaires, si nombreux soient-ils, qui choisiraient de se joindre à lui. Vous aussi, si le Mur vous tente. Sans quoi, vous pourrez vous rendre à

Castral Roc où vous serez mon prisonnier et jouirez de tout le confort et de toute la courtoisie que mérite un otage de votre rang. J'enverrai votre épouse vous y rejoindre, si cela vous sied. Si son enfant est un garçon, il servira la maison Lannister en qualité de page et d'écuyer, et lorsqu'il accédera à la dignité de chevalier, nous lui conférerons des terres. Au cas où Roslin vous donnerait en revanche une fille, je veillerai personnellement à bien la doter lorsqu'elle sera d'âge à se marier. En ce qui vous concerne, vous pourrez même vous voir libéré sur parole, une fois la guerre achevée. Tout ce que vous avez à faire est de rendre le château. »

Edmure leva ses mains hors de la baignoire et regarda l'eau ruisseler entre ses doigts. « Et si je refuse la reddition ? »

Vous faut-il absolument m'obliger à le dire ? Pia se tenait près de la portière de la tente, les bras chargés de vêtements. Les écuyers étaient eux aussi tout oreilles, de même que le chanteur. *Qu'ils entendent*, songea Jaime. *Que le monde entende. Cela n'a aucune importance.* Il se força à sourire. « Vous avez eu tout loisir de contempler l'importance de nos effectifs, Edmure. Vous avez vu les échelles, les tours, les trébuchets, les béliers. Si j'en donne l'ordre, mon cousin lancera un pont par-dessus votre douve et démolira vos portes. Il y aura des centaines de victimes, pour la plupart des hommes à vous. La première vague d'assaillants sera composée de vos anciens bannerets, de sorte que vous commencerez votre journée en tuant les pères et les frères de ceux qui sont morts pour vous aux Jumeaux. La deuxième vague sera lancée par les Frey, dont j'ai plus qu'à suffisance. Mes gens de l'Ouest suivront lorsque vos archers se trouveront à court de flèches et que vos chevaliers seront tellement vannés qu'à peine auront-ils encore la force de soulever leurs lames. Lorsque le château tombera, tous ceux qu'il recèlera seront passés au fil de l'épée. Votre bétail sera massacré, votre bois sacré livré à la hache, le feu ravagera vos tours et vos fortins. Je détruirai vos murailles et détournerai la Culbute sur les ruines. Quand j'en aurai terminé, plus jamais personne ne se doutera qu'une forteresse s'élevait là auparavant. » Il se mit debout. « Votre femme risque d'avoir accouché entre-temps. Vous tiendrez à avoir votre enfant, je présume. Je vous le ferai parvenir quand il sera né. Par l'intermédiaire d'un trébuchet. »

Un silence de mort suivit sa tirade. Edmure était pétrifié dans son bain. Pia étreignait les vêtements contre sa poitrine. Le chanteur retendait une corde de son instrument. Petit Lou s'échinait à évider une miche de pain rassis pour en faire un tranchoir, tout en affectant de n'avoir rien entendu. *Par l'intermédiaire d'un trébuchet*, songea Jaime. Si sa tante s'était tenue là, aurait-elle encore persisté à prétendre que le véritable fils de Tywin, c'était Tyrion ?

Edmure Tully retrouva finalement sa voix. « Je pourrais enjamber le bord de cette baignoire et vous tuer là, sur place, Régicide.

— Vous pourriez essayer. » Jaime attendit de pied ferme. Constatant qu'Edmure ne faisait nullement mine de se lever, il reprit : « Je vais vous laisser déguster votre repas. Toi, le chanteur, joue donc pour notre hôte pendant qu'il mange. Tu connais la chanson, j'imagine.

— Celle sur les pluies ? Ouais, messire. Je la connais. »

Edmure eut l'air de découvrir tout à coup la présence de ce dernier. « Non. Pas lui. Débarrassez-moi de sa personne.

— Hé, mais c'est simplement une chanson, dit Jaime. Il n'a peut-être pas une voix si désagréable *que ça*. »

CERSEI

Le Grand Mestre Pycelle avait toujours eu beau n'être qu'un vieillard depuis le temps fou qu'elle le connaissait, il semblait avoir pris cent ans de plus au cours des trois dernières nuits. Il lui fallut une éternité pour ployer un genou craquant devant elle et, après avoir réalisé cette prouesse, il se trouva dans l'incapacité totale de se relever jusqu'à ce que ser Osmund le replante assez brutalement sur ses pieds.

Cersei le dévisagea d'un air mécontent. « Lord Qyburn m'informe que lord Gyles a toussé sa dernière quinte.

— En effet, Votre Grâce. J'ai fait de mon mieux pour adoucir son trépas.

— Vraiment ? » La reine se tourna vers lady Merryweather. « J'avais *bien* dit que j'exigeais que lord Gyles demeure en vie, n'est-ce pas ?

— Oui, Votre Grâce.

— Ser Osmund, quel souvenir conservez-vous personnellement de la conversation ?

— Vous avez formellement donné l'ordre au Grand Mestre Pycelle de sauver son patient, Votre Grâce. Nous l'avons tous entendu. »

La bouche de Pycelle s'ouvrit et se referma. « Votre Grâce doit le savoir, j'ai fait tout ce qu'il était possible de faire pour ce pauvre diable.

— Comme vous l'aviez fait pour Joffrey ? Et pour son père, mon propre époux bien-aimé ? Robert était plus robuste que n'importe quel homme des Sept Couronnes, et cependant vous l'avez perdu pour un vulgaire sanglier. Oh, et n'oublions pas Jon Arryn. Nul doute que vous n'auriez tué Ned Stark aussi, si je l'avais abandonné plus longuement à vos bons soins. Dites-moi, mestre, est-ce à la Citadelle que vous avez appris à vous tordre les mains et à vous chercher des excuses ? »

Le ton de sa voix fit tressaillir le vieillard. « Personne au monde n'aurait pu faire davantage, Votre Grâce. Je… j'ai toujours prodigué de loyaux services.

— Quand vous avez conseillé au roi Aerys d'ouvrir ses portes alors que l'armée de mon père approchait, c'était cela, votre conception des loyaux services ?

— Cela… J'ai méjugé de…

— Était-ce un bon conseil ?

— Votre Grâce doit sûrement savoir…

— Ce que je *sais*, c'est que lorsque mon fils a été empoisonné, vous vous êtes révélé moins utile que Lunarion. Ce que je *sais*, c'est que la Couronne a désespérément besoin d'or, et que notre lord Trésorier est mort. »

Le vieil imbécile sauta sur la perche. « Je… je dresserai une liste de candidats susceptibles de venir occuper la place de lord Gyles au Conseil.

— Une liste. » Son impudence amusa Cersei. « Il m'est très facile d'imaginer quel genre de liste vous me fourniriez. Des barbes grises, des crétins cupides et Garth la Brute. » Ses lèvres se rétrécirent. « Vous avez assidûment fréquenté lady Margaery, ces derniers temps.

— Oui. Oui, je… La reine Margaery est on ne peut plus bouleversée par l'état de ser Loras. Je procure à Sa Grâce des somnifères et… d'autres sortes de potions.

— Sans doute. Dites-moi, est-ce notre petite reine qui vous a commandé de tuer lord Gyles ?

— T… tuer ? » Les yeux du Grand Mestre Pycelle devinrent aussi gros que des œufs durs. « Votre Grâce ne saurait croire… C'est sa toux qui… Par tous les dieux, je… Sa jeune Grâce n'aurait… elle ne voulait aucun mal à lord Gyles, pourquoi la reine Margaery aurait-elle souhaité le voir…

— … mort ? Mais voyons, pour planter une rose de plus dans le Conseil de Tommen. Êtes-vous aveugle ou stipendié ? Rosby se trouvait en travers de sa route, alors elle l'a poussé dans la tombe. Avec votre complicité.

— Votre Grâce, je vous jure, lord Gyles est mort de sa toux. » Il avait la bouche toute tremblante. « Ma loyauté a toujours été vouée à la Couronne, au royaume… à… à la maison Lannister. »

Dans cet ordre-là ? La peur de Pycelle était palpable. *Il est suffisamment mûr. Temps de presser le fruit et d'en goûter le jus.* « Si vous êtes aussi loyal que vous le prétendez, pourquoi me mentir en ce moment même ? Ne vous donnez pas la peine de le nier. Vous avez commencé à danser vos assiduités auprès de Margaery la Pucelle *dès avant* que ser Loras ne soit parti pour Peyredragon, aussi épargnez-moi dorénavant vos affabulations sur votre désir exclusif de consoler notre belle-fille effondrée de chagrin. Qu'est-ce qui vous amène donc si fréquemment à la Crypte-aux-Vierges ? Pas l'insipide conversation de Margaery, sûrement ? Y feriez-vous la cour à cette septa vérolée qu'elle a ? Des papouilles à la petite lady Bulwer ? Jouez-vous les espions pour ma bru, en lui mouchardant chacun de mes faits et gestes afin de seconder ses conspirations à mon encontre ?

— Je… J'obéis. Un mestre s'engage à servir par un serment solennel.

— Un Grand Mestre jure de servir le *royaume*.

— Votre Grâce, elle… elle est la reine.

— *Je* suis la reine.

— Je voulais dire… elle est l'épouse du roi, et…

— Je sais qui elle est. Ce que j'exige de savoir, c'est pourquoi elle a besoin de *vous*. Est-ce que ma belle-fille est souffrante ?

— Souffrante ? » Le vieil homme tirailla la babiole qu'il qualifiait de barbe, cette végétation clairsemée de touffes erratiques de fin poil blanc qui poussaient sur les fanons flasques et roses au bas de son menton. « P… pas souffrante, Votre Grâce, pas dans l'acception courante du terme. Cependant, mes serments m'interdisent de divulguer…

— Vos serments ne vous seront pas d'un grand réconfort dans les cellules noires, le prévint-elle. J'apprendrai la vérité, sans quoi vous porterez des chaînes. »

Pycelle s'affaissa sur ses genoux. « Je vous en conjure… J'ai été l'homme de messire votre père et un ami à vous pour ce qui touche à lord Arryn. Je ne survivrais pas aux oubliettes… pas une seconde fois…

— Pourquoi Margaery vous fait-elle mander ?

— Elle désire… elle… elle…

— *Dites-le !* »

Il se tassa. « Du thé de lune, murmura-t-il. Du thé de lune, pour…

— Je sais dans quel but on utilise le thé de lune. » *Nous y voilà.* « Très bien. Remballez-moi ces genoux de mollusque, et tâchez de vous rappeler ce que c'était que d'être un homme. » Pycelle se démena pour se relever, mais cela lui prenait tant de temps qu'elle dut finalement dire à Osmund Potaunoir de l'aider par une nouvelle traction. « Quant à lord Gyles, il ne fait aucun doute que notre Père d'En Haut le jugera en toute équité. Il n'a pas laissé d'enfants ?

— D'enfants issus de ses propres œuvres, non, mais il y a un pupille…

— … pas de son sang. » Cersei balaya cet obstacle d'une chiquenaude. « Gyles était au courant de notre épouvantable pénurie d'or. Il ne s'est sans doute pas fait faute de vous exprimer son vœu de laisser l'intégralité de ses domaines et de sa fortune à Tommen. » L'or du défunt contribuerait à regarnir leurs coffres, et les terres et le château de Rosby pourraient être attribués à l'un de ses hommes à elle en récompense de ses loyaux services. *Lord Waters, éventuellement.* Aurane avait fait sourdement allusion à son défaut de seigneurie. Il guignait Peyredragon, Cersei ne l'ignorait pas, mais là, il visait trop haut. Rosby serait mieux adapté à sa naissance illégitime et à sa position.

« Lord Gyles aimait Sa Majesté de tout son cœur, disait cependant Pycelle, mais… son pupille…

— … comprendra certainement, sitôt que vous l'aurez avisé du vœu manifesté par lord Gyles en train d'agoniser. Allez, et ne manquez pas de le faire.

— Puisque Votre Grâce le trouve agréable. » Dans sa hâte à prendre congé, le Grand Mestre manqua s'empêtrer dans ses propres robes.

Lady Merryweather referma la porte derrière lui. « Du thé de lune, dit-elle, tout en retournant auprès de la reine. Quelle folie de sa part ! Pourquoi ferait-elle une chose pareille, pourquoi courir un risque pareil ?

— La petite reine a des appétits que Tommen est encore trop jeune pour satisfaire. » C'était toujours un danger, cela, que de faire épouser une femme adulte à un gosse. *Et une veuve à plus forte raison. Elle a beau dire que Renly ne l'a jamais touchée, je me refuse à croire cela.* Les femmes ne buvaient du thé de lune que pour une seule et unique raison ; les pucelles n'en avaient strictement que faire. « Mon fils a été trahi.

Margaery a un amant. C'est de la haute trahison, passible de mort. » Son plus cher espoir était seulement que la mégère à tête de pruneau qui tenait lieu de mère à Mace Tyrell vive assez longtemps pour assister au procès. En insistant pour que l'on marie sur-le-champ Tommen et Margaery, lady Olenna avait condamné sa précieuse rose à périr sous l'épée d'un bourreau. « Jaime a emmené ser Ilyn Payne dans ses bagages. Je suppose qu'il va me falloir trouver une nouvelle Justice du Roi pour lui encocher la tête.

— Je veux bien m'en charger, proposa Osmund Potaunoir avec un grand sourire désinvolte. Margaery possède un mignon petit cou. Une bonne épée bien tranchante passera tout droit au travers.

— Elle n'y manquerait pas, objecta lady Taena, mais les Tyrell ont une armée à Accalmie et une autre à Viergétang. Eux aussi disposent d'épées tranchantes. »

Je suis inondée de roses. C'était horripilant. Elle avait encore besoin de Mace Tyrell, sinon de sa fille. *Du moins jusqu'à la déconfiture de Stannis. Ensuite, je pourrai me passer d'eux, tous tant qu'ils sont.* Mais comment réussir à se débarrasser de la fille sans s'aliéner le père ? « La trahison est la trahison, dit-elle, mais il nous faut détenir une preuve, quelque chose de plus substantiel que du thé de lune. S'il est indubitablement *prouvé* qu'elle est infidèle, même son propre père a le devoir de la condamner, sans quoi sa honte à elle rejaillit également sur lui. »

Potaunoir mâchouilla un bout de ses moustaches. « Faut qu'on les attrape pendant la chose.

— Comment ? Qyburn la fait tenir à l'œil jour et nuit. Ses domestiques mâles empochent mon argent, mais ils ne nous rapportent que des bagatelles. Aucun n'a vu jusqu'ici ce fameux amant. Quant aux oreilles plaquées derrière sa porte, elles entendent des chansons, des rires, des commérages, en fait rien d'utile à quoi que ce soit.

— Margaery est trop astucieuse pour se faire pincer si facilement, dit lady Merryweather. Ses femmes sont les remparts de son château. Elles dorment avec elle, l'habillent, font leurs prières avec elle, de la lecture avec elle, de la couture avec elle. Quand elle n'est pas en train de chevaucher ou de fauconner, elle est en train de jouer à viens-dans-mon-château avec la petite Alysanne Bulwer. Pour peu qu'il y ait des hommes dans ses entours, alors, c'est sa septa qui ne la lâche pas d'une semelle, ou bien ses cousines.

— Elle doit bien se débarrasser de ses volailles *à un moment ou à un autre* », insista la reine. Une idée la frappa soudain. « À moins que ses dames ne soient aussi de la partie... Pas toutes, peut-être, mais certaines d'entre elles.

— Les cousines ? » La voix de Taena elle-même était empreinte de scepticisme. « Elles sont toutes les trois plus jeunes que la petite reine, et plus ingénues.

— Des dévergondées parées de blancheur virginale. Leurs péchés n'en sont que plus scandaleux. Leurs noms vivront couverts d'opprobre. » Brusquement, la reine savourait presque le goût de cette perspective. « Taena, messire votre époux est mon justicier. Il faut que vous soupiez en ma compagnie ce soir même. » Elle voulait régler cette affaire au plus vite, avant que Margaery n'envisage dans sa petite cervelle soit de retourner à Hautjardin, soit de faire voile à destination de Peyredragon pour être auprès de son frère blessé quand s'ouvriraient devant lui les portes de la mort. « J'ordonnerai au cuisinier de nous faire rôtir du sanglier. Et nous devrons avoir un peu de musique, naturellement, pour nous faciliter la digestion. »

Taena comprit d'emblée. « De la musique. Tout à fait.

— Allez prévenir messire votre époux et prendre les dispositions requises en ce qui concerne le chanteur, la pressa Cersei. Ser Osmund, vous pouvez rester. Nous avons à discuter tant et plus. La présence de Qyburn me sera nécessaire aussi. »

Malheureusement, les cuisines se révélèrent n'avoir pas de sanglier sous la main, et le loisir manquait pour expédier des chasseurs en traquer un. En guise de consolation, les cuisiniers égorgèrent l'une des truies du château et leur servirent un jambon clouté de girofle et nappé de sauce au miel et aux cerises sèches. Ce n'était pas ce que souhaitait Cersei, mais elle se résigna. S'ensuivirent des pommes cuites au four avec du fromage blanc fort. Lady Taena fit fête à chaque bouchée. Tel ne fut pas en revanche le cas d'Orton Merryweather, dont la bouille ronde conserva une pâleur patraque du consommé jusqu'au fromage. Il picolait plus que de raison et n'arrêtait pas de jeter des coups d'œil furtifs en direction du chanteur.

« Quelle affreuse désolation que la perte de lord Gyles, déclara finalement Cersei. Encore, m'est avis que sa toux ne va manquer à aucun d'entre nous.

— Non. Non, je penserais plutôt que non.

— Nous allons avoir besoin d'un nouveau lord Trésorier. Si le Val n'était pas actuellement aussi perturbé, j'en ferais volontiers revenir Petyr Baelish, mais… je suis tentée d'essayer de confier le poste à ser Harys. Il ne saurait s'y montrer pire que Gyles, et au moins ne tousse-t-il pas.

— Ser Harys est la Main du Roi », fit observer Taena.

Ser Harys est un otage, et médiocre même à cet égard. « Il est temps que Tommen dispose d'une Main plus énergique. »

Lord Orton releva les yeux de sa coupe de vin. « Energique. Assurément. » Il hésita. « Qui… ?

— Vous, messire. C'est dans votre sang. Votre grand-père fut le successeur de mon propre père en tant que Main d'Aerys. » Remplacer Tywin Lannister par Owen Merryweather s'était révélé aussi convaincant que de remplacer un destrier par un baudet, certes, mais Owen était déjà un vieillard à bout de course, lors de sa promotion par le Roi Dément, un homme de commerce aimable, si totale que fût son incapacité. Son petit-fils était plus jeune, et… *Ma foi, il a une épouse solide.* C'était grand dommage que Taena ne puisse officier comme Main. Elle était trois fois plus virile que son mari, et infiniment plus amusante. Seulement, comme elle était aussi native de Myr et au surplus de sexe féminin, force était de se contenter d'Orton. « Je ne doute pas une seconde que vous ne soyez plus capable que ser Harys. » *Le contenu de mon pot de chambre est plus capable que ser Harys.* « Voulez-vous consentir à remplir son office ?

— Je… oui, évidemment. Votre Grâce me fait là un très grand honneur. »

Beaucoup plus grand que vous ne le méritez. « Vous m'avez servie avec compétence comme justicier, messire. Et vous continuerez à faire de même tout au long de ces… des temps d'épreuves qui nous attendent. » Quand elle vit que Merryweather avait parfaitement saisi ce qu'elle entendait par là, la reine se détourna pour adresser un sourire au chanteur. « Et vous devez vous-même être récompensé pour toutes les chansons délicieuses dont vous nous avez charmés pendant notre repas. Les dieux vous ont doué de manière insigne. »

Le chanteur s'inclina. « Votre Grâce est trop indulgente.

— Pas indulgente, répondit-elle, simplement sincère. Taena me dit que l'on vous appelle le Barde Bleu.

— C'est exact, Votre Grâce. » Il portait des bottes souples en veau bleu, des chausses de fine laine bleu sombre. Sa tunique de soie bleu clair avait des crevés de satin bleu brillant. Il était même allé jusqu'à teindre ses cheveux en bleu, comme on le faisait à Tyrosh. Longs et bouclés, ils lui tombaient jusqu'aux épaules, et le parfum qui en émanait vous aurait fait jurer qu'il les lavait à l'eau de rose. *De roses bleues, sans doute. Du moins a-t-il les dents blanches.* De bonnes dents, c'était, pas cariées le moins du monde.

« Vous n'avez pas un autre nom ? »

Un soupçon de rose lui monta aux joues. « Quand j'étais gosse, on m'appelait Wat. Un nom parfait pour un petit laboureur, mais moins seyant pour un chanteur. »

Les yeux du Barde Bleu étaient de la même couleur que ceux de Robert. Ce seul détail suffit à le faire haïr par la reine. « Il est aisé de voir pourquoi vous êtes le favori de lady Margaery.

— Sa jeune Grâce est la bonté même. Elle dit que je lui donne son plein de plaisir.

— Oh, ça, j'en suis persuadée ! Me serait-il permis de voir votre luth ?

— Le serviteur de Votre Grâce. » Derrière sa politesse se perçut comme l'once d'une once de malaise, mais il lui tendit néanmoins l'instrument. On ne repousse en aucun cas la requête expresse d'une reine.

Cersei pinça une corde et le son la fit sourire. « Suave et triste comme l'amour. Dites-moi, Wat, la première fois que vous avez couché avec Margaery, était-ce avant qu'elle épouse mon fils ou après ? »

Pendant un moment, il n'eut pas l'air de comprendre. Quand il le fit, ses yeux s'agrandirent. « On a mal informé Votre Grâce. Je vous le jure, je n'ai jamais...

— *Menteur !* » Le luth cingla le visage du chanteur avec tant de violence que son bois peint explosa en mille morceaux déchiquetés. « Lord Orton, appelez mes gardes et conduisez cette créature dans les oubliettes. »

La figure de lord Merryweather était moite de peur. « Ce… Oh, infamie ! Il a eu le front de séduire *la reine* ?

— Je crains que ce n'ait été plutôt l'inverse, mais il est tout de même un traître. Libre à lui de chanter dorénavant pour lord Qyburn. »

Le Barde Bleu devint livide. « *Non !* » Du sang dégouttait de sa lèvre entamée par le luth. « Je n'ai jamais… » Lorsque Merryweather l'empoigna par le bras, il se mit à piauler. « *Mère, ayez miséricorde, non !*

— Je ne suis pas votre mère », lui décocha Cersei.

Même une fois dans les cellules noires, tout ce qu'ils réussirent à tirer de lui, ce furent des dénégations, des prières et des supplications de l'épargner. Au bout de peu de temps, le sang ruisselait de toutes ses dents brisées le long de son menton, et il mouilla ses chausses bleu sombre à plus de trois reprises, mais il n'en persista pas moins à continuer de mentir. « Est-il possible que nous nous soyons trompés de chanteur ? demanda la reine.

— Il n'est rien d'impossible en ce bas monde, Votre Grâce. N'ayez crainte. Il passera aux aveux avant la fin de la nuit. » Ici, dans les cachots, Qyburn était vêtu de lainages grossiers et d'un tablier de forgeron en cuir. À l'adresse du Barde Bleu, cette fois, il reprit : « Je suis désolé si les gardes vous ont quelque peu malmené. Leur manque de bonnes manières a quelque chose d'affligeant. » Sa voix était empreinte de gentillesse et de sollicitude. « Tout ce que nous souhaitons obtenir de vous, c'est la vérité.

— Je vous ai dit la vérité », sanglota le chanteur. Des chaînes en fer le maintenaient étroitement plaqué contre la rude pierre glacée du mur.

« Nous possédons de meilleures informations. » La main de Qyburn tenait un rasoir dont la lumière des torches faisait miroiter vaguement le fil. Il découpa les vêtements du Barde Bleu jusqu'à ce que celui-ci se retrouve entièrement à poil, exception faite de ses cuissardes bleues.

La toison de son pubis était brune, constata Cersei avec amusement. « Contez-nous comment vous faisiez jouir la petite reine, ordonna-t-elle.

— Je n'ai jamais... Je chantais, voilà tout, je chantais et je jouais. Ses dames vous le confirmeront. Elles étaient toujours avec nous. Ses cousines.

— Avec combien d'entre elles avez-vous eu des relations charnelles ?

— Pas une seule. Je ne suis qu'un chanteur. S'il vous plaît. »

Qyburn intervint : « Votre Grâce, peut-être bien que ce pauvre homme se bornait à jouer pour Margaery pendant qu'elle divertissait d'autres amants.

— Non. *S'il vous plaît !* Elle n'a jamais... Je *chantais*, je *chantais* seulement... »

Lord Qyburn laissa courir ses doigts de bas en haut sur le torse du Barde Bleu. « Est-ce qu'elle prend vos tétons dans sa bouche pendant vos ébats amoureux ? » Il en saisit un entre le pouce et l'index et le lui tordit. « Il y a des hommes qui adorent ça. Leurs seins sont aussi sensibles que ceux des femmes. » Un éclair fusa du rasoir, et le chanteur poussa un cri strident. Sur sa poitrine béait désormais un œil rouge et chassieux qui pleurait des larmes de sang. Cersei en eut des nausées. Une part de son être n'aspirait qu'à fermer les paupières, qu'à se détourner, qu'à faire cesser cela. Mais elle était la reine, et c'est de trahison qu'il était question. *Lord Tywin ne se serait pas détourné.*

Finalement, le Barde Bleu leur raconta son existence tout entière en remontant jusqu'à son premier jour. Son père, un marchand de fournitures pour la marine, l'avait éduqué en vue de lui faire pratiquer le même commerce, mais Wat s'était découvert tout gamin plus de talent pour fabriquer des luths que des tonneaux. À l'âge de douze ans, il s'était enfui pour se joindre à une troupe de musiciens qu'il avait entendus se produire au cours d'une foire. Après avoir vagabondé dans une bonne moitié du Bief, il était venu à Port-Réal dans l'espoir de trouver quelque accueil favorable à la Cour.

« Accueil favorable ? » Qyburn se mit à glousser. « Est-ce ainsi que les femmes appellent la chose à présent ? Je crains que vous n'en ayez que par trop trouvé, mon ami, et pas de la part de la bonne reine. La véritable se tient devant vous. »

Oui. Aux yeux de Cersei, la coupable, en l'occurrence, était bel et bien Margaery Tyrell. Sans elle, Wat aurait vécu une existence longue et fructueuse en chantant ses chansonnettes, en couchant avec des gardeuses de porcs et des filles de petits fermiers. *C'est par ses machinations d'intrigante qu'elle m'a imposé tout ça. Elle m'a souillée avec sa félonie.*

À l'approche de l'aube, les cuissardes bleues du chanteur étaient pleines de sang, et il leur avait conté de quelle manière Margaery se caressait elle-même en regardant ses cousines le faire jouir avec leurs bouches. D'autres fois, il chantait pour elle pendant qu'elle satisfaisait sa lubricité avec d'autres amants. « Qui étaient-ils ? » demanda la reine, et le malheureux Wat désigna nommément ser Tallad le Grand, Lambert Tournebaie, Jalabhar Xho, les jumeaux Redwyne, Osney Potaunoir, Hugh Clifton et le Chevalier des Fleurs.

Cersei fut fort mécontente de ce salmigondis. Elle n'osait vilipender le héros de Peyredragon. Au surplus, aucun des gens qui connaissaient ser Loras n'ajouterait jamais foi à pareille histoire. Les Redwyne ne pouvaient pas non plus y être associés. Sans la Treille et sa flotte, le royaume devrait renoncer à tout espoir de se débarrasser de cet Euron Œil-de-Choucas et de ses maudits Fer-nés. « Vous ne faites là que nous cracher les noms d'hommes que vous avez plus ou moins vus dans ses appartements. Nous exigeons la *vérité* !

— La vérité... » Wat attacha sur elle le seul œil bleu que lui eût laissé Qyburn. Des bulles de sang crevaient dans les trous qui marquaient l'ancien emplacement de ses dents de devant. « Il se pourrait que j'aie... mal retenu.

— Horas et Hobber n'ont eu nulle part à cela, n'est-ce pas ?

— Non, admit-il. Pas eux.

— Quant à ser Loras, je suis certaine que Margaery se donnait un mal de chien pour cacher ce qu'elle faisait avec son frère.

— En effet. Je me rappelle, maintenant. Une fois, j'ai dû me dissimuler sous le lit quand ser Loras est venu la voir. *Il ne doit pas savoir*, elle a dit, *jamais*.

— Je préfère cette chanson à la précédente. » Laisser les grands seigneurs en dehors du coup, c'était l'idéal. Mais les autres... Ser Tallad n'avait longtemps été qu'un vulgaire chevalier errant, Jalabhar Xho était un exilé et un mendigot, Clifton était l'unique garde personnel de la petite reine. *Et Osney fait office de la cerise sur le gâteau.* « Je sais que vous vous sentez mieux d'avoir dit la vérité. Il faudra vous en souvenir quand Margaery se présentera au procès. Si vous deviez vous remettre à mentir...

— Je ne le ferai pas. Je dirai la vérité. Et après...

— ... vous serez autorisé à prendre le noir. Je vous en donne ma parole. » Cersei se tourna vers Qyburn. « Veillez à ce que ses blessures soient nettoyées et pansées, et donnez-lui du lait de pavot contre la douleur.

— Votre Grâce est la bonté même. » Qyburn laissa tomber dans un seau de vinaigre le rasoir sanglant.

« Margaery risque de se demander où est passé son barde chéri.

— Les chanteurs vont et viennent, ils sont tristement célèbres pour cela. »

L'escalade des sombres degrés de pierre qui partaient des cellules noires mit Cersei littéralement hors d'haleine. *Je dois me reposer.* Déjà que la peine qu'il fallait se donner pour aboutir à la vérité vous éreintait, elle appréhendait ce qui s'ensuivrait fatalement. *Je dois être forte. Ce que le devoir m'impose de faire, je l'accomplis pour Tommen et pour le royaume.* Il était dommage que Maggy la Grenouille ne fût plus de ce monde. *Foutaises que ta prédiction, la vieille. La petite reine peut bien être plus jeune que moi, jamais sa beauté n'a surpassé la mienne, et, bientôt, elle sera morte.*

Lady Merryweather l'attendait dans sa chambre à coucher. Il faisait encore cette nuit noire qui précède plutôt l'aube que le crépuscule du matin. Jocelyn et Dorcas dormaient toutes les deux, mais pas Taena. « Ç'a été terrible ? demanda-t-elle.

— Vous ne sauriez vous figurer. Je tombe de sommeil, mais j'ai peur de faire des cauchemars. »

Taena lui caressa les cheveux. « C'était uniquement au profit de Tommen.

— Ce l'était. Je sais que ce l'était. » Cersei frissonna. « J'ai la gorge à vif. Soyez un amour et versez-moi trois doigts de vin.

— Si vous le souhaitez. Je n'ai pas d'autre désir que de vous complaire. »

Menteuse. Elle savait parfaitement ce que désirait Taena. Soit. Si celle-ci était follement éprise d'elle, la constance de sa loyauté et de celle de son mari n'en serait que mieux garantie. Dans un monde aussi foisonnant de traîtrise, cette sécurité-là valait bien quelques baisers. *Elle n'est pas pire que la plupart des hommes. Et du moins n'y a-t-il pas le moindre risque avec elle que je me retrouve enceinte.*

Le vin contribuait à sa résignation, mais pas assez pour la décider. « Je me sens souillée », se plaignit-elle, plantée près de sa fenêtre, coupe en main.

« Un bon bain vous remettra d'aplomb, ma douce. » Lady Merryweather réveilla Dorcas et Jocelyn et les envoya chercher de l'eau chaude. Lorsque la baignoire eut été remplie, elle aida la reine à se dévêtir en dénouant ses laçages avec des doigts experts et en faisant délicatement glisser sa robe de ses épaules. Puis elle se faufila hors de la sienne et la laissa tomber telle quelle, comme une flaque, sur le plancher.

Elles prirent leur bain ensemble, et Cersei s'abandonna de tout son long entre les bras de la Myrienne. « Il faut épargner à Tommen les pires aspects de cette affaire, lui dit-elle. Margaery continue à l'emmener tous les jours au septuaire prier les dieux de guérir ser Loras. » Ce dernier se cramponnait encore à la vie, ce qui ne laissait pas que d'être contrariant. « Il est également complètement entiché des cousines. Ce sera un rude choc pour lui que de les perdre toutes à la fois.

— Elles ne sont peut-être pas coupables toutes les trois, suggéra lady Merryweather. Il se pourrait bien que l'une d'entre elles n'ait pris aucune part à ces saletés. Si les choses auxquelles elle assistait lui faisaient honte et l'écœuraient…

— … on parviendrait à la persuader, le cas échéant, de témoigner contre les autres. Oui, excellente idée, mais quelle est l'innocente du lot ?

— Alla.

— Celle qui est timide ?

— C'est l'air qu'elle a, mais elle est plus *sournoise* que *timide*. Laissez-la-moi, ma douce.

— Avec joie. » À elle seule, la confession du Barde Bleu ne serait jamais suffisante. Les chanteurs mentaient pour gagner leur vie, somme toute. Alla Tyrell serait d'un puissant secours, si Taena réussissait à la faire accoucher. « Ser Osney avouera lui aussi. Il faut amener les autres à comprendre qu'il ne leur sera possible d'obtenir le pardon du roi et leur envoi au Mur que par des aveux complets. » Jalabhar Xho se laisserait séduire par cette évidence. Pour les autres, elle en était moins convaincue, mais Qyburn savait se montrer si persuasif...

L'aube se levait sur Port-Réal quand elles sortirent de la baignoire. La peau de la reine était toute blanche et fripée par sa longue immersion. « Restez avec moi, dit-elle à Taena. Je n'ai pas envie de dormir seule. » Elle dit même une prière avant de se fourrer sous les couvertures, pour conjurer la Mère de lui accorder des songes agréables.

Cela se révéla un gâchis de souffle ; comme toujours, les dieux étaient sourds. Elle rêva qu'elle se trouvait de nouveau en bas, dans les cellules noires, seulement, cette fois, c'était elle qui était enchaînée au mur à la place du chanteur. Elle était nue, et le sang dégouttait de la pointe de ses seins, déchiquetés par les dents du Lutin. « S'il te plaît, suppliait-elle, s'il te plaît, pas mes enfants, ne fais pas de mal à mes enfants. » Tyrion se contentait de la lorgner d'un air libidineux. Il était nu, lui aussi, couvert de ce poil rêche qui le faisait ressembler à un singe plutôt qu'à un homme. « Tu les verras couronnés, répondit-il, et tu les verras mourir. » Puis il prit ses seins ensanglantés dans sa bouche et se mit à les sucer, et la douleur la scia tout entière comme un couteau rougi à blanc.

Elle se réveilla grelottante entre les bras de Taena. « Un mauvais rêve, souffla-t-elle d'une voix faible. Est-ce que j'ai crié ? Je suis désolée.

— Les cauchemars se réduisent en poussière à la lumière du jour. S'agissait-il encore du nain ? Pourquoi vous terrifie-t-il à ce point, ce grotesque petit homme ?

— Il va m'assassiner. Cela me fut prédit quand j'avais dix ans. Je voulais savoir qui j'épouserais, mais elle a…

— Elle ?

— La *maegi.* » Les mots se ruèrent hors d'elle à la manière d'un torrent. Elle avait encore dans l'oreille la voix de Melara Cuillêtre lui affirmant que, si elles ne parlaient jamais des prophéties, celles-ci ne se réaliseraient pas. *Mais elle ne fut pas si silencieuse au fond du puits. Elle glapissait et hurlait.* « Le *valonqar*, c'est Tyrion, dit-elle. Est-ce que vous utilisez ce terme, à Myr ? En haut valyrien, il signifie *petit frère.* » Elle avait questionné Septa Saranella sur ce point précis, après la noyade de Melara.

Taena s'empara de sa main et la caressa. « C'était une femme haineuse, vieille et malade et laide. Vous étiez jeune et belle, pleine de vie et d'orgueil. Elle habitait Port-Lannis, vous avez dit, elle connaissait donc tout de l'existence du nain et de la façon dont il avait tué madame votre mère. Comme cette créature n'a pas osé porter la main sur vous, compte tenu de ce que vous étiez, alors elle a cherché à vous blesser avec sa langue de vipère. »

Se pourrait-il ? Elle ne demandait qu'à le croire. « Melara est morte, néanmoins, exactement comme elle l'avait prédit, et je n'ai pas épousé le prince Rhaegar. Et Joffrey… le nain l'a assassiné sous mes yeux.

— Un de vos fils, reconnut lady Merryweather, mais pas le seul, il vous en reste un second, charmant et robuste, et *lui*, il ne lui arrivera aucun mal.

— Jamais, tant que je suis vivante. » L'affirmer lui servit d'adjuvant pour croire qu'il en allait ainsi. *Oui, les cauchemars se réduisent en poussière à la lumière du jour.* Dehors, le soleil brillait à travers un voile de nuages. Cersei se glissa de dessous les couvertures. « Je déjeunerai avec lui, ce matin. Je meurs d'envie de le voir. » *Tout ce que je fais, c'est pour lui.*

Tommen l'aida à se remettre. Il ne lui avait jamais été plus précieux qu'aujourd'hui, babillant à propos de ses chatons, pendant qu'il faisait couler du miel sur une tartine de pain de seigle à peine sorti du four. « Ser Bondisseur a attrapé une souris, lui raconta-t-il, mais lady Moustache la lui a volée. »

Je n'ai jamais eu tant de gentillesse et d'ingénuité, songea Cersei. *Comment peut-il jamais espérer gouverner ce cruel royaume ?* La mère, en elle, n'aspirait qu'à le protéger ; la reine, en elle, savait qu'il devait s'endurcir à tout prix, faute de quoi le Trône de Fer ne manquerait pas de le dévorer. « Il faut que ser Bondisseur apprenne à défendre ses droits, lui dit-elle. Dans ce monde-ci, les faibles sont toujours les victimes des forts. »

Le roi médita la leçon, tout en léchant ses doigts englués de miel. « Lorsque ser Loras reviendra, j'apprendrai à manier l'épée, la lance et la plommée de la même manière que lui pour savoir me battre.

— Tu apprendras à le faire, promit la reine, mais pas avec ser Loras. Il ne reviendra pas, Tommen.

— Margaery dit que si. Nous prions pour lui. Nous adjurons la Mère de lui faire miséricorde et le Guerrier de lui donner la force. Elinor dit que ser Loras est en train de livrer sa bataille la plus difficile. »

Elle lui lissa les cheveux en arrière, ces boucles soyeuses et dorées qui lui rappelaient tellement son Joff. « Est-ce que tu vas passer l'après-midi avec ta femme et ses cousines ?

— Pas aujourd'hui. Il faut qu'elle jeûne et se purifie, elle a dit. »

Jeûne et se purifie... Ah, pour le Jour de la Jouvencelle. Il s'était écoulé bien des années depuis l'époque où Cersei se voyait sommée d'avoir à observer les rites particuliers de cette sainte journée. *Trois fois mariée, mais cela ne l'empêche pas de vouloir nous faire accroire qu'elle est toujours vierge.* Modestement habillée de blanc, la petite reine emmènerait ses volailles au septuaire de Baelor allumer de grands cierges blancs aux pieds de la Jouvencelle et suspendre à son cou sacré des guirlandes de parchemin. *Quelques-unes de ses volailles, du moins.* Le Jour de la Jouvencelle, les veuves, les mères étaient, ainsi que les putains, proscrites des septuaires, au même titre que les hommes, de peur que les uns et les autres ne profanent les hymnes inviolables de l'innocence. Seules y étaient admises les jeunes filles intactes...

« Mère ? Ai-je dit quelque chose qui n'allait pas ? »

Elle l'embrassa sur le front. « Tu as dit quelque chose de très judicieux, mon cœur. Maintenant, cours vite t'amuser avec tes chatons. »

Par la suite, elle convoqua ser Osney Potaunoir dans sa loggia. Il remonta de la cour en nage et plein d'arrogance, et lorsqu'il mit un genou en terre devant elle, il la déshabilla des yeux comme il le faisait toujours.

« Debout, ser, et venez vous asseoir ici près de moi. Vous m'avez une fois vaillamment servie, mais j'ai maintenant une tâche plus dure pour vous.

— Ouais, et moi, j'ai aussi quelque chose pour vous qu'est vachement dur.

— Cela peut attendre. » Elle effleura du bout des doigts la trace de ses cicatrices. « Vous vous rappelez la putain qui vous a fait ça ? Je vous la donnerai quand vous reviendrez du Mur. Cela vous plairait-il ?

— C'est vous que je veux. »

C'était la bonne réponse. « D'abord, vous devez confesser votre trahison. Les péchés qu'on commet peuvent empoisonner l'âme si on les laisse s'envenimer. Je sais qu'il doit vous être difficile de vivre avec ce que vous avez fait. Il est plus que temps de vous purger de votre honte.

— Honte ? répéta Osney d'un ton suffoqué. Je l'ai dit à Osmund, Margaery, elle fait juste des agaceries. Elle me permet jamais rien de plus que…

— Il est chevaleresque à vous de la protéger, le coupa Cersei, mais vous êtes un trop noble chevalier pour continuer à vivre avec votre crime. Non, vous devez vous rendre cette nuit même au Grand Septuaire de Baelor pour vous entretenir avec le Grand Septon. Quand un homme a perpétré des péchés d'une telle noirceur, il n'y a que Sa Sainteté Suprême en personne qui puisse le sauver des tourments de l'enfer. Avertissez-le de vos coucheries avec Margaery et avec ses cousines. »

Osney papillota. « Quoi, les cousines aussi ?

— Elinor et Megga, trancha-t-elle, jamais Alla. » Ce menu détail rendrait plus plausible toute l'histoire. « Alla ne faisait que pleurer et que conjurer les autres de cesser de pécher.

— Rien qu'Elinor et Megga ? Ou Margaery aussi ?

— Margaery aussi, cela va de soi. C'est elle qui était derrière tout cela. »

Elle lui confia tout ce qu'elle avait en tête. Pendant qu'Osney l'écoutait, l'appréhension gagnait peu à peu son visage. Quand elle en eut terminé, il dit : « Après que vous aurez fait tomber sa tête, je veux prendre ce baiser qu'elle ne m'a jamais donné.

— Libre à vous de prendre alors tous les baisers qu'il vous plaira.

— Et puis le Mur ?

— Juste pour quelque temps. Tommen est un roi clément. »

Osney grattouilla sa joue zébrée de cicatrices. « D'habitude, si je raconte des mensonges à propos d'une bonne femme, c'est moi que je dis, j'ai jamais baisé avec, et c'est elle qui dit que si fait. Là... j'ai jamais menti à un *Grand Septon* avant. Je pense que ça fait aller dans un enfer, ça. Et dans un des pas bons. »

La réflexion prit la reine à l'improviste. La dernière chose à laquelle elle s'attendait de la part d'un Potaunoir était bien la bigoterie. « Vous refusez de m'obéir ?

— Non. » Il lui toucha ses cheveux d'or. « Le fait est que les meilleurs des mensonges, ben, y a toujours un chouïa de vérité dedans... pour leur donner le goût, quoi, comme qui dirait. Et puisque vous voulez que j'aille raconter comment que je m'ai baisé une reine... »

Elle faillit le gifler. Faillit. Mais elle était allée trop loin, et trop de choses étaient en jeu. *Tout ce que je fais, je le fais pour Tommen.* Elle tourna la tête et prit la main d'Osney dans la sienne en lui bécotant les doigts. Ils étaient durs et rugueux, calleux du fait de l'épée. *Robert les avait comme ça*, songea-t-elle.

Elle lui jeta les bras autour du cou. « Je ne voudrais pas que l'on dise que j'ai fait de toi un menteur, lui chuchota-t-elle d'une voix rauque. Donne-moi une heure, et viens me rejoindre dans ma chambre à coucher.

— On a attendu assez longtemps comme ça. » Il fourra ses doigts dans le corsage de sa robe et tira d'un coup sec, et la soie céda avec un bruit de déchirure si tapageur que Cersei craignit que la moitié du Donjon Rouge ne l'ait entendu. « Enlève le reste avant que je te l'arrache aussi, fit-il. Tu peux garder la couronne dessus. Je t'aime bien dans la couronne. »

LA PRINCESSE EN LA TOUR

Sa propre prison était une prison douillette.

Arianne puisait dans ce fait une espèce de soulagement. Pourquoi son père se serait-il donné tant de mal pour lui procurer du confort dans sa captivité s'il avait été résolu à lui réserver le supplice des traîtres ? *Il ne peut pas vouloir ma mort*, se répéta-t-elle cent fois. *Faire preuve d'une telle cruauté n'est pas dans son caractère. Je suis son sang, sa semence et son héritière, sa fille unique.* En cas de nécessité, elle se jetterait sous les roues de son fauteuil, confesserait ses torts et le conjurerait de les lui pardonner. Et elle pleurerait. Quand il verrait les larmes ruisseler sur ses joues, il lui accorderait forcément son pardon.

Elle était en revanche moins persuadée de réussir à se pardonner elle-même.

« Areo, avait-elle dit d'un ton suppliant à son ravisseur, pendant la longue chevauchée aride qui les ramenait des bords de la Sang-vert jusqu'à Lancehélion, jamais je n'ai voulu qu'il arrive le moindre mal à la petite. Vous devez me croire. »

Hotah ne lui répondit que par un grognement. Il était en proie à une fureur noire, Arianne le sentait. Sombre astre lui avait échappé, le plus dangereux de toute la petite bande de conjurés constituée par elle. Il avait distancé au galop tous ses poursuivants et s'était évaporé dans les profondeurs du désert avec son épée sanglante.

« Vous me connaissez, capitaine, avait-elle insisté, tandis que les lieues succédaient aux lieues du trajet. Vous me connaissez depuis ma petite enfance. Vous avez constamment veillé à ma sauvegarde, comme vous avez veillé à celle de dame ma mère lorsque vous êtes arrivé avec elle de Grand Norvos pour lui servir de bouclier dans une contrée étrangère. J'ai besoin de vous maintenant. J'ai besoin de votre aide. Je n'ai jamais eu l'intention…

— Vos intentions n'ont aucune importance, petite princesse, déclara Areo Hotah. Seul compte ce que vous avez fait. » Sa physionomie paraissait taillée dans la pierre. « Je regrette. C'est à mon prince qu'il appartient de donner les ordres, à Hotah d'y obéir aveuglément. »

Alors qu'Arianne s'attendait à être conduite sur-le-champ devant le haut siège de son père, sous la coupole de verre à résille de plomb dans la tour du Soleil, ce fut au contraire à la tour Lance qu'Hotah la mena pour la confier à la garde de Ricasso, sénéchal du prince, et du gouverneur, ser Manfrey Martell. « Princesse, dit le premier, vous voudrez bien ne pas tenir rigueur à un vieil aveugle tel que moi de ne pas vous accompagner jusqu'en haut. Mes jambes ne me permettent pas de gravir tant de marches. On a préparé une chambre pour vous. Ser Manfrey va vous y escorter, dans l'attente du bon plaisir du prince.

— Du déplaisir du prince, vous voulez dire. Mes amis se verront-ils aussi relégués ici ? » Elle avait été séparée de Garin, de Drey et des autres après leur capture, et Hotah s'était refusé à lui dire ce qu'il allait advenir d'eux. « C'est au prince d'en décider », fut tout ce que le capitaine trouva à répondre sur ce chapitre. Ser Manfrey se révéla un peu moins laconique. « On les a emmenés à Bourg-Cabanes, puis ils seront convoyés par bateau jusqu'à Griseffroy, où ils résideront tant que le prince Doran n'aura pas tranché sur leur sort. »

Juché sur un rocher dans la mer de Dorne, Griseffroy était un vieux château croulant qui servait de prison lugubre et terrifiante à la lie des criminels qu'on y envoyait pourrir et crever. « Est-ce que mon père entend les *tuer* ? » Arianne ne pouvait croire une chose pareille. « Tout ce qu'ils ont fait, ils l'ont fait pour l'amour de moi. S'il faut absolument du sang à mon père, c'est le mien qu'il devrait verser.

— En effet, princesse.

— Je veux lui parler.

— Il s'y attendait. » Ser Manfrey lui prit le bras et lui fit escalader les marches. Et ils montèrent, montèrent, montèrent tant et tant qu'elle finit par en avoir le souffle court. La tour Lance avait cent cinquante pieds de haut, et la cellule annoncée se situait presque au sommet. Arianne épiait à la dérobée chacune des portes qu'ils dépassaient au cours de leur ascension, se demandant si l'un ou l'autre des Aspics des Sables se trouvait enfermé derrière.

Une fois sa porte personnelle fermée et barrée, Arianne entreprit d'explorer son nouveau logis. Sa cellule était claire et spacieuse, et elle n'était pas dénuée de confort. Il y avait des tapis de Myr sur le sol, du vin rouge pour se désaltérer, des livres pour se distraire. Dans un angle était installée une somptueuse table de *cyvosse*, dont les différentes pièces étaient ciselées dans l'ivoire et l'onyx, mais eût-elle été tentée d'y jouer qu'elle n'avait pas de partenaire à sa disposition. Elle avait un lit de plume pour dormir, et un lieu d'aisances muni d'un siège de marbre et d'une corbeille pleine d'herbes qui aromatisaient l'atmosphère. Grâce à l'altitude, elle jouissait de vues splendides. L'une des fenêtres ouvrait sur l'est et lui permettait de contempler le lever du soleil sur la mer. L'autre, qui dominait la tour du Soleil, déroulait aussi sous ses yeux le panorama des Remparts lacis et de la Triple Porte au-delà.

L'exploration des lieux lui prit moins de temps qu'il n'en aurait fallu pour lacer ses sandales, mais elle présenta l'avantage en tout cas de l'aider à refouler provisoirement ses pleurs. Elle découvrit une cuvette et une cruche d'eau fraîche pour se débarbouiller le visage et les mains, mais le récurage le plus minutieux n'aurait pas eu le pouvoir de la décrasser de tout son chagrin. *Arys*, songea-t-elle, *mon blanc chevalier.* Des larmes lui emplirent les yeux, et elle se retrouva subitement en train de pleurer, ravagée de sanglots de la tête aux pieds. Elle se ressouvint de la facilité avec laquelle la lourde hallebarde d'Hotah s'était frayé passage à travers la chair et les os de son amant, de la façon dont la tête de celui-ci s'était envolée dans l'espace en tournoyant sur elle-même. *Qu'est-ce qui vous a pris d'agir de la sorte ? Pourquoi ce sacrifice insensé de votre existence ? Je ne vous ai jamais demandé de le faire, je ne l'ai jamais désiré, je voulais simplement… je voulais… je voulais…*

Elle s'endormit à force de pleurer, cette nuit-là, pour la première fois, sinon la dernière. Elle ne trouva pas de paix même dans ses rêves. Elle rêva d'Arys du Rouvre en train de la caresser, de lui sourire, de lui dire qu'il l'adorait… mais les carreaux étaient cependant déjà fichés dans son corps, et ses plaies suintaient, teignant peu à peu d'écarlate, inexorablement, ses blancs. Une part d'elle-même avait conscience qu'il ne s'agissait que d'un cauchemar, alors même qu'elle en était la proie. *Le matin venu, tout cela s'évanouira*, se disait-elle, mais lorsque survint le matin, elle se trouvait toujours dans sa cellule, ser Arys était toujours bel et bien mort, et Myrcella... *Jamais je n'ai voulu cela, jamais. Je ne voulais aucun mal à la petite. Tout ce que je voulais, c'était qu'elle soit reine. Si nous n'avions pas été trahis...*

« Quelqu'un a bavardé », avait dit Hotah. Ce souvenir la rendait encore furieuse. Elle s'y cramponnait pour entretenir la flamme dans son cœur. La fureur valait mieux que les larmes, mieux que le chagrin, mieux que les remords. Quelqu'un avait bavardé, quelqu'un en qui elle avait eu confiance. Arys du Rouvre était mort à cause de cela, victime des chuchotements du traître autant que de la hallebarde du capitaine. Le sang qui ruisselait sur la figure de Myrcella, ç'avait été, cela aussi, l'ouvrage du traître. Quelqu'un avait bavardé, quelqu'un qu'Arianne avait aimé. Et c'était, de toutes les blessures, la plus cruelle.

Après avoir découvert quantité de ses affaires personnelles rangées dans un coffre de cèdre placé au pied de son lit, elle en profita pour se dépouiller de la tenue de voyage crasseuse dans laquelle elle avait dormi puis revêtit les effets les plus suggestifs qu'elle put dénicher, tout en fanfreluches de soie qui couvraient tout sans rien cacher. Le prince Doran pouvait bien la traiter comme une gamine, elle refusait de s'accoutrer comme telle. Elle savait que le choix d'un pareil costume le décontenancerait lorsqu'il viendrait la punir de s'être enfuie avec Myrcella. Elle y comptait bien. *S'il me faut absolument ramper à ses pieds et me répandre en pleurs, autant que lui aussi se sente mal à son aise.*

Elle s'attendait à le voir dès aujourd'hui, mais lorsque la porte finit par s'ouvrir, ce fut seulement sur des servantes venues lui apporter son repas de midi. « Quand me sera-t-il permis de voir mon père ? » interrogea-t-elle, mais pas une d'elles ne consentit à lui répondre. Le chevreau avait été rôti avec du miel et du citron. Il était accompagné de feuilles de vigne farcies d'un mélange de raisins secs, d'oignons, de champignons et de piments de dragon torrides. « Je n'ai pas faim », déclara-t-elle. En route pour Griseffroy, ses amis devaient être en train de manger du biscuit de mer et du bœuf salé. « Remportez cela et amenez-moi le prince Doran. » Mais elles laissèrent les plats, et son père ne vint pas. Au bout de quelque temps, la faim ébranla sa résolution, et elle s'assit pour manger.

Une fois ingurgités les mets, elle se retrouva totalement désœuvrée. Elle arpenta la circonférence de sa tour deux fois, trois fois puis trois fois trois autres. Elle s'installa auprès de la table de *cyvosse* et déplaça distraitement un éléphant sur l'échiquier. Elle se pelotonna sur la banquette de fenêtre et s'efforça de lire un bouquin jusqu'au moment où les mots se brouillèrent et où elle s'aperçut qu'elle s'était remise à pleurer. *Arys, mon chéri, mon blanc chevalier, qu'est-ce qui vous a pris d'agir de la sorte ? Vous auriez dû vous rendre. J'ai essayé de vous le dire, mais les mots se sont pétrifiés dans ma bouche. Bougre de brave imbécile, je n'ai jamais voulu votre mort, pas plus que celle de Myrcella... Oh, bonté divine ! cette petite fille...*

Finalement, elle retourna s'allonger sur le lit de plume. Le monde s'était assombri, et elle ne pouvait pas faire grand-chose d'autre que dormir. *Quelqu'un a bavardé*, songea-t-elle. *Quelqu'un a bavardé.* Garin, Drey et Sylva Mouchette étaient des amis d'enfance, aussi chers à son cœur que l'était sa cousine Tyerne. Elle ne pouvait pas croire qu'ils l'aient dénoncée... Mais il ne restait dès lors que ser Gerold Dayne Sombre astre, et si c'était bien lui, le traître, pourquoi avait-il retourné son épée contre la malheureuse Myrcella ? *Il voulait la tuer au lieu de la couronner, il l'a carrément dit à Roche Panachée. Il a dit que c'était de cette façon que j'obtiendrais la guerre que je souhaitais.* Mais ça ne tenait pas debout, que ce soit lui, le traître. S'il avait été le ver dans le fruit, pourquoi diable aurait-il retourné son épée contre Myrcella ?

Quelqu'un a bavardé. Se pouvait-il que ce fût ser Arys ? Les remords du blanc chevalier avaient-ils fini par l'emporter sur ses désirs charnels ? Avait-il aimé Myrcella plus qu'elle et trahi sa nouvelle princesse afin d'expier sa trahison vis-à-vis de l'ancienne ? Était-il si honteux de ce qu'il avait fait qu'il avait préféré sacrifier son existence au bord de la Sang-vert plutôt que de vivre en affrontant son déshonneur ?

Quelqu'un a bavardé. Quand son père viendrait la voir, elle apprendrait qui. Mais le prince Doran ne lui rendit pas visite le lendemain. Le surlendemain non plus. La princesse fut abandonnée à sa solitude, à ses arpentages, à ses larmes et au soin de ses plaies. Pendant les heures du jour, elle essayait de lire, mais les livres qu'on lui avait fournis étaient mortellement ennuyeux : de lourds volumes d'histoire ancienne et des géographies, des cartes annotées, une étude consacrée aux lois de Dorne aussi sèche que de la poussière, *L'Étoile à sept branches* et les *Vies des Grands Septons*, un colossal ouvrage consacré aux dragons et qui réussissait l'exploit de les rendre à peu près aussi passionnants que des salamandres. Arianne aurait volontiers donné tant et plus pour une vulgaire copie des *Dix Mille Navires* ou pour les *Amours de la reine Nyméria*, pour n'importe quoi susceptible d'occuper ses pensées et de lui permettre d'échapper à sa tour pendant une heure ou deux, mais ce genre d'amusements lui était interdit.

De sa banquette de fenêtre, il lui suffisait de jeter un coup d'œil au-dehors pour voir, au-dessous, l'immense dôme d'or et de verre multicolore où son père siégeait en grand apparat. *Il me mandera bientôt*, se dit-elle.

Les seules visites qu'on lui reconnût le droit de recevoir étaient celles des serviteurs : Bors à la mâchoire hérissée de poils, le grand Timoth spongieux de dignité, les sœurs Mellei et Morra, la jolie petite Cedra, la vieille Belandra qui avait été la femme de chambre de sa mère. Ils lui apportaient ses repas, changeaient sa literie et vidaient le pot de chambre de son lieu d'aisances, mais aucun d'entre eux ne consentait à parler avec elle. Réclamait-elle davantage de vin ? Timoth allait lui en chercher. Désirait-elle l'un de ses mets favoris, des figues, des olives ou des poivrons farcis au fromage ? Il lui suffisait d'en toucher un mot à Belandra, et sa requête était aussitôt satisfaite. Mellei et Morra emportaient ses vêtements sales et les lui rapportaient impeccablement propres. Tous les deux jours, on lui montait de quoi prendre un bain, et la timide petite Cedra lui savonnait le dos et l'aidait à brosser ses cheveux.

Et cependant, pas un seul d'entre eux ne lui adressait la parole, et ils ne condescendaient pas davantage à lui dire ce qui se passait dans le monde, au-dehors de sa cage de grès. « Est-ce qu'on a capturé Sombre astre ? demanda-t-elle un jour à Bors. Est-ce qu'on est encore à sa poursuite ? » Il lui tourna carrément le dos et s'éloigna. « Es-tu devenu sourd ? lui jappa-t-elle. Reviens ici et réponds-moi. C'est un ordre ! » Le bruit de la porte qui se refermait fut tout ce qu'elle obtint de lui.

« Timoth, essaya-t-elle un autre jour, qu'est-il advenu de la princesse Myrcella ? Je n'ai jamais eu l'intention qu'il lui arrive le moindre dommage. » La dernière fois qu'elle avait vu la petite datait de leur voyage de retour à Lancehélion. Trop affaiblie pour monter à cheval, Myrcella avait fait le trajet en litière, la tête enveloppée de bandages de soie appliqués sur les blessures que lui avait infligées Sombre astre, ses yeux verts étincelants de fièvre. « Dis-moi qu'elle n'est pas morte, je t'en conjure. Quel mal cela ferait-il que je le sache ? Dis-moi comment elle se porte. » Timoth refusa de la renseigner.

« Belandra, reprit-elle quelques jours plus tard, si tu as jamais aimé dame ma mère, aie compassion de sa malheureuse fille et dis-moi quand mon père entend venir me voir. S'il te plaît. » Mais la vieille avait elle aussi perdu sa langue.

Est-ce ainsi que mon père conçoit la torture ? Pas de fers rouges ni de chevalet, mais le silence pur et simple ? C'était tellement conforme au caractère de Doran Martell qu'Arianne ne put s'empêcher d'en rire. *Il s'imagine que c'est là faire preuve de subtilité, quand cela ne prouve que sa pusillanimité.* Elle se résolut à jouir de cet isolement total et à mettre à profit le temps pour se calmer et pour se fortifier en prévision de ce qui ne manquerait pas d'arriver.

Elle ne faisait que se nuire à ruminer sans fin ni cesse à propos de ser Arys, comprit-elle. Afin de se donner le change, elle se contraignit à penser aux Aspics des Sables, à Tyerne en particulier. Elle aimait toutes ses cousines bâtardes, d'Obara l'épineuse et la colérique à Loreza, la benjamine, qui n'avait que six ans. Mais Tyerne avait toujours été sa préférée, la sœur chérie qu'elle n'avait pas eue. Arianne n'avait jamais eu d'intimité avec ses propres frères ; Quentyn habitait au diable, à Ferboys, et Trystan était trop jeune. Non, ç'avait toujours été elle et Tyerne, avec Garin, Drey et Sylva Mouchette. Il arrivait quelquefois que Nym se joigne à leurs divertissements, et Sarella ne ratait aucune occasion de s'immiscer là où elle n'avait pas sa place mais, somme toute, leur groupe s'était essentiellement composé de cinq membres. Ils barbotaient en s'aspergeant mutuellement dans les bassins et les fontaines des Jardins Aquatiques et se livraient à des batailles de cavaliers juchés sur le dos nu les uns des autres. Arianne et Tyerne avaient appris ensemble à lire, appris ensemble l'équitation, appris ensemble à danser. Quand elles étaient âgées de dix ans, Arianne avait volé un flacon de vin, et c'est ensemble qu'elles s'étaient toutes les deux soûlées. Elles partageaient leurs repas, leurs lits et leurs bijoux. Elles auraient également partagé leur premier homme si Drey, dans sa surexcitation, n'avait giclé partout sur les doigts de Tyerne au moment même où elle extirpait sa queue de ses chausses. *Elle a des mains dangereuses.* Le souvenir la fit sourire.

Plus elle songeait à ses cousines, plus elles lui manquaient. *Pour autant que je sache, elles doivent se trouver juste au-dessous de moi.* Cette nuit-là, elle essaya de marteler le dallage avec le talon de sa sandale. Faute d'avoir obtenu la moindre réponse, elle se pencha à la fenêtre pour regarder vers le bas. Elle y distingua d'autres fenêtres, plus petites que la sienne, certaines aussi modestes que de simples archères rondes. « *Tyerne !* appela-t-elle. *Tyerne, tu es là ? Obara ? Nym ? Vous pouvez m'entendre ? Ellaria ? Quelqu'un ? TYERNE ?* » Elle passa la moitié de la nuit le buste en suspens hors de la fenêtre à appeler, appeler jusqu'à en avoir la gorge en feu, mais sans qu'aucun cri lui parvienne en retour. Cela l'effara beaucoup plus qu'elle n'aurait su dire. Si les Aspics des Sables se trouvaient bien emprisonnées dans la tour Lance, ils auraient sûrement entendu ses appels forcenés. Pourquoi ses cousines n'avaient-elles pas répondu ? *Si Père leur a fait du mal, je ne le lui pardonnerai jamais, jamais*, songea-t-elle.

Au bout d'une quinzaine écoulée dans ces conditions, sa patience fut réduite à l'épaisseur d'un papier de soie. « Je veux parler tout de suite à mon père, dit-elle à Bors, et de son ton le plus impérieux cette fois.

Tu vas me conduire auprès de lui. » Il se garda de l'y conduire. « Je suis prête à rencontrer le prince », dit-elle à Timoth, mais il tourna les talons pour se retirer comme s'il n'avait pas entendu. Le matin suivant, Arianne attendait plantée près de la porte quand celle-ci s'ouvrit. Elle dépassa Belandra en trombe en expédiant un plateau d'œufs épicés s'écraser contre le mur, mais les gardes la rattrapèrent avant qu'elle n'eût fait trois pas. Elle les connaissait eux aussi, mais ils accueillirent ses supplications par une surdité totale. Et ils lui firent réintégrer sa cellule en l'y traînant de vive force, en dépit de ses ruades et de tous ses tortillements.

Elle décida qu'il lui fallait se montrer plus astucieuse. Cedra était son meilleur espoir ; elle était toute jeune, naïve et crédule. Garin s'était vanté d'avoir couché avec elle une fois, se souvint la princesse. Dès qu'elle reprit un bain, elle se mit à bavarder de tout et de rien pendant que Cedra lui savonnait les épaules. « Je sais qu'on t'a donné l'ordre de ne pas m'adresser la parole, dit-elle, mais moi, personne ne m'a interdit de te parler. » Elle l'entretint de la chaleur qu'il faisait ce jour-là, de ce qu'elle avait eu pour souper la veille et de cette pauvre Belandra qui devenait si lente et si raide. Le prince Oberyn avait armé chacune de ses propres filles afin qu'elles soient toujours en mesure de se défendre, mais Arianne Martell ne possédait pas d'autre arme que la ruse. Et c'est pourquoi elle souriait, charmeuse, sans rien exiger en retour de Cedra, pas plus un mot qu'un hochement de tête.

Le lendemain soir, elle reprit ses papotages à l'adresse de la jeune fille, pendant que celle-ci la servait à table. Cette fois, elle s'arrangea pour prononcer le nom de Garin. Aussitôt, Cedra releva timidement les yeux et faillit renverser le vin dont elle était en train de remplir une coupe. *Ainsi donc, voici le bon bout, n'est-ce pas ?*

Au cours de son bain suivant, Arianne parla de ses amis emprisonnés, de Garin tout spécialement. « C'est celui pour lequel je m'inquiète le plus, confia-t-elle à la servante. Les orphelins de la Rivière sont l'incarnation même de la liberté, le vagabondage est le but de leur existence. Garin a besoin de soleil et de grand air. Si on l'enferme à Griseffroy dans une cellule de pierre humide, comment y survivra-t-il ? Il sera mort dans moins d'un an. » Cedra s'abstint de tout commentaire, mais elle était toute pâle lorsque Arianne sortit de l'eau, et elle serrait si violemment l'éponge que du savon dégoulinait sur le tapis de Myr.

Malgré cela, il fallut quatre jours de plus et deux bains supplémentaires pour l'amener à reddition. « S'il vous plaît », finit par chuchoter Cedra, après qu'Arianne lui eut représenté avec la dernière vivacité Garin se précipitant dans le vide par la fenêtre de sa cellule afin de jouir une dernière fois de la liberté avant de mourir. « Il faut absolument lui porter secours. S'il vous plaît, ne le laissez pas mourir.

— Je ne peux rien faire et moins que rien pour lui tant que je suis claquemurée ici, lui chuchota-t-elle en retour. Mon père ne veut pas me voir. La seule personne qui puisse sauver Garin, c'est *toi*. Tu l'aimes ?

— Oui, murmura Cedra, rougissante. Mais en quoi puis-je être de quelque aide ?

— En me suppléant pour faire sortir clandestinement une lettre, répondit la princesse. Veux-tu bien t'en charger ? Veux-tu bien prendre ce risque… en faveur de Garin ? »

Les yeux de Cedra s'agrandirent. Elle hocha la tête.

Je tiens mon corbeau, songea Arianne, triomphante, *mais à qui vais-je l'expédier ?* Le seul de ses conjurés qui eût échappé aux filets de Doran Martell était ser Gerold Sombre astre. Il pouvait toutefois s'être fait attraper entre-temps ; dans le cas contraire, il avait sûrement quitté Dorne au plus vite. Elle eut ensuite l'idée de s'adresser à la mère de Garin et aux orphelins de la Sang-vert. *Non, pas eux. Il faut que ce soit quelqu'un doté d'un pouvoir réel, quelqu'un qui n'ait pas trempé dans notre complot mais qui puisse avoir des motifs d'éprouver de la sympathie pour nous.* Elle envisagea de faire appel à sa propre mère, mais lady Mellario se trouvait au diable, à Norvos. En outre, cela faisait des années que le prince n'écoutait plus dame son épouse. *Pas elle non plus. Ce dont j'ai besoin, c'est d'un grand seigneur, et d'un grand seigneur qui soit assez influent pour inciter mon froussard de père à me relâcher.*

Le plus puissant des lords de Dorne était Anders Ferboys, le Sangderoy, sire de Ferboys et Gardien de la Voie de Pierre, mais Arianne était trop avisée pour requérir le soutien de l'homme qui avait adopté pour pupille son frère Quentyn. *Non.* Le frère cadet de Drey, ser Deziel Dalt, avait autrefois aspiré à la prendre pour femme, mais il avait une conscience beaucoup trop scrupuleuse de ses devoirs pour jamais oser affronter son prince. Au surplus, si le chevalier de Boycitre avait de quoi intimider tel ou tel hobereau, il n'était pas de force à ébranler le prince de Dorne. *Non.* Le même genre d'inconvénient s'appliquait au père de Sylva Mouchette. *Non.* Arianne décida finalement qu'elle ne pouvait fonder d'espoir véritable que sur deux hommes : Harmen Uller, sire du Fourré l'Enfer, et Franklyn Poulet, sire de Touche-au-Ciel et Gardien du Pas-du-Prince.

La moitié des Uller est à moitié dingue, courait le dicton, *et l'autre moitié pire.* Ellaria Sand était la fille naturelle de lord Harmen. On les avait enfermées, elle et ses petites, avec le reste des Aspics des Sables. Lord Harmen aurait été furibond de l'apprendre, et les Uller étaient dangereux, furibonds.

Lord Poulet serait peut-être un choix plus sûr. Le Vieux Faucon, on l'appelait. Ils ne s'étaient jamais entendus, lui et Anders Ferboys ; il y avait entre leurs deux maisons du vilain sang qui remontait à un millier d'années, époque où les Poulet avaient préféré Martell à Ferboys pendant la Guerre de Nyméria. Les jumeaux Poulet étaient eux aussi des amis insignes de lady Nym, mais de quel poids cela serait-il aux yeux du Vieux Faucon ?

Arianne balança des jours et des jours tout en composant sa lettre secrète. « Donnez cent cerfs d'argent au porteur de ceci », débuta-t-elle. *Cela devrait garantir la délivrance du message.* Elle précisait ensuite où elle se trouvait et suppliait qu'on vienne à sa rescousse. « Quel qu'il soit, celui qui me libérera de cette cellule ne sera pas oublié quand je me marierai. » *Cela devrait faire accourir les héros.* À moins que le prince Doran ne l'eût privée de tous ses droits, elle demeurait l'héritière légitime de Lancehélion ; l'homme qui l'épouserait gouvernerait un jour Dorne à ses côtés. Arianne pouvait seulement prier pour que son sauveur se révèle être plus jeune que les vieilles barbes que son père n'avait cessé de lui offrir depuis des années. « Je veux un consort qui ait des dents », lui avait-elle dit en refusant le dernier en date.

Comme elle n'osait demander du parchemin, de peur d'éveiller les soupçons de ses tourmenteurs, elle écrivit la lettre au bas d'une page arrachée à *L'Étoile à sept branches* et la fourra dans la main de Cedra le jour de son nouveau bain. « Il y a un endroit, près de la Triple Porte, où les caravanes chargent leur ravitaillement avant d'entreprendre la traversée du fin fond des sables, lui dit-elle. Déniches-y un voyageur en partance pour le Pas-du-Prince, et promets-lui cent cerfs d'argent s'il remet ceci en mains propres à lord Poulet.

— Je le ferai. » Cedra dissimula la missive dans son corsage. « Je trouverai quelqu'un avant le coucher du soleil, princesse.

— Bien, dit Arianne. Demain, tu me raconteras comment ça s'est passé. »

Mais la jeune fille ne revint pas le lendemain. Ni le jour suivant. À l'heure du bain, ce furent Mellei et Morra qui remplirent la baignoire et restèrent là pour laver le dos d'Arianne et brosser ses cheveux. « Est-ce que Cedra est tombée malade ? » s'enquit-elle, mais ni l'une ni l'autre ne lui répondit. *Elle s'est fait pincer*, fut tout ce qu'elle réussit à penser. *Que pourrait-il y avoir d'autre ?* Elle dormit à peine, cette nuit-là, par peur de ce qui risquait de s'ensuivre.

Quand Timoth lui apporta son petit déjeuner, le lendemain matin, Arianne réclama de voir Ricasso plutôt que son père. À l'évidence, il lui était impossible d'obliger le prince Doran à venir la voir, mais sûrement qu'un simple sénéchal ne se permettrait pas d'ignorer une injonction qui émanait de l'héritière légitime de Lancehélion.

Il se le permit néanmoins. « As-tu transmis mon message à Ricasso ? demanda-t-elle à Timoth aussitôt qu'elle le revit. Lui as-tu dit que j'avais besoin de lui ? » En constatant qu'il se refusait à répondre, Arianne rafla une carafe de vin rouge et la lui renversa sur la tête. Le serviteur battit en retraite tout dégoulinant, non sans afficher un masque de dignité blessée. *Mon père a l'intention de me laisser pourrir ici*, décida-t-elle. *S'il n'est en train de mijoter des plans pour se défaire de mon encombrante personne en me mariant à quelque vieil imbécile répugnant et qu'il ne se propose de prolonger ma relégation jusqu'à ce qu'ait lieu le coucher nuptial.*

Arianne Martell avait grandi dans l'expectative du jour où elle épouserait un grand seigneur choisi par son père. Tel était le sort réservé aux princesses, lui avait-on enseigné… Encore, il est vrai, que feu son oncle Oberyn envisageât les choses sous un tout autre angle. « Si vous avez envie de vous marier, mariez-vous, disait-il à ses propres filles. Sinon, prenez votre plaisir où vous le trouvez. Il n'est pas chose si fréquente en ce monde. Mais choisissez bien. Si vous vous sellez vous-mêmes d'une brute ou d'un corniaud, ne comptez pas sur moi pour vous en débarrasser. Je vous ai fourni les outils pour que vous le fassiez vous-mêmes. »

La liberté totale que le prince Oberyn consentait à ses bâtardes n'avait jamais été le lot de l'héritière légitime du prince Doran. Arianne était tenue de se marier ; elle avait accepté cette obligation. Drey avait voulu d'elle, elle le savait ; son frère Deziel, le chevalier de Boycitre, aussi. Quant à Daemon Sand, il était allé jusqu'à demander sa main. Mais Daemon était de naissance illégitime, et le prince Doran n'entendait de toute façon nullement la voir épouser un Dornien.

Arianne avait aussi accepté cela. Une année, le frère du roi Robert était venu leur rendre visite, et elle avait fait de son mieux pour le séduire, mais elle était encore à peine adolescente, et lord Renly parut plus déconcerté qu'enflammé par ses avances. Plus tard, quand lord Tully la pria de se rendre à Vivesaigues pour y faire la connaissance de son héritier, elle alluma des cierges pour la Jouvencelle en action de grâces, mais le prince Doran déclina l'invitation. La princesse aurait même éventuellement pris en considération la candidature de Willos Tyrell, malgré sa jambe estropiée et tout et tout, mais son père refusa de l'envoyer à Hautjardin pour qu'elle le rencontre. Elle essaya bien de s'y rendre, avec l'aide de Tyerne, en dépit de lui, mais le prince Oberyn les rattrapa au Vaith et leur fit rebrousser chemin. Cette même année, le prince Doran eut l'idée saugrenue de la fiancer à Ben des Essaims, un nobliau de rien du tout, qui avait quatre-vingts ans si ce n'est vingt-quatre heures, attendu qu'il était aussi aveugle que dépourvu de dents.

Des Essaims mourut quelques années plus tard. Elle puisa là un rien de réconfort dans ses déboires actuels ; puisqu'il était mort, on ne pourrait la contraindre à l'épouser. Et comme le sire du Pont s'était remarié, elle ne risquait rien non plus de ce côté-là. *Mais Elden Estremont est toujours en vie et célibataire. Tout comme lord Rosby et lord Grandison.* On avait beau surnommer Grandison Barbe-Grise, sa barbe était devenue d'un blanc de neige la fois où elle lui avait été présentée. Pendant le festin de bienvenue, il s'était mis à roupiller entre le plat de poisson et le plat de viande. Son emblème étant un lion dormant, Drey avait qualifié d'adéquat ce comportement. Garin la défia, lui, de montrer si elle était capable de faire un nœud dans sa barbe sans le réveiller, mais Arianne se retint. Grandison avait eu l'air d'un bonhomme plutôt agréable, moins grincheux qu'Estremont et plus robuste que Rosby. Elle était néanmoins résolue à ne jamais l'épouser non plus. *Pas même si Hotah se tient derrière moi avec sa hallebarde.*

Personne ne vint l'épouser le lendemain, ni le jour suivant. Et Cedra ne revint pas davantage. Arianne essaya de gagner Mellei et Morra de la même manière, mais elle y perdit sa peine. S'il lui avait été possible de se procurer un tête-à-tête avec l'une d'entre elles, peut-être se serait-elle bercée de quelque espoir, mais ensemble, les sœurs formaient un vrai mur. À peu près à cette époque, la princesse aurait volontiers tâté du fer rouge ou d'une soirée sur le chevalet. Son isolement menaçait de la rendre folle. *Je mérite la hache du bourreau pour ce que j'ai fait, mais Père ne m'accordera même pas cela. Il aimerait mieux m'expédier au diable et oublier que j'aie jamais existé.* Elle se demanda si mestre Caleotte était en train de rédiger une proclamation destinée à désigner officiellement son frère Quentyn comme héritier de Dorne.

Les jours arrivaient et passaient, l'un après l'autre, et si nombreux qu'Arianne en perdit le compte et finit par ne plus savoir depuis combien de temps durait son incarcération. Elle s'aperçut qu'elle passait de plus en plus d'heures au lit, puis elle en vint à la longue au point de ne plus se lever du tout, sauf pour utiliser les lieux d'aisances. Les repas que lui apportaient les serviteurs se refroidissaient sans qu'elle y touchât. Elle dormait et se réveillait et se rendormait, ce qui ne l'empêchait pas de se sentir trop lasse pour se lever. Elle priait la Mère de lui faire miséricorde et le Guerrier de lui donner du courage, puis elle dormait un peu plus. Des repas frais remplaçaient les précédents, mais elle n'en mangeait pas une miette non plus. Une fois où elle se sentit particulièrement forte, elle emporta tous les plats jusqu'à la fenêtre et les balança dans la cour, de manière à ne pas risquer de se laisser tenter. Cet effort l'épuisa tellement qu'elle se traîna ensuite jusqu'à son lit pour s'y refourrer et dormit douze heures d'affilée.

Puis survint un jour où une main rude la réveilla en la secouant par l'épaule. « Petite princesse, dit une voix qu'elle connaissait depuis sa plus tendre enfance. Debout, et habillez-vous. Le prince vous réclame. » Areo Hotah la dominait de toute sa hauteur. Son vieil ami et protecteur. Il lui *parlait.* Arianne sourit d'un air endormi. Il était réconfortant de voir cette figure couturée de cicatrices, d'entendre cette voix grave et bougonne, avec son formidable accent de Norvos. « Qu'avez-vous fait de Cedra ?

— Le prince l'a envoyée aux Jardins Aquatiques, répondit-il. Il vous racontera. Mais il vous faut d'abord faire votre toilette et manger. »

Elle devait avoir l'air d'une misérable créature. Elle abandonna tant bien que mal son lit, faiblarde comme un chaton. « Donne l'ordre à Mellei et Morra de préparer un bain, lui dit-elle, et à Timoth de me monter de quoi me restaurer. Rien de lourd. Un peu de bouillon froid, un morceau de pain et des fruits.

— Ouais », fit Hotah. Jamais elle n'avait entendu de sonorité plus suave.

Le capitaine attendit au-dehors pendant qu'elle se baignait, se brossait les cheveux et grignotait un bout de fromage et quelques quartiers des fruits qu'on lui avait apportés. Elle but deux doigts de vin pour se caler l'estomac. *J'ai la frousse*, saisit-elle subitement, *pour la première fois de ma vie, mon père me fiche la frousse.* Cette idée la fit s'étouffer de rire au point que le vin ressortit par ses narines. Le moment venu de s'habiller, elle choisit une robe de lin ivoire toute simple, dont le corsage et le pourtour des manches étaient brodés de motifs de rameaux de vigne et de grappes violettes. Elle ne mit pas de bijoux. *Je dois être chaste et modeste et contrite. Je dois me précipiter à ses pieds et le conjurer de me pardonner, sans quoi je risque de ne plus jamais entendre de voix humaine.*

Quand elle fut prête, le soir était tombé. Arianne s'était figuré qu'Hotah l'escorterait à la tour du Soleil pour y écouter la sentence de son père. Au lieu de cela, il la conduisit à la loggia du prince, et ils l'y trouvèrent installé devant une table de *cyvosse*, ses jambes goutteuses étendues sur un repose-pieds garni de coussins. Il s'amusait à tripoter un éléphant d'onyx qu'il tournait et retournait entre ses mains rougies et enflées. Il paraissait dans un pire état qu'elle ne l'avait jamais vu. Sa figure était blême et bouffie, ses articulations tellement enflammées que leur seule vue lui fit mal. Devant le spectacle qu'il offrait, le cœur d'Arianne bondit vers lui… Et cependant quelque chose l'empêcha de se résoudre à s'agenouiller et à parler d'un ton suppliant, contrairement à tous ses projets. « Père », se borna-t-elle à proférer.

Lorsqu'il leva la tête pour la regarder, ses yeux sombres étaient plombés de souffrance. *Est-ce à cause de la goutte ?* se demanda-telle. *Ou est-ce à cause de moi ?* « Étranges et subtiles gens que ces Volantiens, marmonna-t-il, tout en reposant l'éléphant. J'ai vu Volantis autrefois, quand je me rendais à Norvos, où Mellario et moi nous sommes rencontrés pour la première fois. Les cloches sonnaient, et les ours dansaient en descendant les escaliers. Areo se rappellera sûrement ce jour-là.

— Je m'en souviens, lui fit écho Areo Hotah de sa voix profonde. Les ours dansaient et les cloches sonnaient, et le prince était vêtu de rouge et d'orange et d'or. Ma dame me demanda qui était cet inconnu qui brillait avec tant éclat. »

Le prince Doran eut un sourire blême. « Laissez-nous, capitaine. »

Hotah frappa le sol avec la hampe de sa hallebarde, pivota sur ses talons puis se retira.

« J'ai donné l'ordre de placer une table de *cyvosse* dans tes appartements, lâcha son père une fois qu'ils se retrouvèrent seul à seul.

— Avec qui étais-je censée jouer ? » *Pourquoi me parle-t-il d'un jeu ? La goutte l'a-t-elle privé de tous ses esprits ?*

« Toi-même. Il est parfois préférable d'étudier un jeu avant de tenter d'y jouer. Tu connais bien le jeu, Arianne ?

— Assez bien pour jouer.

— Mais pas pour gagner. Mon frère adorait se battre pour le seul plaisir intrinsèque au combat, mais moi, je ne joue qu'aux jeux qui me permettent de gagner. Celui de *cyvosse* n'est pas fait pour moi. » Il la dévisagea un long moment avant de reprendre : « Pourquoi ? Dis-moi cela, Arianne. Dis-moi pourquoi ?

— Pour l'honneur de notre maison. » La voix de son père la mettait en colère. Elle rendait un son tellement triste, tellement épuisé, tellement *débile*… *Vous êtes un prince !* avait envie de hurler Arianne. *Vous devriez être fou de rage !* « Votre docilité fait honte à Dorne tout entière, Père. Votre frère est parti pour Port-Réal à votre place, et *ils l'ont tué* !

— Crois-tu que je ne le sais pas ? Oberyn est avec moi chaque fois que je ferme les yeux.

— Vous enjoignant de les ouvrir, sans doute. » Elle prit place à la table de *cyvosse*, face à son père.

« Je ne t'ai pas donné la permission de t'asseoir.

— Alors, rappelez Hotah et faites-moi fouetter pour châtier mon insolence. Vous êtes le prince de Dorne. Libre à vous d'en agir ainsi. » Elle toucha l'une des pièces de *cyvosse*, le cheval massif. « Avez-vous capturé ser Gerold ? »

Il secoua la tête. « Plût aux dieux que nous l'ayons fait. Tu as été une gourde de le faire participer à cette aventure. Sombre astre est l'individu le plus dangereux de Dorne. Toi et lui nous avez fait un mal énorme à tous. »

Arianne eut presque peur de poser la question. « Myrcella. Est-ce qu'elle est… ?

— … morte ? Non, bien que Sombre astre ait fait de son mieux pour cela. Comme tous les yeux étaient fixés sur ton blanc chevalier, personne ne paraît tout à fait certain de ce qui s'est passé au juste, mais il semblerait que son cheval à elle ait fait un écart par rapport à celui de Dayne au tout dernier instant, sans quoi la lame aurait décalotté le crâne de la petite. En tout état de cause, elle lui a ouvert la joue jusqu'à l'os et tranché l'oreille droite. Mestre Caleotte a réussi à lui sauver la vie, mais aucune espèce de cataplasme ni de potion ne réparera jamais son visage. Elle était ma *pupille*, Arianne. Fiancée à ton propre frère et placée sous ma protection. Tu nous as tous déshonorés.

— Je ne lui ai jamais voulu aucun mal, s'obstina-t-elle. Si Hotah ne s'était pas interposé…

— … tu aurais couronné Myrcella reine afin de susciter une rébellion contre son frère. Au lieu d'une oreille, c'est la vie qu'elle aurait perdue.

— Seulement si nous perdions nous-mêmes.

— *Si ?* Le mot juste est *quand* nous aurions perdu. Dorne est la moins peuplée des Sept Couronnes. Le Jeune Dragon s'est complu à grossir toutes nos armées quand il rédigeait son fameux bouquin, de manière à rendre sa conquête d'autant plus glorieuse, et nous nous sommes complu nous-mêmes à arroser la graine qu'il avait semée pour faire accroire à nos ennemis que nous étions plus puissants que nous ne le sommes, mais une princesse devrait savoir ce qu'il en est réellement. La vaillance est un piètre substitut au nombre. Dorne ne saurait se flatter de gagner une guerre contre le Trône de Fer, en tout cas pas à elle seule. Et néanmoins, voilà bien le cadeau que tu risques de nous avoir fait. Es-tu fière ? » Il ne lui laissa pas le loisir de répondre. « Que me faut-il faire de toi, Arianne ? »

Pardonnez-moi, brûla de dire une part de son être, mais le discours qu'il venait de lui tenir l'avait trop profondément meurtrie. « Eh bien, faites ce que vous faites toujours. Ne faites rien.

— Il est encore plus difficile de ravaler sa colère, avec une attitude comme la tienne.

— Mieux vaut arrêter de la ravaler, elle risque de vous étouffer. » Le prince ne répliqua pas. « Dites-moi comment vous avez eu connaissance de mes plans.

— Je suis le prince de Dorne. Les gens recherchent ma faveur. »

Quelqu'un a bavardé. « Vous étiez au courant, et vous nous avez néanmoins laissés partir avec Myrcella. Pourquoi ?

— Ce fut une erreur de ma part, et une erreur grave, comme la suite l'a prouvé. Tu es ma fille, Arianne. La petite fille qui se précipitait vers moi quand elle s'était écorché un genou. J'ai eu beaucoup de mal à croire que tu conspirais contre moi. Il me fallait connaître la vérité.

— Maintenant, vous la connaissez. Moi, je veux savoir qui m'a dénoncée.

— Je le voudrais aussi, à ta place.

— Me le direz-vous ?

— Je ne vois pas de raison qui m'oblige à le faire.

— Vous pensez que je ne pourrai pas découvrir la vérité par mes propres moyens ?

— Libre à toi d'essayer. Jusqu'à ce que tu te retrouves dans l'obligation de te défier de tout le monde… Et un rien de défiance est une bonne chose pour une princesse. » Le prince Doran soupira. « Tu me déçois, Arianne.

— Dit le corbeau à la corneille. Cela fait des années que vous me décevez, Père. » Elle n'avait pas eu l'intention de se montrer aussi brutale avec lui, mais les mots s'étaient déversés tout seuls. *Là, maintenant, je l'ai dit.*

« Je sais. Je suis trop accommodant, trop pusillanime et prudent, je fais montre d'un excès de complaisance à l'endroit de nos ennemis. Mais, en l'occurrence, j'ai l'impression que tu as besoin d'un peu de cette complaisance. Tu devrais être en train de quémander mon pardon plutôt que de chercher à me provoquer davantage.

— Je ne demande d'indulgence que pour mes amis.

— Comme c'est noble à toi.

— Ce qu'ils ont fait, c'est par amour pour moi qu'ils l'ont fait. Ils ne méritent pas de mourir à Griseffroy.

— Il se trouve d'aventure que j'en suis d'accord. Mis à part Sombre astre, tes compagnons de conspiration n'ont rien été de plus que des moutards écervelés. Cependant, votre équipée n'avait rien d'une inoffensive partie de *cyvosse*. Toi et tes amis, vous jouiez à la trahison. J'aurais pu les faire raccourcir.

— Vous auriez pu, mais vous ne l'avez pas fait. Dayne, Dalt, Santagar... Non, vous n'oseriez jamais vous attirer l'inimitié de telles maisons.

— J'ose plus que tu n'imagines, mais laissons cela pour l'instant. Ser Andrey a été envoyé à Norvos pour servir dame ta mère pendant trois ans. Garin passera ses deux prochaines années à Tyrosh. Sa parentèle au sein des orphelins m'a livré des otages et des fonds. Lady Sylva ne s'est vu infliger aucun châtiment de ma part, mais elle était en âge de se marier. Son père l'a embarquée à destination de Vertepierre afin d'épouser lord Estremont. Quant à Arys du Rouvre, il a choisi son propre sort et l'a vaillamment assumé. Un chevalier de la Garde Royale... qu'est-ce que tu lui as *fait* ?

— Je lui ai ouvert ma couche, Père. Vous m'aviez donné l'ordre de distraire nos nobles visiteurs, pour autant que je me rappelle. »

Le visage du prince s'empourpra. « Et c'est tout ce qu'il a fallu pour le corrompre ?

— Je lui ai dit que, lorsque Myrcella serait reine, elle nous accorderait la permission de nous marier. Il me voulait pour épouse.

— Tu as fait tout ton possible pour qu'il cesse de se déshonorer en se parjurant, j'en suis convaincu », riposta-t-il.

Ce fut son tour à elle de rougir. Séduire ser Arys lui avait pris six mois. Il avait beau jurer ses grands dieux qu'il avait pratiqué d'autres femmes avant de prendre le blanc, elle ne s'en serait jamais doutée, vu la façon dont il se comportait. Ses caresses étaient pataudes, ses baisers nerveux, et la première fois qu'ils s'étaient trouvés ensemble au lit, il avait éparpillé sa semence sur sa cuisse alors qu'elle le guidait pour qu'il pénètre en elle. Pire, la honte n'arrêtait pas de le ronger. N'eût-elle perçu qu'un dragon chaque fois qu'il avait murmuré : « Nous ne devrions pas être en train de faire cela », elle serait actuellement plus riche que les Lannister. *Est-ce dans l'espoir d'assurer ma sauvegarde qu'il a foncé sur Areo Hotah ?* s'interrogea-t-elle. *Ou bien l'a-t-il fait pour se soustraire à mon emprise et pour laver son déshonneur dans son propre sang ?* « Il m'aimait vraiment, s'entendit-elle déclarer. Il est mort pour moi.

— Dans ce cas, il risque fort de n'être que le premier d'une longue liste. Toi et tes cousines, vous voulez la guerre. Un autre chevalier de la Garde Royale lambine à cette heure même où nous causons sur la route de Lancehélion. Ser Balon Swann vient m'apporter la tête de la Montagne. Mes bannerets se sont échinés à le retarder pour me faire gagner un peu de temps. Les Wyl l'ont retenu huit jours aux Osseux sous couleur de chasser à courre et de fauconner, et lord Ferboys l'a fait banqueter pendant une quinzaine dès sa sortie des montagnes. Pour l'instant, il se trouve au Pic, où lady Jordayne a organisé des jeux en son honneur. Quand il atteindra Spectremont, il trouvera lady Toland toute prête à la surpasser. Tôt ou tard, cependant, il faudra bien qu'il arrive à Lancehélion, et, une fois là, il ne manquera pas de s'attendre à voir la princesse Myrcella… et ser Arys, son frère juré. Que lui raconterons-nous, Arianne ? Lui dirai-je que Du Rouvre a été victime d'un accident de chasse ou d'une chute malencontreuse dans des escaliers glissants ? Peut-être qu'Arys était plutôt parti barboter aux Jardins Aquatiques, qu'il a dérapé sur le marbre, s'y est fracassé le crâne et a péri noyé ?

— Non, répondit Arianne. Dites à ser Balon qu'il est mort en défendant sa petite princesse. Dites-lui que Sombre astre a essayé de l'assassiner, et que ser Arys s'est interposé et lui a sauvé la vie. » C'était de cette façon que les blancs chevaliers de la Garde Royale étaient censés mourir, en sacrifiant leur propre existence pour ceux qu'ils avaient juré de protéger. « Ser Balon risque de douter de cette version des faits, comme vous l'avez fait vous-même lorsque les Lannister ont massacré votre sœur et ses enfants, mais il ne disposera d'aucune preuve…

— … jusqu'à ce qu'il s'entretienne avec Myrcella. Ou faut-il à toute force qu'un tragique accident supprime aussi cette courageuse enfant ? Dans ce cas, la guerre éclatera forcément. Aucun mensonge ne préservera Dorne de la fureur de la reine, si sa fille devait mourir alors qu'elle est confiée à mes soins. »

Il a besoin de moi, comprit soudainement Arianne. *C'est pour cela qu'il m'a fait venir.*

« Je pourrais toujours dicter ses réponses à Myrcella, mais pourquoi devrais-je m'y employer ? »

Un spasme de colère crispa les traits de son père. « Je te préviens, Arianne. Ma patience est à bout.

— Envers moi ? » *C'est tellement lui, ça.* « Vous avez toujours fait preuve d'une indulgence digne de Baelor le Bienheureux vis-à-vis de lord Tywin et des Lannister mais, vis-à-vis de votre propre sang, d'aucune.

— Tu confonds patience et indulgence. Je n'ai pas cessé de travailler à la chute de Tywin Lannister depuis le jour où l'on m'a appris le meurtre d'Elia et de ses enfants. Mon espoir était de le dépouiller de tout ce qu'il chérissait le plus avant de le tuer, mais il semblerait que son nabot de fils m'ait dérobé cette jouissance. Je puise un rien de consolation dans le fait de savoir qu'il est mort d'une mort cruelle de la main même du monstre issu de ses propres œuvres. Advienne que pourra. Lord Tywin est en train de hurler au fin fond des enfers… où des milliers d'autres le rejoindront, si ta folie débouche sur une guerre. » Son père grimaça comme si ce dernier mot lui était douloureux en soi. « C'est cela que tu veux ? »

La princesse refusa de se laisser intimider. « Je veux que mes cousines soient libérées. Je veux que mon oncle soit vengé. Je veux mes droits.

— Tes *droits* ?

— Dorne.

— Tu auras Dorne après ma mort. As-tu si fort envie d'être débarrassée de moi ?

— Je devrais vous retourner cette question, Père. Vous essayez de vous débarrasser de moi depuis des années.

— Ce n'est pas vrai.

— Non ? Demanderons-nous à mon frère ?

— Trystan ?

— *Quentyn*.

— Que vient-il faire là-dedans ?

— Où se trouve-t-il ?

— Il se trouve avec l'ost de lord Ferboys, aux Osseux.

— Vous mentez bien, Père, je vous accorde volontiers cela. Vous n'avez même pas cillé si peu que ce soit. Quentyn est parti pour Lys.

— D'où t'est venue cette idée-là ?

— Un ami m'a renseignée. » Elle aussi pouvait avoir des secrets.

« Ton ami en a menti. Je te donne ma parole que ton frère n'est pas parti pour Lys. Je le jure par le soleil et la lance et les Sept. »

Arianne n'était pas si facile à duper. « C'est pour Myr, alors ? Pour Tyrosh ? Je sais qu'il se trouve quelque part de l'autre côté du détroit, en train de recruter des mercenaires afin de me déposséder de mes droits de naissance. »

Son père se rembrunit. « Cette suspicion ne te fait pas honneur, Arianne. C'est Quentyn qui devrait être en train de conspirer contre moi. Je l'ai éloigné quand il n'était encore qu'un mioche, trop jeune pour comprendre les nécessités de Dorne. Anders Ferboys s'est comporté en père avec lui plus que moi, et pourtant, ton frère demeure loyal et obéissant.

— Pourquoi pas ? Il est votre préféré et l'a toujours été. Il vous ressemble, il pense comme vous, et vous entendez lui donner Dorne, pas la peine de le nier. J'ai lu votre lettre. » Les termes en brûlaient encore dans sa mémoire, aussi flamboyants que du feu. « "*Un jour, tu occuperas le siège que j'occupe moi-même et gouverneras Dorne tout entière*", lui écriviez-vous. Dites-moi, Père, quand avez-vous décidé de me déshériter ? Est-ce le jour de la naissance de Quentyn, ou bien le jour de ma naissance *à moi* ? Qu'ai-je jamais fait pour vous amener à me détester à ce point ? » À sa grande fureur, elle avait les larmes aux yeux.

« Je ne t'ai jamais détestée. » La voix du prince Doran s'était réduite à un filet terriblement chagrin. « Arianne, tu ne comprends pas.

— Niez-vous avoir écrit ces mots-là ?

— Non. Ils datent de l'époque où Quentyn s'est rendu pour la première fois à Ferboys. Je comptais le voir prendre ma succession, oui. J'avais d'autres plans en tête pour toi.

— Oh, certes, dit-elle avec mépris, et quels plans ! Gyles Rosby. Ben des Essaims l'Aveugle. Grandison Barbe-Grise. Tels étaient vos *plans*. »

Elle ne lui laissa aucune chance de répliquer. « Je sais qu'il est de mon devoir de procurer un héritier à Dorne, je ne l'ai *jamais* oublié. Je me serais mariée, et de grand cœur, mais les partis que vous m'avez présentés étaient injurieux. Avec chacun d'entre eux, vous me crachiez dessus. Si vous avez jamais éprouvé la moindre affection pour moi, pourquoi m'offrir à *Walder Frey* ?

— Parce que je savais que tu le refuserais. Il fallait qu'on me voie *tenter* de te trouver un consort dès que tu as eu un certain âge, autrement cela n'aurait pas manqué d'éveiller des soupçons, mais je n'osais pas te proposer quiconque que tu sois tentée d'accepter. Tu étais déjà promise, Arianne.

Promise ? Elle le fixa d'un air incrédule. « Que dites-vous là ? Est-ce encore un mensonge ? Vous n'avez jamais soufflé mot de…

— Le pacte avait été conclu sous le sceau du secret. Je comptais t'en parler quand tu serais assez grande… quand tu aurais eu l'âge requis, je pensais, mais…

— J'ai vingt-trois ans, et c'en fait sept que je suis une femme adulte.

— Je sais. Si je t'ai maintenue trop longtemps dans l'ignorance, c'était uniquement pour te protéger. Arianne, ton caractère… À tes yeux, un secret n'était rien de plus qu'une histoire piquante à chuchoter à Garin et à Tyerne dans votre lit d'une nuit. Garin jacasse à tort et à travers comme les orphelins savent seuls le faire, et Tyerne ne fait mystère de rien à Obara et à lady Nym. Et si celles-ci avaient été au courant… Obara est trop friande de vin, et Nym est trop liée avec les jumeaux Poulet. Et à qui les Poulet risquaient-ils à leur tour de faire des confidences ? *Je ne pouvais pas en courir le risque.* »

Elle était perdue, confondue. *Promise. J'étais promise.* « De qui s'agit-il ? À qui ai-je été fiancée, toutes ces années ?

— Cela n'a aucune importance. Il est mort. »

La nouvelle la laissa plus pantoise que jamais. « Les vieux sont si fragiles. Ç'a été d'une hanche fracturée, d'un refroidissement, de la goutte ?

— Ç'a été d'un pot d'or en fusion. Nous autres, princes, échafaudons nos plans avec la dernière des minuties, et les dieux les anéantissent en les renversant d'une pichenette. » Sa main violacée par l'inflammation balaya l'espace d'un geste las. « Dorne t'appartiendra. Tu en as ma parole, si tant est que ma parole signifie quoi que ce soit pour toi. Ton frère Quentyn a une route autrement plus rude à parcourir.

— Quelle route ? » Elle attacha sur lui un regard soupçonneux. « Que gardez-vous encore par-devers vous ? Les Sept me préservent, mais je suis écœurée de secrets. Dites-moi le reste, Père, ou alors désignez Quentyn pour votre héritier et faites mander Hotah et sa hallebarde, et laissez-moi mourir aux côtés de mes cousines.

— Est-ce que tu crois vraiment que je serais tenté de faire du mal aux enfants de mon frère ? » Le prince grimaça. « Obara, Nym et Tyerne ne manquent de rien, sauf de leur liberté, et Ellaria et ses filles ont le bonheur d'être confortablement installées aux Jardins Aquatiques. Doreah vagabonde en faisant tomber les oranges des arbres à grands coups de plommée, et Ellia et Obella sont devenues la terreur des bassins. » Il soupira. « Il n'y a pas si longtemps que tu jouais encore dans ces mêmes bassins. Tu chevauchais volontiers les épaules d'une fillette plus âgée… une grande perche avec des cheveux jaunes ébouriffés…

— Jeyne Poulet, ou sa sœur Jennelyn. » Cela faisait des années qu'Arianne n'y avait pas songé. « Oh, puis Frynne, son père était un forgeron. Elle avait des cheveux bruns. Mais Garin était mon préféré. Quand je montais Garin, personne ne pouvait nous vaincre, pas même Nym et cette gamine de Tyrosh qui avait des cheveux verts.

— Cette gamine à cheveux verts était la fille de l'Archonte. En principe, j'aurais dû t'envoyer à Tyrosh à sa place. Tu y aurais servi l'Archonte en qualité d'échanson et clandestinement rencontré ton fiancé, mais ta mère m'a menacé d'attenter à sa propre personne si je lui volais un autre de ses enfants, et moi… je n'ai pas pu lui infliger cela. »

Son récit devient de plus en plus étrange. « Est-ce là qu'est allé Quentyn ? À Tyrosh, pour faire sa cour à la fille aux cheveux verts de l'Archonte ? »

Son père cueillit l'une des pièces du jeu de *cyvosse*. « Il me faut absolument savoir comment tu as appris que Quentyn se trouvait à l'étranger. Ton frère est parti avec Cletus Ferboys, Mestre Kaedry et trois des meilleurs jeunes chevaliers de lord Ferboys pour un long et périlleux voyage au terme duquel l'attend un accueil incertain. Il a pour mission de nous en rapporter le vœu de notre cœur. »

Arianne plissa les yeux. « Et quel est le vœu de notre cœur ?

— La vengeance. » Il l'avait dit tout bas, comme s'il redoutait que quelqu'un risque d'être en train d'écouter. « La justice. » Le prince Doran pressa le dragon d'onyx dans sa paume avec ses doigts boudinés par la goutte et chuchota : « *Le feu et le sang.* »

ALAYNE

Elle fit pivoter l'anneau de fer et poussa la porte qui s'ouvrit tout doucement, sur un *crac* presque imperceptible. « Robin chéri ? appela-t-elle. Puis-je entrer ?

— Faites attention, m'dame, la prévint la vieille Gretchel en se tordant les mains. Sa Seigneurie a balancé son pot de chambre à la tête du mestre.

— Alors, il n'en a plus à balancer à la mienne. N'y a-t-il pas de travail que vous devriez être en train de faire ? Maddy, est-ce que toutes les fenêtres sont fermées et tous les volets mis ? Est-ce qu'on a couvert tous les meubles ?

— Tous, m'dame, répondit l'intéressée.

— Mieux vaut contrôler. » Alayne se faufila dans la chambre à coucher plongée dans l'obscurité. « Ce n'est que moi, Robin chéri. »

Quelqu'un renifla dans le noir. « Tu es seule ?

— Oui, messire.

— Approche, alors. Rien que toi. »

Alayne referma carrément la porte derrière elle. Le vantail était en chêne massif de quatre pouces d'épaisseur ; Gretchel et Maddy pourraient tendre l'oreille autant qu'elles en auraient envie, elles n'entendraient rien. Et c'était aussi bien. Gretchel était capable de tenir sa langue, mais Maddy commérait sans vergogne.

« C'est mestre Colemon qui t'envoie ? questionna le mioche.

— Non, mentit-elle. J'ai appris que mon Robin chéri était souffrant. » Après sa collision avec le pot de chambre, le mestre s'était précipité chez ser Lothor Brune, et celui-ci était venu la trouver. « Si m'dame elle arrive à lui faire quitter son lit en lui causant un mot gentil, avait déclaré le chevalier, moi, je n'aurai pas à me le traîner dehors. »

Nous ne pouvons pas nous permettre ça, se dit-elle. Quand on le maniait avec rudesse, Robert se débrouillait pour piquer une de ses crises de tremblote. « Avez-vous faim, messire ? lui demanda-t-elle. Enverrai-je Maddy chercher des baies et de la crème en bas, ou du beurre et du pain tout chaud ? » Elle se rappela trop tard qu'il n'y avait pas de pain chaud ; les cuisines étaient fermées et les fours refroidis. *Si cela le fait sortir du lit, cela vaudrait la peine d'allumer du feu*, se dit-elle.

« Je ne veux pas de nourriture, piailla le petit lord d'une voix irascible et suraiguë. Je vais rester au lit, aujourd'hui. Tu pourrais me faire la lecture, si tu veux.

— Il fait trop sombre pour lire ici-dedans. » Les lourds rideaux tirés sur les fenêtres faisaient régner dans la pièce une nuit d'encre. « Est-ce que mon Robin chéri aurait oublié quel jour nous sommes ?

— Non, riposta-t-il, mais je ne pars pas. Je veux rester au lit. Tu pourrais me lire quelque chose sur le Chevalier Ailé. »

Le Chevalier Ailé était ser Artys Arryn. La légende prétendait que c'était lui qui avait chassé du Val les Premiers Hommes et que, monté sur un faucon colossal, il avait volé jusqu'à la cime de la Lance du Géant pour y tuer le Roi Griffon. Il existait une centaine de contes consacrés à ses aventures. Le petit Robert les connaissait tous si bien qu'il aurait pu les réciter de mémoire, mais il aimait se les faire lire tout de même. « Il nous faut partir, mon cher cœur, lui dit-elle, mais je te le promets, je te lirai *deux* histoires du Chevalier Ailé quand nous atteindrons les Portes de la Lune.

— Trois », rétorqua-t-il du tac au tac. De quoi qu'il fût question, peu importait ce que vous lui offriez, Robert en voulait toujours davantage.

« Trois, convint-elle. Me serait-il permis de laisser entrer un peu de soleil ?

— Non. La lumière me fait mal aux yeux. Viens te coucher, Alayne. »

Elle ne s'en dirigea pas moins vers les fenêtres en contournant tant bien que mal les débris du pot de chambre, dont elle sentait beaucoup mieux l'odeur qu'elle ne le voyait. « Je ne vais pas les ouvrir toutes grandes. Juste assez pour voir la figure de mon Robin chéri. »

Il renifla. « S'il te le faut. »

Les rideaux étaient en velours peluche bleu. Elle en écarta un de la longueur d'un doigt puis l'attacha. Des particules de poussière se mirent à danser dans un rayon pâlot de la lumière du matin. Les petites vitres en pointe de diamant de la fenêtre étaient opacifiées par le givre. Alayne en frotta un avec le talon de sa main, juste assez pour entr'apercevoir le brillant éclat d'un ciel d'azur et la blancheur éblouissante du versant de la montagne. Les Eyrié étaient emmitouflés dans une cape de glace, et la Lance du Géant qui les surplombait enfouie dans des épaisseurs de neige montant jusqu'à la ceinture.

Lorsqu'elle se retourna, Robert Arryn s'était adossé contre les oreillers et la regardait. *Le sire des Eyrié, Défenseur du Val.* Une couverture de laine le dissimulait à partir de la taille, mais son torse nu était celui d'un petit garçon empâté, et ses cheveux étaient aussi longs que ceux d'une fille. Il avait des bras et des jambes grêles, la poitrine flasque et creuse et un brin de bedaine, et ses yeux étaient toujours rouges et chassieux. *Il n'est pas responsable de son aspect. Il est né malingre et maladif.* « Vous avez l'air très robuste, ce matin, messire. » Il adorait s'entendre vanter sa robustesse. « Vais-je expédier Gretchel et Maddy chercher de l'eau bien chaude pour votre bain ? Maddy se chargera de vous récurer le dos et de vous laver les cheveux, pour que vous soyez bien propre et d'allure dûment seigneuriale à l'occasion de votre voyage. N'est-ce pas une perspective charmante ?

— Non. Je déteste Maddy. Elle a une verrue sur l'œil, et elle frotte si fort que ça fait mal. Ma maman ne me faisait jamais mal quand elle me frottait.

— Je la prierai de ne pas frotter si fort mon Robin chéri. Tu te sentiras en meilleure forme quand tu seras tout propre et frais comme un sou neuf.

— Pas de bain, je t'ai *dit*, ma tête me fait un mal épouvantable.

— Et si je t'apportais une serviette tiède pour mettre sur ton front ? Ou une coupe de songevin ? Mais rien qu'une petite. Mya Stone est en train de t'attendre à Pierre, en bas, et elle aura de la peine si tu lui ronfles au nez. Tu sais quelle affection elle a pour toi.

— Moi, je n'en ai aucune pour *elle*. Ce n'est rien d'autre que la muletière. » Il renifla. « Mestre Colemon a mis quelque chose d'infect dans mon lait, la nuit dernière, j'ai senti le goût. Je lui ai dit que je voulais du sirop de lait, mais il a refusé de m'en apporter. Même quand je le lui ai *commandé*. C'est moi le lord, il devrait faire ce que je dis. Personne ne fait ce que je *dis*.

— Je lui en parlerai, promit Alayne, mais uniquement si tu te lèves. Il fait beau dehors, Robin chéri. Le soleil brille de tout son éclat, c'est une journée parfaite pour descendre de la montagne. Les mulets t'attendent déjà à Pierre avec Mya… »

Sa bouche se mit à trembler. « Je déteste ces mulets puants. Il y en a un qui a essayé de me mordre, une fois. Tu n'as qu'à dire à Mya que je reste ici. » Le ton de sa voix semblait indiquer qu'il était sur le point de pleurer. « Personne ne peut me faire de mal tant que je reste ici. Les Eyrié sont *imprenables*.

— Qui pourrait avoir envie de faire du mal à mon Robin chéri ? Tes lords et tes chevaliers t'adorent, et le petit peuple acclame ton nom. » *Il a peur*, songea-t-elle, *et à juste titre*. Depuis la chute mortelle de dame sa mère, il ne consentait même pas à se tenir sur un balcon, et le sentier qui menait des Eyrié aux Portes de la Lune était suffisamment scabreux pour décourager n'importe qui. Alayne avait eu le cœur en travers de la gorge pendant sa propre ascension avec lady Lysa et lord Petyr, et tout le monde s'accordait à reconnaître que la descente était encore plus effroyable, du fait que vous passiez votre temps à regarder en bas. Mya était mieux placée que quiconque pour vous raconter que de grands seigneurs et de hardis chevaliers étaient devenus blêmes et avaient trempé leurs culottes devant les à-pic. *Et aucun d'entre eux n'était malade de la tremblote, en plus.*

Il n'y avait rien d'autre à faire, de toute façon. Dans le plancher de la vallée, l'automne s'attardait encore, tiède et doré, tandis que l'hiver s'était refermé sur les cimes des montagnes. Ils avaient déjà essuyé trois tempêtes de neige, ainsi qu'un orage de pluie verglacée qui avait transformé le château en palais de cristal pendant une quinzaine. Les Eyrié pouvaient bien être imprenables, n'empêche, ils ne tarderaient guère à devenir inaccessibles aussi, et chaque jour qui passait rendait la descente de plus en plus hasardeuse. La plupart des domestiques et des soldats avaient déjà gagné la plaine. Il n'en restait plus qu'une douzaine à traîner encore sur ces hauteurs, pour assurer le service de lord Robert.

« Robin chéri, reprit-elle de sa voix la plus douce, la descente va être si amusante tout du long, tu verras. Ser Lothor sera avec nous, en plus de Mya. Ses mulets ont fait mille fois la montée et la descente de cette vieille montagne.

— Je déteste les mulets, répéta-t-il. Les mulets sont de sales bêtes. Je te l'ai *dit*, il y en a un qui a essayé de me mordre quand j'étais petit. »

Il n'avait en fait jamais appris ce qui s'appelle l'équitation. Les mulets, les chevaux, les ânes, tout cela ne faisait aucune différence, c'était du pareil au même à ses yeux, des bêtes terribles, aussi terrifiantes que des dragons ou des griffons. On l'avait amené au Val à l'âge de six ans, la tête nichée entre les seins laiteux de sa mère, et il n'avait jamais quitté les Eyrié depuis.

De toute manière, il fallait qu'ils partent, avant que la glace n'ait investi le château pour de bon. Il était impossible de savoir jusqu'à quand se maintiendrait le beau temps. « Mya empêchera les mulets de mordre, répondit Alayne, et je chevaucherai juste derrière toi. Je ne suis rien qu'une fille, pas aussi courageuse ni aussi robuste que toi. Si j'arrive à le faire, moi, il est alors sûr et certain que toi tu peux, Robin chéri.

— Je *pourrais* le faire, dit lord Robert, mais je ne veux pas. » Il essuya son nez morveux d'un revers de main. « Dis à Mya que je vais rester au lit. Peut-être que je descendrai demain, si je me sens mieux. Aujourd'hui, il fait trop froid dehors, et ma tête me fait mal. Tu pourras prendre aussi du sirop de lait, et je dirai à Gretchel de nous apporter à manger des rayons de miel. Nous dormirons, nous nous embrasserons et nous jouerons à des jeux, et tu pourras me lire quelque chose sur le Chevalier Ailé.

— Je le ferai. Trois histoires, comme j'ai promis… quand nous arriverons aux Portes de la Lune. » La patience d'Alayne était sérieusement en train de s'épuiser. *Il nous faut partir au plus vite*, se rappela-t-elle, *ou bien nous serons encore au-dessus de la ligne des neiges avant le coucher du soleil.* « Lord Nestor a fait préparer un festin pour te souhaiter la bienvenue, de la soupe aux champignons, de la venaison et des gâteaux. Tu serais fâché de le désappointer, n'est-ce pas ?

— Est-ce qu'il y aura des gâteaux au citron ? » Lord Robert raffolait des gâteaux au citron, peut-être parce qu'elle-même en raffolait.

— Des gâteaux au citron citronnés citronnés, lui assura-t-elle, et tu pourras en manger autant que tu voudras.

— Cent ? voulut-il savoir. Je pourrais en manger *cent* ?

— Si ça te fait plaisir. » Elle s'assit sur le bord du lit et caressa ses longs cheveux fins. *Il a vraiment de jolis cheveux.* Lady Lysa les lui brossait elle-même chaque soir et les lui coupait quand ils avaient besoin de l'être. Après la chute de sa mère dans le précipice, Robert avait été pris de crises de tremblement tellement aiguës pour peu que quiconque s'approchât de lui avec une lame que, sur ordre de Petyr, on avait laissé ses cheveux libres de pousser. Alayne enroula une mèche autour de son doigt puis reprit : « Maintenant, veux-tu bien sortir de ton lit et nous permettre de t'habiller ?

— Je veux cent gâteaux au citron et *cinq* histoires ! »

Je te donnerais volontiers cent fessées et cinq gifles. Tu n'oserais pas te conduire de cette façon si Petyr se trouvait ici. Le petit lord avait une sainte et salubre frousse de son beau-père. Alayne se contraignit à sourire. « Qu'il en soit selon les désirs de messire. Mais rien de tel tant que tu ne seras pas lavé, habillé et en route. Viens, avant que la matinée ne soit achevée. » Elle le prit fermement par la main et le tira hors du lit.

Mais elle n'eut pas le loisir d'appeler les servantes que Robin chéri l'enlaça dans ses bras maigrichons et l'embrassa. C'était un baiser de petit garçon, et un baiser pataud. Tout ce que faisait Robert Arryn était pataud. *Si je ferme les yeux, je puis m'imaginer qu'il est le Chevalier des Fleurs.* Ser Loras avait bien offert à Sansa Stark une rose rouge, mais il ne l'avait jamais embrassée. Et pas un seul Tyrell n'embrasserait jamais Alayne Stone. Si jolie qu'elle fût, elle était née du mauvais côté de la couverture.

Comme les lèvres du petit se collaient sur les siennes, elle se surprit à penser à un autre baiser. Elle conservait un souvenir intact de ce qu'elle avait éprouvé, quand il avait plaqué sa bouche cruelle contre la sienne. Il était venu trouver Sansa dans le noir, alors que des flammes vertes embrasaient le ciel. *Il a pris une chanson et un baiser, et il ne m'a laissé rien d'autre qu'un manteau sanglant.*

Cela n'avait pas d'importance. Ce jour-là était révolu, et c'en était également terminé de Sansa.

Alayne repoussa son petit lord. « Voilà qui suffit. Tu pourras m'embrasser de nouveau quand nous atteindrons les Portes, si tu tiens ta parole. »

Gretchel et Maddy attendaient dehors, en compagnie de mestre Colemon. Celui-ci avait débarbouillé ses cheveux des déjections nocturnes et changé de robe. Les écuyers de Robert s'étaient eux aussi pointés. Terrance et Gyles flairaient immanquablement les embrouillaminis.

« Lord Robert se sent en meilleure forme, dit Alayne aux servantes. Allez chercher de l'eau chaude pour son bain, mais veillez à ne pas l'ébouillanter. Et ne lui tirez pas sur les cheveux quand vous les démêlerez, il déteste ça. » L'un des écuyers se mit à ricaner jusqu'à ce qu'elle dise : « Terrance, veuillez apprêter la tenue d'équitation de Sa Seigneurie et son manteau le plus chaud. Gyles, à vous de déblayer ces débris de pot de chambre. »

Gyles Grafton fit la moue. « Je ne suis pas une femme de ménage.

— Obéissez aux ordres de lady Alayne, ou Lothor Brune en entendra parler », fit mestre Colemon. Il la suivit dans le corridor et descendit avec elle l'escalier en colimaçon. « Je vous suis reconnaissant de votre intercession, ma dame. Vous savez vous y prendre avec lui. » Il hésita. « Avez-vous remarqué le moindre tremblement pendant que vous étiez ensemble ?

— Ses doigts tremblaient un tout petit peu quand je lui tenais la main, c'est tout. Il prétend que vous avez mis quelque chose d'infect dans son lait.

— D'infect ? » Il la regarda en papillotant, et la pomme de sa gorge monta et redescendit. « J'ai simplement... Est-ce qu'il a des saignements de nez ?

— Non.

— Bon. Voilà qui est bon. » Sa chaîne tintinnabulait doucement quand sa tête dodelinait, tout au bout d'un cou ridiculement long et décharné. « Cette descente, ma dame... elle serait peut-être moins périlleuse si je concoctais pour Sa Seigneurie un peu de lait de pavot. Mya Stone pourrait l'arrimer avec des lanières sur le dos de son mulet au pied le plus sûr pendant qu'il sommeillerait.

— Le sire des Eyrié ne saurait descendre de sa montagne attaché comme un sac de grain d'orge. » Sur ce point, elle était formelle. Il n'était pas question de laisser se divulguer partout l'état de santé pitoyable et la couardise de Robert dans toute leur ampleur, le

« père » d'Alayne l'avait d'ailleurs bien assez chapitrée dans ce sens. *Que n'est-il ici ! Lui saurait quoi faire.*

Seulement, lord Baelish se trouvait à l'autre extrémité du Val pour assister aux noces de lord Lyonel Corbray. Veuf et âgé d'une quarantaine, voire d'une cinquantaine d'années, sans enfants, ce dernier devait épouser une belle gaillarde de seize ans, fille d'un riche négociant de Goëville. Petyr avait joué les entremetteurs pour conclure l'affaire. La dot passait pour être époustouflante, et elle devait l'être, eu égard aux origines vulgaires de la fiancée. Les vassaux de Corbray seraient là, de même que les lords Cirley, Lynderly, Grafton, plus quelques autres de moindre importance et des chevaliers fieffés, ainsi que lord Belmore lui-même avec qui son « père » s'était récemment réconcilié. Comme on s'attendait à ce que les lords Déclarants boudent la cérémonie, la présence de Petyr était essentielle.

Alayne comprenait assez bien la situation, mais tout cela impliquait, du coup, que la corvée d'amener Robin chéri sain et sauf au bas de la montagne retombait sur elle. « Faites prendre à Sa Seigneurie une coupe de sirop de lait, dit-elle au mestre. Cela le préservera de trembler pendant le trajet.

— Je lui en ai déjà donné une il n'y a pas trois jours, objecta le mestre.

— Et il en voulait une autre la nuit dernière, et vous la lui avez refusée.

— C'était trop tôt. Vous ne comprenez pas, ma dame. Comme je l'ai expliqué au lord Protecteur, une pincée de bonsomme empêchera les tremblements, mais le corps ne l'élimine pas, et, au bout d'un certain temps…

— Le temps nous fera une belle jambe si Sa Seigneurie a une crise de tremblements et dégringole dans l'abîme. Mon père serait là, je sais qu'il vous dirait de faire le nécessaire pour que lord Robert reste calme coûte que coûte.

— Je m'y emploie de mon mieux, ma dame, mais ses accès deviennent de plus en plus violents, et le flux de son sang s'est tellement atténué que je n'ose même plus lui apposer des sangsues. Du bonsomme... Vous êtes absolument *certaine* qu'il n'a pas eu de saignements de nez ?

— Il reniflait, reconnut-elle, mais je n'ai pas vu de sang.

— Je dois parler au lord Protecteur. Ce festin, n'est-ce pas imprudent, je me le demande, après l'épreuve nerveuse de la descente ?

— Ce ne sera pas un festin bien pompeux, lui assura-t-elle. Pas plus de quarante convives. Lord Nestor et sa maisonnée, le Chevalier de la Porte, une poignée de seigneurs mineurs et leurs domestiques...

— Lord Robert n'aime pas les inconnus, vous le savez, et puis il y aura des beuveries, du tapage... de la *musique*. La musique lui fait peur.

— La musique l'apaise, rectifia-t-elle, notamment celle de la grande harpe. C'est le *chant* qu'il ne peut pas supporter, depuis que Marillion a tué sa mère. » Alayne avait tant de fois répété ce mensonge que sa mémoire le lui dictait tel quel plus souvent qu'à son tour ; la vérité ne lui paraissait guère plus qu'un mauvais rêve qui troublait de temps à autre son sommeil. « Lord Nestor ne laissera pas de chanteurs se produire au cours du festin, seulement des flûtes et des crincrins pour la danse. » Et elle, que ferait-elle lorsque la musique commencerait à jouer ? C'était une question qui la tourmentait d'autant plus que son cœur et sa tête y répondaient de façon différente. Sansa adorait danser, mais Alayne... « Donnez-lui simplement une coupe de sirop de lait avant notre départ, puis une seconde au moment du festin, et tout devrait se passer sans encombre.

— Très bien. » Ils s'immobilisèrent au bas de l'escalier. « Mais celle-ci doit être la dernière. Pour six mois, voire davantage.

— Le mieux serait que vous abordiez ce sujet avec le lord Protecteur. » Elle franchit la porte et traversa la cour. Mestre Colemon ne souhaitait que le meilleur traitement possible pour son malade, elle n'en disconvenait assurément pas, mais le meilleur traitement possible pour le petit garçon qu'était Robert et le meilleur traitement possible pour le lord Arryn qu'il était aussi n'étaient pas toujours identiques. Petyr l'avait souligné lui-même, et c'était la pure vérité. *Or, mestre Colemon se préoccupe exclusivement de l'enfant, pour sa part. Tandis que les motifs d'inquiétude que nous avons, Père et moi, sont d'une tout autre portée.*

La cour était intégralement recouverte de vieille neige, et des stalactites de glace pointues comme des piques de cristal étaient suspendues aux terrasses et aux balcons. Les Eyrié étaient construits en belle pierre blanche que leur manteau d'hiver rendait d'une blancheur encore plus éclatante. *Si beaux*, songea Alayne, *si imprenables*. Il lui était impossible d'aimer ces lieux, malgré tous ses efforts. Dès avant que les gardes et les serviteurs n'en fussent descendus, le château lui avait fait l'effet d'être désert comme une tombe, et ce d'autant plus lorsque Petyr s'en absentait. Personne ne chantait là-haut, plus personne depuis Marillion. Personne n'y riait trop fort. Les dieux eux-mêmes y étaient muets. Les Eyrié se targuaient de posséder un septuaire, mais ils n'avaient pas de septon ; de posséder un bois sacré, mais celui-ci n'avait pas d'arbre-cœur. *Les prières demeurent sans réponse, ici*, songeait-elle souvent, bien qu'elle s'y sentît certains jours tellement solitaire qu'elle se voyait forcée d'essayer quand même d'en obtenir. Mais le vent seul lui répondait en soupirant sans trêve ni cesse autour des sept fines tours immaculées ou en griffant la porte de la Lune chaque fois qu'il soufflait par bourrasques. *Et ce sera pire encore en hiver*, comprit-elle. *En hiver, ce sera une prison toute blanche et glaciale.*

Et pourtant, la perspective de partir l'effrayait presque autant qu'elle terrorisait Robert. Elle le cachait mieux que lui, c'est tout. Son « père » prétendait qu'il n'y avait pas de honte à avoir peur, mais seulement à le montrer. « Tout le monde vit avec la peur au ventre », affirmait-il. Alayne n'était pas vraiment certaine de croire cette assertion. Rien n'effrayait Petyr Baelish. *Il n'a dit ça que pour me donner du courage.* Il allait lui falloir se montrer courageuse, en bas, où le risque de se voir démasquée serait infiniment plus grand qu'ici. Les amis que Petyr avait à la Cour l'avaient informé que la reine avait lancé des hommes à la recherche du Lutin et de Sansa Stark. *Je le paierai de ma tête, si l'on me découvre*, se rappela-t-elle tout en descendant une volée de marches verglacées. *Je ne dois pas cesser d'être Alayne une seule seconde, intérieurement comme à l'extérieur.*

Lothor Brune se trouvait dans la salle au treuil, en train d'aider le geôlier Mord et deux serviteurs à manipuler des coffres de vêtements et des ballots de linge qu'ils entassaient dans six énormes cuveaux de chêne, chacun d'une hauteur et d'un diamètre suffisants pour contenir trois hommes. Vous laisser treuiller au bout des chaînes colossales était le moyen le plus simple pour aboutir au fort de Ciel qui barrait le sentier, six cents pieds en contrebas ; autrement, vous deviez négocier la cheminée naturelle creusée dans le roc qui partait de sous les celliers. *Ou bien emprunter le chemin qu'ont déjà pris Marillion et lady Lysa avant lui.*

« Sorti du lit, le marmot ? questionna ser Lothor.

— On est en train de le baigner. Il sera prêt dans moins d'une heure.

— Vaut mieux l'espérer. Mya n'attendra pas, passé midi. » La salle au treuil n'étant pas chauffée, son haleine émettait une bouffée de brume à chaque mot.

« Elle attendra, décréta-t-elle. Elle doit attendre.

— Soyez-en pas si sûre, m'dame. Elle est à moitié mule elle-même, celle-là. Moi, j'crois qu'elle nous laisserait crever de faim tous qu'on est 'vant de mettre en danger ses foutues bestioles. » Il souriait en disant cela. *Il sourit toujours quand il parle de Mya Stone.* La muletière était beaucoup plus jeune que le chevalier, mais pendant qu'il s'affairait à arranger le mariage de lord Corbray avec sa fille de marchand, Petyr avait déclaré à Alayne que les jeunes filles les plus heureuses étaient toujours celles qui épousaient des hommes mûrs. « Il n'y a rien de tel que l'alliance de l'innocence et de l'expérience pour garantir une parfaite union », il avait dit.

Elle se demanda ce que Mya pensait de ser Lothor. Avec son nez camus, sa mâchoire carrée et son duvet laineux de cheveux gris, Brune ne pouvait pas être qualifié de beau type, mais il n'était pas *laid* non plus. *Il a une figure ordinaire mais honnête.* Pour avoir été élevé jusqu'à la chevalerie, il n'en était pas moins de très basse extraction. Un soir, il lui avait conté qu'il était parent des Brune de Combebrune, une vieille famille de chevaliers originaire de Clacquepince. « Je suis allé les trouver quand mon père est mort, confessa-t-il, mais ils m'ont craché dessus et m'ont dit que je n'étais pas du tout de leur sang. » Il ne s'étendit pas sur ce qui s'était passé par la suite, hormis pour dire que tout ce qu'il savait en matière d'armes, il l'avait appris à la dure. C'était un homme sobre et laconique, mais un fameux costaud. *Et Petyr affirme qu'il est loyal. La confiance qu'il lui accorde avoisine le maximum dont il est capable. Brune serait un bon parti pour une bâtarde telle que Mya Stone*, songea-t-elle. *Les choses seraient peut-être différentes si son père l'avait reconnue, mais il n'en a jamais rien fait. Et Maddy raconte qu'elle n'est pas du tout vierge non plus.*

Mord ramassa son fouet, le fit siffler, et la première paire de bœufs s'ébranla d'un pas lourd autour du treuil pour le faire pivoter. La chaîne se déroula en grinçant et en éraflant bruyamment la pierre, tandis que le cuveau de chêne entreprenait son interminable descente vers Ciel en se balançant. *Pauvres bœufs*, les plaignit Alayne. Mord allait les égorger puis les équarrir avant d'abandonner leurs carcasses en pâture aux faucons. Ce qui resterait d'eux à la réouverture des Eyrié serait rôti pour le festin de printemps, si leur chair ne s'était avariée d'ici-là. Une bonne réserve de viande congelée à cœur annonçait un été plantureux, affirmait la vieille Gretchel.

« M'dame, dit soudain ser Lothor, vaut mieux que vous soyez au courant, Mya n'est pas montée seule. Lady Myranda l'a accompagnée.

— Oh. » *Qu'est-ce qui a pu l'inciter à faire une aussi longue escalade à dos de mulet si c'est uniquement pour redescendre ensuite ?* Myranda Royce était la fille de lord Nestor. Lors de l'unique et bref séjour que Sansa avait fait aux Portes de la Lune, en route pour les Eyrié avec Tante Lysa et lord Petyr, la damoiselle était absente, mais Alayne avait beaucoup entendu les soldats et les servantes du château parler d'elle depuis. Sa mère étant morte depuis longtemps, c'était lady Myranda qui assurait le rôle de maîtresse de maison chez son père ; à en croire la rumeur, l'existence de la demeure était beaucoup plus animée quand elle se trouvait là. « Tôt ou tard, il te faudra rencontrer Myranda Royce, l'avait prévenue Petyr. À cette occasion, sois bien prudente. Elle se plaît à jouer les fofolles joyeuses mais, dans le fond, elle est plus matoise que son père. Surveille ta langue dans son entourage. »

Je n'y manquerai pas, songea-t-elle, *mais j'ignorais qu'il me faudrait débuter si tôt.* « Robert en sera ravi. » Il aimait bien Myranda Royce. « Veuillez m'excuser, ser. J'ai à terminer mes paquets. » Elle remonta toute seule jusqu'à sa chambre pour une dernière fois. Les fenêtres y avaient été scellées et les volets mis, les meubles placés sous housse. On avait déjà emporté ceux de ses effets personnels destinés à la suivre et rangé le reste. Toutes les soieries et tous les brocarts de lady Lysa devaient être forcément laissés au placard. Ses lingeries les plus fines et ses velours les plus pelucheux, ses somptueuses broderies et ses arachnéennes dentelles de Myr, tout cela demeurerait ici. En bas, Alayne aurait à se vêtir avec la dernière simplicité, ainsi qu'il convenait à une fille de naissance modeste. *Peu importe*, se dit-elle. *Même ici, je n'osais pas arborer les robes les plus luxueuses.*

Gretchel avait défait son lit et préparé les affaires qui compléteraient sa tenue. Alayne portait déjà sous ses jupes, par-dessus une double épaisseur de sous-vêtements, des chausses en laine. Elle enfila maintenant une surtunique de laine d'agneau et s'emmitoufla dans un manteau de fourrure à capuchon qu'elle agrafa avec un moqueur d'émail que lui avait offert Petyr. Une écharpe complétait l'ensemble, ainsi qu'une paire de gants de cuir bordés de fourrure et assortis à ses bottes d'équitation. Une fois habillée de pied en cap, elle eut l'impression fâcheuse qu'elle était aussi rondouillarde et touffue qu'un ourson. *J'aurai bien assez motif de m'en féliciter sur la montagne*, lui fallut-il se rappeler. Elle accorda un dernier regard circulaire à sa chambre avant de la quitter. *Ici, j'étais en sécurité*, songea-t-elle, *alors qu'en bas*...

Quand elle regagna la salle au treuil, elle y trouva Mya Stone qui trépignait d'impatience en compagnie de Lothor Brune et de Mord. *Elle a dû remonter dans le cuveau pour voir ce qui nous retardait aussi longuement.* Svelte et musclée, Mya semblait aussi coriace que les vieux cuirs d'équitation qu'elle portait sous son haubert de chaîne de mailles argentée. Ses cheveux, d'un noir d'aile de corbeau, étaient si courts et taillés de bric et de broc qu'Alayne la soupçonna de se les couper avec un poignard. Vastes et bleus, ses yeux étaient le meilleur atout de son visage. *Elle pourrait être jolie, si elle voulait bien s'habiller comme une fille.* Alayne se surprit à se demander si ser Lothor la préférait revêtue de cuir et de fer, ou s'il rêvait de la voir parée de dentelle et de soie. Mya se plaisait à dire que son père avait été un bouc et sa mère une chouette, mais Alayne avait appris de cette chipie de Maddy sa véritable histoire. *Oui*, songea-t-elle en l'examinant plus attentivement, *elle a bel et bien les yeux de Robert, et elle a aussi ses cheveux, les épais cheveux noirs que possédait également Renly.*

« Où est-il ? interrogea la bâtarde.

— On est en train de baigner et d'habiller Sa Seigneurie.

— Il faudrait qu'il se dépêche un peu. Le temps se refroidit, ne le sentez-vous pas ? Il nous faut être au-dessous de Neige avant le coucher du soleil.

— Et le vent ? lui demanda Alayne. Pas trop mauvais ?

— Il pourrait être pire… et il le sera, la nuit tombée. » Mya repoussa une mèche qui lui balayait les yeux. « S'il traîne encore davantage dans son bain, nous serons piégés ici tout l'hiver sans avoir rien d'autre à manger que les uns les autres. »

Alayne ne sut que répondre à cela. Par bonheur, elle s'en trouva dispensée par l'arrivée de Robert Arryn. Le petit lord portait du velours bleu ciel, une chaîne d'or sertie de saphirs, et un long manteau d'ours blanc. Chacun de ses écuyers soutenait un pan de la fourrure, pour la préserver de traîner par terre. Mestre Colemon les accompagnait, drapé dans un manteau gris râpé jusqu'à la trame et soutaché d'écureuil. Gretchel et Maddy cheminaient quelques pas derrière.

Quand il sentit le vent froid sur sa figure, Robert flancha, mais Terrance et Gyles le talonnaient d'assez près pour lui interdire la fuite. « Messire, dit Mya, vous voulez bien faire la descente avec moi ? »

Trop brusque, songea Alayne. *Elle aurait dû l'accueillir avec un sourire, lui dire comme il a l'air robuste et courageux.*

« C'est Alayne que je veux, rétorqua lord Robert. Je ne partirai qu'avec elle.

— Le cuveau peut nous contenir tous les trois.

— Je veux juste Alayne. Tu pues de partout, toi, comme tes mulets.

— Qu'il en soit selon votre bon plaisir. » La physionomie de Mya ne trahissait aucune émotion.

Certaines des chaînes de treuil furent accrochées à des corbeilles d'osier, les autres à de gros cuveaux de chêne. Le plus vaste de ceux-ci était plus haut qu'Alayne, et des bandes de fer cerclaient ses douves brun sombre. En dépit de cela, elle avait le cœur dans la gorge lorsqu'elle saisit la main de Robert pour l'aider à y pénétrer. Une fois refermé le panneau derrière eux, ils se retrouvèrent entièrement cernés par le bois. Il n'y avait d'ouverture qu'en haut. *Tant mieux qu'il en soit ainsi*, se dit-elle, *il nous est impossible de regarder en bas.* Sous leurs pieds, il n'y avait que Ciel et le ciel. Pendant un moment, elle se surprit à se demander combien de temps il avait fallu à sa tante pour tomber tout du long, et quelle avait été sa dernière pensée quand la montagne s'était précipitée à sa rencontre. *Non, je ne dois pas penser à cela. Je ne dois pas !*

« *LARGUEZ !* » tonna soudain la voix de ser Lothor. Quelqu'un poussa rudement le cuveau. Celui-ci tangua, s'inclina, écorcha le sol et enfin se balança librement dans le vide. Alayne entendit *claquer* le fouet de Mord et le grincement de la chaîne. Ils commencèrent à descendre, non sans secousses et saccades d'abord, puis de manière plus douce. Robert était tout pâle, et il avait les yeux bouffis, mais ses mains étaient immobiles. Les Eyrié s'amenuisèrent au-dessus de leurs têtes. Les cellules célestes des niveaux inférieurs faisaient ressembler le château, d'en dessous, à un rayon de miel. *Un rayon de miel fait de glace*, songea Alayne, *et un château fait de neige.* Elle entendait le vent siffler tout autour du cuveau.

Une centaine de pieds plus bas, une brusque bourrasque s'empara d'eux. Le cuveau oscilla de côté, tournoya sur lui-même dans le vide et finit par heurter violemment la face rocheuse derrière eux. Les planches de chêne émirent un craquement sinistre sous le choc, et des échardes de glace entremêlées de neige plurent à verse sur les passagers. Robert en perdit le souffle et se cramponna à elle en enfouissant sa figure entre ses seins.

« Messire est brave, dit Alayne, quand elle s'aperçut qu'il tremblait. J'ai tellement peur, contrairement à vous, que je puis à peine parler. »

Elle le sentit acquiescer d'un hochement de tête. « Le Chevalier Ailé était brave, et je le suis moi aussi, se vanta-t-il à l'adresse de son corsage. Je suis un *Arryn*.

— Est-ce que mon Robin chéri consentirait alors à me serrer très très fort ? » reprit-elle d'un ton pressant, alors qu'il la serrait déjà tellement fort qu'elle se trouvait presque dans l'incapacité de respirer.

« Si tu veux », chuchota-t-il. Et à force de s'agripper l'un à l'autre comme des forcenés, ils poursuivirent leur descente d'une seule traite jusqu'à Ciel.

Appeler château ce fortin revient à baptiser lac une flaque dans un cabinet d'aisances, songea Alayne lorsqu'on rouvrit le cuveau pour leur permettre de reprendre pied dans l'enceinte. Ciel n'était en effet rien de plus qu'un mur de vieilles pierres sèches en forme de croissant qui renfermait une corniche rocheuse et la gueule béante d'une caverne. À l'intérieur se trouvaient des magasins et des écuries, une salle naturelle toute en longueur et les prises de main taillées dans le roc qui signalaient le départ de la fameuse cheminée par où l'on accédait directement aux Eyrié. Dehors, le sol était jonché de pierres brisées et d'éboulis chaotiques. Des rampes de terre battue servaient à monter sur le mur. Six cents pieds audessus, les Eyrié étaient si minuscules qu'Alayne pouvait les cacher derrière sa main, mais au-dessous, loin, loin, le Val s'étendait largement, vert et or.

Vingt mulets attendaient les voyageurs dans le fort, ainsi que deux muletiers et lady Myranda Royce. La fille de lord Nestor se révéla être un petit bout de femme toute en chair, à peu près du même âge que Mya Stone, mais alors que Mya était mince et nerveuse, Myranda était molle et parfumée, large de hanches, épaisse de taille et extrêmement plantureuse. Ses boucles drues et châtaines encadraient des joues rouges et rondes, une petite bouche et de vives prunelles marron. Lorsque Robert enjamba précautionneusement le rebord du cuveau, elle s'agenouilla dans une nappe de neige et lui baisa les mains et les joues. « Messire, dit-elle, ce que vous êtes devenu *grand* !

— Vraiment ? minauda Robert, enchanté.

— Vous serez bientôt plus haut que moi », mentit la dame. Elle se releva et épousseta ses jupes enneigées. « Et vous, vous devez être la fille du lord Protecteur », ajouta-t-elle en se tournant aussi sec vers Alayne, tandis que le cuveau reprenait l'air à grand bruit vers les Eyrié. « Il m'était revenu aux oreilles que vous étiez belle. Je puis le constater. »

Alayne lui fit une révérence. « Ma dame est bien bonne de dire cela.

— Bien bonne ? » L'autre se mit à rire. « Ce serait d'un ennui ! J'aspire à être une peste. Il va falloir me raconter tous vos secrets pendant que nous descendrons. Puis-je me permettre de vous appeler Alayne ?

— Si vous le désirez, ma dame. » *Mais vous ne me soutirerez pas de secrets.*

— Je suis "ma dame" aux Portes, mais à cette altitude-ci dans la montagne, vous pouvez m'appeler Randa. Quel âge avez-vous, Alayne ?

— Quatorze ans, ma dame. » Elle avait décidé qu'Alayne Stone devait être plus vieille que Sansa Stark.

« *Randa*. J'ai l'impression qu'il s'est écoulé cent ans depuis que j'en avais quatorze. Ce que j'étais innocente ! Êtes-vous encore innocente, Alayne ? »

Elle s'empourpra. « Vous ne devriez pas me… Oui, naturellement.

— Vous vous conservez pour lord Robert ? la taquina lady Myranda. Ou bien y aurait-il quelque ardent écuyer qui rêve d'obtenir vos faveurs ?

— Non », répondit Alayne, à l'instant même où Robert déclarait : « Elle est *mon* amie. Terrance et Gyles n'ont pas le droit de l'avoir. »

Un deuxième cuveau était arrivé entre-temps et s'était posé avec un bruit sourd sur un tas de neige gelée. Il en sortit mestre Colemon, et les écuyers sus-mentionnés Terrance et Gyles. La treuillée suivante vit la livraison de Gretchel et Maddy, descendues en compagnie de Mya Stone. Laquelle ne gaspilla pas une seconde pour prendre en main les opérations. « Pas question de nous laisser tous coincer en groupe sur la montagne, dit-elle à ses acolytes muletiers. Je vais emmener lord Robert et ses compagnons. Ossy, toi, tu te chargeras de ser Lothor et des autres, mais après que j'aurai pris moi-même une heure d'avance. Quant à toi, Poil de Carotte, tu t'occuperas de leurs coffres et de leurs caisses. » Elle se tourna sur ces entrefaites vers Robert Arryn, ses cheveux noirs ébouriffés par la bise. « Quel mulet vous plairait-il de monter aujourd'hui, messire ?

— Ils sont tous puants. Je prendrai le gris, celui qui a l'oreille déchiquetée. Je veux qu'Alayne chevauche à mes côtés. Et Myranda aussi.

— Là où le chemin est assez large. Venez çà, messire, que l'on vous juche sur votre mulet. Il y a dans l'atmosphère une odeur de neige. »

Une nouvelle demi-heure s'écoula avant qu'ils ne soient prêts à démarrer. Une fois toute sa troupe en selle, Mya donna sèchement un ordre, et deux des hommes d'armes de Ciel ouvrirent les portes à la volée. Mya sortit en tête, avec Robert juste derrière elle, emmailloté dans son manteau d'ours. Alayne et Myranda Royce leur emboîtèrent le pas, suivies de Gretchel et Maddy puis de Terrance Lynderly et de Gyles Grafton. Mestre Colemon fermait le ban, traînant par la bride un second mulet chargé de ses malles d'herbes et de potions.

Au-delà des murs, le vent s'acéra méchamment. Vu qu'on se trouvait là fort au-dessus de la ligne des arbres, on était exposé à tous les éléments. Alayne n'eut qu'à se louer de s'être vêtue aussi chaudement. Son manteau flottait bruyamment dans son dos, et une rafale soudaine la décoiffa de son capuchon. Elle se mit à rire mais, quelques pas devant, lord Robert se tortilla et dit : « Il fait trop froid. Nous devrions rebrousser chemin et attendre que ça se réchauffe.

— Il fera plus chaud sur le plancher de la vallée, messire, répondit Mya. Vous le verrez vous-même quand nous y serons.

— Je n'ai pas *envie* de le voir », riposta-t-il, mais elle n'en tint aucun compte.

Leur route se composait de séries sinueuses de marches de pierre taillées dans le flanc même de la montagne, mais les mulets les connaissaient toutes pouce à pouce. Alayne s'en réjouit. Le schiste avait été de-ci de-là tout effrité par les assauts d'innombrables saisons, de gels et de dégels successifs. Des plaques de neige d'une blancheur aveuglante s'accrochaient aux parois rocheuses de part et d'autre du défilé. Le soleil était éclatant, le ciel bleu, et des faucons y planaient en cercle, portés par les ailes du vent.

À cette altitude où la pente était la plus raide, les escaliers décrivaient en permanence des lacets plutôt que de plonger droit devant. *C'est Sansa Stark qui a gravi cette montagne, et c'est Alayne Stone qui en redescend.* C'était une pensée bizarre. Au cours de la montée, Mya lui avait conseillé de ne pas détourner les yeux du sentier qu'elle allait emprunter, se rappela-t-elle. « Regardez vers le haut, et pas vers le bas », disait-elle alors. Mais la chose n'était pas possible pendant la descente. *Je pourrais fermer les yeux. Le mulet connaît le trajet, il n'a pas besoin de moi.* Mais ce comportement-là ressemblait davantage à celui qu'aurait eu Sansa, cette gamine terrifiée. Tandis qu'Alayne était une femme plus âgée, doublée d'une bâtarde courageuse.

D'abord, ils chevauchèrent à la queue-leu-leu, mais à la longue, le sentier s'élargit assez pour le faire à deux de front, et Myranda Royce sauta sur l'occasion pour se porter à la hauteur d'Alayne. « Nous avons reçu une lettre de votre père », dit-elle d'un ton aussi détaché que si elles étaient assises avec leur septa, occupées à des travaux d'aiguille. « Il est en route pour rentrer, précise-t-il, et il espère voir bientôt sa fille bien-aimée. Il écrit que Lyonel Corbray semble fort aise de son épouse, et davantage encore de sa dot. J'espère *de tout mon cœur* que lord Lyonel se souvient de celle des deux avec laquelle il doit coucher. À la stupéfaction de tout le monde, nous apprend aussi lord Petyr, lady Vanbois s'est finalement présentée pour prendre part au festin de noces en compagnie du chevalier de Neufétoiles.

— Anya Vanbois ? Vraiment ? » Le nombre des lords Déclarants était tombé de six à trois, selon toute apparence. Le jour où il avait quitté les Eyrié, Petyr Baelish s'était déclaré convaincu qu'il rallierait Symond Templeton à sa cause, mais il était plus sceptique en ce qui concernait lady Vanbois. « Y avait-il encore d'autres nouvelles ? » s'enquit-elle. On vivait tellement isolé de tout dans la montagne qu'elle était affamée d'apprendre la moindre bribe fraîche d'événement, si futile ou insignifiant que ce fût, survenu dans le vaste monde.

« De la part de votre père, non, mais nous avons eu d'autres oiseaux. La guerre se poursuit, partout sauf ici. Vivesaigues s'est rendu, mais Accalmie et Peyredragon résistent encore pour lord Stannis.

— Quelle sagesse a eue lady Lysa de nous maintenir en dehors de tout cela ! »

Myranda lui adressa un petit sourire malicieux. « Oui, elle était l'incarnation même de la sagesse, cette bonne dame. » Elle modifia son assiette en selle. « Pourquoi faut-il que les mulets soient si osseux et mauvais coucheurs ? Mya ne leur donne pas suffisamment à manger. Un gentil mulet bien gras serait plus confortable à monter. Il y a un nouveau Grand Septon, vous saviez ? Oh, et puis la Garde de Nuit est maintenant commandée par un gamin, une espèce de fils bâtard d'Eddard Stark.

— Jon Snow ? gaffa-t-elle, sous l'effet de la surprise.

— Snow ? Oui, ce doit être Snow, je suppose. »

Cela faisait une éternité que Sansa n'avait pas pensé à Jon. Il n'était certes que son demi-frère, mais n'empêche... Maintenant que Robb, Bran et Rickon étaient morts, Jon Snow était l'unique frère qui lui restât. *Je suis une bâtarde, à présent, moi aussi, exactement comme lui. Oh, il serait tellement agréable de le revoir, un jour*... Mais, bien entendu, cela ne pourrait jamais arriver. Alayne Stone n'avait pas de frères, illégitimes ou non.

« Notre cousin Yohn le Bronzé s'est offert le plaisir d'une mêlée à Roche-aux-runes, poursuivit Myranda Royce, une fois de plus à bâtons rompus. Une petite, uniquement pour écuyers. Le but était d'en faire remporter les honneurs à Harry l'Héritier, et il les a effectivement raflés.

— Harry l'Héritier ?

— Le pupille de lady Vanbois. Harrold Hardyng. Je présume qu'il va nous falloir l'appeler dorénavant *ser* Harry. Yohn le Bronzé l'a fait chevalier.

— Oh. » Alayne n'y comprenait rien. Pour quelle raison le pupille de lady Vanbois devrait-il être son héritier ? Elle avait des fils de sa propre chair. L'un d'eux, ser Donnel, était le chevalier de la Porte Sanglante. Mais comme elle ne voulait pas avoir l'air stupide, elle se borna à déclarer : « Plaise aux dieux qu'il se révèle un chevalier émérite. »

Lady Myranda renifla bruyamment. « Plaise aux dieux qu'il attrape la vérole. Il a une fille bâtarde d'une quelconque gueuse du commun, vous savez. Messire mon père avait espéré me marier à lui, mais lady Vanbois n'a pas voulu en entendre parler. J'ignore si c'était mon humble personne qu'elle ne trouvait pas à sa convenance ou tout simplement ma dot. » Elle poussa un soupir. « J'ai absolument besoin d'un autre mari. J'en ai déjà eu un, mais je l'ai tué.

— Tué, vous ? fit Alayne, scandalisée.

— Eh oui, moi. Il m'est mort dessus. *Dedans*, s'il faut dire la vérité. Vous savez ce qui se passe dans un lit conjugal, j'espère ? »

Sansa pensa à Tyrion, puis au Limier et à la façon dont il l'avait embrassée, et Alayne opina du chef. « Ç'a dû être épouvantable, ma dame. Sa mort. *Là*, je veux dire, pendant… pendant qu'il se trouvait…

— Pendant qu'il me baisait ? » Elle haussa les épaules. « Ç'a été déconcertant, sans conteste. Pour ne pas mentionner que c'était discourtois. Il n'a même pas eu la décence commune de me semer un enfant dans le ventre. Les vieux hommes ont la graine faiblarde. Et voilà où j'en suis, veuve mais à peine usagée. Harry aurait été capable de faire bien pire. Et il le fera, si vous m'en croyez. Lady Vanbois veut très probablement lui faire épouser l'une de ses petites-filles, ou l'une de celles de Yohn le Bronzé.

— Ce doit être le cas, ma dame. » Elle se rappela les mises en garde de Petyr.

« *Randa*. Allons, là, vous pouvez le dire. Ran-da.

— Randa.

— Beaucoup mieux. Je crains d'avoir à vous présenter des excuses. Vous allez me prendre pour une horrible garce, je le sais, mais j'ai couché avec ce joli garçon de Marillion. Je ne me doutais pas qu'il était un monstre. Il chantait superbement, et il savait faire les plus douces choses avec ses doigts. Je ne l'aurais jamais pris au lit si j'avais su qu'il allait pousser lady Lysa par la porte de la Lune. Je ne couche pas avec des monstres, généralement. » Elle examina le visage et la poitrine d'Alayne. « Vous êtes plus jolie que moi, mais j'ai de plus gros seins. Les mestres prétendent que les gros seins ne donnent pas plus de lait que les petits, mais je n'en crois rien. Avez-vous jamais connu de nourrice qui ait des petits nénés ? Les vôtres sont tout à fait suffisants pour une fille de votre âge, mais comme ce sont des seins de bâtarde, je ne vais pas m'en préoccuper. » Myranda fit se rapprocher son mulet. « Vous savez que notre Mya n'est pas vierge, j'imagine ? »

Elle le savait. La grosse Maddy le lui avait soufflé à l'oreille, une fois où Mya était montée leur apporter des provisions. « Maddy m'en a parlé.

— Naturellement qu'elle vous en a parlé. Elle a une bouche aussi large que ses cuisses, et ses cuisses sont *énormes*. Ç'a été Mychel Rougefort. Il était l'écuyer de Lyn Corbray. Un *véritable* écuyer, pas comme ce gars malotru que ser Lyn s'est dégotté pour le servir maintenant. Il a pris celui-là uniquement pour l'argent, on raconte. Mychel était le meilleur jeune bretteur du Val, et galant homme… Enfin, c'est du moins ce qu'a cru cette pauvre Mya, jusqu'à ce qu'il épouse l'une des filles de Yohn le Bronzé. Lord Horton ne lui a pas donné voix au chapitre, je suis sûre, mais c'était quand même infliger une peine cruelle à Mya.

— Ser Lothor est amoureux d'elle ». Alayne jeta un coup d'œil vers la jeune muletière, vingt pas plus bas. « Plus qu'amoureux.

— Lothor *Brune* ? » Myranda haussa un sourcil. « Elle est au courant ? » Elle n'attendit pas de réponse. « Il n'a aucun espoir, le malheureux. Mon père a essayé de la pourvoir d'un parti, mais elle n'a voulu d'aucun d'entre eux. Elle *est* à moitié mule elle-même, celle-là. »

À son corps défendant, Alayne se surprit en train d'éprouver davantage de sympathie pour sa compagne. Elle n'avait pas eu d'amie avec qui échanger des ragots depuis la pauvre Jeyne Poole. « Pensez-vous que ser Lothor la trouve à son gré telle qu'elle est, vêtue de cuir et de mailles ? demanda-t-elle, tant son aînée lui paraissait douée d'une expérience universelle. Ou bien rêve-t-il d'elle attifée de velours et de soie ?

— C'est un homme. Il rêve d'elle à poil. »

Elle cherche à me faire rougir de nouveau.

Lady Myranda devait avoir entendu ses pensées. « Quelle ravissante nuance de rose vous prenez ! Quand je rougis, moi, j'ai tout à fait l'air d'une pomme. Sauf que je n'ai pas rougi depuis des années. » Elle se pencha pour se rapprocher. « Est-ce que votre père projette de se remarier ?

— Mon père ? » Alayne n'avait jamais envisagé semblable hypothèse. L'idée la mit inexplicablement mal à l'aise. Il lui revint soudain en mémoire l'expression qu'avait eue le visage de sa tante au moment où elle basculait par la porte de la Lune.

« Nous savons tous à quel point il était attaché à lady Lysa, reprit Myranda, mais il ne saurait porter le deuil éternellement. Il a besoin d'une charmante jeune épouse pour évacuer son chagrin. J'imagine qu'il lui serait possible de jeter son dévolu sur la moitié des pucelles nobles du Val. Qui pourrait faire un meilleur époux que notre hardi lord Protecteur ? Encore que je souhaiterais lui voir porter un sobriquet plus séduisant que *Littlefinger*. Petit-Doigt ! Vous savez s'il l'a si petit que ça ?

— Son doigt ? » Elle rougit de nouveau. « Je ne pou… Je n'ai jamais… »

Lady Myranda éclata d'un rire si tonitruant que Mya Stone se retourna pour les lorgner furtivement. « Ne vous tracassez pas, Alayne, je suis sûre qu'il est d'assez bonne taille. »

Elles passèrent sous une arche sculptée par le vent dans la roche pâle et d'où pendaient de longues stalactites de glace qui dégouttaient sur leurs têtes. De l'autre côté, le sentier se rétrécissait pour plonger de manière abrupte à tout le moins sur une centaine de pieds. Myranda fut obligée de reprendre ses distances. Alayne lâcha la bride à son mulet. La raideur de la pente dans cette partie de la descente la contraignit à se cramponner de toutes ses forces à la selle. Les marches avaient été tellement lissées et creusées par les sabots ferrés de tous les mulets qui avaient emprunté ce passage qu'elles ressemblaient à des enfilades d'écuelles de pierre. Le fond de ces espèces d'écuelles était plein d'eau qui miroitait comme de l'or sous le soleil de l'après-midi. *Ce n'est que de l'eau maintenant*, songea Alayne, *mais elle se changera tout entière en glace, la nuit venue.* Elle se rendit compte qu'elle retenait son souffle et se remit à respirer. Mya Stone et lord Robert avaient presque atteint l'aiguille rocheuse où l'on se retrouvait en terrain plat. Elle tâcha de les regarder, de ne regarder qu'eux. *Je ne tomberai pas*, se dit-elle. *Le mulet de Mya saura me faire franchir ce mauvais pas.* Le vent cornait autour d'elle, pendant qu'elle bringuebalait en grignotant la pente pas à pas. Elle eut l'impression que cela durait une vie entière.

Et puis, tout à coup, elle se retrouva en bas, avec Mya et son petit lord, pelotonnée au pied de l'aiguille rocheuse tordue. Devant eux s'étirait une arête de pierre vertigineuse, étroite et verglacée. Alayne entendait les hurlements du vent et le sentait tirailler son manteau. Elle se rappelait l'endroit depuis sa montée. Il l'avait alors terrifiée, et il la terrifiait de nouveau maintenant. « C'est plus large que ça n'a l'air, disait Mya pour réconforter lord Robert d'une voix enjouée. Trois pieds de large et pas plus de huit pas de long, ce n'est rien.

— Rien », confirma Robert. Sa main tremblait.

Oh, non ! songea Alayne. *Pas ici. Pas maintenant.*

« Le mieux est de mener les mulets de l'autre côté, reprit Mya. S'il plaît à messire, je prendrai d'abord le mien, puis je reviendrai chercher le vôtre. » Lord Robert ne répondit pas. Il regardait fixement de ses yeux rougis l'arête mortelle. « Je ne serai pas longue, messire », promit la muletière, mais Alayne douta qu'il fût seulement capable de l'entendre.

Lorsque la bâtarde fit sortir son mulet de derrière l'aiguille qui les abritait, le vent la mordit à belles dents. Son manteau se souleva, se mit en vrille et flagella l'air. Elle tituba et donna pendant un demi-battement de cœur l'impression qu'elle allait être soufflée dans le précipice, mais elle réussit Dieu sait comment à recouvrer son équilibre et continua d'avancer.

Alayne saisit dans la sienne la main gantée de Robert afin d'en réprimer les tremblements. « Robin chéri, dit-elle, je meurs de peur. Tiens-moi la main, et aide-moi à traverser. Je sais que tu n'as pas la frousse, *toi.* »

Il la regarda, ses pupilles réduites à d'infimes piqûres d'épingle noires dans des yeux aussi gros et blancs que des œufs. « Je n'ai pas la frousse ?

— Pas toi. Tu es mon chevalier ailé, ser Robin chéri.

— Le Chevalier Ailé savait voler, chuchota l'enfant.

— Beaucoup plus haut que les montagnes. » Elle lui pressa brièvement la main.

Lady Myranda les avait rejoints près de l'aiguille. « Il savait », reprit-elle en écho, quand elle vit ce qui se passait.

« Ser Robin chéri », dit lord Robert, et Alayne comprit qu'il serait présomptueux d'attendre le retour de Mya. Elle l'aida à démonter, puis, main dans la main, ils s'aventurèrent sur l'arête de pierre nue, leurs manteaux jappant et claquant derrière eux. Tout autour, il n'y avait que le ciel et le vide, les parois tombant quasiment à pic de part et d'autre. Le sol était gelé, des cailloux guettaient juste l'occasion de vous fouler une cheville, et le vent poussait des hurlements féroces. *On jurerait un loup*, songea Sansa. *Un fantôme de loup, gros comme des montagnes.*

Et puis ils furent de l'autre côté, et Mya Stone riait et soulevait Robert de terre pour l'embrasser. « Faites attention, la prévint Alayne. Il est capable de vous faire mal en se débattant. Vous ne le croiriez pas, mais il en est capable. » Elles lui dénichèrent une faille dans les rochers pour le préserver du vent glacial. Alayne le cajola jusqu'à ce que ses tremblements cessent, pendant que Mya repartait pour aider les autres à traverser.

Des mulets frais les attendaient à Neige, ainsi qu'un repas chaud de ragoût de chèvre et d'oignons. Alayne se restaura en compagnie de Mya et de Myranda. « Ainsi donc, vous êtes aussi brave que belle, lui dit la seconde.

— Non. » Le compliment la fit rougir. « Vraiment pas. J'étais tellement affolée. Je pense que je n'aurais pas pu traverser sans lord Robert. » Elle se tourna vers Mya Stone. « Vous avez bien failli tomber.

— Vous vous méprenez. Je ne tombe jamais. » Ses cheveux en bataille lui barraient une joue et dissimulaient l'un de ses yeux.

« Failli, j'ai dit. Je vous ai vue. Vous n'avez pas eu peur ? »

Mya secoua la tête. « Je me souviens d'un homme qui me lançait en l'air quand j'étais toute petite. Il est d'une stature aussi élevée que le ciel, et il me lance si haut que j'ai l'impression d'être en train de voler. Nous rions tous les deux, rions tellement que je peux à peine respirer, et, finalement, je ris si fort que je me mouille, mais lui n'en rit que d'autant plus fort. Je n'avais jamais peur quand il me lançait. Je savais qu'il serait toujours là pour me rattraper. » Elle repoussa ses cheveux. « Et puis un jour, il n'y a pas été. Les hommes viennent et partent. Ils mentent, ou meurent, ou vous abandonnent. Mais une montagne n'est pas un homme, et une pierre[1] est une fille de la montagne. J'ai confiance en ma mère, et j'ai confiance en mes mulets. Je ne tomberai pas. » Elle posa sa main sur un éperon de roche déchiquetée et se leva. « Mieux vaut en finir. Nous avons encore une longue route à faire, et je sens une odeur de tempête. »

La neige se mit à tomber comme ils quittaient Pierre, le plus vaste et le plus bas des trois forts qui défendaient les approches des Eyrié. La nuit commençait à arriver. Lady Myranda suggéra qu'il ne serait peut-être pas plus mal de faire plutôt demi-tour, de passer la nuit à Pierre et de reprendre la descente au lever du soleil, mais Mya ne voulut pas en entendre parler. « Entretemps, la neige pourrait avoir cinq pieds de haut, et les marches seraient traîtresses, même pour mes mulets, déclara-t-elle. Nous avons tout intérêt à continuer. Nous irons lentement. »

---

1. Jeu de mots sur *Stone*, « patronyme » local des bâtards.

Et c'est ce qu'ils firent. Au-dessous de Pierre, les marches étaient plus larges et moins abruptes, elles faisaient des méandres tantôt à l'air libre, tantôt sous le couvert des grands pins et vigiers gris-vert qui tapissaient les versants inférieurs de la Lance du Géant. Les mulets de Mya connaissaient apparemment par cœur chacune des racines et chacun des rochers qui faisaient saillie le long du chemin, et s'il leur arrivait d'en omettre un, la bâtarde les rappelait à l'ordre. La moitié de la nuit s'était écoulée quand s'entrevirent à travers le rideau de flocons les lumières des Portes de la Lune. La dernière partie du voyage fut la plus paisible. La neige qui tombait sans intermittence couvrait le monde entier d'un manteau blanc. Robin chéri finit par s'assoupir en selle en oscillant d'avant en arrière au rythme des mouvements de son mulet. Lady Myranda se mit elle-même à bâiller et à se plaindre de sa lassitude. « Des appartements ont été préparés pour vous tous, dit-elle à Alayne, mais si cela vous fait plaisir, vous pourrez partager mon lit cette nuit. Il est assez vaste pour quatre.

— Ce serait un honneur pour moi, ma dame.

— Randa. Estimez-vous chanceuse que je sois si fatiguée. Mon seul désir est de me rouler en boule et de roupiller. D'habitude, quand des dames partagent ma couche, elles ont un impôt d'oreiller à acquitter en me racontant toutes les vilaines choses qu'elles ont commises.

— Et si elles n'ont commis aucune vilaine chose ?

— Alors, elles doivent avouer toutes les vilaines choses qu'elles ont *envie* de commettre. Vous non, bien entendu. Il m'est facile de voir à quel point vous êtes vertueuse, rien qu'à regarder ces joues rosissantes et ces grands yeux bleus que vous avez. » Elle bâilla de nouveau. « J'espère que vous avez les pieds bien chauds. Je déteste que mes compagnes de lit aient les pieds glacés. »

Lorsqu'ils atteignirent enfin le château de son père, lady Myranda somnolait elle aussi, et Alayne rêvait de son lit. *Ce sera un lit de plume*, se dit-elle, *moelleux, chaud et profond, enfoui sous des monceaux de fourrures. Je vais y faire un rêve agréable, et quand je me réveillerai, j'entendrai des chiens clabauder, des commères jacasser près du puits, des épées ferrailler dans la cour. Et puis il y aura un festin, avec musique et danceries.* Après le silence mortel des Eyrié, elle était affamée de rires et de beuglements.

Or, tandis que les cavaliers dégringolaient à bas de leurs montures, l'un des gardes personnels de Petyr sortit de la demeure. « Lady Alayne, dit-il, le lord Protecteur vous attendait avec impatience.

— Il est rentré ? répondit-elle, stupéfaite.

— Depuis le crépuscule. Vous le trouverez dans la tour ouest. »

À cette heure, on était plus près de l'aube que de la nuit noire, et la plus grande partie du château dormait encore, mais pas Petyr Baelish. À l'arrivée d'Alayne, il était installé devant un feu pétillant, en train de siroter du vin chaud aux épices en compagnie de trois individus qu'elle ne connaissait pas. Ils se levèrent tous lorsqu'elle entra, et Petyr l'accueillit par un sourire chaleureux. « Alayne. Viens donner un baiser à ton père. »

Elle l'étreignit scrupuleusement et l'embrassa sur la joue. « Je suis confuse de mon intrusion, Père. Personne ne m'avait prévenue que vous aviez de la compagnie.

— Tu n'es jamais une intruse, ma chérie. J'étais précisément en train de dire à ces braves chevaliers quelle fille consciencieuse j'avais en toi.

— Consciencieuse et belle, commenta un grand jeune homme élégant dont l'abondante crinière blonde cascadait bien plus bas que ses épaules.

— Ouais », abonda l'un des deux autres, un gaillard à carrure imposante, à barbe touffue poivre et sel, au nez bulbeux sillonné de veines éclatées, et qui avait des mains noueuses larges comme des jambons. « Vous aviez omis de mentionner ce détail des choses, m'sire.

— Je ferais pareil si elle était ma fille à moi », déclara le troisième, un petit homme sec et nerveux au sourire goguenard, au nez pointu et à cheveux raides et orange. « En particulier avec des goujats comme nous. »

Alayne se mit à rire. « Êtes-vous des goujats ? fit-elle, taquine. Eh bien, moi qui vous prenais tous trois pour de galants chevaliers !

— Chevaliers ils sont, dit Petyr. Leur galanterie reste à démontrer, mais nous pouvons toujours espérer. Permets-moi de te présenter ser Byron, ser Morgarth et ser Ombrich. Messers, lady Alayne, ma fille naturelle et très fine mouche... Avec laquelle j'ai besoin d'avoir un entretien privé, si vous voulez bien avoir l'obligeance de nous excuser. »

Les trois chevaliers s'inclinèrent avant de se retirer, mis à part le grand blond, qui ne prit congé, lui, qu'après avoir baisé la main d'Alayne.

« Des chevaliers errants ? questionna-t-elle une fois que la porte se fut refermée.

— Des chevaliers affamés. Il m'a paru préférable que nous ayons quelques épées supplémentaires sous la main. Les temps deviennent de plus en plus intéressants, ma douce, et quand les temps sont intéressants, on ne saurait jamais posséder trop d'épées. *Le roi Triton* est revenu à Goëville, et le vieil Oswell avait quelques histoires à raconter. »

Elle s'abstint sagement de demander quel genre d'histoires. Si Petyr avait voulu qu'elle sache à quoi s'en tenir, il se serait montré plus explicite. « Je ne m'attendais pas à ce que vous reveniez de sitôt, dit-elle. Je me réjouis de votre arrivée.

— Je ne m'en serais jamais douté, d'après le baiser que tu m'as donné. » Il l'attira vers lui, lui emprisonna le visage entre ses mains et l'embrassa longuement sur les lèvres. « Eh bien, voilà le genre de baiser qui dit *bienvenue à la maison*. Veille à faire mieux la prochaine fois.

— Oui, Père. » Elle se sentit rougir.

Il ne lui tint pourtant pas rigueur de son baiser. « Tu ne saurais croire la moitié de ce qui se passe à Port-Réal actuellement, ma petite chérie. Cersei culbute allégrement d'une bêtise dans une autre, aidée tout du long par son Conseil de sourds, d'aveugles et de corniauds. J'ai toujours prévu qu'elle ruinerait le royaume et se détruirait elle-même, mais je ne m'étais pas une seconde attendu à ce qu'elle le fasse tout à fait aussi *promptement*. C'en est presque contrariant. Je m'étais bercé de disposer de quatre ou cinq années peinardes pour semer de certaines graines et pour permettre de mûrir à de certains fruits, mais maintenant… C'est une bonne chose que je me complaise à prospérer sur le chaos. Le peu d'ordre et de paix que les cinq rois nous ont laissé ne survivra pas longtemps aux trois reines, je crains.

— Trois reines ? » Elle ne comprenait pas.

Mais Petyr aima mieux ne pas s'expliquer là-dessus non plus. À la place, il se défaussa d'un sourire et dit : « J'ai rapporté un cadeau pour mon petit chou chéri. »

L'annonce causa autant de plaisir à Alayne que d'étonnement. « Est-ce une robe ? » Elle avait ouï dire qu'il y avait de remarquables couturières à Goëville, et elle en avait tellement assez de s'habiller comme une pauvresse !

« Quelque chose de mieux. Essaie de deviner, une fois de plus ?

— Des bijoux ?

— Il n'est pas de bijoux qui puissent espérer rivaliser avec les yeux de ma fille.

— Des citrons ? Vous avez trouvé des citrons ? » Elle avait promis à Robin chéri des gâteaux au citron, et des citrons, il vous en fallait pour les gâteaux au citron.

Petyr Baelish la prit par la main et l'attira sur ses genoux. « J'ai contracté un mariage pour toi.

— Un mariage... » Sa gorge se serra. Elle ne voulait pas se remarier, pas maintenant du moins, plus jamais peut-être. « Je n'ai pas... je ne peux pas me marier, Père, je... » Elle jeta un coup d'œil vers la porte pour s'assurer qu'elle était fermée. « Je *suis* mariée, souffla-t-elle tout bas. Vous le savez bien. »

Petyr lui posa un doigt sur les lèvres pour la faire taire. « C'est la fille de Ned Stark, pas la mienne, que le nain a épousée. Et puis advienne que pourra. Il ne s'agit en l'occurrence que de fiançailles. Le mariage devra attendre que Cersei soit cuite et Sansa bel et bien veuve. Et il te faudra rencontrer le garçon de toute manière et conquérir son approbation. Lady Vanbois ne lui imposera pas de se marier contre sa volonté, elle s'est montrée on ne peut plus formelle à cet égard.

— Lady *Vanbois* ? » Alayne en croyait à peine ses oreilles. « Pourquoi irait-elle marier l'un de ses fils à... à une...

— ... bâtarde ? Pour commencer, tu es la bâtarde du *lord Protecteur*, n'oublie jamais ça. Les Vanbois ont beau être d'une maison fort ancienne et pleine de morgue, ils ne sont pas aussi riches qu'on pourrait se le figurer, comme je l'ai découvert moi-même quand j'ai commencé à racheter leurs dettes. Ce n'est pas pour autant que lady Anya consentirait jamais à vendre un fils à prix d'or. Mais un pupille, à la rigueur… Le jeune Harry n'est qu'un cousin, et la dot que j'ai proposée à Sa Seigneurie était encore plus copieuse que celle que Lyonel Corbray vient juste de rafler. Il n'en fallait pas moins pour qu'elle accepte de s'exposer à l'ire de Yohn le Bronzé, dont ceci va compromettre tous les plans. Tu es donc promise à Harrold Hardyng, ma chérie, pourvu seulement que tu réussisses à capturer son cœur de jouvenceau… Ce qui ne devrait pas t'être bien difficile.

— Harry l'Héritier ? » Alayne fit l'effort de se rappeler ce que Myranda lui en avait dit dans la montagne. « Il vient tout juste d'être fait chevalier. Et il a une bâtarde d'une fille du commun.

— Plus un nouveau gosse en route d'une autre garce. Harry peut être un charmeur, indiscutablement. Des cheveux soyeux, d'un blond roux, des yeux bleu sombre, et des fossettes lorsqu'il sourit. Et d'une prouesse *insigne*, à ce qu'on m'a dit. » Il la taquina d'un sourire. « Née bâtarde ou pas, ma mignonne, quand on annoncera cette union, tu seras l'envie de toutes les pucelles de haut parage du Val, et de quelques-unes aussi du Bief et du Conflans.

— Pourquoi donc ? » Alayne était complètement perdue. « Est-ce que ser Harrold… Mais comment diantre pourrait-il être l'héritier de lady Vanbois ? N'a-t-elle pas de fils de sa propre chair ?

— Trois », convint Petyr. Elle percevait dans son haleine l'odeur du vin, relevée de clous de girofle et de noix muscade. « Des filles aussi, et des petits-fils.

— Est-ce qu'en ligne de succession ils ne passeront pas avant Harry ? Je ne comprends pas.

— Tu vas comprendre. Écoute. » Petyr prit sa main dans la sienne et lui caressa d'un doigt léger le creux de la paume. « Lord Jasper Arryn, débutons avec lui. Le père de Jon Arryn. Il engendra trois enfants, deux fils et une fille. Jon étant l'aîné, Les Eyrié et le titre de lord lui revinrent automatiquement. Sa sœur Alys épousa ser Elys Vanbois, oncle de l'actuelle lady Vanbois. » Il fit une grimace tordue. « Alys et Elys, n'est-ce pas exquis ? Le fils cadet de lord Jasper, ser Ronnel Arryn, épousa une petite Belmore, mais il ne la tringla qu'une ou deux fois avant de mourir d'une saleté aux tripes. Leur fils Elbert était tout juste en train de naître dans un pieu pendant que le pauvre Ronnel était en train de crever dans un autre au bas bout de la salle. Est-ce que tu suis bien attentivement, mon petit cœur ?

— Oui. Il y avait à l'origine Jon, Alys et Ronnel, mais Ronnel est mort.

— Bon. Maintenant, Jon Arryn. Il se maria trois fois, mais ses deux premières épouses ne lui accordèrent pas d'enfants, de sorte que son héritier fut pendant de longues années son neveu Elbert. Pendant ce temps, Elys charruait Alys avec une conscience au-dessus de tout éloge, et elle mettait bas une fois par an. Elle lui donna neuf enfants, huit filles et un seul et inestimable petit garçon, un nouveau Jasper, après quoi elle mourut d'épuisement. Ce moutard de Jasper, sans égard pour les efforts héroïques qu'avait nécessités sa procréation, se fit défoncer le crâne par un coup de pied de cheval quand il avait trois ans. Une vérole ayant emporté peu après deux de ses sœurs, restaient six. La plus âgée épousa ser Denys Arryn, un lointain cousin des sires des Eyrié. La maison Arryn comporte plusieurs branches disséminées dans l'ensemble du Val, toutes aussi hautaines qu'elles sont fauchées, si l'on excepte les Arryn de Goëville, qui ont eu le rare bon sens d'épouser du négoce. Ils sont riches, mais rien moins que distingués, aussi personne n'en parle-t-il.

Ser Denys était issu de l'une des branches hautaines et fauchées... Mais il était aussi un jouteur réputé, beau gosse, valeureux et débordant de courtoisie. Et son patronyme magique d'Arryn le rendait idéal pour l'aînée des petites Vanbois. Leurs enfants seraient des Arryn, et les prochains héritiers du Val s'il devait jamais arriver malheur à Elbert. Or, il se trouva d'aventure que ce qui échut à Elbert, ce fut Sa Majesté Aerys le Fol. Tu connais cette histoire-là ? »

C'était le cas. « Le Roi Dément l'a assassiné.

— Effectivement. Et, peu après, ser Denys quitta sa Vanbois d'épouse enceinte pour aller guerroyer. Il périt au cours de la Bataille des Cloches, d'un excès de vaillance et d'un coup de hache. Lorsqu'on lui apprit ce décès, dame son épouse trépassa de chagrin, et son fils nouveau-né la suivit bientôt. N'importe. Jon Arryn s'était en pleine guerre dégotté une jeune épouse qu'il avait quelque motif de croire féconde. Il espérait beaucoup d'elle, j'en suis convaincu, mais nous savons toi et moi que tout ce qu'il réussit jamais à tirer de Lysa, ce furent des fausses couches, des enfants mort-nés et le pauvre Robin chéri.

« Ce qui nous ramène aux cinq filles restantes d'Elys et d'Alys. La plus âgée étant demeurée terriblement marquée par la petite vérole à laquelle avaient succombé ses sœurs, elle se fit septa. Une autre se laissa séduire par un mercenaire, ser Elys la jeta dehors, et elle entra chez les sœurs silencieuses après que son bâtard fut mort en bas âge. La troisième épousa le sire des Piz mais se révéla stérile. La quatrième était en route pour le Conflans où elle devait épouser un Bracken quand les Hommes Brûlés l'enlevèrent. Cela ne laissa que la benjamine, qui épousa un chevalier fieffé assermenté aux Vanbois et lui donna un fils qu'elle baptisa Harrold avant de périr aussi. » Il retourna la main d'Alayne et lui effleura le poignet d'un baiser. « Dès lors, dis-moi, mon cœur… pourquoi appelle-t-on Harry *l'Héritier* ? »

Ses yeux s'agrandirent. « Il n'est pas l'héritier de lady Vanbois. Il est l'héritier de *Robert.* Si Robert devait mourir… »

Petyr haussa un sourcil en accent circonflexe. « *Quand* Robert mourra. Notre pauvre brave Robin chéri est un marmot si maladif, ce n'est qu'une question de temps. *Quand* Robert meurt, Harry l'Héritier devient lord Harrold, Défenseur du Val et sire des Eyrié. Les bannerets de Jon Arryn ne m'aimeront jamais, pas plus qu'ils n'aimeront notre grotesque trembleur de Robert, mais ils aimeront leur Jeune Faucon, et lorsqu'ils arriveront tous ensemble pour célébrer ses noces, et que toi tu te présenteras avec tes longs cheveux auburn, revêtue d'un manteau de vierge gris et blanc blasonné dans le dos d'un loup-garou… Eh bien, là, chacun des chevaliers du Val vouera solennellement son épée à te reconquérir tes droits de naissance. Tels sont les présents que je t'offre, ma chère Sansa : Harry, les Eyrié et Winterfell. Cela vaut un nouveau baiser, maintenant, tu ne trouves pas ? »

BRIENNE

Ce n'est qu'un vilain rêve, songea-t-elle. Mais si elle était seulement en train de rêver, pourquoi cela faisait-il si mal ?

La pluie avait cessé de tomber, mais l'univers était saturé d'humidité. Son manteau lui faisait l'effet de peser aussi lourd que sa maille. Les cordes qui lui ligotaient les poignets étaient détrempées, ce qui ne faisait que les resserrer davantage encore. De quelque façon qu'elle tournât ses mains, il lui était impossible de les faire glisser pour les dégager. Elle ne comprenait pas qui l'avait attachée ni pourquoi. Elle essaya d'interroger les ombres, mais elles ne répondirent pas. Peut-être qu'elles ne l'entendaient pas. Peut-être qu'elles n'étaient pas réelles. Sous ses strates de lainages imbibés d'averse et de mailles en train de se rouiller, elle avait la peau fiévreuse et enflammée. Elle se demanda si tout cela n'était pas qu'un cauchemar de fièvre, justement.

Elle avait un cheval sous elle, mais elle ne réussissait pas à se rappeler l'avoir enfourché. Elle était vautrée à plat ventre sur sa croupe, comme un sac d'avoine. Une lanière lui emprisonnait à la fois les chevilles et les poignets. L'air était comme gorgé de crachin, le sol tapissé de brume. Sa tête la lancinait à chaque pas. Elle pouvait entendre des voix, mais elle ne pouvait rien voir d'autre que la terre sous les sabots du cheval. Il y avait des choses brisées en elle. Elle sentait que sa figure était enflée, que sa joue était poisseuse de sang, et la moindre secousse, le moindre tressautement faisait fulgurer dans son bras une douleur atroce. Elle entendait distinctement Podrick l'appeler, mais comme s'il était loin, très très loin. « Ser ? répétait-il inlassablement. Ser ? Ma dame ? Ser ? Ma dame ? » Sa voix était très faible et très difficile à percevoir. Finalement, il n'y eut plus que le silence.

Elle rêva qu'elle se trouvait à Harrenhal, dans la fosse à l'ours, une fois de plus. Sauf que, ce coup-ci, c'était Mordeur qui lui faisait face, gigantesque et chauve et blanchâtre comme un asticot, des plaies suintantes aux joues. Nu il avançait, caressant son membre et faisant grincer les unes contre les autres ses dents limées. Elle lui échappait en fuyant. « Mon épée ! criait-elle. Féale ! S'il vous plaît ! » Les spectateurs ne répondaient pas. Renly était là, avec Dick Main-leste et Catelyn Stark. Huppé-le-Louf, Pyg et Timeon s'étaient déplacés, tout comme les cadavres des arbres avec leurs joues creuses, leurs langues enflées et leurs orbites vides. En les apercevant, Brienne poussait des hurlements d'horreur, et Mordeur l'empoignait par le bras et l'attirait plus près d'une saccade irrésistible et puis lui déchiquetait un morceau du visage. « Jaime ! s'entendit-elle s'époumoner, *Jaime !* »

Même dans les profondeurs de son cauchemar, la souffrance demeurait présente. La figure lui élançait. Son épaule saignait. Respirer lui faisait mal. La douleur déchirait son bras, fulgurante comme un éclair. Elle réclama un mestre à grands cris.

« Nous n'avons pas de mestre, dit une voix de fille. Y a rien que moi. »

Je suis à la recherche d'une fille, se rappela Brienne. *Une jouvencelle de haute naissance qui a treize ans, des yeux bleus et des cheveux auburn.* « Ma dame ? dit-elle. Lady Sansa ? »

Un homme rigola. « Elle croit que t'es Sansa Stark.

— Elle ne pourra pas aller beaucoup plus loin. Elle va mourir.

— Un lion de moins. Pas moi qui pleurerai. »

Brienne entendit que quelqu'un priait. Elle pensa à Septon Meribald, mais les paroles étaient toutes fausses. *La nuit est sombre et pleine de terreurs, et de même en va-t-il des rêves.*

Ils circulaient dans des bois lugubres, un endroit froid, trempé, sombre et silencieux, où les pins étaient à touche-touche. Le sol était mou sous les sabots de son cheval, et les empreintes qu'elle laissait dans son sillage se remplissaient de sang. À ses côtés chevauchaient lord Renly, Dick Crabbe et Varshé Hèvre. Du sang coulait à flots de la gorge de Renly. L'oreille arrachée de la Chèvre dégouttait de pus. « Où sommes-nous en train d'aller ? demanda Brienne. Où m'emmenez-vous ? » Aucun d'entre eux ne voulut lui répondre. *Comment pourraient-ils répondre ? Ils sont tous morts.* Cela signifiait-il qu'elle aussi était morte ?

Lord Renly était en avant, son roi souriant bien-aimé. Il menait le cheval de Brienne par la bride pour l'aider à se faufiler parmi les troncs. Elle le héla pour lui dire combien elle l'adorait, mais lorsqu'il se tourna vers elle d'un air renfrogné, elle constata que tout compte fait ce n'était pas lui. Renly ne se renfrognait jamais. *Il avait toujours un sourire pour moi*, pensa-t-elle, hormis…

« Froid », dit son roi d'un ton perplexe, et une ombre se déplaça sans qu'il y ait quiconque pour la projeter, et le sang de son seigneur et maître idolâtré se mit à gicler à travers l'acier vert de son gorgerin et à lui tremper les mains. Il avait été un homme chaleureux, mais son sang était d'un froid glacial. *Ceci n'est pas réel*, songea-t-elle. *Ceci est un nouveau cauchemar, et je vais bientôt me réveiller.*

Subitement, sa monture s'immobilisa. Des mains brutales s'emparèrent de sa propre personne, et elle vit des traits de lumière rougis par l'après-midi transpercer en biais la ramure d'un châtaignier. Un cheval farfouillait parmi les feuilles mortes en quête de châtaignes, et des hommes bougeaient dans les environs, bavardant à voix basse. Dix ou douze, peut-être davantage. Brienne ne reconnut pas leurs silhouettes. On la déposa par terre, adossée à un tronc d'arbre. « Buvez ceci, m'dame », dit la voix de fille. Elle haussa une coupe vers les lèvres de la prisonnière. Le liquide avait un goût fort et acide. Brienne le recracha. « De l'eau, hoqueta-t-elle. S'il vous plaît. De l'eau.

— L'eau n'empêchera pas la souffrance. Ceci le fera. Un peu. » La fille lui porta de nouveau la coupe aux lèvres.

Même boire était douloureux. Du vin lui dégoulina le long du menton et puis de là sur sa poitrine. Quand la coupe fut vide, la fille la remplit à une outre. Brienne biberonna jusqu'à la dernière goutte puis bredouilla : « Ça suffit comme ça.

— Buvez encore. Vous avez une fracture du bras, et je ne sais combien de côtes cassées. Deux, peut-être trois.

— Mordeur, dit Brienne, se rappelant le poids qu'il pesait, la manière dont il lui avait défoncé le thorax avec son genou.

— Ouais. Un vrai monstre, celui-là. »

Tout lui revint alors d'un coup ; les éclairs au-dessus, la boue en dessous, la pluie faisant *ding ding*, doucement, sur l'acier sombre du heaume du Limier, la force terrible qu'il y avait dans les pattes de Mordeur. Subitement, il lui devint insupportable d'être attachée. Elle essaya de se délivrer de ses liens, mais tous ses efforts n'aboutirent qu'à l'entamer encore plus avant. Ses poignets étaient trop étroitement ligotés. Il y avait du sang séché sur le chanvre. « Est-il mort ? » Brienne se mit à trembler. « Mordeur. *Est-il mort ?* » Elle se ressouvint des dents voraces qu'il plantait dans la chair de son visage. La seule idée qu'il rôdait peut-être encore dehors, quelque part par là, toujours vivant, suffit à lui donner envie de hurler.

« Il est mort. Gendry lui a transpercé l'échine avec une pointe de pique. Buvez ça, m'dame, ou je vous le verserai moi-même dans le gosier. »

Elle but. « Je suis à la recherche d'une jeune fille », chuchota-t-elle entre deux gorgées. Elle faillit dire *ma sœur.* « Une jouvencelle de haute naissance, âgée de treize ans. Elle a des yeux bleus et des cheveux auburn.

— Ce n'est pas moi. »

Non. Brienne n'avait pas de peine à s'en rendre compte. La fille était maigre au point de paraître affamée. Elle portait ses cheveux bruns nattés en une seule tresse, et ses yeux étaient plus vieux qu'elle. *Des cheveux bruns, des yeux bruns, quelconque. Saule, avec six ans de plus.* « Vous êtes la sœur. L'aubergiste.

— Il se pourrait que je le sois. » La fille loucha. « Et quand bien même je le serais ?

— Avez-vous un nom ? » demanda Brienne. Son estomac gargouilla. Elle eut peur d'être prise de vomissements.

« Heddle. Pareil que Saule. Jeyne Heddle.

— Jeyne. Détachez mes mains. S'il vous plaît. Ayez pitié. Les cordes m'entament les poignets. Je saigne.

— Ce n'est pas permis. Vous devez rester attachée, jusqu'à…

— … jusqu'à ce qu'on vous amène devant m'dame. » Campé derrière la fille, Renly repoussa les cheveux noirs qui lui retombaient sur les yeux. *Pas Renly. Gendry.* « M'dame entend que vous répondiez de vos crimes.

— M'dame. » Le vin lui faisait déjà tourner la tête. Elle avait du mal à rassembler ses idées. « Cœurdepierre. C'est cela que vous voulez dire ? » Lord Randyll avait parlé d'elle, naguère, à Viergétang. « Lady Cœurdepierre.

— Il y a des gens qui l'appellent comme ça. Il y en a d'autres qui l'appellent différemment. La Sœur Silencieuse. Mère Sans-Merci. La Pendeuse. »

La Pendeuse. En fermant les yeux, Brienne vit les cadavres qui se balançaient sous les branches brunes dénudées, le visage noir et boursouflé. Elle fut tout à coup en proie à une panique désespérée. « Podrick. Mon écuyer. Où est Podrick ? Et les autres… ser Hyle, Septon Meribald ? Chien ? Qu'avez-vous fait de Chien ? »

Gendry et la fille échangèrent un coup d'œil. Brienne se démena pour se relever, et elle avait même réussi à s'étayer sur un genou quand le monde se mit à tournoyer. « C'est vous qui avez tué le chien, m'dame », s'entendit-elle répondre par Gendry, juste avant que les ténèbres ne l'engloutissent de nouveau.

Et puis elle se retrouva aux Murmures, plantée parmi les ruines, prête à affronter Clarence Crabbe. Il était gigantesque et avait l'air d'autant plus féroce qu'il chevauchait un aurochs encore plus hirsute que lui. Les pattes de la monstrueuse bête grattaient furieusement la terre et y creusaient de profonds sillons. Les dents de Crabbe avaient été limées en pointes. Quand

Brienne prétendit tirer l'épée, elle découvrit que le fourreau était vide. « Non ! » cria-t-elle au moment même où ser Clarence chargeait. Ce n'était pas juste. Elle ne pouvait pas combattre sans son épée magique. C'était ser Jaime qui la lui avait offerte. L'idée de lui manquer comme elle avait déjà manqué à lord Renly lui donna envie de pleurer. « Mon épée. S'il vous plaît, il faut que je trouve mon épée.

— La garce veut qu'on lui rende son épée, dit une voix.

— Et moi, je veux que Cersei Lannister me suce la queue. Et alors ?

— Jaime l'a baptisée Féale. *S'il vous plaît.* » Mais les voix n'écoutaient pas, et Clarence Crabbe fondit sur elle comme la foudre et lui décolla la tête des épaules. Brienne tomba en spirale dans des ténèbres encore plus insondables.

Elle rêva qu'elle était allongée à bord d'une barque, la tête calée dans le giron de quelqu'un. Il y avait des ombres tout autour d'eux, des hommes encapuchonnés, vêtus de mailles et de cuir, qui leur faisaient traverser une rivière perdue dans le brouillard en pagayant avec des rames soigneusement assourdies. Elle était trempée de sueur, en feu, ce qui bizarrement ne l'empêchait pas de grelotter aussi. La purée de pois était pleine de visages. « *La Belle* », chuchotaient les saules de la rive, mais les roseaux répliquaient : « *Hideuse, hideuse.* » Brienne frissonna. « Arrêtez, dit-elle. Que quelqu'un les force à arrêter. »

La fois suivante où elle se réveilla, Jeyne lui portait aux lèvres une coupe de soupe chaude. *De la soupe à l'oignon*, songea Brienne. Elle en but autant qu'il lui fut possible, avant qu'un bout de carotte ne lui bouche le gosier et ne la fasse s'étrangler. Tousser était un martyre. « Doux, doux, dit la fille.

— Gendry, chuinta-t-elle. Il faut que je parle à Gendry.

— Il est retourné à la rivière, m'dame. Il est reparti pour sa forge, et puis s'occuper de Saule et des petits, pour qu'ils soient en sécurité. »

Personne ne peut assurer leur sécurité. Elle se remit à tousser. « Ah, laisse-la s'étouffer. Économise-nous une corde. » L'une des ombres d'hommes écarta la fille d'une poussée. Il était revêtu d'anneaux de mailles rouillés et avait une ceinture cloutée. Une interminable rapière et un poignard lui battaient la hanche. Un immense manteau jaune était collé sur ses épaules, crasseux et trempé. Son encolure servait de support à une tête de chien à mufle d'acier dont un grondement retroussait les babines et dénudait les crocs.

« *Non*, protesta Brienne en un gémissement. Non, vous êtes mort. Je vous ai tué. »

Le Limier éclata de rire. « Tu retardes d'un tour. Ce coup-ci, c'est moi qui vais te tuer. Je le ferais bien tout de suite, mais m'dame tient à te voir pendue. »

Pendue. Le terme déclencha en elle une brusque décharge de peur. Elle examina la fille, Jeyne. *Elle est trop jeune pour être aussi dure.* « Le pain et le sel… haleta Brienne. L'auberge… Septon Meribald a nourri les enfants… Nous avons rompu le pain avec votre sœur…

— Le droit de l'hôte n'a plus tant de sens comme que c'était avant, répondit la fille. Plus depuis que m'dame est revenue des noces. Y en a, dans ceux qui se balancent au bord de la rivière, qui se sont figuré qu'ils étaient des hôtes, eux aussi.

— Mais nous, on s'est pas figuré pareil, dit le Limier. Ils voulaient des lits. On leur a filé des arbres.

— Même que des arbres, on s'en est dégotté tout plein d'autres, intervint une autre ombre, un type avec un seul œil et coiffé d'un bassinet rouillé. On s'en est toujours dégotté tout plein de nouveaux. »

Quand le temps fut venu de se remettre en selle, on lui enfonça sur le crâne un capuchon de cuir. Il ne comportait pas de trous pour les yeux, et le cuir étouffait tous les bruits autour d'elle. Le goût des oignons s'attardait sur sa langue, aussi virulent que la certitude de son échec. *Ils comptent me pendre.* Elle pensa à Jaime, à Sansa, à son père, là-bas, à Torth, et rendit grâces à la cagoule qui servait au moins à dissimuler ses yeux gonflés de larmes. De temps à autre, elle entendait les hors-la-loi causer, mais il lui était impossible de distinguer leurs propos. Au bout de quelque temps, elle s'abandonna à son épuisement et au rythme lent et régulier des pas de son cheval.

Cette fois, elle rêva qu'elle était de retour chez elle, à la Vesprée. À travers les hautes fenêtres en ogive de la grande salle de messire son père, elle voyait le soleil tout juste en train de se coucher. *J'étais en sécurité, ici. J'étais en sécurité.*

Elle était habillée de brocart de soie, portant une robe écartelée de bleu et de rouge qu'ornaient des soleils d'or et des croissants de lune argent. Ce costume aurait été ravissant sur une autre fille, mais pas sur elle. Elle était âgée de douze ans, mal à l'aise, empruntée, et elle attendait le jeune chevalier auquel son père avait combiné de la marier, un garçon qui était son aîné de six ans et qui avait la certitude d'être un jour un champion célèbre. Elle appréhendait son arrivée. Elle avait des seins trop petits, des mains et des pieds trop grands. Ses cheveux persistaient à se montrer rebelles, et elle avait un bouton niché dans le pli voisin de son nez. « Il t'apportera une rose », lui avait promis son père, mais une rose ne rimait à rien, une rose ne pouvait pas garantir sa sécurité. C'était une épée qu'elle voulait. *Féale. Il faut que je retrouve la petite. Il faut que je retrouve l'honneur de Jaime.*

Finalement, les portes s'ouvrirent à deux battants, et son promis pénétra dans la grande salle de Père. Elle s'efforça de l'accueillir conformément aux instructions qu'elle avait reçues, mais sa bouche ne réussit à déverser que du sang. Elle s'était mordu la langue pendant qu'elle attendait. Elle la cracha aux pieds du jeune chevalier dont la physionomie manifesta l'écœurement. « Brienne la Belle, lâcha-t-il d'un ton railleur. J'ai vu des truies plus belles que vous. » Il lui jeta la rose à la figure. Comme il s'éloignait, les griffons qui ornaient son manteau se ridèrent et se brouillèrent et se transformèrent en lions. *Jaime !* voulut-elle crier. *Jaime, revenez pour moi !* Mais sa langue gisait par terre auprès de la rose, noyée dans le sang.

Brienne se réveilla subitement, le souffle coupé.

Elle ne savait pas où elle était. L'atmosphère était froide et confinée, elle sentait l'humus et les vers et la moisissure. On l'avait étendue sur une paillasse sous des monceaux de peaux de mouton, elle avait au-dessus d'elle une voûte rocheuse, et des racines jaillissaient des murs. L'unique lumière provenait d'un bout de chandelle qui fumait au milieu d'une flaque de cire fondue.

Elle rejeta les peaux de mouton. Quelqu'un l'avait dépouillée de son armure et de ses vêtements, s'avisa-t-elle. Elle était habillée d'une chemise de laine marron, pas bien épaisse mais lavée de frais. Elle avait l'avant-bras placé dans une éclisse et enveloppé de bandages, toutefois. Un côté de sa figure était tout humide et comme paralysé. En se palpant, elle découvrit une espèce de cataplasme flasque qui lui recouvrait la joue, la mâchoire et l'oreille. *Mordeur...*

Brienne se mit debout. Elle eut l'impression que ses jambes avaient autant de consistance que de l'eau, que sa tête était aussi légère qu'une baudruche d'air. « Il y a quelqu'un, ici ? »

Quelque chose remua dans l'obscurité de l'un des renfoncements qui se devinaient derrière la chandelle ; un vieil homme gris vêtu de haillons. Les couvertures qui l'avaient protégé jusque-là glissèrent par terre. Il se dressa sur son séant et se frotta les yeux. « Lady Brienne ? Vous m'avez flanqué une de ces frousses ! J'étais en train de rêver. »

Non, songea-t-elle, *mais moi si.* « Qu'est-ce que c'est que cet endroit ? C'est un cachot ?

— Une grotte. Il nous faut faire comme les rats, retourner dare-dare à nos trous quand les chiens nous pourchassent au flair, et il y a de plus en plus de chiens chaque jour. » Les loques qu'il portait étaient les vestiges d'une vieille robe rose et blanche. Ses cheveux étaient longs, gris, enchevêtrés, les peaux flasques de ses joues et de son menton tapissées de picots rêches. « Avez-vous faim ? Parviendriez-vous à garder une tasse de lait ? Peut-être un peu de pain et de miel ?

— Je veux mes vêtements. Mon épée. » Elle se sentait nue sans sa maille, et elle brûlait d'avoir Féale contre son flanc. « La sortie. Montrez-moi la sortie. » Le sol de la caverne était en pierre et en terre battue, rugueux sous la plante de ses pieds. Même à présent, elle était consciente du délire qui lui donnait comme l'illusion qu'elle était en train de flotter. Les vacillations de la flamme projetaient des ombres bizarres. *Les esprits des tués*, songea-t-elle, *que ma présence met tous en transe, et qui se planquent dès que je me tourne pour les regarder.* De toutes parts, elle distinguait des trous, des failles et des crevasses, mais il n'y avait pas moyen de savoir quels passages menaient à l'extérieur, lesquels ne feraient que l'entraîner plus profondément dans la grotte et lesquels n'allaient nulle part. Ils étaient tous d'un noir de poix.

« Pourrais-je me permettre de tâter votre front, ma dame ? » La main de son geôlier était durcie de cals et couturée de cicatrices et pourtant singulièrement douce. « Votre fièvre a baissé, annonça-t-il d'une voix qu'embaumaient les intonations des Cités libres. Bel et bien. Rien qu'hier, votre chair faisait encore l'effet d'être en feu. Jeyne redoutait que nous ne vous perdions.

— Jeyne ? La grande fille ?

— Celle-là même. Quoiqu'elle ne soit pas aussi grande que vous, ma dame. Longue Jeyne, les gens l'appellent. C'est elle qui vous a remis le bras et vous l'a éclissé, aussi bien que n'importe quel mestre. Elle a fait aussi tout ce qu'elle a pu pour votre visage en nettoyant les plaies avec de la bière bouillie pour couper net à la gangrène. Malgré cela… une morsure humaine est une chose répugnante. C'est de là qu'est venue la fièvre, j'en suis convaincu. » L'homme gris toucha les pansements de sa figure. « Nous avons été obligés de trancher un peu dans la chair. Vous ne serez pas bien jolie, j'ai peur. »

Je ne l'ai jamais été. « Des cicatrices, vous voulez dire ?

— Ma dame, cette créature vous a déchiqueté la moitié de la joue. »

Brienne ne put s'empêcher de tressaillir. *Chaque chevalier porte des stigmates de bataille*, l'avait prévenue ser Bonvainc, lorsqu'elle l'avait prié de lui enseigner l'escrime. *Est-ce de cela que tu as envie, mon enfant ?* Mais là, son vieux maître d'armes parlait des marques de coups d'épée ; il n'aurait jamais pu prévoir les dents effilées de Mordeur. « Pourquoi remettre mes os en place et nettoyer mes blessures si vous avez seulement l'intention de me pendre, et c'est tout ?

— Pourquoi, effectivement ? » Il se tourna vers la chandelle comme s'il ne pouvait plus supporter de regarder Brienne. « Vous vous êtes vaillamment battue, à l'auberge, on me dit. Lim n'aurait pas dû quitter le carrefour. Il avait pour consigne de rester à proximité, caché, d'arriver tout de suite s'il voyait de la fumée s'élever de la cheminée… Mais quand il a reçu la nouvelle qu'on avait vu le Chien Fou de Salins se diriger vers le nord le long de la Ruffurque, il a mordu à l'hameçon. Cela faisait si longtemps que nous recherchions cette clique-là… N'empêche qu'il aurait dû se montrer plus malin. En tout état de cause, il s'est passé une demi-journée avant qu'il ne saisisse que les Pitres s'étaient servis d'un cours d'eau pour brouiller leur piste et rebrousser chemin derrière lui, et puis il a perdu encore plus de temps à contourner une colonne de chevaliers Frey. Sans vous, il aurait pu ne rester à l'auberge que des cadavres quand Lim et ses hommes sont finalement revenus. *Là* est peut-être la raison pour laquelle Jeyne a pansé vos blessures. Quelque forfait que vous ayez pu perpétrer par ailleurs, ces blessures-là, vous les avez gagnées honorablement, au service de la meilleure des causes. »

Quelque forfait que vous ayez pu perpétrer par ailleurs. « De quel forfait vous figurez-vous donc que j'aie pu me rendre coupable ? dit-elle. *Qui êtes-vous ?*

— À nos débuts, nous étions des hommes du roi, lui répondit son interlocuteur, mais il faut un roi à des hommes du roi, et nous n'en avons aucun. Nous étions des frères aussi, mais maintenant notre fraternité est rompue. Je ne sais pas qui nous sommes, à franchement parler, ni quelle pourrait bien être notre destination. Je sais seulement que la route est sombre. Les feux ne m'ont pas révélé sur quoi elle finit par aboutir. »

Je sais où elle s'achève. J'ai vu les cadavres dans les arbres. « Les feux », répéta Brienne. Elle comprit tout à coup. « Vous êtes le prêtre de Myr. Le magicien rouge. »

Il abaissa son regard sur ses robes dépenaillées et sourit tristement. « Le prétendant rose, plutôt. Je suis Thoros, dit jadis de Myr, ouais. Mauvais prêtre et pire magicien.

— Vous chevauchez avec Dondarrion. Le seigneur la Foudre.

— La foudre arrive et part et puis ne se voit plus. Pareil aussi avec les hommes. Le feu de lord Béric est sorti de ce monde, je crains. Une ombre plus sinistre nous conduit à sa place.

— Le Limier ? »

Le prêtre fit une moue pincée. « Le Limier est mort et enterré.

— Je l'ai vu. Dans les bois.

— Un rêve de fièvre, ma dame.

— Il a dit qu'il me pendrait bien volontiers.

— Les rêves eux-mêmes peuvent mentir. Ma dame, combien de temps cela fait-il que vous n'avez pas mangé ? Vous devez avoir faim, sûrement ? »

Elle se rendit compte que c'était le cas, effectivement. Elle se sentait le ventre creux. « Quelque chose… quelque chose à avaler serait le bienvenu, je vous remercie.

— Un repas, alors. Asseyez-vous. Nous bavarderons ensuite plus longuement, mais d'abord un repas. Attendez ici. » Thoros alluma un bougeoir à la chandelle qui s'affaissait peu à peu et s'évanouit dans un trou noir qui s'ouvrait sous une saillie du roc. Brienne se retrouva toute seule dans la petite grotte. *Mais pour combien de temps ?*

Elle y rôda de-ci de-là, en quête d'une arme. N'importe quelle espèce d'arme lui aurait convenu : bâton, canne, dague. Elle découvrit uniquement des cailloux. L'un d'eux s'adaptait joliment à son poing. Mais elle se souvint des Murmures et de ce qui s'était produit quand Huppé-le-Louf avait prétendu opposer une pierre à un poignard. En entendant revenir et se rapprocher les pas du prêtre, elle laissa tomber son bout de rocher sur le sol de la caverne et se rassit.

Thoros apportait du pain, du fromage et une bolée de ragoût. « Je suis désolé, dit-il. Ce qu'il restait de lait s'est aigri, et il n'y a plus une larme de miel. Les vivres se raréfient. Ceci vous remplira tout de même l'estomac. »

Le ragoût était froid et graisseux, le pain coriace et le fromage encore plus coriace. Brienne n'avait jamais rien mangé d'aussi succulent. « Mes compagnons se trouvent-ils ici ? » demanda-t-elle au prêtre, tout en raclant avec sa cuillère les derniers reliefs de rata figé.

« Le septon a été laissé libre de poursuivre sa route à sa guise. Il était l'innocence même. Les autres sont bien ici, dans l'attente de leur jugement.

— Jugement ? » Elle fronça les sourcils. « Podrick Payne n'est qu'un gosse !

— Il se dit écuyer.

— Vous connaissez la propension des petits garçons aux fanfaronnades…

— L'écuyer du Lutin. Il a pris part à des batailles, de son propre aveu. Il a même tué, d'après ce qu'il raconte.

— Un gosse, répéta-t-elle. Ayez pitié de lui.

— Ma dame, répliqua Thoros, je ne doute pas que l'on ne puisse encore trouver quelque part dans ces Sept Couronnes de la bonté, de la miséricorde et du pardon, mais ne les cherchez pas ici. Nous sommes dans une caverne, pas dans un temple. Lorsque des hommes se voient contraints de vivre comme des rats sous terre, dans le noir, ils sont bientôt à court de compassion comme de miel et de lait.

— Et la justice ? Est-ce là une denrée impossible à dénicher dans des cavernes ?

— La justice. » Thoros sourit d'un air las. « Je me souviens de la justice. La saveur en était agréable. La justice était l'unique objet de nos vœux, quand Béric a pris notre tête, ou du moins nous le sommes-nous dit. Nous étions des hommes du roi, des chevaliers et des héros… Mais il en va de certains chevaliers comme des nuits, ils sont sombres et pleins de terreurs. La guerre nous transforme en monstres tous tant que nous sommes.

— Êtes-vous en train de dire que vous êtes des monstres ?

— Je suis en train de dire que nous sommes des humains. Vous n'êtes pas la seule à avoir des blessures, lady Brienne. Certains de mes frères étaient des hommes de bien quand tout ceci a débuté. Certains autres l'étaient… plutôt moins, dirons-nous. Encore qu'il y ait des gens pour prétendre que peu importe comment un homme commence et qu'il n'y a d'essentiel que sa manière de finir. Je suppose que c'est la même chose pour les femmes. » Il se remit debout. « Je crains que notre temps d'aparté ne soit maintenant terminé. J'entends arriver mes frères. Notre dame vous envoie chercher. »

Brienne entendit leurs bruits de pas et vit se mouvoir la lumière des torches dans le passage. « Vous m'aviez dit qu'elle était partie pour Beaumarché.

— Et c'était le cas. Elle en est revenue pendant que nous dormions. Elle-même ne dort jamais. »

Je ne veux pas avoir peur, se dit-elle, mais il était déjà trop tard pour cela. *Je ne veux pas leur laisser voir ma peur*, se jura-t-elle à la place. Ils étaient quatre, des durs à cuire à la mine hâve, vêtus de mailles, d'écailles et de cuir. Elle reconnut l'un d'entre eux ; le borgne qu'elle avait distingué dans ses rêves.

Le plus grand des quatre portait un manteau jaune en guenilles et couvert de taches. « Bouffé avec plaisir ? demanda-t-il. J'espère. C'est le dernier repas que vous risquez d'avoir fait, toujours. » Il avait les cheveux bruns, de la barbe, des muscles impressionnants, et un nez cassé qui s'était mal réparé. *Je connais ce type*, songea Brienne. « Vous êtes le Limier. »

Il se fendit d'un large sourire. Ses dents étaient épouvantables : crochues et striées de caries brunes. « Je suppose que oui. Vu la façon que m'dame y est allée pour tuer le dernier. » Il détourna la tête pour cracher.

Elle se ressouvint des éclairs qui zébraient la nuit, de la boue sous ses pieds. « C'est Rorge que j'ai tué. Il avait pris le heaume sur la tombe de Clegane, et vous en avez vous-même dépouillé son cadavre.

— Je ne l'ai pas entendu soulever d'objection. »

Thoros ravala son souffle, consterné. « Est-ce vrai ? Le heaume d'un mort ? Sommes-nous tombés si bas ? »

Le grand diable lui décocha un coup d'œil renfrogné. « C'est du bon acier.

— Il n'y a rien de bon dans ce heaume, pas plus que dans les hommes qui l'ont porté, déclara le prêtre rouge. Sandor Clegane était un homme à la torture, et Rorge une bête fauve planquée dans une peau humaine.

— J'suis pas eux.

— Alors, pourquoi montrer leur face au monde ? Sauvage, grondant, tordu… Est-ce là ce que tu voudrais être, Lim ?

— Sa vision foutra la trouille à mes adversaires.

— Sa vision me fout la trouille, à moi.

— Z'avez qu'à fermer les yeux, dans ce cas. » L'individu au manteau jaune fit un geste brusque. « Aboulez la pute. »

Brienne ne résista pas. Ils étaient quatre, et elle était faible et blessée, nue sous la chemise de laine. Il lui fallut courber l'échine pour éviter de se cogner le crâne dans le passage sinueux qu'ils lui firent emprunter. Droit devant, le chemin se mit à grimper sec puis vira par deux fois avant de déboucher dans une caverne beaucoup plus importante que la première et bondée, elle, de hors-la-loi.

Un brasier brûlait dans une fosse creusée au beau milieu, et l'atmosphère était bleue de fumée. Des hommes s'agglutinaient auprès des flammes afin de tromper l'ambiance glaciale des lieux. D'autres se tenaient debout le long des parois ou bien assis, les jambes en tailleur, sur des matelas de paille. Il y avait également des femmes, et même quelques enfants qui pointaient un œil furtif de derrière les jupes de leurs mères. Le seul visage connu de Brienne était celui de Longue Jeyne Heddle.

Une table à tréteaux avait été dressée en travers de la grotte, dans une faille du rocher. Derrière était assise une femme tout en gris, revêtue d'un manteau et coiffée d'un capuchon. Ses mains tenaient une couronne, un simple bandeau de bronze entouré d'épées de fer. Elle était en train de l'examiner, le bout de ses doigts caressant les lames comme pour en éprouver le tranchant. Ses prunelles luisaient sous le capuchon.

Le gris était la couleur des sœurs silencieuses, les servantes attitrées de l'Étranger. Brienne sentit un frisson lui parcourir l'épine dorsale. *Cœurdepierre.*

« M'dame, dit le grand diable. La voici.

— Ouais, ajouta le borgne. La pute au Régicide. »

Brienne sursauta. « Qu'est-ce qui vous autorise à m'appeler de cette façon ?

— Si j'avais eu un cerf d'argent pour chacune des fois que vous avez prononcé son nom, je serais aussi riche que vos Lannister d'amis.

— C'était seulement… Vous ne comprenez pas…

— Ah bon, non ? » Le grand diable se mit à rire. « Je crois qu'on pourrait. Y a comme qui dirait du puant de *lion* dans les entours de votre personne, dame.

— Il n'en est rien. »

Un autre des hors-la-loi s'avança, un homme plus jeune en justaucorps graisseux de peau de mouton. Dans son poing se trouvait Féale. « Ça prouve que si. » Sa voix était comme givrée par les intonations du Nord. Il tira l'épée de son fourreau et la déposa devant lady Cœurdepierre. À la lumière qui émanait du feu de la fosse, les rides rouges et noires incluses dans la lame avaient presque l'air de se mouvoir, mais la femme en gris n'eut d'yeux que pour le pommeau : une tête de lion en or, avec des yeux de rubis qui brillaient comme deux étoiles sanglantes.

« Il y a également ceci. » Thoros de Myr tira un parchemin de sa manche et le déposa auprès de l'épée. « Le document est frappé du sceau du marmot royal, et il affirme que le porteur a reçu pour mission une affaire qui le concerne. »

Lady Cœurdepierre reposa l'épée pour lire la lettre.

« L'épée m'a été donnée dans un but louable, intervint Brienne. Ser Jaime avait solennellement juré à Catelyn Stark…

— Avant ou après que ses potes à lui tranchent sa gorge à elle ? la coupa le grand diable au manteau jaune. On sait tous à quoi s'en tenir sur le Régicide et sur ses serments. »

Ça ne sert à rien, comprit brusquement Brienne. *Rien de ce que je pourrai dire ne les ébranlera.* Elle ne s'en jeta pas moins éperdument à l'eau. « Il avait promis à lady Catelyn de lui rendre ses filles, mais quand nous avons fini par atteindre Port-Réal, elles en avaient déjà disparu. Jaime m'a envoyée à la recherche de lady Sansa…

— Et si vous aviez trouvé la petite, demanda le jeune Nordien, qu'étiez-vous censée faire d'elle ?

— La protéger. L'emmener quelque part en sécurité. »

Le grand diable s'esclaffa. « Où ça, quelque part ? Dans les oubliettes à Cersei ?

— Non.

— Niez-le tant qu'il vous plaira. Cette épée dit que vous êtes une menteuse. Sommes-nous supposés gober que les Lannister offrent des épées d'or et de rubis à des *ennemis* ? Que le Régicide comptait sur vous pour dérober la petite aux poursuites de *son propre frère* ? Je suppose que le papier frappé du sceau du marmot royal était juste pour le cas où vous auriez eu besoin de vous torcher le cul ? Et puis, y a la compagnie que vous avez… » Le grand diable se tourna pour faire signe d'amener, les rangs des hors-la-loi s'ouvrirent, et l'on fit avancer deux captifs de plus. « Le gamin, c'était le propre écuyer au Lutin, m'dame, annonça-t-il à lady Cœurdepierre. Et l'aut', c'est un des chevaliers de la putain de maisonnée de cette ordure de Randyll Tarly. »

Hyle Hunt avait été si salement tabassé que sa figure était boursouflée au point de le rendre presque méconnaissable. Il trébucha lorsque ses gardes le poussèrent et faillit tomber. Podrick le rattrapa par le bras. « Ser, dit le gamin d'un ton misérable, lorsqu'il aperçut Brienne. Ma dame, je veux dire. Pardon.

— Tu n'as aucune raison de demander pardon. » Brienne se tourna vers lady Cœurdepierre. « De quelque trahison que vous m'accusiez, ma dame, Podrick et ser Hyle n'y ont eu nulle part.

— Ils sont des lions, fit le borgne. C'est suffisant. Z'ont qu'à pendre, moi je dis. Tarly a pendu une vingtaine des nôtres, il est plus que temps qu'on lui encorde aussi à notre tour quelques-uns des siens. »

Ser Hyle adressa à Brienne un vague sourire. « Ma dame, fit-il, vous auriez dû m'épouser quand je vous ai fait ma proposition. Maintenant, je crains que votre sort ne soit de mourir vierge et le mien de mourir pauvre hère.

— *Laissez-les partir !* » supplia Brienne.

La femme en gris ne répondit pas. Elle examina l'épée, le parchemin, la couronne de bronze et de fer. Finalement, sa main s'éleva jusque sous sa mâchoire, et elle s'étreignit le cou comme si elle voulait s'étrangler elle-même. Au lieu de quoi, elle parla... Elle avait une voix hésitante, brisée, torturée. Le son semblait provenir du fin fond de sa gorge, croassement pour une part, pour une part chuintement, pour une part râle d'agonie. *Le langage des damnés*, songea Brienne. « Je ne comprends pas. Qu'est-ce qu'elle vient de dire ?

— Elle a demandé le nom de votre lame, expliqua le jeune Nordien au justaucorps en peau de mouton.

— Féale », répondit Brienne.

La femme en gris *siffla* à travers ses doigts. Ses yeux étaient deux puits rouges qui flamboyaient dans l'ombre. Elle parla de nouveau.

« Non, elle dit. Appelez-la plutôt Félonne, elle dit. Elle a été forgée pour le meurtre et la trahison. Elle la baptise, elle, *Fausse Amie*. Comme vous.

— Envers qui me suis-je jamais montrée fausse ?

— Envers elle, répondit le Nordien. Se peut-il que ma dame ait oublié qu'elle avait jadis juré de la servir ? »

Il y avait une seule femme au monde que la Pucelle de Torth eût jamais juré de servir. « C'est absolument impossible, répliqua-t-elle. Elle est morte.

— La mort et les droits de l'hôte, marmonna Longue Jeyne Heddle. C'est des trucs qu'ont plus tant de sens comme que ç'avait avant, l'un pas plus que l'autre. »

Lady Cœurdepierre repoussa son capuchon et dénoua l'écharpe de laine grise qui enveloppait ses traits. Elle avait des cheveux secs et cassants, d'une blancheur d'os. Son front était tout bariolé de taches grises et vertes, moucheté des efflorescences brunes de la putréfaction. La chair de sa figure pendait en lambeaux lacérés du bas de ses yeux jusqu'à sa mâchoire. Certaines des griffures qui la sillonnaient étaient encroûtées de sang séché, mais d'autres, béantes, laissaient distinguer l'ossature sous-jacente du crâne.

Son visage, songea Brienne. *Son visage était si énergique et beau, sa peau si lisse et satinée.* « Lady Catelyn ! » Des larmes emplirent ses yeux. « On a dit… on disait que vous étiez morte.

— Elle l'est, dit Thoros de Myr. Les Frey lui ont ouvert la gorge d'une oreille à l'autre. Quand nous l'avons découverte au bord de la rivière, elle était morte depuis trois jours. Harwin m'a conjuré de la ranimer en lui donnant le baiser de vie, mais il s'était écoulé beaucoup trop de temps. Je me suis refusé à le faire, alors lord Béric m'a suppléé en la baisant sur les lèvres, et la flamme de l'existence est passée de lui à elle. Et… et elle s'est finalement levée. Puisse le Maître de la Lumière nous protéger. Elle *s'est levée.* »

Suis-je encore en train de rêver ? se demanda Brienne. *Est-ce là un cauchemar supplémentaire né des dents de Mordeur ?* « Jamais je ne l'ai trahie. Dites-le-lui. Je le jure par les Sept. Je le jure par mon *épée.* »

La chose qui avait été Catelyn Stark s'empoigna de nouveau la gorge, ses doigts pinçant les lèvres de l'abominable plaie qui lui balafrait le cou de part en part, et elle éructa de nouveaux gargouillis. « Les mots sont du vent, elle dit, traduisit le Nordien. Elle dit que vous devez prouver votre fidélité.

— Comment ? questionna Brienne.

— Elle veut son fils vivant, ou bien la mort des hommes qui l'ont assassiné, déclara le grand diable. Elle veut engraisser les corbeaux, comme ils l'ont fait aux Noces Pourpres. Les Frey et les Bolton, ouais. Nous les lui offrirons, ceux-là, nous, et autant qu'elle en voudra. Vous, tout ce qu'elle réclame de vous, c'est Jaime Lannister. »

Jaime. Le nom lui fit l'effet d'un poignard qu'on vrillait dans ses entrailles. « Lady Catelyn, je… vous ne comprenez pas… Jaime… C'est grâce à lui que je n'ai pas été violée quand les Pitres Sanglants nous ont faits prisonniers, et il est revenu sur ses pas me chercher, par la suite, il a sauté dans la fosse à l'ours, les mains vides… Je vous le jure, il n'est plus l'homme qu'il fut. Il m'a lancée à la recherche de Sansa pour que j'en assure la sécurité, il n'a pas pu prendre la moindre part aux Noces Pourpres. »

Les doigts de lady Catelyn s'enfoncèrent profondément dans sa gorge, et les mots sortirent en crépitant, étranglés, démantibulés, froids comme un filet d'eau gelée. Le Nordien tint à nouveau lieu de truchement : « Elle dit que vous devez choisir. Prendre l'épée et tuer le Régicide, ou subir la pendaison des traîtres. L'épée ou le nœud coulant, elle dit. Choisissez, elle dit. *Choisissez.* »

Brienne se rappela le rêve où elle attendait dans la grande salle de son père le garçon qu'elle devait épouser. Dans le rêve, elle s'était sectionné la langue en la mordant. *J'avais la bouche pleine de sang.* Elle prit son souffle vaille que vaille. « Je ne veux pas faire un choix pareil. »

Il s'ensuivit un long silence. Puis lady Cœurdepierre reprit la parole. Cette fois, Brienne comprit les termes utilisés. Il y en avait seulement deux. « *Pendez-les*, avait-elle croassé.

— À vos ordres, m'dame », fit le grand diable.

On attacha de nouveau les poignets de Brienne avec de la corde puis on lui fit quitter la caverne par un sentier rocheux qui grimpait en méandres jusqu'à l'air libre. Elle eut la surprise de constater que c'était le matin. Une aurore pâlotte dardait des rayons obliques à travers les bois. *Ils n'ont que l'embarras du choix pour les arbres. Ils ne seront pas obligés de nous emmener bien loin.*

Ils ne s'en donnèrent pas la peine, effectivement. Sous un saule tordu, les hors-la-loi lui enfilèrent un nœud coulant par-dessus la tête, le lui arrimèrent d'une saccade autour du cou puis balancèrent l'autre extrémité de la corde en travers d'une grosse branche. Hyle Hunt et Podrick Payne se virent attribuer des ormes. Comme ser Hyle vociférait qu'il voulait bien tuer Jaime Lannister, lui, le Limier le souffleta en pleine figure pour qu'il se taise une fois pour toutes. Il s'était recoiffé du heaume. « Si vous avez des crimes à confesser à vos dieux, ce serait le moment de vous en occuper.

— Podrick ne vous a jamais fait de mal. Mon père versera une rançon pour lui. Torth est appelée l'île aux saphirs. Envoyez Podrick apporter mes os à la Vesprée, et l'on vous offrira des saphirs, de l'argent, tout ce que vous voudrez.

— Je veux qu'on me rende ma femme et ma fille, répliqua le Limier. Est-ce que votre père peut me donner ça ? Sinon, qu'il aille se faire foutre. Le gamin pourrira à côté de vous. Quant à vos os, les loups se chargeront de les ronger.

— Tu comptes vraiment la pendre, Lim ? demanda le borgne. Ou t'as envie, c'te chienne, d'y causer à mort ? »

Le Limier rafla à la volée l'extrémité de la corde des mains de l'homme qui la tenait. « Voyons voir si elle sait danser », dit-il, en tirant un coup sec.

Brienne sentit le chanvre se contracter, s'enfoncer dans sa peau, projeter son menton vers le haut. Ser Hyle était en train de maudire éloquemment leurs bourreaux, mais le gamin ne pipait mot. Podrick ne releva jamais les yeux, pas même lorsqu'une secousse fit décoller ses pieds du sol. *Si ceci est encore un rêve de plus, il est temps que je me réveille. Si c'est en revanche la réalité, il est temps que je meure.* Elle était dans l'incapacité de rien voir d'autre que Podrick, le nœud coulant qui emprisonnait son cou grêle, ses jambes qui soubresautaient. Elle ouvrit la bouche. Pod était en train de ruer, de s'étouffer, d'*agoniser*. Brienne aspira l'air désespérément, au moment même où la corde se mettait à l'étrangler. Jamais rien n'avait été si douloureux.

Elle cria un mot.

CERSEI

Septa Mohelle était une mégère à cheveux blancs, dont la figure était aussi fine qu'une lame de hache et la lippe constamment pincée d'un air réprobateur. *En voilà une qui a toujours son pucelage, je parie*, songea Cersei, *sauf qu'il doit être maintenant aussi coriace et racorni que du cuir bouilli.* Six des chevaliers du Grand Moineau escortaient la religieuse, munis des boucliers découpés en forme de cerf-volant noir et blasonnés de l'épée arc-en-ciel typiques de leur ordre ressuscité.

« Septa. » Vêtue de soie verte et de dentelle d'or, Cersei occupait son siège au-dessous du Trône de Fer. « Dites à Sa Sainteté Suprême que Nous sommes mécontente d'Elle. Elle outrepasse toutes les bornes. » Des émeraudes étincelaient à ses doigts et dans ses cheveux d'or. Les yeux de la Cour et de la ville étaient attachés sur sa personne, et elle entendait qu'ils voient en elle la fille de lord Tywin. Lorsque cette farce bouffonne serait terminée, tous ces gens-là sauraient qu'ils avaient une seule et unique reine véritable. *Mais d'abord il nous faut danser la danse et sans rater le moindre pas.* « Lady Margaery est la gente et légitime épouse de mon fils, sa compagne et consort. Sa Sainteté Suprême n'avait aucun motif de porter la main sur sa personne pas plus que de les faire incarcérer, elle et ses cousines qui nous sont si chères à tous. J'exige qu'on les relâche. »

La physionomie sévère de Septa Mohelle ne broncha pas. « Je rapporterai les paroles de Votre Grâce à Sa Sainteté Suprême, mais je suis navrée de le dire, la jeune reine et ses dames ne peuvent être relâchées, le cas échéant, tant que leur innocence n'a pas été dûment prouvée.

— *Innocence ?* Mais vous n'avez qu'à jeter un coup d'œil sur leurs jeunes et charmants visages pour voir à quel point elles sont innocentes !

— Un charmant visage masque souvent un cœur de pécheur. »

De la table du Conseil, lord Merryweather intervint alors. « De quelle faute ces jouvencelles ont-elles été accusées, et par qui ? »

La septa répondit : « Megga Tyrell et Elinor Tyrell se trouvent accusées de lubricité, de fornication et de complot visant à la haute trahison. Alla Tyrell est accusée d'avoir été témoin de leur infamie et de les avoir aidées à la dissimuler. Tous ces chefs d'inculpation s'appliquent également à la reine Margaery, avec en plus ceux d'adultère et de haute trahison. »

Cersei posa une main sur sa poitrine. « Dites-moi qui répand de telles calomnies sur le compte de ma belle-fille ! Je ne crois pas un mot de tout cela. Mon cher fils aime lady Margaery de tout son cœur, elle n'aurait jamais été capable de pousser la cruauté jusqu'à jouer double jeu avec lui.

— L'accusateur est un chevalier de votre propre maisonnée. Ser Osney Potaunoir a confessé son commerce charnel avec la reine à Sa Sainteté Suprême en personne, devant l'autel du Père. »

À la table du Conseil, Harys Swyft eut le souffle coupé, tandis que le Grand Mestre Pycelle détournait sa face. L'atmosphère s'emplit de bourdonnements, comme si l'on venait de lâcher dans la salle du Trône un millier de guêpes. Certaines des dames installées dans les tribunes commencèrent à s'esquiver, suivies du fond de la salle par un flot de menus seigneurs et de chevaliers. Les manteaux d'or les laissèrent se défiler, mais la reine avait intimé l'ordre à ser Osfryd de prendre note de tous ceux qui décamperaient. *Voilà que, brusquement, la rose Tyrell n'exhale plus un parfum si suave que ça...*

« Ser Osney est jeune et paillard, je veux bien vous l'accorder, fit la reine, mais il n'en est pas moins un chevalier loyal. S'il déclare qu'il a pris part à ce... Non, cela ne saurait être. Enfin, Margaery est vierge !

— Elle ne l'est pas. Je l'ai examinée moi-même, sur les instances de Sa Sainteté Suprême. Son pucelage n'est pas intact. Septa Aglantine et Septa Melicent le confirmeront, tout comme le confirmera la septa personnelle de la reine Margaery, Nysterica, que l'on a recluse dans une cellule de pénitente pour son rôle dans l'opprobre de sa maîtresse. Lady Megga et lady Elinor ont été examinées, elles aussi. On a découvert que toutes deux sont également déjà déflorées. »

Les bourdonnements de guêpes devenaient si forts que la reine pouvait à peine s'entendre elle-même penser. *J'espère, oh, sincèrement ! que la petite reine et ses cousines se sont bien régalées de leurs chevauchées...*

Lord Merryweather tapa du poing sur la table. « Lady Margaery avait solennellement attesté par serment de sa virginité tant à Sa Grâce qu'à feu messire son père. Nombre d'autres personnes en ont aussi témoigné ici même. Lord Tyrell en personne s'est lui-même porté garant de son innocence, ainsi que lady Olenna, que nous savons tous être au-dessus de tout reproche. Prétendriez-vous donc nous faire accroire que toutes ces nobles gens nous en ont *menti* ?

— Il se peut qu'on les ait eux-mêmes trompés tout autant, messire, répondit Septa Mohelle. Je ne saurais me prononcer là-dessus. Je puis exclusivement jurer de la véracité de ce que j'ai découvert par moi-même lorsque j'ai examiné la reine. »

Le tableau formé par cette aigre sorcière antique fourrant ses paluches fripées dans le petit con rose de Margaery était si burlesque que Cersei faillit éclater de rire. « Nous insistons pour que Sa Sainteté Suprême autorise nos propres mestres à examiner ma belle-fille, afin de déterminer si ces allégations diffamatoires recèlent la moindre parcelle de vérité. Grand Mestre Pycelle, vous raccompagnerez Septa Mohelle au Septuaire du Bien-Aimé Baelor, et vous reviendrez nous dire ce qu'il en est exactement du pucelage de notre Margaery. »

Le teint de Pycelle était devenu d'une blancheur de lait caillé. *Aux séances du Conseil, ce maudit vieil imbécile est intarissable, mais à présent que trois mots de sa part me rendraient service, voilà qu'il a perdu sa puissante éloquence*, eut le temps de songer la reine, avant que le vieillard ne réussisse finalement à déballer : « Il n'est pas nécessaire que j'examine ses… ses parties intimes. » Sa voix n'était qu'un trémolo gélatineux. « Je suis affligé de le déclarer… mais la reine Margaery n'est pas vierge. Elle m'a prié de lui faire son thé de lune, non pas une fois, mais à maintes reprises. »

Le tollé qui suivit sa déclaration fut mieux que tout ce que Cersei Lannister aurait jamais pu espérer.

Même le héraut royal martelant le dallage avec son bâton ne réussit guère à restreindre le vacarme. La reine s'en laissa submerger pendant quelques battements de cœur, toute à la jouissance de la disgrâce tapageuse de la petite reine. Quand ce charmant scandale eut assez duré, elle se leva et, les traits pétrifiés, commanda aux manteaux d'or de faire évacuer la salle. *C'en est fini, de Margaery Tyrell*, songea-t-elle, au comble de l'exultation. Pendant qu'elle opérait sa sortie par la porte du roi, derrière le Trône de Fer, ses blancs chevaliers se reployèrent autour d'elle : Boros Blount, Meryn Trant et Osmund Potaunoir, derniers des membres de la Garde Royale encore présents dans la ville.

Sa marotte à la main, Lunarion se tenait auprès du chambranle à contempler tout ce tohu-bohu de ses gros yeux écarquillés. *Bouffon il peut être, mais du moins arbore-t-il franchement sa bouffonnerie. Maggy la Grenouille aurait dû porter le même costume arlequiné, vu sa science incomparable de l'avenir.* Cersei fit vœu que la vieille fût en train de glapir en enfer pour expier ses charlataneries. Liquidée, la reine plus jeune dont elle avait prophétisé la venue, et puisqu'il était possible de faire échec à cette prédiction-là, de même en irait-il pour tout le restant. *Pas de linceuls dorés, pas de* valonqar, *me voici enfin libérée de tes coassements, sale bête.*

Les vestiges de son Conseil restreint la suivirent à l'extérieur. Harys Swyft était manifestement hébété. Il trébucha sur le seuil et se serait flanqué par terre si Aurane Waters ne l'avait empoigné par le bras. Orton Merryweather lui-même paraissait très inquiet. « Les gens du peuple aiment beaucoup la petite reine, dit-il. Cette histoire ne va sûrement pas leur plaire. Je redoute ce qu'il pourrait résulter de là, Votre Grâce.

— Lord Merryweather a raison, abonda lord Waters. S'il plaît à Votre Grâce, je procéderai au lancement de tous nos autres nouveaux dromons. Leur vue sur la Néra, avec la bannière du roi Tommen flottant en haut de leurs mâts, ne manquera pas de rappeler à la ville qui gouverne ici, et elle assurera par la même occasion leur sécurité, au cas où la populace serait à nouveau tentée de déclencher des émeutes. »

Il laissa le reste inexprimé ; une fois sur la Néra, ses dromons pourraient empêcher Mace Tyrell de ramener son armée de l'autre côté de la rivière, exactement comme Tyrion avait déjà empêché Stannis de le faire. Hautjardin ne possédait pas de forces maritimes en propre dans cette partie de Westeros. Il dépendait de la flotte Redwyne, laquelle était actuellement en train de retourner à la Treille.

« Une mesure prudente, approuva la reine. En attendant que cet orage soit passé, je veux vos vaisseaux munis de leurs équipages et sur l'eau. »

Ser Harys Swyft était si livide et en nage qu'il semblait sur le point de s'évanouir. « Quand lord Tyrell apprendra ce qui se passe ici, sa fureur ne connaîtra pas de bornes. Il y aura du sang dans les rues… »

Le chevalier au poulet jaune, musa Cersei. *Vous devriez adopter un ver pour emblème, ser. Un poulet est trop hardi pour vous. Si Mace Tyrell ne cherche même pas à assaillir Accalmie, comment vous figurez-vous qu'il aurait jamais l'audace de s'attaquer aux dieux ?* Lorsqu'il eut fini de débiter ses sornettes, elle dit : « Il ne saurait être question d'en venir à verser le sang, et j'entends veiller à ce que cela n'arrive pas. Je vais me rendre en personne au Septuaire de Baelor pour m'entretenir avec la reine Margaery et avec le Grand Septon. Tommen les aime tous les deux, je le sais, et il souhaiterait que je m'emploie à faire la paix entre eux.

— La paix ? » Ser Harys s'épongea le front avec une manche de velours. « Si la paix est possible… C'est très courageux de votre part.

— Une espèce de procès peut se révéler nécessaire, reprit-elle, afin de réfuter ces mensonges et ces calomnies ignobles et d'établir aux yeux du monde que notre chère Margaery est bel et bien l'innocente que nous savons tous qu'elle est.

— Ouais, fit Merryweather, mais ce Grand Septon-là risque de vouloir se charger de juger la reine lui-même, ainsi que la Foi jugeait les gens dans les anciens temps. »

Et c'est bien ce que j'espère, songea Cersei. Un tribunal de cet acabit était peu susceptible de se montrer bien indulgent vis-à-vis d'une reine qui écartait ses cuisses pour des chanteurs et profanait les rituels sacrés de la Jouvencelle afin de cacher son ignominie. « Ce qui importe, c'est de découvrir la vérité, je suis persuadée que nous en sommes tous d'accord, déclara-t-elle. Et maintenant, messires, vous devez m'excuser. Il me faut aller voir le roi. Il ne devrait pas se trouver seul en un moment pareil. »

Tommen était à la pêche aux chats lorsque sa mère vint le retrouver. Avec des bribes de fourrure, Dorcas lui avait bricolé une souris qu'elle avait ensuite attachée au bout d'un long fil fixé sur une ancienne canne à pêche. Les chatons adoraient pourchasser ce leurre, et le petit n'aimait rien tant que de le faire prestement sauter sur le plancher quand ils bondissaient à sa suite. Il se montra tout étonné quand Cersei le cueillit dans ses bras et le baisa sur le front. « Qu'est-ce qui vous arrive, Mère ? Pourquoi est-ce que vous pleurez ? »

Parce que te voici sain et sauf, fut-elle tentée de lui dire. *Parce qu'il ne t'arrivera jamais de mal.* « Tu te trompes. Un lion ne pleure jamais. » Il serait toujours temps de lui parler plus tard de Margaery et de ses cousines. « Il y a quelques mandats pour lesquels j'ai besoin de ta signature. »

Par égard pour lui, la reine n'avait pas inscrit de nom sur les mandats d'arrestation. Tommen les signa tous en blanc puis, comme il le faisait toujours, imprima joyeusement son sceau dans la cire chaude. Après quoi, elle le confia à Jocelyn Swyft et le congédia.

Ser Osfryd Potaunoir survint alors que l'encre était en train de sécher. Cersei avait inscrit les noms manquants de sa propre main : ser Tallad le Grand, Jalabhar Xho, Hamish le Harpiste, Hugh Clifton, Mark Mullendor, Bayard Norcroix, Lambert Tournebaie, Horas Redwyne, Hobber Redwyne et un certain manant nommé Wat qui se faisait appeler le Barde Bleu.

« Tant que ça… » Ser Osfryd feuilleta les mandats d'un air aussi méfiant que si les mots qui grouillaient sur les parchemins avaient été des cafards. Aucun des Potaunoir ne savait lire.

« Dix. Vous avez six mille manteaux d'or. Suffisamment pour dix, je dirais. Certains des malins risquent d'avoir pris la fuite, si les rumeurs ont frappé leurs oreilles à temps. Dans ce cas-là, inutile de se tracasser, leur absence ne sert qu'à leur donner l'air d'autant plus coupables. Ser Tallad est un rien godiche, et il se peut qu'il tente de vous résister. Veillez à ce qu'il ne meure pas avant d'avouer, et ne faites aucun mal à aucun des autres. Il n'y a rien d'impossible à ce que quelques-uns soient innocents. » Il était important que les jumeaux Redwyne se révèlent en définitive avoir fait l'objet de fausses accusations. Cela contribuerait à démontrer l'équité des jugements rendus contre les autres.

« Nous les aurons tous avant le lever du soleil, Votre Grâce. » Ser Osfryd hésita. « Y a une foule qu'est en train de s'amasser devant les portes du Septuaire de Baelor.

— Quel genre de foule ? » N'importe quel fait inattendu la mettait sur ses gardes. Elle se rappela ce que lord Waters avait dit à propos d'émeutes éventuelles. *Je n'avais pas réfléchi à la façon dont cette affaire pourrait faire réagir le petit peuple. Margaery en a été le toutou chéri.* « Combien de manifestants ?

— Une centaine à peu près. Ils gueulent après le Grand Septon pour qu'il relâche la petite reine. On peut les débander vite fait, si ça vous plaît.

— Non. Laissez-les gueuler jusqu'à ce qu'ils soient complètement enroués, cela n'ébranlera pas le Moineau. Il écoute seulement les dieux. » Il y avait une certaine ironie du sort dans le fait que de la bougraille en colère campait actuellement sur le seuil de Sa Sainteté Suprême, alors que c'était tout à fait le même genre de bougraille qui l'avait bombardé à la couronne de cristal. *Qu'il s'est empressé de vendre.* « La Foi possède à présent ses propres chevaliers. À eux de défendre le Grand Septuaire. Oh, et puis fermez aussi les portes de la ville. D'ici à ce que cette affaire soit totalement terminée et réglée, personne ne doit sortir de Port-Réal ni y pénétrer sans mon autorisation.

— Aux ordres de Votre Grâce. » Ser Osfryd s'inclina et partit à la recherche de quelqu'un qui lui déchiffre les mandats.

Vers l'heure où le soleil se coucha, ce jour-là, les accusés de trahison se trouvaient déjà tous en détention. Hamish le Harpiste s'était évanoui lorsqu'on était venu le chercher, et ser Tallad le Grand avait blessé trois manteaux d'or avant d'être submergé sous le nombre. Cersei commanda de donner aux jumeaux Redwyne des chambres de tour confortables. On descendit les autres dans les cachots.

« Hamish éprouve du mal à respirer, l'informa Qyburn quand il se présenta chez elle ce soir-là. Il réclame l'ntervention d'un mestre.

— Dites-lui qu'il en aura un sitôt qu'il passera aux aveux. » Elle réfléchit un moment. « Il est trop vieux pour avoir été du nombre des amants, mais sans doute le faisait-on chanter et jouer pour Margaery pendant qu'elle divertissait d'autres hommes. Nous aurons besoin de détails.

— Je vais l'aider à se les rappeler, Votre Grâce. »

Le lendemain, Cersei se fit seconder par lady Merryweather pour décider de la tenue qu'elle porterait à l'occasion de leur visite à la petite reine. « Rien de trop riche ou de trop vif comme coloris, décréta-t-elle. Quelque chose de convenablement pieux et terne pour le Grand Septon. Il est pis que probable qu'il va me contraindre à prier avec lui. »

En fin de compte, elle choisit une robe de laine douillette qui la couvrait de la gorge aux chevilles et qui n'avait, pour adoucir la sévérité de ses lignes, que quelques petites feuilles de vigne brodées en fil d'or sur le corsage et sur les manches. Mieux encore, sa couleur marron contribuerait à camoufler les traces de sale s'il fallait à toute force s'agenouiller. « Pendant que je m'emploierai à réconforter ma belle-fille, vous causerez avec les trois cousines, enjoignit-elle à Taena. Gagnez Alla si vous le pouvez, mais faites attention à ce que vous direz. Il se peut que les dieux ne soient pas seuls à écouter. »

Jaime disait toujours que la partie la plus ardue de toute bataille était juste avant, celle où l'on attendait que débute le carnage. En mettant le pied dehors, Cersei s'aperçut que le ciel était d'un gris des plus maussades. Elle ne pouvait pas courir le risque de se faire doucher par une averse et d'arriver au Septuaire de Baelor trempée et débraillée. La litière s'imposait donc. Elle prit pour escorte dix gardes de la maison Lannister et Boros Blount. « La racaille de Margaery n'a pas forcément la jugeote de distinguer un Potaunoir d'un autre, dit-elle à ser Osmund, et je ne peux pas vous laisser tailler votre passage au travers du commun. Mieux vaut que nous vous maintenions hors de vue pendant quelque temps. »

Tandis que l'on traversait Port-Réal, Taena fut prise d'un brusque accès de doute. « Ce procès..., dit-elle à voix basse, qu'en adviendra-t-il si Margaery exige que son innocence ou sa culpabilité soient déterminées par le hasard d'un duel judiciaire ? »

Un sourire effleura les lèvres de Cersei. « En tant que reine, son honneur doit être défendu par un chevalier de la Garde Royale. Enfin bref, le dernier des mioches de Westeros sait de quelle manière le prince Aemon Chevalier-dragon servit de champion à sa sœur la reine Naerys contre les accusations de ser Morghil. Mais avec ser Loras blessé si grièvement, je crains que le rôle du prince Aemon ne doive échoir à l'un de ses frères jurés. » Elle haussa les épaules. « Lequel, seulement ? Ser Arys et ser Balon sont au diable, à Dorne, Jaime est parti pour Vivesaigues, et ser Osmund est le frère du dénonciateur de Margaery, ce qui laisse seulement... oh, là, là...

— Boros Blount et Meryn Trant. » Lady Taena se mit à rire.

« Oui, et ser Meryn se sentait bien patraque, ces derniers temps. Faites-moi penser à le lui rappeler lorsque nous retournerons au château.

— Comptez-y, mon cœur. » Taena lui prit la main et la baisa. « Les dieux me préservent de vous offenser jamais. Vous êtes terrible, une fois en colère.

— N'importe quelle mère agirait de même pour protéger ses enfants, répondit Cersei. Au fait, quand avez-vous donc l'intention d'amener à la Cour votre petit garçon ? Russell, c'est cela, n'est-ce pas, son nom ? Il pourrait s'entraîner avec Tommen.

— Il en serait aux anges, je le sais... Mais les choses sont si incertaines, juste en ce moment, j'ai cru préférable d'attendre que le danger soit passé.

— Cela ne tardera plus guère, affirma Cersei. Envoyez un message à Longuetable et faites en sorte que Russell emballe d'ores et déjà son meilleur doublet et son épée de bois. Un jeune ami nouveau sera exactement la chose qui aidera le mieux Tommen à oublier le chagrin de sa perte, après que la petite tête de Margaery aura fait la cabriole. »

Elles descendirent de la litière sous la statue de Baelor le Bienheureux. La reine eut le plaisir de constater qu'on avait déblayé les ordures et les ossements qui en déshonoraient naguère le piédestal. Ser Osfryd avait dit vrai ; l'attroupement n'était ni aussi nombreux ni aussi insubordonné que l'avaient été les moineaux. Les protestataires se tenaient çà et là, par petits groupes, à fixer d'un air rechigné les portes du Grand Septuaire, devant lesquelles avait été établie une ligne de septons novices munis de bâtons. *Point d'acier*, remarqua Cersei. Ce qui était ou bien sacrément sage ou bien follement stupide, elle ne savait trop pour laquelle des deux solutions pencher.

En tout cas, personne ne fit la moindre tentative pour lui barrer la route. Les bonnes gens comme les novices s'écartèrent sur son passage. Les portes une fois franchies, les deux femmes furent accueillies dans la salle aux Lampes par trois chevaliers, tous revêtus des robes à rayures irisées des Fils du Guerrier. « Je suis ici pour voir ma belle-fille, leur déclara Cersei.

— Sa Sainteté Suprême vous attendait. Je suis ser Theodan le Véridique, anciennement ser Theodan Puits. Si Votre Grâce veut bien m'accompagner. »

Le Grand Septon était sur ses genoux, comme toujours. Cette fois, il se trouvait en prière devant l'autel du Père. Et, loin d'interrompre ses patenôtres quand la reine approcha, il la laissa attendre et s'impatienter jusqu'à ce qu'il en eût terminé. C'est seulement alors qu'il se releva et s'inclina devant elle. « Votre Grâce. Ceci est un triste jour.

— Bien triste, en effet. Consentiriez-vous à nous accorder votre permission de nous entretenir avec Margaery et ses cousines ? » Elle s'était décidée à opter pour des manières humbles et dociles ; avec ce bougre-là, c'était le genre de tactique qui semblait marcher le mieux.

« Si tel est votre désir. Venez me retrouver ensuite, mon enfant. Il faut que nous priions ensemble, vous et moi. »

La petite reine avait été enfermée au sommet de l'une des tours élancées du Grand Septuaire. Sa cellule avait huit pieds de long sur six de large, et elle ne comportait pour tout mobilier qu'un matelas bourré de paille et un prie-dieux, une cruche d'eau, un exemplaire de *L'Étoile à sept branches* et une chandelle pour en permettre la lecture. L'unique fenêtre était à peine moins exiguë qu'une archère.

Cersei trouva Margaery pieds nus et frissonnante, habillée d'une simple chemise de bure de sœur novice. Ses mèches étaient tout enchevêtrées, et ses pieds d'une saleté repoussante. « Ils m'ont pris mes *vêtements*, lui dit la petite reine aussitôt qu'elles se retrouvèrent seule à seule. Je portais une robe de dentelle ivoire, avec des perles d'eau douce sur le corsage, mais les septas ont posé leurs *mains* sur moi et m'ont déshabillée jusqu'à la peau. Et elles ont fait pareil avec mes cousines. Megga en a expédié une paître dans les chandelles où sa robe a pris feu. Mais c'est pour Alla que je suis inquiète. Elle est devenue aussi blanche que du lait, trop effrayée pour avoir la force de pleurer.

— Pauvre enfant. » Comme il n'y avait pas de sièges, Cersei s'assit sur la paillasse aux côtés de la petite reine. « Lady Taena est allée lui parler, pour qu'elle sache bien qu'on ne l'oublie pas.

— Il ne veut même pas me laisser les voir ! fulmina Margaery. Il nous maintient toutes séparées les unes des autres. Jusqu'à ce que vous veniez, on ne me permettait de recevoir aucune visite, excepté celles des septas. Il en vient une toutes les heures me demander si je désire confesser mes fornications. Elles ne consentent même pas à me laisser dormir. Elles me réveillent pour réclamer des confessions. La nuit dernière, j'ai confessé à Septa Unella que je désirais lui arracher les yeux. »

Dommage que tu ne l'aies pas fait, songea Cersei. *Aveugler une pauvre vieille septa persuaderait certainement le Grand Moineau de ta culpabilité.* « Elles passent leur temps à questionner vos cousines de la même façon.

— Que le diable les emporte, alors ! s'exclama Margaery. Que le diable les emporte toutes aux sept enfers ! Alla est douce et timide, comment peuvent-elles lui faire subir, à elle, un pareil traitement ? Et Megga… Elle rit aussi fort qu'une putain de la zone des docks, je le sais, mais elle n'est encore, intérieurement, rien d'autre qu'une petite fille. Je les aime toutes, et elles m'aiment. Si ce moineau s'imagine qu'il va les faire mentir à mon sujet…

— Elles sont elles-mêmes accusées, je crains. Toutes les trois.

— Mes *cousines* ? » Margaery pâlit. « Alla et Megga sont à peine plus que des enfants. Votre Grâce, ceci… ceci est obscène. Voulez-vous bien nous faire sortir d'ici ?

— Si seulement je le pouvais ! » Sa voix était pleine de chagrin. « Sa Sainteté Suprême vous fait garder par ses nouveaux chevaliers. Pour vous libérer, il me faudrait envoyer les manteaux d'or et profaner ce lieu saint par une tuerie. » Elle prit la main de Margaery dans la sienne. « Je n'ai pas chômé, toutefois. J'ai fait rassembler tous ceux qui ont été nommément désignés par ser Osney comme vos amants. Ils protesteront de votre innocence auprès de Sa Sainteté Suprême, j'en suis certaine, et ils en jureront lors de votre procès.

— De mon procès ? » Il y avait désormais de la peur au fond de sa voix. Une peur incontestable. « Faut-il absolument qu'il y ait un procès ?

— De quelle autre manière voulez-vous prouver votre innocence ? » Cersei exerça une pression rassurante sur sa main. « Vous avez le droit de décider quel type de procès, d'ailleurs. Vous êtes la reine. Les chevaliers de la Garde Royale sont tenus par serment de vous défendre. »

Margaery comprit instantanément. « Un duel judiciaire ? Loras est blessé, malheureusement, sans quoi il...

— Il a six frères. »

Margaery la dévisagea puis lui retira sa main. « Est-ce une plaisanterie ? Boros Blount est un pleutre, Meryn Trant est vieux et lent, votre frère est manchot, les deux autres, Du Rouvre et Swann, se trouvent à Dorne, et Osmund est un bougre de *Potaunoir*. Loras a *deux* frères, pas six. S'il doit y avoir un duel judiciaire, c'est Garlan que je veux pour champion.

— Ser Garlan n'est pas membre de la Garde Royale, objecta Cersei. Quand c'est l'honneur d'une reine qui est en jeu, la règle et la coutume exigent qu'elle ait pour champion l'un des sept assermentés du roi. Le Grand Septon sera inflexible à cet égard, je crains. » *Je m'assurerai qu'il le soit.*

Margaery ne répondit pas tout de suite, mais ses yeux bruns se plissèrent de suspicion. « Blount ou Trant, dit-elle finalement. Il faudrait que ce soit l'un d'entre eux. Vous aimeriez bien ça, n'est-ce pas ? Ils se feraient si gentiment tailler en pièces l'un et l'autre par Osney Potaunoir... ! »

Par les sept enfers ! Cersei afficha une mine blessée. « Vous me mésestimez, ma fille. Tout ce que je souhaite…

— … c'est votre fils, pour vous seule et sans partage. Il n'aura jamais d'épouse que vous ne haïssiez. Et je ne suis *pas* votre fille, dieux merci. Laissez-moi.

— Votre attitude est ridicule. Je ne suis venue ici que pour vous aider.

— Pour m'aider à creuser ma tombe. Je vous ai demandé de me laisser. Voulez-vous me contraindre à appeler mes geôlières pour qu'elles vous jettent dehors, espèce d'odieuse garce infâme et pourrie d'intrigues ? »

Cersei rassembla ses jupes et sa dignité. « Je conçois que vous soyez complètement affolée par toute cette histoire. Je vous pardonnerai ces paroles. » Ici, comme à la Cour, on ne savait qui pouvait se trouver à l'écoute. « Je serais terrifiée moi-même, à votre place. Le Grand Mestre Pycelle a reconnu qu'il vous procurait du thé de lune, et votre Barde Bleu… Si j'étais vous, ma dame, je prierais l'Aïeule de m'accorder la sagesse et la Mère de me faire miséricorde. Je crains que vous n'ayez sous peu un besoin urgent de toutes les deux. »

Quatre septas ratatinées raccompagnèrent la reine jusqu'au bas de l'escalier de la tour. Ces antiquités semblaient toutes plus vermoulues les unes que les autres. En atteignant le niveau du sol, elles n'en poursuivirent pas moins la descente vers le cœur de la colline de Visenya. L'escalier s'achevait beaucoup plus bas, sur un long corridor éclairé par une rangée de torches aux flammes vacillantes.

Cersei trouva le Grand Septon qui l'attendait dans une petite salle d'audience heptagonale. La pierre des murs de la pièce était nue, le mobilier des plus simples et réduit à une table grossièrement équarrie, à trois sièges et à un prie-dieux. Les faces des Sept étaient sculptées dans les parois. Cersei les trouva laides et d'un travail grossier, mais une certaine puissance se dégageait de leurs effigies, notamment des yeux globuleux d'onyx, de malachite et de pierre de lune jaune qui d'une certaine façon leur conféraient un air plus ou moins vivant.

« Vous avez parlé avec la reine », attaqua d'emblée le Grand Septon.

Elle refoula sa violente envie de répliquer : *La reine, c'est moi.* « En effet.

— Tous les êtres humains pèchent, même les rois et les reines. J'ai péché aussi pour ma part, et j'ai été pardonné. Mais, à défaut de confession, il ne peut pas y avoir de pardon. La reine refuse de se confesser.

— Peut-être est-elle innocente.

— Elle ne l'est pas. De saintes septas l'ont examinée, et elles certifient que son pucelage est rompu. Elle a bu du thé de lune pour assassiner dans son sein le fruit de ses fornications. Un chevalier oint a juré sur son épée la connaître charnellement, elle-même et deux de ses trois cousines. D'autres ont également couché avec elle, dit-il, et il n'hésite pas à nommer nombre d'hommes tant de grande que d'humble condition.

— Mes manteaux d'or les ont tous incarcérés, lui garantit la reine. On n'en a encore questionné qu'un seul, un chanteur appelé le Barde Bleu. Ce qu'il avait à dire était troublant. Néanmoins, je prie pour que l'on puisse encore prouver l'innocence de ma belle-fille, lorsqu'elle sera présentée devant le tribunal. » Elle hésita. « Tommen aime si passionnément sa petite reine, Votre Sainteté, je crains qu'il ne soit terriblement dur pour lui ou ses lords de la juger équitablement. Peut-être que la Foi devrait instruire elle-même le procès ? »

Le Grand Moineau dressa ses mains jointes paume contre paume. « J'ai eu spontanément la même idée, Votre Grâce. Exactement comme Maegor le Cruel retira jadis les épées à la Foi, ainsi Jaehaerys le Conciliateur nous priva-t-il de la balance de la justice. Mais qui est véritablement apte à juger une reine, hormis les Sept d'En Haut et les dieux-voués d'ici-bas ? Une cour sacrée composée de sept juges sera instituée pour traiter de cette affaire. Trois d'entre eux seront de votre propre sexe. Une vierge, une mère et une aïeule. Qui d'autre serait mieux à même de juger de la perversité des femmes ?

— Ce serait une garantie idéale. Certes, Margaery a sans conteste le droit de réclamer que la preuve de son innocence ou de sa culpabilité soit établie par un duel judiciaire. Dans ce cas-là, son champion doit être l'un des Sept de Tommen.

— Les chevaliers de la Garde Royale ont tenu lieu de champions légitimes au roi comme à la reine depuis l'époque d'Aegon le Conquérant. La Couronne et la Foi parlent d'une seule voix sur ce point. »

Comme terrassée par le chagrin, Cersei enfouit son visage dans ses mains. Lorsqu'elle finit par relever la tête, une larme luisait dans l'un de ses yeux. « Voilà des jours de tristesse, décidément, dit-elle, mais je suis charmée de nous découvrir tellement d'accord. Si Tommen était ici, je sais bien qu'il vous remercierait. Il faut absolument que vous et moi mettions au jour ensemble la vérité.

— Nous le ferons.

— Je dois retourner au château. Avec votre permission, je remmènerai avec moi ser Osney Potaunoir. Les membres du Conseil restreint vont vouloir l'interroger et l'entendre par eux-mêmes formuler ses accusations.

— Non », dit le Grand Septon.

Ce n'était qu'un mot, un tout petit mot, mais il fit à Cersei l'effet qu'on venait de lui jeter un seau d'eau glacée en pleine figure. Elle battit des paupières, et sa certitude vacilla, juste un peu. « Ser Osney sera tenu solidement, je vous le promets.

— Il est solidement tenu ici. Venez. Je vais vous montrer. »

Cersei se sentait dévisagée par les yeux des Sept, des yeux de jade et de malachite et d'onyx, et un frisson de peur la parcourut subitement, froid comme de la glace. *Je suis la reine*, se dit-elle. *La fille de lord Tywin.* Non sans répugnance, elle suivit son hôte.

Ser Osney n'était pas bien loin. Une porte de fer massive signalait son logis. Le Grand Septon produisit la clef pour l'ouvrir et décrocha une torche du mur pour éclairer la pièce plongée dans le noir. « Après vous, Votre Grâce. »

À l'intérieur, Osney Potaunoir était suspendu au plafond par une paire de lourdes chaînes de fer et s'y balançait, nu. On l'avait fouetté. Il ne lui restait pour ainsi dire plus de peau sur le dos ni sur les épaules, et il avait aussi des cinglures et des lacérations qui s'entrecroisaient sur ses jambes et ses fesses.

La reine pouvait à peine supporter de le regarder. Elle se tourna vers le Grand Septon. « Qu'avez-vous fait *là* ?

— Nous avons cherché à connaître la vérité, le plus sérieusement du monde.

— Il vous a dit la vérité. Il est venu vous voir en toute liberté, de son propre mouvement, pour vous confesser ses péchés.

— Oui. Il a fait cela. J'ai entendu bien des confessions, Votre Grâce, mais j'ai rarement entendu quelqu'un qui soit aussi content d'être aussi coupable.

— Vous l'avez *fouetté* !

— Il ne saurait y avoir de pénitence sans souffrance. Nul être humain ne devrait s'épargner la discipline, ainsi que je l'ai dit à ser Osney. Je me sens rarement aussi proche de la divinité que lorsque je me fais flageller pour peine de ma propre perversité, encore que mes péchés les plus noirs ne soient en aucune façon aussi ténébreux que les siens.

— M-m-mais, bredouilla-t-elle, vous prônez la miséricorde de la Mère…

— Ser Osney goûtera de ce lait suave après cette vie. Il est écrit dans *L'Étoile à sept branches* que tous les péchés peuvent être pardonnés, mais que les crimes doivent être néanmoins punis. Osney Potaunoir est coupable de trahison et de meurtre, et le salaire de la trahison est la mort. »

Il n'est qu'un prêtre, il n'a pas le droit de s'arroger ce pouvoir. « Il n'appartient pas à la Foi de condamner un homme à mort, quelle que soit sa faute.

— Quelle que soit sa faute. » Le Grand Septon répéta lentement la formule, comme pour en soupeser les termes. « Chose étrange à dire, Votre Grâce, plus nous avons apporté de diligence à lui appliquer la discipline, plus les fautes de ser Osney ont eu l'air de se modifier. Il voudrait à présent nous faire accroire qu'il n'a jamais touché Margaery Tyrell. N'est-ce pas, ser Osney ? »

Osney Potaunoir ouvrit les yeux. Quand il vit que la reine se tenait là, devant lui, il passa sa langue sur ses lèvres enflées et dit : « Le Mur. Vous m'avez promis le Mur.

— Il est fou, fit Cersei. Vous l'avez rendu fou.

— Ser Osney, reprit le Grand Septon d'une voix ferme et claire, avez-vous eu des relations charnelles avec la reine ?

— Ouais. » Les chaînes ferraillèrent à petit bruit quand Osney se tortilla dans ses fers. « Celle qu'est là. C'est celle-là, la reine que je m'ai baisée, celle-là qui m'a envoyé zigouiller le vieux Grand Septon. Il avait jamais de gardes. J'ai eu qu'à entrer pendant qu'il dormait puis qu'à lui plaquer un oreiller sur la figure. »

Cersei pivota sur elle-même et s'enfuit.

Le Grand Septon tenta de la saisir, mais il n'était qu'un vieux moineau, et elle était une lionne du Roc. Elle l'écarta d'une poussée et franchit la porte en trombe tout en la claquant, *vlan !* derrière elle. *Les Potaunoir, j'ai besoin des Potaunoir, je dépêcherai Osfryd avec les manteaux d'or et Osmund avec la Garde Royale, Osney niera tout aussitôt qu'ils l'auront détaché, et je me débarrasserai de ce Grand Septon-là comme je me suis déjà débarrassée de son prédécesseur.* Les quatre vieilles septas lui bloquèrent le passage et s'agrippèrent à elle de leurs mains fripées. Elle en flanqua une première par terre et griffa le museau d'une seconde avant de gagner l'escalier. Elle était parvenue à mi-hauteur lorsqu'elle se rappela lady Merryweather. Cela la fit trébucher, haletante. *Les Sept me préservent !* pria-t-elle. *Taena est au courant de tout. S'ils s'emparent aussi d'elle et la fouettent...*

Sa course la mena jusqu'au septuaire, mais pas au-delà. Des femmes s'y trouvaient à l'attendre, d'autres septas, ainsi que des sœurs silencieuses, et toutes plus jeunes que les quatre vieilles sorcières d'en bas. « Je suis la *reine* ! cria-t-elle, tout en reculant pour les esquiver. Vous me paierez ça de vos têtes. Vous me le paierez de vos têtes à toutes. Laissez-moi passer ! » Cela ne les empêcha nullement de porter la main sur sa personne. Elle se précipita vers l'autel de la Mère, mais c'est là qu'elles l'attrapèrent, une vingtaine elles étaient, puis la traînèrent, ruant et se débattant, vers le haut des escaliers de la tour. Une fois parvenues à l'intérieur de la cellule, trois sœurs silencieuses la maintinrent au sol, pendant qu'une certaine Septa Scolera la mettait entièrement à poil, allant même jusqu'à lui ôter ses sous-vêtements. Une autre septa lui jeta une chemise de bure grossière. « Vous n'avez pas le droit de faire cela, persistait à leur glapir Cersei. Je suis une Lannister, lâchez-moi, mon frère vous tuera, Jaime vous fendra en deux de la gorge au con, *lâchez-moi* ! Je suis *la reine* !

— La reine devrait prier », dit Septa Scolera, avant de se retirer avec les autres et de l'abandonner seule et nue dans le froid et l'obscurité.

Cersei n'était pas une agnelle à la Margaery Tyrell pour endosser sa petite chemise et se soumettre à une semblable captivité. *Je vais leur apprendre quel sens ça a de mettre un lion en cage*, songea-t-elle. Elle déchira la chemise en une multitude de lambeaux, découvrit une cruche d'eau et la réduisit en miettes contre le mur puis fit subir le même sort au pot de chambre. Personne ne s'étant dérangé pour autant, elle entreprit de marteler la porte à coups de poing. Son escorte était en bas, là, sur l'esplanade : dix gardes Lannister et ser Boros Blount. *Lorsqu'ils m'entendront, ils viendront me délivrer, et nous retournerons au Donjon Rouge en traînant enchaîné derrière nous le maudit Grand Moineau.*

Elle distribua force coups de pied, poussa des rugissements et des hurlements stridents tant à la porte qu'à la fenêtre jusqu'au point d'en avoir la gorge à vif, mais nul cri ne lui fit écho, et personne ne vint à sa rescousse. Les ténèbres envahissaient peu à peu la cellule. Le froid devenait lui aussi plus vif. Cersei commença à frissonner. *Comment peuvent-ils me laisser comme ça, sans même ne serait-ce qu'un peu de feu ? Je suis leur reine.* Elle se mit à déplorer d'avoir réduit à néant la chemise qu'on lui avait donnée. Il y avait sur la paillasse installée dans l'angle une mince couverture, une misérable chose élimée de lainage marron. C'était rêche et râpeux, mais elle n'avait rien d'autre. Et à peine se fut-elle pelotonnée dessous pour réprimer ses frémissements qu'elle avait déjà sombré dans un sommeil éreinté.

Lorsqu'elle reprit conscience, une main la secouait sans ménagement pour la réveiller. Il faisait un noir de poix dans la cellule, et une géante affreuse était agenouillée au-dessus d'elle, un bougeoir à la main. « Qui êtes-vous ? demanda la reine. Êtes-vous venue pour me remettre en liberté ?

— Je suis Septa Unella. Je suis venue pour vous entendre parler de tous vos meurtres et fornications. »

Cersei lui balaya violemment la main. « J'aurai votre tête. Ne vous permettez pas de me toucher. Sortez. »

La femme se leva. « Votre Grâce. Je serai de retour dans une heure. Peut-être qu'alors vous serez prête à vous confesser. »

Une heure et une heure et une heure. Ainsi s'écoula la plus longue nuit que Cersei Lannister eût jamais connue, mis à part la nuit des noces de Joffrey. Ses vociférations lui avaient mis la gorge tellement en feu qu'elle pouvait à peine avaler. Le froid de la cellule se faisait glacial. Comme elle avait fracassé le pot de chambre, il lui fallait s'accroupir dans un coin pour faire son eau et la regarder ruisseler sur le sol. Chaque fois qu'elle fermait les yeux, la silhouette menaçante d'Unella se penchait de nouveau sur elle pour la secouer et lui demander si d'aventure elle ne souhaitait pas enfin confesser ses péchés.

Le jour ne lui procura pas de relâche. Comme le soleil était en train de se lever, Septa Mohelle survint avec un bol d'une espèce de gruau grisâtre et aqueux. Cersei le lui jeta à la tête. Mais lorsqu'on lui apporta un pichet d'eau fraîche, elle était si assoiffée qu'elle dut bien se résigner à boire, faute de mieux. Et lorsqu'on lui livra une nouvelle chemise, une grise et diaphane et puant le moisi, elle se dépêcha cette fois de l'enfiler sur sa nudité. Et lorsque, ce soir-là, Septa Mohelle reparut avec du pain et du poisson, elle les dévora puis réclama du vin pour en assurer la descente. De vin, point n'apparut, mais uniquement Septa Unella, fidèle à ses visites de toutes les heures pour demander si Sa Grâce était prête à se confesser.

Qu'est-ce qui peut bien être en train de se passer ? s'inquiéta Cersei quand la fine lamelle de ciel qui se découpait dans sa fenêtre commença à s'assombrir de nouveau. *Pourquoi personne n'est-il venu m'arracher d'ici ?* Que fabriquait donc son Conseil ? *Des pleutres et des traîtres. Quand je sortirai de ce maudit trou, je les ferai décapiter, la clique tout entière, et je trouverai des hommes de meilleure qualité pour occuper leur poste.*

À trois reprises, ce jour-là, elle entendit retentir des clameurs lointaines qui s'élevaient de l'esplanade, mais le nom que scandaient les voix de la populace, c'était non pas le sien mais celui de Margaery.

L'aube allait poindre, le second jour, et Cersei lapait les dernières particules de bouillie d'avoine demeurées au fond de son bol quand la porte de la cellule s'ouvrit à la volée contre toute attente devant lord Qyburn. Ce fut de justesse qu'elle parvint à ne pas se jeter dans ses bras. « Qyburn, chuchota-t-elle, oh, dieux, je suis si contente de vous voir. Emmenez-moi chez moi.

— Cette permission-là ne sera pas accordée. Vous devez être jugée devant un tribunal sacré composé de sept membres pour meurtre, trahison et fornication. »

Elle était tellement à bout de forces que ces mots lui parurent d'abord absurdes. « Tommen. Parlez-moi de mon fils. Est-il toujours roi ?

— Oui, Votre Grâce. Il est en bonne santé et ne risque rien, bien à l'abri dans les murs de la Citadelle de Maegor et protégé par la Garde Royale. Mais il souffre de sa solitude. Il est agité. Il vous réclame, et il réclame sa petite reine. Jusqu'ici, personne ne lui a parlé de vos… vos…

— … difficultés ? suggéra-t-elle. Et pour ce qui concerne Margaery ?

— Elle doit être également jugée, par le même tribunal qui instruit votre propre procès. J'ai fait livrer le Barde Bleu au Grand Septon, conformément aux ordres de Votre Grâce. Il se trouve ici désormais, quelque part au-dessous de nous. Mes chuchoteurs me disent qu'on est en train de le fouetter mais qu'il n'en continue pas moins à chanter immuablement pour l'instant la jolie chanson que nous lui avons serinée. »

Immuablement la jolie chanson. Le manque de sommeil avait émoussé son esprit. *Wat, son nom véritable est Wat.* Si les dieux se montraient bienveillants, Wat mourrait peut-être sous la mèche du fouet, laissant Margaery sans recours pour réfuter son témoignage. « Où sont mes chevaliers ? Ser Osfryd… ? Alors que le Grand Septon entend faire périr son frère Osney, ses manteaux d'or doivent bien…

— Osfryd Potaunoir n'est plus le commandant du Guet. Le roi l'a démis de sa charge, et il a promu à sa place le capitaine de la porte du Dragon, un certain Humfrey Waters. »

Elle était si vannée que rien de tout cela n'avait ni rime ni raison. « Pourquoi Tommen ferait-il une chose pareille ?

— Ce n'est pas sa faute. Il suffit que son Conseil dépose un décret devant lui pour qu'il le signe de son nom et l'estampille de son sceau.

— *Mon* Conseil… qui ? Qui ferait cela ? Pas vous ?

— Hélas, j'ai été renvoyé du Conseil, encore que l'on me permette pour le moment de poursuivre mon travail avec les chuchoteurs de l'eunuque. Le royaume est actuellement gouverné par ser Harys Swyft et par le Grand Mestre Pycelle. Ils ont dépêché un corbeau à Castral Roc pour inviter votre oncle à revenir à la Cour et assumer la régence. S'il compte accepter, il ferait mieux de se dépêcher. Mace Tyrell a abandonné le siège d'Accalmie pour regagner Port-Réal avec son armée, et l'on rapporte que Randyll Tarly serait lui-même en train de redescendre de Viergétang.

— Est-ce avec l'agrément de lord Merryweather qu'ils ont fait cela ?

— Merryweather a résigné son siège au Conseil et s'est empressé d'aller se réfugier à Longuetable avec son épouse, qui a été la première à nous apporter la nouvelle de… des accusations… portées contre Votre Grâce.

— Ils ont laissé partir Taena. » C'était la meilleure chose qu'elle eût entendue depuis que le Grand Moineau avait dit *non*. Taena aurait pu lui être fatale. « Et lord Waters ? Ses vaisseaux… S'il débarque ses équipages, il devrait avoir suffisamment d'hommes pour…

— Aussitôt que le bruit des ennuis actuels de Votre Grâce a atteint la rivière, lord Waters a hissé la voile, sorti ses rames et fait prendre le large à sa flotte. Ser Harys redoute qu'il n'ait l'intention de rallier lord Stannis. Pycelle le croit pour sa part en train de cingler pour les Degrés de Pierre afin de s'établir à son propre compte comme pirate.

— Tous mes adorables dromons. » Cersei s'en esclaffa presque. « Messire mon père se plaisait à dire que les bâtards étaient naturellement félons. Que ne l'ai-je écouté. » Elle frissonna. « Je suis perdue, Qyburn.

— Non. » Il lui prit la main. « L'espoir demeure. Votre Grâce a le droit de prouver son innocence par combat. Ma reine, votre champion se tient prêt. Il n'y a pas dans l'ensemble des Sept Couronnes un seul homme qui puisse se flatter de lui tenir tête. Si vous consentez seulement à en donner l'ordre... »

Cette fois, elle éclata carrément de rire. C'était drôle, terriblement drôle, *hideusement* drôle. « Ces blagueurs de dieux se gaussent de tous nos espoirs et de tous nos plans. Je possède un champion que personne ne saurait vaincre, mais il m'est interdit de l'utiliser. Je suis la *reine*, Qyburn. Mon honneur ne peut être défendu que par un frère juré de la Garde Royale.

— Je vois. » Le sourire mourut sur les traits de Qyburn. « Votre Grâce, là, me voici pantois. Je ne sais désormais comment vous conseiller... »

Malgré son état de peur et d'épuisement, la reine eut conscience qu'il n'était pas question qu'elle confie son sort à un tribunal de moineaux. Il ne lui était pas davantage possible de compter sur ser Kevan pour intervenir, après les mots qu'ils avaient échangés lors de leur dernière entrevue. *Il va falloir recourir au duel judiciaire. Il n'y a pas d'autre voie.* « Qyburn, au nom de l'amour que vous me portez, je vous en conjure, envoyez un message pour moi. Un corbeau, si vous le pouvez. Un cavalier, sinon. Vous devez l'envoyer à Vivesaigues, à mon frère. Dites-lui ce qui s'est passé, et écrivez... écrivez...

— Oui, Votre Grâce ? »

Elle se lécha les lèvres, toute frissonnante. « "Viens tout de suite. Aide-moi. Sauve-moi. J'ai besoin de toi aujourd'hui comme jamais je n'ai eu besoin de toi auparavant. Je t'aime. Je t'aime. Je t'aime. *Viens tout de suite.*"

— À vos ordres. "Je t'aime", trois fois ?

— Trois fois. » Elle devait absolument le joindre. « Il viendra. Je sais qu'il viendra. C'est son devoir. Jaime est mon seul espoir.

— Ma reine, dit Qyburn, avez-vous… oublié ? Ser Jaime n'a pas de main d'épée. S'il devait vous tenir lieu de champion et perdre… »

Nous quitterons ce monde ensemble, comme nous y sommes jadis entrés. « Il ne perdra pas. Pas Jaime. Pas alors qu'il y va de mon existence. »

JAIME

Le nouveau seigneur et maître de Vivesaigues était dans un tel état de colère qu'il en tremblait de pied en cap. « Nous avons été trompés, dit-il. Cet individu nous a roulés dans la farine ! » Des postillons roses s'envolèrent de sa lippe quand il piailla, l'index pointé en direction d'Edmure Tully : « Je vais lui faire sauter la tête ! C'est moi qui gouverne Vivesaigues, par décret personnel du roi, je…

— Emmon, intervint son épouse, le lord Commandant sait à quoi s'en tenir sur le décret du roi. Ser Edmure sait à quoi s'en tenir sur le décret du roi. Les garçons d'écurie savent à quoi s'en tenir sur le décret du roi.

— *C'est moi, le lord, et j'aurai sa tête !*

— Pour quel crime ? » Tout amaigri qu'il était, Edmure avait encore l'air plus seigneurial qu'Emmon Frey. Il portait un doublet matelassé de laine rouge sur la poitrine duquel était brodée une truite au bond. Ses bottes étaient noires, ses chausses bleues. On avait lavé et défriché ses cheveux auburn, soigneusement taillé sa barbe rouge. « J'ai ponctuellement rempli toutes les obligations que l'on m'avait imposées.

— Ah bon ? » Jaime Lannister n'avait pas fermé l'œil depuis que Vivesaigues avait ouvert ses portes, et la migraine le lancinait. « Je n'ai pas souvenir d'avoir exigé de vous que vous laissiez ser Brynden s'échapper.

— Vous m'avez mis en demeure de livrer mon château, pas mon oncle. Est-ce ma faute à moi si vos gens l'ont laissé se faufiler à travers vos lignes de siège ? »

Son ironie n'amusa pas Jaime. « Où est-il ? » fit-il sans se soucier de dissimuler son exaspération. Ses hommes avaient fouillé la forteresse à trois reprises de fond en comble, et Brynden Tully était demeuré parfaitement introuvable.

« Il ne m'a jamais fait confidence de l'endroit où il entendait se rendre.

— Et vous ne le lui avez jamais demandé. Comment s'y est-il pris pour sortir ?

— Les poissons nagent. Fussent-ils noirs. » Edmure sourit à belles dents.

Jaime eut furieusement envie de lui écrabouiller la bouche avec sa main d'or. Quelques jolies quenottes en moins, et c'en serait fini de ces risettes-là. Pour un homme qui allait passer le restant de ses jours en captivité, Edmure affichait un contentement de soi quand même excessif. « Nous possédons des oubliettes sous Castral Roc qui s'ajustent aussi parfaitement à l'anatomie de leurs hôtes qu'une armure complète. On ne peut ni s'y tourner ni s'y asseoir ni s'y baisser pour toucher ses pieds quand les rats commencent à vous grignoter les orteils. Verriez-vous quelque inconvénient à reconsidérer votre réponse ? »

Le sourire d'Edmure Tully s'éteignit. « Vous m'avez donné votre parole que je serais traité honorablement, comme il sied à mon rang.

— Et vous le serez, dit Jaime. Des chevaliers plus nobles que vous sont morts en pleurnichant dans ces oubliettes, et maint haut et puissant seigneur aussi. Même un roi ou deux, si je me rappelle bien mon histoire. Votre épouse pourra bénéficier de l'oubliette contiguë, s'il vous plaît de l'avoir à vos côtés. Je m'en voudrais de vous séparer.

— Il a nagé », déclara Edmure d'un ton maussade. Il avait les mêmes yeux bleus que sa sœur Catelyn, et Jaime y vit la même répugnance qu'autrefois dans son regard à elle. « Nous avons relevé la herse de la porte de l'Eau. Pas sur toute la hauteur, non, juste sur quelque trois pieds. Suffisamment pour ménager un espace libre sous l'eau, mais de manière à ce que la porte ait encore l'air fermée. Mon oncle est un nageur solide. La nuit tombée, il s'est glissé en dessous des piques. »

Et il s'est sans doute glissé de la même manière sous notre estacade. Une nuit sans lune, des gardes qui en ont jusque-là de s'emmerder, un poisson noir dans une noire rivière se laissant flotter silencieusement vers l'aval. Si Rouxtigre ou If ou n'importe lequel de leurs hommes entendaient un bruit d'éclaboussure, ils l'imputeraient forcément à une truite ou une tortue. Edmure avait laissé s'écouler presque toute la journée avant d'affaler le loup-garou des Stark en signe de reddition. À la faveur de la confusion suscitée par le changement de mains du château, Jaime n'avait été informé que le lendemain matin du fait que le Silure ne figurait pas au nombre des prisonniers.

Il s'approcha de la fenêtre et laissa ses regards errer sur la rivière. Il faisait une journée d'automne magnifique, et le soleil brillait au-dessus des eaux. *À cette heure, le Silure pourrait bien être dix lieues en aval d'ici.*

« Il faut qu'on le retrouve coûte que coûte, rabâcha ce borné d'Emmon Frey.

— On le retrouvera. » Jaime l'affirmait avec une assurance qu'il n'éprouvait nullement. « J'ai dès à présent des limiers et des chasseurs qui s'affairent à repérer sa piste. » Ser Addam Marpheux conduisait les recherches au sud de la rivière, ser Dermot de Bois-la-Pluie au nord. Il avait envisagé l'éventualité de leur adjoindre aussi les seigneurs riverains, mais les Vance et Piper et autres du même acabit étaient plus susceptibles d'aider le Silure à passer entre les mailles du filet que de le mettre aux fers. Tout compte fait, il ne débordait pas d'optimisme. « Il risque de nous échapper pendant un certain temps, dit-il, mais il sera finalement forcé de remonter à la surface.

— Et s'il arrivait d'aventure qu'il essaie de me reprendre mon château ?

— Vous avez deux cents hommes de garnison. » Une garnison trop importante, à la vérité, mais lord Emmon était d'un tempérament anxieux. Du moins n'aurait-il pas de peine à la nourrir ; le Silure avait laissé Vivesaigues aussi copieusement approvisionné qu'il s'en était vanté naguère. « Après le mal que s'est donné ser Brynden pour nous fausser compagnie, je doute qu'il revienne rôder dans le coin. » *À moins que ce ne soit à la tête d'une bande de hors-la-loi.* Il était absolument convaincu que le Silure entendait bel et bien poursuivre la lutte.

« Vivesaigues est votre siège, maintenant, dit lady Genna à son époux. Il vous incombe de le tenir. Si vous n'en êtes décidément pas capable, alors passez-le à la torche et retournez à toutes jambes vous tapir sous le Roc. »

Lord Emmon se torcha la bouche. Sa main s'en tira toute rouge et gluante de surelle. « Assurément. Vivesaigues est à moi, et personne ne m'en dépossédera jamais. » Il décocha à Edmure Tully un dernier coup d'œil soupçonneux quand lady Genna l'entraîna hors de la loggia.

« Y aurait-il quoi que ce soit d'autre que vous ayez à cœur de me dire ? » demanda Jaime à Edmure, une fois qu'ils se retrouvèrent seul à seul.

« Cette pièce était la loggia de mon père, répondit Tully. Il gouverna le Conflans d'ici, sagement et en homme de bien. Il aimait s'asseoir auprès de cette fenêtre. La lumière y était bonne, et chaque fois qu'il levait les yeux de son travail, la position lui permettait de contempler la rivière. Quand ses yeux étaient fatigués, il se faisait volontiers faire la lecture par Cat. Littlefinger et moi construisîmes un château en pavés de bois, dans le temps, là, près de la porte. Vous ne concevrez jamais à quel point cela peut me soulever le cœur de vous voir en ce lieu, Régicide. Vous ne concevrez jamais l'étendue du mépris que vous m'inspirez. »

Il se trompait à cet égard. « J'ai été méprisé par des hommes que vous êtes fort loin de valoir, Edmure. » Jaime convoqua un garde. « Remmène Sa Seigneurie à sa tour et veille à ce qu'on lui serve à manger. »

L'ancien sire de Vivesaigues sortit en silence. Le lendemain, il devait partir pour l'Ouest. Ser Forley Prestre commanderait son escorte, une centaine d'hommes, y inclus vingt chevaliers. *Mieux vaut la doubler. Lord Béric peut être tenté de délivrer Edmure avant qu'ils n'atteignent la Dent d'Or.* Jaime n'avait aucune envie de devoir capturer Tully une troisième fois.

Il retourna vers le fauteuil de lord Hoster, fit se dérouler la carte du Trident puis l'aplatit sous sa main d'or. *Où me rendrais-je, si j'étais le Silure ?*

« Lord Commandant ? » Un garde se tenait dans l'embrasure de la porte. « Lady Ouestrelin et sa fille se trouvent dans l'antichambre, ainsi que vous l'aviez ordonné. »

Jaime repoussa la carte. « Introduis-les. » *Du moins la petite ne s'est-elle pas évaporée, elle aussi.* Jeyne Ouestrelin avait été la reine de Robb Stark, la jouvencelle qui lui avait coûté toutes ses conquêtes, en définitive. Si elle avait porté un loup dans son sein, elle aurait pu se révéler plus dangereuse que le Silure.

Dangereuse, elle n'en avait pas l'air. C'était une jeune fille élancée de quinze ou seize ans tout au plus, moins gracieuse que gauche. Elle avait des hanches étroites, des seins pas plus gros que des pommes, une crinière de boucles châtaines et les doux yeux bruns d'une biche. *Assez mignonne pour une gosse*, décida Jaime, *mais vraiment pas de quoi vous faire perdre un royaume.* Elle avait le visage bouffi, et sur son front s'entrevoyait une croûte à demi masquée par une mèche de cheveux. « Que vous est-il arrivé là ? » la questionna Jaime.

Elle détourna la tête. « Ce n'est rien », décréta sa mère, une femme à mine sévère nippée de velours vert. Un collier de coquillages d'or emprisonnait son long cou maigre. « Elle refusait de renoncer à porter la petite couronne que le rebelle lui avait offerte, et lorsque j'ai essayé de l'en décoiffer, cette petite entêtée m'a opposé de la résistance.

— Elle était à moi. » Jeyne éclata en sanglots. « Vous n'aviez pas le droit. Robb l'avait fait faire tout exprès pour moi. Et je l'*aimais*, lui. »

Lady Sibylle s'apprêtait à la gifler, mais Jaime s'interposa. « Pas de ça ! mit-il la mère en garde. Asseyez-vous, toutes les deux. » La gamine se pelotonna au creux de son fauteuil comme un animal effrayé, mais l'autre s'assit avec raideur, la tête bien droite. « Du vin vous ferait-il plaisir ? » leur demanda-t-il. La première ne répondit pas. « Non merci, déclara la seconde.

— À votre aise. » Jaime se tourna vers la fille. « Je compatis à votre deuil. Le garçon avait du courage, je veux bien lui concéder cela. Il est une question que je dois vous poser. Portez-vous un enfant de lui, ma dame ? »

Jeyne fusa hors de son fauteuil et aurait quitté la pièce en trombe si le garde posté à la porte ne l'avait rattrapée par un bras. « Non, fit lady Sibylle, pendant que sa fille se débattait pour s'échapper. J'y ai soigneusement veillé, conformément aux ordres de messire votre père. »

Jaime hocha la tête. Tywin Lannister n'était pas homme à négliger de pareils détails. « Relâche la petite, dit-il, j'en ai terminé avec elle pour l'instant. » Tandis que Jeyne dégringolait les escaliers en sanglotant, il dévisagea la mère. « La maison Ouestrelin a obtenu son pardon, et votre frère Rolph a été fait sire de Castamere. Que souhaiteriez-vous obtenir d'autre de notre part ?

— Messire votre père m'avait promis des mariages avantageux pour Jeyne et pour sa sœur cadette. Des lords ou des héritiers, j'en avais reçu sa parole, pas des fils puînés ni des chevaliers domestiques. »

Des lords ou des héritiers. Ben voyons. Les Ouestrelin étaient certes une maison ancienne, mais lady Sibylle n'était elle-même qu'une vulgaire Lépicier, issue d'une lignée de marchands parvenus. Sa grand-mère avait été une espèce de sorcière à moitié folle d'origine orientale, si la mémoire de Jaime était bonne. Et les Ouestrelin étaient tombés dans la misère. Des fils puînés auraient été ce qu'auraient pu espérer de mieux les filles de Sibylle Lépicier dans des circonstances ordinaires, mais un joli pot ventru d'or Lannister suffirait à rendre attirante pour tel ou tel lord même la veuve d'un rebelle. « Vous aurez vos mariages, décréta Jaime, mais Jeyne devra attendre deux années pleines avant de se remarier. » Si celle-ci prenait un nouvel époux trop tôt et avait un enfant de lui, il y aurait inévitablement des gens pour susurrer que le Jeune Loup en était le père.

« J'ai aussi deux fils, lui rappela lady Ouestrelin. Rollam se trouve avec moi mais, en sa qualité de chevalier, Raynald était de ceux qui accompagnèrent les rebelles aux Jumeaux. Si j'avais su ce qui devait se passer là-bas, je ne lui aurais jamais permis de s'y rendre. »

Il y avait un soupçon de reproche dans sa voix. « Raynald ignorait absolument tout des… des conventions passées avec messire votre père. Il y a tout lieu de croire qu'il est actuellement prisonnier aux Jumeaux. »

Ou mort. Walder Frey ne devait pas avoir été informé non plus des *conventions*. « Je vais faire entreprendre des recherches. Si ser Raynald est toujours prisonnier, c'est nous qui paierons sa rançon en vos lieu et place.

— Il avait été fait mention d'un parti pour lui aussi. Une future originaire de Castral Roc. Messire votre père avait dit que Raynald obtiendrait de lui sa Félicité, si les choses tournaient comme nous l'espérions. »

Même du fond de la tombe, la feue main de lord Tywin continue de nous mouvoir tous. « Félicité est la fille naturelle de mon défunt oncle Gerion. On peut organiser des fiançailles, si c'est ce que vous souhaitez, mais, pour ce qu'il en est d'un quelconque mariage, il faudra patienter. Félicité avait neuf ou dix ans la dernière fois que je l'ai vue.

— Sa fille *naturelle* ? » À voir la tête qu'elle faisait, on aurait juré que lady Sibylle venait d'avaler un citron. « Vous voulez qu'un Ouestrelin épouse une *bâtarde* ?

— Pas plus que je ne veux que Félicité se marie au fils d'une garce intrigante et tourne-casaque. Elle mérite mieux. » Jaime l'aurait volontiers étranglée avec son collier de coquillages. Félicité était une enfant délicieuse, en dépit de son isolement ; son père avait été l'oncle favori de Jaime. « Votre fille en vaut dix comme vous, ma dame. Vous partirez avec Edmure et ser Forley demain. Jusque-là, vous auriez intérêt à m'épargner votre vue. » Il gueula un grand coup pour faire venir un garde, et lady Sibylle s'en alla, les lèvres étroitement serrées et la mine guindée. Jaime ne put s'empêcher de se demander dans quelle mesure lord Gawen était au courant des manigances de son épouse. *Dans quelle mesure sommes-nous jamais au courant de rien, nous autres, les* mâles ?

Lorsque Edmure et les Ouestrelin se mirent en route, quatre cents hommes les accompagnaient ; au dernier moment, Jaime avait doublé l'escorte une fois de plus. Il accompagna la colonne sur quelques milles afin de s'entretenir avec ser Forley Prestre. En dépit de la tête de taureau qui figurait sur son surcot et des cornes qui faîtaient son heaume, ser Forley n'aurait pas pu être moins bovin. C'était un individu de petite taille, mince et coriace. Avec son nez pincé, sa bille chauve et sa barbe d'un brun grisonnant, il avait plutôt la dégaine d'un aubergiste que d'un chevalier. « Nous ne savons pas où se trouve le Silure, lui rappela Jaime, mais s'il lui est possible de libérer Edmure, il le fera.

— Cela ne se produira pas, messire. » Comme la plupart des aubergistes, ser Forley n'était pas si bête. « Des patrouilles d'éclaireurs et des cavaliers détachés couvriront notre marche, et nous fortifierons nos campements nocturnes. J'ai sélectionné dix gaillards, la fine fleur de mes archers, qui resteront avec Tully jour et nuit. S'il advenait qu'il s'écarte de la route ne serait-ce que d'un seul pied, ils lui décocheront tellement de flèches que sa mère elle-même le prendrait pour une oie.

— Bon. » Jaime préférait au fond que Tully parvienne sain et sauf à Castral Roc, mais, à tout prendre, il l'aimait mieux mort qu'enfui. « Mieux vaudrait aussi maintenir quelques archers auprès de la fille de lord Ouestrelin. »

Ser Forley se montra déconcerté. « La mouflette à Gawen ? Elle est…

— … la veuve du Jeune Loup, termina Jaime, et deux fois plus dangereuse qu'Edmure s'il arrivait jamais qu'elle réussisse à nous échapper.

— Entendu, messire. Elle sera surveillée. »

En redescendant au petit galop la colonne pour retourner à Vivesaigues, Jaime se trouva forcé de croiser les Ouestrelin. Lord Gawen le salua au passage d'un hochement plein de gravité, mais, semblables à deux copeaux de glace, les yeux de lady Sibylle le regardèrent comme par transparence. Quant à Jeyne, elle ne le vit même pas. Elle chevauchait les yeux baissés, emmitouflée dans un manteau dont elle avait rabattu le capuchon. Sous les lourds plis de cette pèlerine s'entr'apercevaient des vêtements d'un travail somptueux mais réduits en loques. *Elle les a déchirés elle-même en signe de deuil*, comprit subitement Jaime. *Ce qui n'a sûrement pas dû plaire à sa mère.* Il se surprit alors à se demander si Cersei lacérerait ses propres atours, si elle venait jamais à apprendre que lui-même était mort…

Il ne retourna pas directement au château mais traversa la Culbute une fois de plus pour aller rendre visite à Edwyn Frey et discuter du transfert des prisonniers détenus par son arrière-grand-père. L'ost Frey avait commencé à se désagréger dans les heures qui avaient immédiatement suivi la reddition de Vivesaigues, au fur et à mesure que les bannerets et les francs-coureurs de lord Walder larguaient les amarres pour rentrer chez eux. Quant aux membres de la tribu Frey encore sur place, ils étaient eux-mêmes en train de lever le camp, mais Jaime finit par dénicher ser Edwyn en compagnie de son oncle Walder Rivers le Bâtard dans le pavillon de ce dernier.

Tous les deux se coudoyaient au-dessus d'une carte en discutant avec chaleur, mais ils s'interrompirent net en voyant entrer Jaime. « Lord Commandant », fit Rivers d'un ton de politesse froide, mais Edwyn cracha sans ambages : « Le sang de mon père est sur vos mains, ser. »

Cette attaque inopinée désarçonna quelque peu Jaime. « Comment cela ?

— C'est bien vous qui l'avez réexpédié dans ses foyers, n'est-ce pas ? »

Il fallait bien que quelqu'un s'en charge. « Serait-il arrivé quelque malheur à ser Ryman ?

— Il a été pendu avec tout son monde, expliqua Walder Rivers. Les hors-la-loi les ont attrapés à deux lieues au sud de Beaumarché.

— Dondarrion ?

— Lui, ou Thoros, ou cette garce de Cœurdepierre. »

Jaime fronça les sourcils. Ser Ryman n'avait été qu'un imbécile, un lâche et un poivrot, et il ne risquait pas de manquer beaucoup à personne, et surtout pas le moins du monde à la fine coterie Frey. Si les yeux secs d'Edwyn avaient la moindre valeur d'indice, ses propres fils eux-mêmes ne le pleureraient pas éternellement. *Néanmoins, ces hors-la-loi s'enhardissent de plus en plus, puisqu'ils ont le toupet de pendre l'héritier de lord Walder à moins d'une journée de cheval des Jumeaux.* « Combien d'hommes ser Ryman avait-il avec lui ? questionna-t-il.

— Trois chevaliers et une douzaine d'hommes d'armes, répondit Rivers. On en viendrait presque à croire que ses meurtriers savaient qu'il allait retourner aux Jumeaux, et avec une modeste escorte. »

La bouche d'Edwyn se tordit. « Mon frère a trempé là-dedans, je parie. Il a laissé les hors-la-loi s'échapper après qu'ils eurent assassiné Merrett et Petyr, et voilà pourquoi. Maintenant que notre père est mort, il ne reste plus que moi comme obstacle entre Walder le Noir et les Jumeaux.

— Tu n'as pas de preuve de ce que tu avances, objecta Walder Rivers.

— Je n'ai pas besoin de preuve. Je connais mon frère.

— Ton frère est à Salvemer, insista Rivers. De là-bas, comment aurait-il pu savoir que ser Ryman était en train de retourner aux Jumeaux ?

— Quelqu'un l'a averti, répliqua Edwyn d'un ton acerbe. Il a ses espions dans notre camp, vous pouvez en être certain. »

Comme tu as les tiens, toi, à Salvemer. Jaime avait beau savoir sur quelles racines profondes était ancrée la haine entre Edwyn et Walder le Noir, il se fichait comme d'une guigne de savoir lequel d'entre eux succéderait à leur arrière-grand-père ès titre et qualité de sire du Pont.

« Si vous voulez bien me pardonner de m'immiscer dans votre chagrin, dit-il d'un ton pince-sans-rire, nous avons d'autres matières à examiner. Quand vous rentrerez aux Jumeaux, veuillez informer lord Walder que le roi Tommen réclame tous les prisonniers que vous avez faits lors des Noces Pourpres. »

Walder Rivers se rembrunit. « Ces prisonniers ont de la valeur, messire.

— Sa Majesté ne les demanderait pas s'ils en étaient dépourvus, ser. »

Frey et Rivers échangèrent un regard oblique. « Messire mon bisaïeul, dit Edwyn, va compter sur une récompense pour prix de ces prisonniers. »

Et il l'aura, dès l'instant où il me poussera une nouvelle main, songea Jaime. « Nous comptons tous sur quelque chose, répondit-il doucereusement. Dites-moi, ser Raynald Ouestrelin figure-t-il parmi les prisonniers susdits ?

— Le chevalier aux coquillages ? » Edwyn sourit dédaigneusement. « Celui-là, vous le trouverez en train de nourrir les poissons au fond de la Verfurque.

— Il était dans la cour quand nos hommes sont venus abattre le loup-garou, précisa Walder Rivers. Whalen lui a demandé son épée, et il l'a donnée assez docilement, mais quand les arbalétriers ont commencé à emplumer la bête, il s'est emparé de la hache de Whalen et s'en est servi pour délivrer le monstre du filet qu'on lui avait jeté dessus. À ce que dit Whalen, il a écopé d'un carreau dans l'épaule et puis d'un autre dans le bide, mais il s'est néanmoins démerdé pour grimper sur le chemin de ronde et se jeter dans la rivière.

— Même qu'il a laissé un sillage sanglant sur les marches, ajouta Edwyn.

— Est-ce que vous avez retrouvé son cadavre, après coup ? demanda Jaime.

— Après coup, c'est mille cadavres qu'on a retrouvés. Une fois qu'ils ont passé quelques jours dans la rivière, ils se ressemblent tous vachement.

— J'ai ouï dire que c'était pareil avec les pendus », fit Jaime avant de prendre congé.

Il subsistait peu de chose du campement Frey, le lendemain matin, mis à part des mouches, du crottin de cheval et la potence de ser Ryman, debout toute seule au bord de la Culbute. Ne sachant trop que faire d'elle, ainsi que du matériel de siège qu'il avait fait fabriquer lui-même, de ses béliers, de ses tortues, de ses tours et de ses trébuchets, le cousin Daven proposa de tout déménager à Cormeilles pour l'y utiliser, mais Jaime lui ordonna de passer l'ensemble à la torche, à commencer par l'échafaud. « Je me propose de traiter personnellement avec lord Tytos. Cela ne réclamera pas de tour de siège. »

Daven sourit dans sa barbe en broussaille. « Combat singulier, cousinet ? Semble à peine de jeu. Tytos est un vieux grison d'homme. »

Un vieux grison d'homme avec deux mains.

Cette nuit-là, il se battit avec ser Ilyn trois heures d'affilée. Ce fut l'une de ses meilleures séances. S'ils s'étaient affrontés pour de vrai, Payne l'aurait tué seulement deux fois. La règle générale avoisinait plutôt la demi-douzaine de morts, et il arrivait que le score fût encore pire. « Si je persévère dans ce sens encore un an, je devrais être aussi habile que Becq », déclara Jaime, et ser Ilyn fit entendre ce son cliquetant qui signifiait qu'il trouvait un truc rigolo. « Venez, allons nous offrir une pinte supplémentaire du bon vin rouge de lord Hoster. »

Le vin faisait désormais partie de leur rituel nocturne. Ser Ilyn représentait le compagnon de beuverie idéal. Il ne vous interrompait jamais, n'exprimait jamais de désaccord, ne se plaignait jamais, ne quémandait jamais de faveur, ne vous assommait jamais d'interminables histoires à la gomme. Il ne faisait jamais rien d'autre que boire et vous écouter.

« Je devrais faire ôter leur langue à tous mes amis, commenta Jaime tout en remplissant leurs coupes, ainsi qu'à ma parenté, par la même occasion. Une Cersei silencieuse serait un délice. Encore que sa langue me manquerait quand nous nous embrasserions. » Il avala une gorgée. Le vin était un de ces rouges sombres, forts et gouleyants. Il vous réchauffait la descente. « Je n'arrive pas à me rappeler quand nous avons commencé à nous embrasser. C'était innocent au début. Et puis ç'a cessé de l'être. » Il termina son vin et reposa sa coupe. « Tyrion m'a dit une fois que la plupart des putains ne voulaient pas vous embrasser. Elles vous baiseront à mort, disait-il, mais vous ne sentirez jamais leurs lèvres sur les vôtres. Vous croyez que ma sœur embrasse Potaunoir ? »

Ser Ilyn ne répondit pas.

« Je pense qu'il ne serait pas correct à moi de tuer mon propre frère juré. Ce qu'il me faut faire, c'est le châtrer puis l'expédier sur le Mur. C'est le sort qui fut réservé à Lucamore le Dépravé. Ser Osmund risque de ne pas très bien prendre sa castration, assurément. Et il faut aussi tenir compte de ses frères. Ça peut être dangereux, des frères. Après qu'Aegon l'Indigne eut fait mettre à mort ser Terrence Tignac pour le châtier d'avoir couché avec sa maîtresse, les frères de Tignac firent de leur mieux pour zigouiller le roi. Leur mieux ne fut pas d'une efficacité tout à fait suffisante, par la faute du Chevalier-dragon, mais ce ne fut toujours pas faute, eux, de s'y être essayés. C'est inscrit dans le Blanc Livre. Dans tous les détails, excepté quoi faire de Cersei. »

Ser Ilyn se passa un doigt en travers de la gorge.

« Non, rétorqua Jaime. Tommen a déjà perdu un frère, ainsi que l'homme qu'il considérait comme son père. S'il advenait que je lui tue sa mère, il m'en détesterait de tout son cœur... Et cette exquise petite épouse qu'il a ne manquerait pas d'inventer un moyen pour détourner cette haine au profit de Hautjardin. »

Ser Ilyn sourit d'une manière que Jaime ne trouva nullement à son gré. *Un vilain sourire. Une vilaine âme.* « Vous parlez trop », le prévint-il.

Le jour suivant, ser Dermot de Bois-la-Pluie revint au château les mains vides. Interrogé sur ce qu'il avait découvert, il répondit : « Des loups. Des centaines de ces putains de gueux faméliques. » Il avait perdu dans l'affaire deux sentinelles. Les loups étaient brusquement sortis des ténèbres pour les massacrer. « Des types armés, vêtus de mailles et de cuir bouilli, et pourtant les bêtes n'en avaient pas peur du tout. Avant de mourir, Jate a dit que la meute était conduite par une louve d'une taille monstrueuse. Un loup-garou, à en croire son récit. Les loups se sont aussi attaqués à nos piquets de chevaux. Les maudits salopards m'ont égorgé mon alezan préféré.

— Un cercle de feux tout autour de votre camp aurait pu les tenir à distance », dit Jaime, tout perplexe qu'il était par-devers lui. Etait-il possible que le loup-garou de ser Dermot fût le même fauve qui avait agressé Joffrey non loin du carrefour ?

Loups ou pas, ser Dermot emmena des montures fraîches et davantage d'hommes lorsqu'il ressortit le matin suivant pour se remettre à la recherche de Brynden Tully. Au cours de l'après-midi, les seigneurs du Trident vinrent trouver Jaime pour lui demander l'autorisation de retourner dans leurs domaines personnels. Il la leur accorda. Lord Piper désirait aussi savoir à quoi s'en tenir à propos de son fils Marq. « On versera une rançon pour tous les prisonniers », promit Jaime. Tandis que ses pairs riverains se retiraient, lord Karyl Vance s'attarda pour dire : « Lord Jaime, il faut que vous alliez à Cormeilles. Aussi longtemps qu'il a Jonos à ses portes, Tytos ne se rendra jamais, mais je sais qu'il ploiera le genou devant vous. » Jaime le remercia pour son conseil.

Le Sanglier fut le suivant à s'en aller. Il voulait retourner à Darry conformément à sa promesse et y combattre les hors-la-loi. « Nous avons traversé la moitié de ce putain de royaume, et pour quoi ? Pour te permettre de contraindre Edmure Tully à compisser ses chausses ? Il n'y a pas là-dedans de quoi faire une chanson. J'ai besoin de me *battre*. Je veux le Limier, Jaime. Lui, ou le seigneur des Marches.

— La tête du Limier, je te l'abandonne, si tu es capable de l'attraper, dit Jaime, mais Béric Dondarrion doit être capturé vivant, de manière à ce qu'on puisse le ramener à Port-Réal. Il est absolument nécessaire que mille personnes le voient périr, sans quoi il ne restera pas mort. » La remarque fit grogner le Sanglier, mais il en tomba finalement d'accord. Le lendemain, il partit avec son écuyer et ses hommes d'armes, plus Jon Bettley l'Imberbe, qui avait finalement jugé plus à son gré de pourchasser des hors-la-loi que d'aller retrouver sa fameuse mocheté d'épouse. Elle passait en effet pour être pourvue de la barbe dont il était personnellement démuni.

Jaime avait encore à régler le cas de la garnison. Comme un seul homme, tous jurèrent ne rien savoir des projets de ser Brynden ni de l'endroit où il pouvait être allé. « Ils mentent », affirma mordicus Emmon Frey, mais Jaime pensait le contraire. « Si vous ne faites part de vos plans à personne, personne ne peut vous trahir », souligna-t-il. Lady Genna suggéra qu'on pourrait toujours en soumettre quelques-uns à la question. Il s'y opposa. « J'ai donné ma parole à Edmure que, s'il se rendait, la garnison serait libre de partir sans dommage.

— C'était chevaleresque à toi, objecta sa tante, mais c'est de rigueur qu'on a besoin ici, pas de chevalerie. »

Questionnez Edmure sur l'ampleur de mon esprit chevaleresque, songea Jaime. *Questionnez-le sur certain trébuchet.* Il n'était pas spécialement persuadé que les mestres risquaient beaucoup de le confondre avec le prince Aemon Chevalier-dragon quand ils se mettraient à rédiger leurs chroniques. Et cependant, il se sentait curieusement content. La guerre était autant dire gagnée. Peyredragon était tombé, Accalmie tomberait bientôt, cela ne faisait aucun doute à ses yeux, et grand bien fasse à Stannis la bienvenue du Mur : les Nordiens ne l'aimeraient pas plus que ne l'avaient aimé les seigneurs de l'Orage ; et si Roose Bolton ne l'anéantissait pas, l'hiver se chargerait de le faire, lui.

Au surplus, il avait joué son propre rôle, ici, à Vivesaigues, sans reprendre en fait un seul instant les armes contre les Stark ou les Tully. Une fois qu'il aurait retrouvé le Silure, il serait libre de retourner à Port-Réal occuper ce qui était sa place. *Elle est avec mon roi. Avec mon fils.* Tommen aurait-il envie de savoir cela ? La vérité pourrait lui coûter son trône. *Que préférerais-tu avoir, mon gars, un père ou un fauteuil ?* Jaime aurait bien désiré connaître la réponse. *Il se plaît à tamponner des paperasses avec son sceau.* Le petit risquerait de ne même pas le croire, à coup sûr. Cersei affirmerait que c'était un mensonge. *Ma chère sœur, cette trompeuse.* Il faudrait qu'il trouve un moyen de le lui arracher des griffes avant qu'elle n'en fasse un second Joffrey. Et tant qu'il y serait, il faudrait aussi qu'il le dote d'un nouveau Conseil restreint. *S'il est possible d'écarter Cersei, ser Kevan acceptera peut-être de servir de Main à Tommen.* Et, dans le cas contraire, les Sept Couronnes ne manquaient pas d'hommes capables. Ce serait un bon choix, tiens, que Forley Prestre, ou bien que Roland Crakehall. Et s'il fallait absolument quelqu'un d'autre qu'un homme de l'Ouest pour apaiser les Tyrell, il y avait toujours Mathis Rowan… ou même Petyr Baelish. Littlefinger était aussi spirituel qu'intelligent, mais il était de trop basse naissance pour incarner une menace au regard de n'importe lequel des grands seigneurs, faute d'épées qui lui appartiennent en propre. *L'idéal de la Main.*

La garnison Tully partit le lendemain matin, dépouillée de toutes ses armes et pièces d'armure. On avait alloué à chaque homme trois journées de vivres et les vêtements qu'il portait sur le dos, une fois qu'il avait solennellement juré de ne jamais reprendre les armes contre lord Emmon ou la maison Lannister. « Si tu as de la veine, un sur dix d'entre eux respectera son serment, prophétisa lady Genna.

— Une bonne chose. J'affronterais neuf adversaires plus volontiers que dix. Le dixième risquerait toujours d'être celui qui m'aurait été fatal.

— Les neuf autres auront tout aussi vite fait de te tuer.

— Plutôt cela que de mourir dans un lit. » *Ou sur la lunette des chiottes.*

Deux hommes ne firent pas le choix de partir avec les autres. Ser Desmond Grell, le vieux maître d'armes de lord Hoster, préféra prendre le noir. De même fit ser Robin Ryger, capitaine des gardes de Vivesaigues. « Ce château a été mon chez moi pendant quarante ans, déclara Grell. Vous prétendez que je suis libre de partir, mais de partir pour où ? Je suis trop vieux et trop corpulent pour faire un chevalier errant. Mais un homme est toujours le bienvenu au Mur.

— À votre guise », répondit Jaime, malgré la foutue complication que cela causait. Il leur permit de conserver leurs armes et armures et leur assigna pour escorte jusqu'à Viergétang une douzaine des sbires de Gregor Clegane. Il en confia le commandement à Rafford, celui qu'on surnommait Tout-miel. « Veille à ce que les prisonniers arrivent à Viergétang sans la moindre avarie, lui ordonna-t-il, ou alors les sévices que ser Gregor a fait subir à la Chèvre auront l'air d'une amusette rigolote, comparés à ceux que je t'infligerai. »

D'autres jours s'écoulèrent. Lord Emmon assembla tout Vivesaigues dans la cour, les gens de lord Edmure autant que les siens, et les harangua pendant près de trois heures d'affilée pour leur signifier ce que seraient leurs tâches et devoirs à présent qu'il était leur seigneur et maître. De temps à autre, il agitait son parchemin, pendant que les garçons d'écurie, les servantes et les forgerons écoutaient dans un silence maussade et qu'une pluie fine les arrosait tous.

Le chanteur écoutait lui aussi, celui que Jaime avait enlevé à ser Ryman Frey. Jaime tomba sur lui dans l'embrasure d'une porte ouverte où il se tenait au sec. « Sa Seigneurie aurait dû être chanteur, dit le musicien. Son discours est plus long qu'une ballade de marche, et je n'ai pas l'impression qu'il ait fait halte pour reprendre souffle. »

Jaime ne put s'empêcher de rire. « Lord Emmon n'a pas besoin de respirer, dans la mesure où il peut mastiquer. Vas-tu en faire une chanson ?

— Une marrante. “En parlant au Poisson”, je l'appellerai.

— Evite simplement de la jouer à portée d'oreille de ma tante. » Jaime ne lui avait pas prêté beaucoup d'attention jusque-là. C'était un petit bonhomme accoutré de braies vertes en loques et d'une tunique élimée d'un ton de vert plus clair, dont les trous étaient couverts par des empiècements de cuir marron. Il avait le nez long et pointu, un grand sourire désinvolte. De fins cheveux bruns balayaient son col, sale et pleins d'accrocs. *Cinquante ans comme rien*, songea Jaime, *une harpe errante, et durement usé par la vie.* « Tu n'appartenais pas à ser Ryman quand je t'ai découvert ? demanda-t-il.

— Seulement depuis une quinzaine.

— Je me serais attendu à ce que tu partes avec les Frey.

— Celui qui est là-haut est un Frey, dit le chanteur en désignant lord Emmon d'un signe de tête, et ce château m'a l'air d'un joli lieu douillet pour passer l'hiver. Wat Blancherisette est rentré chez lui avec ser Forley, alors j'ai pensé que je verrais bien s'il m'était possible de gagner sa place. Wat possède cette haute voix suave avec laquelle mes pareils ne peuvent se flatter de rivaliser. Mais je connais deux fois plus de chansons paillardes que lui. Sauf le respect dû à messire.

— Ma tante et toi devriez alors vous entendre comme larrons en foire, dit Jaime. Si tu souhaites hiverner ici, débrouille-toi pour que le répertoire que tu joueras plaise à lady Genna. C'est elle qui compte.

— Pas vous ?

— Ma place est avec le roi. Je ne resterai pas ici longtemps.

— Voilà une nouvelle qui m'afflige, messire. Je connais de meilleures chansons que *Les Pluies de Castamere*. J'aurais pu vous jouer… oh, toutes sortes de trucs.

— Ce sera pour une autre fois, répondit Jaime. Est-ce que tu as un nom ?

— Tom des Sept-Rus, s'il plaît à messire. » Le chanteur souleva son chapeau. « Mais la plupart des gens m'appellent Tom des Sept tout court.

— Chante plaisamment, Tom des Sept. »

Cette nuit-là, Jaime rêva qu'il se trouvait de nouveau dans le Grand Septuaire de Baelor, toujours en train de monter sa veille auprès du cadavre de son père. Le silence régnait en maître dans les ténèbres du septuaire lorsqu'une femme émergea brusquement des ombres et s'avança lentement vers le cercueil. « Sœur ? » souffla-t-il.

Mais ce n'était pas Cersei. C'était une créature tout habillée de gris, une sœur silencieuse. Un voile et un capuchon avaient beau dissimuler ses traits, il distinguait néanmoins la flamme des chandelles qui se reflétait dans les étangs verts de ses yeux. « Sœur, reprit-il, que voudrais-tu obtenir de moi ? » Son dernier mot se répercuta en écho du haut en bas du septuaire, *moimoimoimoimoimoimoimoimoimoimoimoi*.

« Je ne suis pas ta sœur, Jaime. » Elle leva une pâle main molle et repoussa son capuchon. « M'as-tu oubliée ? »

M'est-il possible d'oublier quelqu'un que je n'ai jamais connu ? Les paroles se figèrent dans sa gorge. *Bel et bien* qu'il la connaissait, mais ses souvenirs d'elle dataient de si longtemps…

« Vas-tu aussi oublier messire ton propre père ? Je me demande si tu l'as jamais connu, véritablement. » Elle avait des yeux verts et des cheveux d'or filé. Il n'aurait su dire quel âge elle pouvait avoir. *Quinze ans*, songea-t-il, *ou cinquante*. Elle gravit les marches pour se camper au-dessus du cercueil. « Il n'a jamais pu supporter qu'on se moque de lui. C'était la chose qu'il détestait le plus.

— Qui êtes-vous ? » Il lui fallait l'entendre le dire.

« La question est, qui es-tu ?

— C'est un rêve.

— Vraiment ? » Elle sourit tristement. « Compte tes mains, enfant. »

Une seule. Une seule main, cramponnée sur la poignée de l'épée. Rien qu'une. « Dans mes rêves, j'ai toujours deux mains. » Il leva son bras droit et contempla sans y rien comprendre la laideur de son moignon.

« Nous rêvons tous de choses que nous ne pouvons pas avoir. Tywin rêvait que son fils serait un chevalier grandiose et que sa fille serait reine. Il rêvait qu'ils seraient d'une telle force, d'une telle bravoure et d'une telle beauté qu'il n'y aurait jamais personne pour se moquer d'eux.

— Je suis chevalier, lui dit-il, et Cersei est reine. »

Une larme roula le long de la joue de la visiteuse. Elle rabattit de nouveau son capuchon puis tourna le dos à Jaime. Il la rappela, mais elle s'éloignait déjà, dans des froufroutements de jupes qui chuchotaient comme des berceuses en balayant le sol. *Ne m'abandonnez pas !* eut-il envie de lui crier, mais elle les avait tous quittés bien entendu depuis une éternité.

Il se réveilla dans le noir, frissonnant. Un froid glacial avait envahi la chambre. Jaime envoya baller les couvertures avec le moignon de sa main d'épée. Le feu s'était éteint dans la cheminée, vit-il, et la fenêtre s'était grande ouverte. Il traversa les ténèbres à tâtons pour aller tripatouiller les volets, mais quand il atteignit l'embrasure, son pied nu foula quelque chose d'humide. Il eut un mouvement de recul et demeura pétrifié pendant un moment. Sa première pensée fut qu'il s'agissait de sang, mais du sang n'aurait pas été si froid.

C'était de la neige, pénétrant en biais par la fenêtre.

Au lieu de fermer les volets, il les repoussa largement. En bas, la cour était tapissée d'une fine couverture blanche et qui allait s'épaississant au fur et à mesure qu'il regardait. Les merlons des remparts étaient chaperonnés de blanc. Les flocons tombaient en silence, et certains venaient par la fenêtre fondre sur son visage. Il voyait la vapeur de sa respiration.

De la neige dans le Conflans. S'il neigeait ici, il pouvait être en train de neiger à Port-Lannis tout aussi bien, de même qu'à Port-Réal. *L'hiver est en marche vers le sud, et la moitié de nos greniers sont vides.* Les récoltes qui se trouvaient encore dans les champs étaient condamnées. Il n'y aurait plus de semailles, plus aucun espoir de dernière moisson. Il se surprit à se demander comment son père allait s'y prendre pour nourrir le royaume et se rappela seulement après que lord Tywin était mort.

Quand survint le matin, la neige vous montait jusqu'à la cheville, et sa couche était encore plus épaisse dans le bois sacré, où les courants d'air l'avaient amassée sous les arbres. Ecuyers, garçons d'écurie et pages de haute naissance redevinrent des gosses grâce à la blancheur et au froid de son sortilège, et ils se livrèrent à des batailles de boules de neige du haut en bas des postes de garde et sur toute la longueur des remparts. Jaime les entendait rire. Il y avait un temps, pas si loin que ça, où il aurait pu sortir pétrir des boules de neige avec les plus doués d'entre eux, en bombarder Tyrion qui passerait en chaloupant par là ou bien glisser l'une d'entre elles dans le dos de la robe de Cersei. *Mais il vous faut deux mains pour fabriquer une boule de neige digne de ce nom.*

On frappa un petit coup sec sur sa porte. « Va donc voir qui c'est, Becq. »

C'était le vieux mestre de Vivesaigues, sa main ridée et fripée crispée sur un message. La figure de Vyman était aussi blafarde que la neige nouvellement tombée. « Je comprends, le devança Jaime, vous avez reçu de la Citadelle un corbeau blanc. Ça y est, l'hiver est arrivé.

— Ce n'est pas cela, messire. L'oiseau venait de Port-Réal. J'ai pris la liberté… je ne savais pas… » Il lui tendit la lettre.

Jaime en fit la lecture assis sur la banquette de fenêtre et baigné dans la lumière immaculée de ce matin glacial. Les termes de Qyburn étaient laconiques et allaient droit au but, ceux de Cersei étaient fébriles et fervents. *Viens tout de suite*, disait-elle. *Aide-moi. Sauve-moi. J'ai besoin de toi aujourd'hui comme jamais je n'ai eu besoin de toi auparavant. Je t'aime. Je t'aime. Je t'aime. Viens tout de suite.*

Vyman se tortillait près de la porte, dans l'expectative, et Jaime sentit que Becq ne perdait pas non plus une miette du spectacle qu'il leur offrait là. « Est-ce que messire souhaite expédier une réponse ? » finit par demander le mestre au bout d'un interminable silence.

Un flocon de neige atterrit sur la lettre. Pendant qu'il fondait, l'encre commença à se brouiller. Jaime enroula le parchemin aussi serré qu'il était possible de le faire avec une seule main. « Non », répondit-il, puis, le tendant à Becq : « Tiens, flanque-moi ça au feu. »

SAMWELL

La dernière partie du voyage fut la plus périlleuse. Le Chenal Redwyne fourmillait de boutres, ainsi qu'ils en avaient été prévenus à Tyrosh. La majorité des forces maritimes de la Treille se trouvant pour lors concentrée sur la façade opposée de Westeros, les pirates fer-nés avaient saccagé Port-Ryam et s'étaient tout bonnement approprié Bourg-les-Vignes et Crique-Astérie qu'ils utilisaient comme bases pour fondre sur tout ce qui naviguait à destination de Villevieille.

À trois reprises, des boutres furent aperçus par la vigie du nid de pie. Deux d'entre eux se trouvaient fort en arrière, néanmoins, et *La Brise cannelle* eut tôt fait de les distancer. Le troisième apparut aux approches du crépuscule et prétendit leur interdire l'accès à l'embouchure de la Chuchoteuse. Lorsqu'ils virent ses rames se lever et s'abaisser en fouettant en neige cadencée les flots couleur de cuivre rouge, Kojja Mo dépêcha ses archers se jucher sur les accastillages avec leurs grands arcs d'orcœur capables de décocher plus loin et plus droit au but que les Dorniens d'If eux-mêmes. Elle attendit que l'adversaire se trouve à moins de deux cents pas d'eux pour leur donner l'ordre de tirer. Sam lâcha sa flèche avec les leurs, et il eut l'impression qu'elle avait cette fois touché le navire. Une seule volée suffit. L'assaillant vira de bord vers le sud en quête de proies moins récalcitrantes.

La nuit tombante virait au bleu sombre quand ils embouquèrent l'estuaire de la Chuchoteuse. Vère se tenait à la proue avec le petit dans ses bras, les yeux levés vers un château campé sur les falaises. « Trois Tours, lui annonça Sam, siège de la maison Costayne. » Charbonnée contre les étoiles du soir avec des flamboiements mouvants de torches à ses fenêtres, la forteresse offrait un spectacle splendide, mais il fut attristé de le voir. Leur voyage touchait presque à son terme.

« Il est d'une hauteur incroyable, dit Vère.

— Attends de voir la Grand-Tour. »

L'enfant de Della commença à pleurer. Vère entrouvrit sa tunique et lui donna le sein. Elle souriait tout en l'allaitant, et elle caressait ses cheveux bruns soyeux. *Elle en est venue à aimer celui-ci tout autant que celui qu'elle a laissé là-bas*, se rendit compte Sam, subitement. Il espéra que les deux bambins bénéficieraient de la bienveillance des dieux.

Les Fer-nés s'étaient introduits jusque dans les eaux abritées de la Chuchoteuse. Comme elle poursuivait, le matin venu, sa route vers Villevieille, *La Brise cannelle* commença à se heurter à des cadavres qui dérivaient mollement vers la mer. Certains charriaient leur plein de corbeaux qui prenaient l'air en rouscaillant bruyamment lorsque le bateau-cygne venait chahuter leurs radeaux burlesques de bidoche boursouflée. Les berges se révélèrent, elles, parsemées de champs roussis et de villages incendiés, et les bancs de sable étaient comme les bas-fonds jonchés d'épaves fracassées. Il s'agissait là pour l'ordinaire essentiellement de péniches marchandes et de barques de pêche, mais ils virent aussi des boutres abandonnés et les décombres de deux grands dromons. Le premier de ceux-ci avait brûlé jusqu'à la ligne de flottaison, une brèche déchiquetée béait comme un four dans le flanc du second, dont la coque avait été de toute évidence éventrée par un bélier-rostre.

« Bataille ici, commenta Xhondo. Pas si longtemps.

— Qui serait assez dément pour lancer un raid à pareille proximité de Villevieille ? »

Xhondo pointa l'index vers un boutre à moitié immergé dans les basses eaux. Les vestiges d'une bannière pendouillaient à sa poupe, réduits à des haillons maculés de fumée. L'emblème accusateur qu'ils arboraient, Sam n'en avait jamais vu jusqu'alors d'équivalent : un œil rouge avec une pupille noire, surmonté par une couronne de fer noir elle-même supportée par deux corbeaux. « De qui est-ce la bannière, ça ? » Xhondo se borna à hausser les épaules.

Le jour suivant fut brumeux et froid. Tandis que *La Brise cannelle* passait lentement le long d'un nouveau village de pêcheurs dévasté par les pillards, une galère de guerre émergea comme un spectre du brouillard, nageant dans leur direction. *La Chasseresse* était le nom qu'elle arborait, derrière sa figure de proue sculptée à l'effigie d'une svelte jouvencelle vêtue de feuilles et brandissant une pique. Une seconde après, deux galères de moindre taille apparurent de part et d'autre de la première, telle une paire de lévriers trottinant sur les flancs de leur maître. Au grand soulagement de Sam, la bannière cerf-et-lion du roi Tommen flottait sur les trois bâtiments, par-dessus la blanche tour à degrés de Villevieille et sa couronne de flammes.

Le capitaine de *La Chasseresse* était un grand gaillard en manteau gris fumée bordé de flammes de satin rouge. Il rangea sa galère parallèlement à *La Brise cannelle*, releva ses rames, et annonça d'une voix forte qu'il montait à bord. Pendant que ses propres arbalétriers et les archers de Kojja Mo se tenaient mutuellement à l'œil par-dessus l'étroit intervalle d'eau, il opéra son passage avec une demi-douzaine de chevaliers, salua Quhuru Mo d'un hochement de tête et lui demanda l'autorisation de descendre inspecter ses soutes. Au terme d'un bref aparté, le père et la fille donnèrent leur accord.

« Veuillez agréer mes excuses, dit le capitaine, une fois terminée sa tâche. Je suis confus de devoir infliger des procédures aussi discourtoises à d'honnêtes gens, mais mieux vaut cela que le risque d'une intrusion de Fer-nés à Villevieille. Il y a seulement une quinzaine de jours, certains de ces salopards se sont emparés d'un navire marchand de Tyrosh dans le Chenal Redwyne. Ils ont massacré ses hommes d'équipage, revêtu leurs frusques et utilisé les teintures qu'ils ont pu dénicher pour se barbouiller la tignasse et le poil de cinquante couleurs différentes. Une fois à l'intérieur des murailles, ils entendaient incendier le port puis ouvrir une porte à leurs copains du dehors pendant que nous combattrions le feu. Leur stratagème aurait bien pu fonctionner, mais ils se sont attiré des ennuis avec *La Dame de la Tour*, dont le maître de nage a épousé une femme originaire de la Cité libre. En distinguant toute cette flopée de barbes vertes et violettes, il les a apostrophés dans leur langue présumée, mais pas un seul d'entre eux n'a été capable de lui répondre un seul mot. »

Sam en demeura stupide. « Ils ne comptent tout de même pas pouvoir s'attaquer à *Villevieille*... ! »

Le capitaine de *La Chasseresse* le regarda d'un air curieux. « Ces Fer-nés-ci ne sont plus des pillards au sens strict du terme. Leurs congénères ont toujours lancé des raids partout où ils en avaient la possibilité. Ils opéraient des frappes chirurgicales à partir de la mer, emportaient de l'or et des filles puis remettaient à la voile, mais ils étaient rarement plus de deux ou trois boutres pour ce faire, et jamais plus d'une demi-douzaine. Actuellement, c'est par centaines que leurs navires nous accablent en appareillant à partir des îles Boucliers et de quelques-uns des rochers dont la Treille est environnée. Ils ont mis la main sur les caves de Roche-aux-crabes, sur l'île des Cochons, sur le Palais de la Sirène, et ils ont d'autres nids sur Fer-à-cheval Roc et sur le Berceau du Bâtard. Sans la flotte de lord Redwyne, nous manquons du nombre de vaisseaux nécessaires pour en venir aux prises avec eux.

— Mais que fabrique donc lord Hightower ? lâcha Sam. Mon père n'arrêtait pas de répéter qu'il était aussi riche que les Lannister, et qu'il lui était constamment loisible de ranger sous ses ordres trois fois plus d'épées que n'importe lequel des autres bannerets de Hautjardin.

— Davantage même, s'il ratisse les pavés, convint le capitaine, mais les épées ne servent pas à grand-chose contre les Fer-nés, à moins que les hommes qui les manient ne sachent comment déambuler sur l'eau.

— La Grand-Tour doit bien être tout de même en train de faire *quelque chose* !

— Assurément. Lord Leyton s'y est enfermé tout en haut avec la Vierge Folle pour consulter des grimoires de sorcellerie. Il se pourrait qu'il lève une armée des abysses. Ou pas. Baelor construit des galères, Gunthor a la responsabilité du port, Garth est en train d'exercer de nouvelles recrues, et Humfrey est parti pour Lys engager des voiles mercenaires. S'il réussit à soutirer une flotte véritable à sa putain de sœur, nous pourrons entreprendre de rendre quelque chose comme un peu de la monnaie de leur pièce aux Fer-nés. Jusque-là, le mieux que nous puissions faire est de préserver le solide et d'attendre que cette chienne de reine de Port-Réal lâche la laisse à lord Paxter. »

L'agressivité des derniers mots du capitaine choqua Sam autant que les informations qu'il venait de fournir. *Si Port-Réal perd Villevieille et la Treille, c'est le royaume tout entier qui va tomber en morceaux*, songea-t-il tout en regardant *La Chasseresse* et ses sœurs reprendre du champ.

De fil en aiguille, il en vint à se demander si Corcolline même était véritablement en sécurité. Les domaines Tarly se trouvaient à l'intérieur des terres, au sein de contreforts extrêmement boisés, à cent lieues au nord-est de Villevieille et fort loin de toute espèce de côte ; ils devraient en conséquence être largement hors de la portée des Fer-nés et des boutres, à l'abri donc, même si messire son père, parti se battre dans le Conflans, en était absent, et dût le château ne bénéficier que d'une garnison modeste. Mais le Jeune Loup s'était sans doute persuadé qu'il en allait de même pour Winterfell, jusqu'à la nuit où Theon le Tournecasaque avait escaladé ses murs... Sam n'arrivait pas à supporter l'idée qu'il avait pu infliger à Vère et au petit tout du long cet interminable voyage à seule fin d'empêcher qu'il ne leur arrive le moindre mal... et pour quel résultat ? pour les abandonner en définitive au beau milieu de la guerre !

Il se débattit avec ces pensées pendant tout le reste du voyage, sans savoir à quoi se résoudre. Il lui serait toujours possible de garder Vère à Villevieille, supposa-t-il. Les murailles d'enceinte de la ville étaient infiniment plus formidables que les remparts du château paternel, et elles avaient des milliers de défenseurs, au lieu de la poignée d'hommes que lord Randyll avait probablement laissés à Corcolline lorsqu'il s'était mis en marche pour Hautjardin à la requête expresse de son suzerain. Mais, s'il agissait de la sorte, il lui faudrait veiller à la cacher d'une manière ou d'une autre ; la Citadelle ne permettait pas à ses novices de conserver épouses ni maîtresses, en tout cas pas ouvertement. *Au surplus, si je reste avec Vère beaucoup plus longtemps, comment trouverai-je jamais la force de la quitter ?* Il devait de deux choses l'une, ou la quitter ou déserter. *J'ai prononcé les mots*, se remémora-t-il. *Si je déserte, je le paierai forcément de ma tête, et de quel secours cela sera-t-il à Vère ?*

Il envisagea de prier Kojja Mo et son père d'emmener la sauvageonne dans leurs bagages aux îles d'Eté. Mais cette solution n'allait pas non plus sans comporter sa part de dangers spécifiques. Quand *La Brise cannelle* quitterait Villevieille, elle serait à nouveau forcée d'emprunter le Chenal Redwyne, et elle n'aurait pas fatalement autant de veine cette fois-ci. Que se passerait-il s'il advenait que le vent tombe et que les insulaires d'Eté se retrouvent encalminés ? Si les histoires qu'il avait entendu raconter étaient véridiques, Vère serait emmenée comme serve ou comme femme-sel, et l'enfant aurait toute chance d'être bazardé à la mer comme un vulgaire encombrement.

Ce sera décidément Corcolline, finit par conclure Sam. *Dès que nous serons parvenus à Villevieille, je louerai une voiture et des chevaux pour l'y conduire moi-même.* De cette manière, il pourrait se rassurer sur la situation du château et sur l'état de sa garnison, et s'il se trouvait que quoi que ce soit de ce qu'il voyait ou entendait dire lui donnait à réfléchir, il n'aurait jamais qu'à faire demi-tour et à ramener Vère à Villevieille.

Ils parvinrent à destination par un matin froid et humide où le brouillard était si dense qu'on ne voyait strictement rien de la ville en dehors du fanal de la

Grand-Tour. Une estacade reliant deux douzaines de coques pourries s'étirait en travers du port. Juste derrière elle se tenait une ligne de vaisseaux de guerre, ancrée par trois grands dromons et par le colossal navire amiral à quatre ponts de lord Hightower, *L'Honneur de Villevieille*. Une fois de plus, *La Brise cannelle* dut se soumettre à inspection. En l'occurrence, ce fut le fils de lord Leyton, ser Gunthor, qui monta à bord, drapé dans un manteau de brocart d'argent et vêtu d'une armure d'écailles en émail gris. Il avait étudié à la Citadelle pendant plusieurs années, et comme il parlait couramment la langue d'Eté, Quhuru Mo et lui se replièrent dans la cabine de ce dernier afin de conférer sans témoins.

Sam mit à profit cet entracte pour détailler ses projets à Vère. « Il me faudra d'abord me rendre à la Citadelle afin d'y présenter les lettres de Jon et d'annoncer le décès de mestre Aemon. Je suppose que les archimestres enverront une carriole chercher sa dépouille. Ensuite, je m'occuperai de trouver une voiture et des chevaux pour t'emmener chez ma mère à Corcolline. Je serai de retour le plus vite que je pourrai, mais cela risque de ne pas être avant demain matin.

— Demain matin », répéta-t-elle, et elle lui donna un baiser en guise de porte-bonheur.

À la longue, ser Gunthor remonta sur le pont et envoya le signal de retirer la chaîne pour permettre à *La Brise cannelle* de franchir l'estacade et de gagner le quai. Sam rejoignit Kojja Mo et trois de ses archers près de la passerelle pendant que l'on amarrait le bateau-cygne. Alors que les insulaires d'Eté resplendissaient dans les manteaux de plumes qu'ils ne portaient que pour descendre à terre, lui se sentit une misérable chose à côté d'eux dans ses noirs pochés, son manteau délavé et ses bottes maculées de sel.

« Combien de temps allez-vous demeurés mouillés ici ?

— Deux jours, dix jours, qui peut dire ? Aussi longtemps que cela nous prendra de vider nos cales et de les remplir. » Kojja sourit à belles dents. « Mon père doit aussi rendre visite aux mestres. Il a des livres à vendre.

— Est-ce que Vère peut rester à bord jusqu'à mon retour ?

— Libre à Vère d'y rester autant qu'il lui plaira. » Elle planta un doigt dans la bedaine de Sam. « Elle ne mange pas autant que certains.

— Je ne suis pas aussi gras que je l'étais avant », répliqua-t-il sur le ton de la défensive. Le voyage au sud s'était chargé de le faire maigrir. Tous ces quarts de veille, dites, et pas d'autre bectance que des fruits et du poisson… Les insulaires d'Eté raffolaient des fruits et du poisson.

Sam suivit les archers sur la planche mais, une fois à terre, ils se séparèrent et s'en furent chacun de son côté. Il espéra qu'il se rappelait encore le chemin de la Citadelle. Villevieille était un labyrinthe, et il n'avait pas le temps de se perdre.

Il faisait un temps si humide que les pavés étaient visqueux et glissants, les ruelles enfouies dans le brouillard et le mystère. Sam évita leur dédale du mieux possible en restant sur la route de la rivière qui suivait les méandres capricieux de l'Hydromel en s'enfonçant vers le cœur de l'ancienne cité. Il était agréable d'avoir sous les pieds de la terre ferme au lieu du tangage et du roulis d'un pont, mais la marche lui inspirait tout de même un sentiment de malaise. Il sentait des regards s'appesantir sur lui, l'épier du haut des fenêtres et des balcons, le lorgner du fond des embrasures de portes plongées dans l'obscurité. À bord de *La Brise cannelle*, chaque visage lui était familier. Ici, de quelque côté qu'il se tourne, il ne voyait que des inconnus. Pire encore était la pensée d'être sous les yeux de quelqu'un qui le connaissait. Lord Randyll Tarly avait beau jouir à Villevieille d'une espèce de notoriété, il n'y était pas particulièrement aimé. Sam ne savait que redouter de pire : se voir identifier par l'un des ennemis de messire son père ou par l'un de ses amis. Il s'emmitoufla davantage dans son manteau et pressa le pas.

Les portes de la Citadelle étaient flanquées par une paire de gigantesques sphinx verts à corps de lion, ailes d'aigle et queue de serpent. L'un d'eux possédait un visage masculin, l'autre un visage féminin. Juste au-delà se dressait le Foyer du Scribe, où les habitants de Villevieille venaient recourir aux bons offices des acolytes pour se faire lire leurs lettres ou rédiger leurs dernières volontés. Une demi-douzaine d'écrivains publics à mines ennuyées y occupaient des échoppes en plein air, dans l'attente d'une pratique éventuelle. D'autres échoppes s'adonnaient à la vente et à l'achat de livres. Sam fit halte auprès de l'une d'elles qui proposait des cartes et se plongea dans l'étude d'un plan manuscrit de la Citadelle, afin d'y repérer sans risque d'erreur l'itinéraire le plus court pour se rendre au Tribunal du Sénéchal.

La statue du roi Aeron Ier campé sur son colossal cheval de pierre et l'épée brandie du côté de Dorne occupait ensuite la pointe d'un embranchement. Des mouettes étaient perchées l'une sur le chef du Jeune Dragon, deux autres sur sa lame. Sam emprunta la bifurcation de gauche qui continuait à longer la rivière. Au Quai des Larmes, il observa deux acolytes en train d'aider un vieil homme à s'embarquer pour le bref trajet jusqu'à l'île Sanglante. Une jeune mère le suivit à bord, serrant dans ses bras un petit braillard pas beaucoup plus vieux que celui de Vère. Au-dessous de l'appontement, des marmitons rôdaient dans les bas-fonds, en chasse de grenouilles. Un flot de novices aux joues roses dépassa Sam d'un pas précipité pour gagner le couvent des Sept. *J'aurais dû venir ici quand j'avais leur âge*, songea-t-il. *Si je m'étais enfui en prenant un faux nom, j'aurais eu la possibilité de me perdre dans la cohue des novices. Père aurait pu prétendre dès lors que Dickon était son fils unique. Je doute même qu'il se serait si peu que ce soit donné l'embarras de lancer du monde à mes trousses, à moins que je n'eusse volé pour monture un de ses mulets. Ah là, oui, dans ce cas, il m'aurait sûrement fait traquer, mais uniquement pour récupérer l'animal.*

Devant le Tribunal du Sénéchal, les supérieurs étaient en train de faire fixer au pilori un novice d'un certain âge. « Vol de victuailles aux cuisines », expliqua l'un d'entre eux aux acolytes qui attendaient pour bombarder le captif avec des légumes en putréfaction. Tous louchèrent curieusement sur Sam pendant qu'il passait à grandes enjambées, son manteau noir faseyant comme une voile dans son sillage.

Une fois les portes franchies, il se retrouva dans une salle dallée de pierre et éclairée par de hautes fenêtres voûtées. Tout au fond se tenait assis sur une estrade élevée un homme aux traits tirés qui, armé d'une plume, écorchait un registre. Il avait beau porter des robes de mestre, il n'avait pas de chaîne autour du cou. Sam s'éclaircit la gorge. « Bonjour. »

L'homme releva les yeux, et ce qu'il vit ne sembla pas mériter son approbation. « Tu sens le novice.

— J'espère en être un bientôt. » Sam sortit les lettres que Jon Snow lui avait remises. « Je suis venu du Mur en compagnie de mestre Aemon, mais il est décédé pendant le voyage. S'il m'était possible de m'entretenir avec le Sénéchal…

— Ton nom ?

— Samwell. Samwell Tarly. »

L'homme inscrivit le nom sur son registre puis agita sa plume en direction d'une des banquettes collées le long du mur. « Assieds-toi. On t'appellera dès que de besoin. »

Sam obtempéra docilement.

D'autres arrivèrent et repartirent. Certains délivrèrent des messages et prirent congé. Certains parlèrent à l'individu perché sur l'estrade, et il leur fit franchir la porte derrière lui puis grimper un escalier en tourniquet. Certains rejoignirent Sam sur les banquettes et attendirent l'appel de leur nom. Quelques-uns de ceux que l'on convoqua s'étaient présentés après lui, il en aurait volontiers juré. Quand le même phénomène se fut reproduit trois ou quatre fois, il se leva et retraversa la salle. « Est-ce que cela va durer beaucoup plus longtemps ?

— Le Sénéchal est un personnage important.

— J'ai fait tout le voyage depuis le Mur.

— Dans ce cas, tu ne verras pas d'inconvénient à le rallonger un tout petit peu. » La plume balaya l'espace. « Jusqu'à cette banquette, là, juste sous la fenêtre. »

Sam retourna s'asseoir. Une heure de plus s'écoula. D'autres entrèrent, parlèrent au type juché sur l'estrade, attendirent quelques instants puis furent introduits. De tout ce temps-là, le cerbère ne condescendit pas ne serait-ce qu'un soupçon de regard à Sam. Au fur et à mesure que la journée s'avançait, le brouillard qui s'atténuait, dehors, laissait filtrer de pâles rayons de soleil obliques à l'intérieur. Sam se retrouva en train de contempler fixement les particules de poussière qui dansaient dans la lumière. Un bâillement lui échappa, puis un autre. Il éplucha les peaux d'une ampoule éclatée dans sa paume puis inclina sa tête en arrière et ferma les yeux.

Il devait s'être assoupi, finalement. Lorsqu'il reprit conscience, l'homme de l'estrade était en train d'appeler un nom. Sam ne bondit sur ses pieds que pour se rasseoir en se rendant compte que le nom n'était pas le sien.

« Il vous faut refiler la pièce à Lorcas, ou alors vous sécherez trois jours sur place, dit une voix à côté de lui. Qu'est-ce qui amène la Garde de Nuit à la Citadelle ? »

L'intervenant était un beau jouvenceau mince, élancé qui portait des chausses en peau de daim et une confortable brigandine verte cloutée de fer. Il avait un teint de bière brune légère et une couronne de boucles noires drues qui descendaient en V sur son front et soulignaient d'immenses yeux noirs.

« Le lord Commandant est en train de restaurer les châteaux abandonnés, lui expliqua Sam. Il nous faut davantage de mestres, pour les corbeaux... La pièce, vous avez dit ?

— Un sou suffira. Pour un cerf d'argent, Lorcas vous montera sur son dos jusque chez le Sénéchal. Ça fait cinquante ans qu'il est acolyte. Il déteste les novices, et particulièrement les novices de naissance aristocratique.

— De quelle manière pouviez-vous savoir que j'étais de naissance aristocratique ?

— De la même qui vous permet de savoir que je suis à moitié dornien. » Faite sur le ton onctueusement traînant des gens de Dorne, la déclaration fut accompagnée d'un sourire.

Sam se fouilla pour trouver un sou. « Vous êtes un novice ?

— Un acolyte. Alleras, surnommé par certains le Sphinx. »

Le sobriquet fit sursauter Sam. « Le sphinx est l'énigme et non pas l'énigmateur, lâcha-t-il étourdiment. Vous savez ce que cela signifie ?

— Non. C'est une énigme ?

— Je serais bien aise de le savoir... Moi, c'est Samwell Tarly. Sam.

— Bienvenue. Et de quelle affaire Samwell Tarly doit-il s'entretenir avec Archimestre Theobald ?

— C'est lui, le Sénéchal ? demanda Sam, perplexe. Mestre Aemon disait qu'il s'appelait Norren.

— Pas depuis les deux derniers tours. Il y en a un de nouveau chaque année. Ils en remplissent les fonctions par tirage au sort au sein des archimestres, et la plupart d'entre eux ne voient là qu'une tâche ingrate qui les détourne de leur véritable travail. Cette année-ci, la pierre noire a été tirée par Archimestre Walgrave, mais comme l'esprit de Walgrave est enclin à battre la campagne, Theobald s'est porté volontaire pour le suppléer durant sa période de service. C'est un homme bourru, mais quelqu'un de bien. Est-ce bien mestre *Aemon* que vous avez dit ?

— Mouais.

— Aemon *Targaryen* ?

— Jadis. La plupart des gens se bornaient à l'appeler mestre Aemon. Il est mort durant notre voyage au sud. Comment se fait-il que vous connaissiez son existence ?

— Comment ne la connaîtrais-je pas ? Il n'était pas uniquement le plus âgé des mestres en vie, loin s'en faut. Il était le plus vieil homme de Westeros, et la durée de son existence a couvert plus d'histoire qu'Archimestre Perestan n'en a jamais appris. Il aurait pu nous en raconter tant et plus sur les règnes respectifs de son père et de son oncle. Quel âge avait-il, est-ce que vous le savez au juste ?

— Cent deux ans.
— Que faisait-il en mer, à cet âge-là ? »

Sam rumina la question pendant un moment, ne sachant trop jusqu'à quel point il avait le droit de répondre. *Le sphinx est l'énigme et non pas l'énigmateur.* Se pouvait-il que mestre Aemon eût voulu parler de *ce* Sphinx-*là* ? La chose paraissait improbable. « Le lord Commandant Snow l'a fait partir pour lui sauver la vie », débuta-t-il d'un ton hésitant. Il parla avec embarras du roi Stannis et de Mélisandre d'Asshaï, bien décidé à s'en tenir là d'ailleurs, mais une chose en amenant une autre, il se retrouva en train de parler de Mance Rayder et de ses sauvageons, de sang royal et de dragons, et il n'eut pas le temps de se rendre compte de ce qui lui arrivait que tout le reste se déballait spontanément : les créatures, au Poing des Premiers Hommes, l'Autre sur son cheval mort, le meurtre du Vieil Ours à Fort-Craster, Vère et leur fuite, l'Arbre Blanc et P'tit Paul, Mains-froides et les corbeaux, l'accession de Jon au poste de lord Commandant, *Le Merle*, Dareon, Braavos, les dragons que Xhondo avait vus à Qarth, *La Brise cannelle* et tout ce que mestre Aemon chuchotait vers la fin. Il ne retint par-devers lui que les secrets qu'il avait juré de garder quant à Bran Stark et ses compagnons, ainsi que l'échange des nouveau-nés opéré par Jon Snow. « Daenerys est le seul espoir, conclut-il. Aemon a dit que la Citadelle devait lui envoyer tout de suite un mestre pour la ramener chez elle à Westeros avant qu'il ne soit trop tard. »

Alleras avait écouté de toutes ses oreilles. Quitte à cligner les paupières, de temps à autre, il n'avait jamais ri, jamais interrompu le narrateur. Quand celui-ci en eut terminé, il lui toucha délicatement l'avant-bras d'une main fine et brune et dit : « Economisez votre sou, Sam. Theobald ne croira pas la moitié de votre histoire, mais il y a des gens susceptibles d'y ajouter foi. Voulez-vous venir avec moi ?

— Où donc ?

— Parler avec un archimestre. »

Tu dois les avertir, Sam, avait dit mestre Aemon. *Tu dois avertir les archimestres.* « Très bien. » Il pourrait toujours retourner le lendemain chez le Sénéchal, son sou en main. « Il nous faut aller loin ?

— Pas loin. L'île aux Corbeaux. »

Ils n'avaient que faire de barque pour gagner l'île aux Corbeaux ; un vieux pont-levis de bois la reliait à la rive orientale. « La Corbinière est le plus ancien édifice de la Citadelle », lui révéla Alleras, pendant qu'ils passaient au-dessus des eaux languissantes de l'Hydromel. « On rapporte qu'à l'Age des Héros elle aurait été la forteresse d'un seigneur pirate et qu'il y aurait établi sa résidence afin de dépouiller les bateaux qui descendaient la rivière. »

La mousse et la vigne vierge en tapissaient les murs, vit Sam, et des corbeaux arpentaient son chemin de ronde en guise et lieu d'archers. De mémoire d'homme, personne n'avait dû relever le pont.

Il faisait sombre et frisquet dans l'enceinte du château. Un barral antique occupait la cour, comme il n'avait pas cessé de le faire depuis l'époque de la construction. La face sculptée dans son tronc était submergée par les mêmes lichens violets qui, telles de lourdes tentures, pendaient à sa ramure blême. La moitié de ses branches avaient l'air mortes, mais des feuilles rouges bruissaient encore à d'autres, et c'était là que les corbeaux se plaisaient à percher. L'arbre en grouillait, et ils pullulaient aussi dans les fenêtres à voussure qui surplombaient tout le tour de la cour. Leurs déjections mouchetaient le sol. Pendant que les garçons traversaient les lieux, l'un des oiseaux battit des ailes au-dessus de leurs têtes, et les autres échangèrent à cœur joie des *croâ croâ*. « Archimestre Walgrave a ses appartements dans la tour ouest, sous la roukerie blanche, reprit Alleras. Les corbeaux blancs et les corbeaux noirs se chamaillant comme le font Dorniens et Marchiens, on les tient séparés.

— Est-ce qu'Archimestre Walgrave comprendra ce que je serai en train de lui raconter ? s'étonna Sam. Vous avez dit que son esprit était enclin à battre la campagne.

— Il a ses bons et ses mauvais jours, répondit Alleras, mais ce n'est pas lui que vous allez voir. » Il ouvrit la porte d'accès à la tour nord et commença à grimper l'escalier, Sam ahanant pas mal derrière lui. D'en haut leur parvenaient par intermittence des ébrouements et des ronchonnements, plus un cri de colère de-ci de-là, lorsque les corbeaux râlaient d'être réveillés.

En haut des marches, un pâle jouvenceau blond à peu près de l'âge de Sam était assis devant une porte de chêne et de fer et fixait intensément de son œil droit la flamme d'une chandelle. Son œil gauche était enfoui sous une cascade de cheveux blond cendré. « Que cherches-tu ? lui demanda Alleras. Ta destinée ? Ta mort ? »

Le blondin se détourna de la chandelle en clignotant. « Des femmes à poil, répondit-il. C'est qui, pour le coup, celui-là ?

— Samwell. Un nouveau novice, venu voir le Mage.

— La Citadelle n'est plus ce qu'elle fut, se lamenta l'autre. Ils acceptent de prendre n'importe quoi ces temps-ci. Des chiens sombres et des Dorniens, des gardeurs de pourceaux, des infirmes, des crétins, et maintenant une baleine habillée de noir. Et moi qui croyais jusqu'ici que les léviathans étaient gris. » Une demi-cape rayée de vert et d'or lui drapait une épaule. Il était très beau, malgré sa bouche cruelle et ses yeux sournois.

Sam le reconnut. « Leo Tyrell. » Prononcer le nom lui donna l'impression qu'il était encore un marmot de sept ans, prêt à mouiller sa petite culotte. « C'est moi, Sam, Sam de Corcolline. Le fils de lord Randyll Tarly.

— Vraiment ? » Leo lui accorda un second coup d'œil. « On dirait que oui. Ton père nous avait raconté à tous que tu étais mort. Ou bien c'était seulement qu'il souhaitait que tu le sois ? » Il s'épanouit. « Tu es toujours un pleutre ?

— Non », mentit Sam. Jon le lui avait expressément ordonné. « Je suis allé au-delà du Mur et j'y ai livré des batailles. On me surnomme Sam l'Égorgeur. » Il ne comprit pas pourquoi il le disait. Les mots se ruaient au-dehors, voilà tout.

Leo se mit à rire, mais il n'eut pas le temps de répondre que la porte s'ouvrit derrière lui. « Entre donc, Égorgeur, grommela l'homme qui se découpait dans l'encadrement. Toi aussi, Sphinx. Allez.

— Sam, dit Alleras, voici Archimestre Marwyn. »

Hormis qu'il portait une chaîne forgée de maints métaux divers autour de son cou de taureau, celui-ci avait plutôt l'allure d'un casseur des docks que d'un mestre. Sa tête était trop grosse pour son corps, et la manière dont elle jaillissait en avant de ses épaules, précédée par une mâchoire en forme de pavé, lui donnait l'air d'être un molosse sur le point de bondir à la gueule du premier venu. Quoique de petite taille et trapu, il était puissant de coffre et d'épaules, et avait une panse à bière ronde et dure comme un roc qui distendait les laçages du justaucorps de cuir qu'il portait en lieu et place de robes. Du poil rêche et blanc lui hérissait les narines et les oreilles. Il avait des sourcils touffus, un nez qui avait été cassé plus d'une fois, et des dents que la surelle avait chamarrées de rouge. Ses mains étaient les plus gros battoirs que Sam eût jamais vus.

Devant son hésitation, l'une de celles-ci l'empoigna par le bras et lui fit franchir le seuil d'une simple saccade. La pièce qu'il découvrit alors était circulaire et spacieuse. Des livres et des rouleaux, il y en avait partout, éparpillés sur les tables et entassés sur le plancher en piles de quatre pieds de haut. Des tapisseries délavées et des cartes en loques couvraient les murs de pierre. Un feu brûlait dans l'âtre, sous un chaudron de cuivre dont le contenu, quel qu'il fût, sentait le cramé. À part cela, l'unique lumière provenait d'une haute chandelle noire installée au milieu de la pièce.

Son incandescence excessive était déplaisante. Il se dégageait d'elle quelque chose de singulier. Sa flamme ne vacilla pas, lors même qu'Archimestre Marwyn eut claqué la porte si violemment que les paperasses d'une table voisine en furent soufflées. Elle affectait aussi les couleurs environnantes d'une façon bizarre. Les blancs avaient tout l'éclat de la neige fraîchement tombée, le jaune étincelait comme de l'or, les rouges semblaient flamboyer, mais les ombres étaient si noires qu'elles faisaient l'effet de trous dans la densité du monde. Sam se surprit en pleine fascination. La chandelle proprement dite avait trois pieds de haut, elle était mince comme une épée, ridée, torsadée, d'un noir étincelant. « Est-ce que c'est… ?

— … de l'obsidienne », répondit l'autre individu présent dans la pièce, un jeune homme charnu, pâle, à figure molle, épaules voûtées, mains flasques, aux yeux très rapprochés, dont les robes de novice étaient parsemées de taches de boustifaille.

« Appelle-la verredragon. » Archimestre Marwyn contempla la chandelle pendant un moment. « Cela brûle mais ne se consume pas.

— Qu'est-ce qui nourrit la flamme ? demanda Sam.

— Qu'est-ce qui nourrit le feu d'un dragon ? » Marwyn s'assit sur un tabouret. « Toute la sorcellerie valyrienne était enracinée dans le sang ou le feu. Les sorciers des Possessions pouvaient voir par-delà les montagnes, les mers et les déserts grâce à l'une de ces chandelles de verre. Installés devant leurs chandelles, ils pouvaient pénétrer dans les rêves d'un homme et le doter de visions, ils pouvaient communiquer les uns avec les autres à un demi-monde de distance. Penses-tu que de telles vertus pourraient être utiles, Égorgeur ?

— Nous n'aurions plus besoin de corbeaux.

— Sauf après les batailles. » L'archimestre préleva de la surelle dans un paquet, se la fourra dans la bouche et commença à la mastiquer. « Raconte-moi tout ce que tu as raconté à notre sphinx dornien. J'en sais déjà tant et plus, mais il se peut que de menus détails aient échappé à mon attention. »

Il n'était pas le genre d'homme à se laisser opposer un refus. Après un moment d'hésitation, Sam répéta son histoire avec pour auditeurs Marwyn, Alleras et l'autre, le novice. « Mestre Aemon croyait que Daenerys Targaryen était l'accomplissement d'une prophétie…, elle et non pas Stannis ni le prince Rhaegar ni le petit prince dont on fracassa le crâne contre le mur.

— Née dans le sel et la fumée sous une étoile sanglante. Je connais la prophétie. » Marwyn détourna la tête et cracha sur le sol un glaviot de morve rouge. « Non que j'y ajouterais foi volontiers. Gorghan de l'Ancienne Ghis a écrit jadis qu'une prophétie est comme une femme traîtresse. Elle prend votre membre dans sa bouche, et vous en gémissez de plaisir et vous vous dites, oh, ce que c'est doux, oh, ce que c'est bon, ce que c'est divin… ! et puis ses dents se referment d'un coup sec, et vos gémissements se transforment en glapissements.

Telle est la nature de la prophétie, dit Gorghan. La prophétie vous tranchera la bite à chaque coup. » Il reprit quelque peu ses mastications. « Et pourtant… »

Alleras vint se placer aux côtés de Sam. « S'il en avait eu les forces, Aemon serait parti la chercher. Il voulait que nous lui expédiions un mestre pour la conseiller, la protéger et la ramener saine et sauve chez elle.

— Ah bon ? » Archimestre Marwyn haussa les épaules. « Peut-être est-ce une bonne chose qu'il soit mort avant d'atteindre Villevieille. Autrement, les moutons gris auraient risqué de se trouver dans l'obligation de le tuer, et les pauvres chers vieux s'en seraient sûrement tordu leurs mains toutes fripées.

— Le tuer ? s'exclama Sam, scandalisé. Pourquoi ça ?

— Si je te le dis, ils risquent d'avoir à te tuer toi aussi. » Marwyn sourit d'un sourire épouvantable, le jus de la surelle ruisselant rouge entre ses dents. « Qui a liquidé, selon toi, tous les dragons, la dernière fois ? De valeureux tueurs de dragons armés d'épées ? » Il cracha. « Le monde que la Citadelle est en train de construire n'a pas plus de place pour la sorcellerie que pour la prophétie ou que pour les chandelles de verre ni, à plus forte raison, pour les dragons. Demande-toi pourquoi l'on a permis à Aemon Targaryen de gâcher son existence sur le Mur, quand il aurait dû être de plein droit élevé à la dignité d'archimestre. Son *sang* fut le pourquoi. Il était impossible de se fier à lui. Tout comme il l'est de se fier à moi.

— Qu'allez-vous faire ? demanda Alleras le Sphinx.

— Me rendre moi-même à la baie des Serfs, à la place d'Aemon. Le bateau-cygne qui a amené l'Égorgeur devrait assez bien répondre à mes besoins. Les moutons gris vont utiliser une galère pour expédier leur homme, je n'en doute pas. Avec de bons vents, je devrais être le premier auprès d'*elle*. » Marwyn jeta un nouveau coup d'œil à Sam et fronça les sourcils. « Toi, tu devrais rester et forger ta chaîne. Si j'étais toi, je le ferais dare-dare. Il viendra un moment où l'on aura besoin de toi sur le Mur. » Il se tourna vers le novice à figure molle. « Trouve une cellule sèche pour l'Égorgeur. Il dormira ici et t'aidera à soigner les corbeaux.

— M… mais, bafouilla Sam, les autres archimestres… le Sénéchal… que faudrait-il que je leur dise ?

— Dis-leur comme ils sont sages et comme ils sont doués. Dis-leur qu'Aemon t'a commandé de te remettre entre leurs mains. Dis-leur que tu as toujours rêvé d'être admis un jour à porter la chaîne et à servir le bien supérieur, que servir est l'honneur suprême et obéir la vertu suprême. Mais ne leur souffle mot de prophéties ni de dragons, à moins que tu ne désires voir empoisonner ta bouillie d'avoine. » Marwyn attrapa au vol un manteau de cuir crasseux accroché à une patère près de la porte et s'y enveloppa étroitement. « Sphinx, soigne-moi bien ce garçon-là.

— Promis », répondit Alleras, mais l'archimestre était déjà parti. Ils entendirent ses bottes dévaler pesamment les marches.

« Où est-il allé ? demanda Sam, abasourdi.

— Aux docks. Le Mage n'est pas homme à trouver qu'il faut savoir perdre son temps. » Alleras sourit. « J'ai une confession à vous faire. Il n'y avait pas de hasard dans notre rencontre, Sam. Le Mage m'a chargé de vous mettre la main dessus avant que vous n'ayez parlé à Theobald. Il savait que vous étiez sur le point d'arriver.

— Comment ? »

Alleras indiqua d'un signe de tête la chandelle de verre.

Sam fixa l'étrange flamme blême pendant un moment puis papillota et se détourna vers la fenêtre. Les ténèbres étaient en train de s'épaissir au-dehors.

« Il y a une cellule inoccupée en dessous de la mienne dans la tour ouest, et d'où part un escalier qui monte directement aux appartements de Walgrave, dit le jeune garçon à face molle. Si ça ne vous ennuie pas d'entendre croasser les corbeaux, elle jouit d'une bonne vue sur l'Hydromel. Est-ce que cela vous ira ?

— Je suppose. » Il lui fallait bien dormir quelque part.

« Je vous y apporterai quelques couvertures de laine. Les murs de pierre se refroidissent salement la nuit, même ici.

— Je vous remercie. » Il y avait quelque chose dans ce garçon pâle et doucereux qui lui déplaisait, mais comme il n'avait aucune envie de paraître discourtois, il ajouta : « Mon nom n'est pas l'Égorgeur, à la vérité. C'est Sam que je m'appelle. Samwell Tarly.

— Moi, c'est Pat, répondit l'autre, Pat comme le petit porcher. »

ENTRE-TEMPS, SUR LE MUR…

« Eh là, minute, papillon ! risquent d'être en train de dire certains d'entre vous. Une minute, ho ! attendez une minute ! Où sont Daenerys et les dragons ? Où est passé Tyrion ? C'est à peine si nous avons entrevu Jon Snow[1]. Il n'est pas possible que ce soit là tout… »

Eh bien, non. Il va arriver plein d'autres choses. Dans un nouveau tome aussi gros que les précédents.

Je n'ai pas oublié les autres personnages. Loin de là. J'ai écrit des quantités de choses sur eux. Des pages et des pages et des pages. Des chapitres et encore des chapitres. J'étais encore en train d'écrire quand je me suis rendu compte que le livre était devenu trop gros pour se publier en un seul volume, et que je n'étais toujours pas près d'en avoir fini. Pour raconter toute l'histoire que j'avais envie de raconter, j'allais devoir couper le livre en deux.

La solution la plus simple aurait été de prendre ce que j'avais, de trancher à peu près au milieu et de conclure par l'annonce : « À suivre. » Mais plus j'y réfléchissais, plus je percevais que les lecteurs seraient mieux servis par un livre qui leur conterait tous les évé-

1. L'éditeur rappelle que *Le chaos*, *Les sables de Dorne* et le présent volume n'en constituent qu'un seul à l'origine, intitulé *A Feast for Crows*.

nements concernant une moitié des héros plutôt qu'une moitié des événements concernant l'ensemble des héros. Et voilà la route que j'ai fini par choisir d'emprunter.

Tyrion, Jon, Daenerys, Stannis et Mélisandre, Davos Mervault et tous les autres personnages que vous aimez ou que vous aimez à détester, vous les retrouverez au cours de l'année prochaine (je l'espère ardemment) dans *A Dance with Dragons*, qui se concentrera sur les événements se déroulant le long du Mur et de l'autre côté de la mer, de même que ce volume-ci se concentrait sur ceux de Port-Réal[1].

George R.R. Martin
Juin 2005

1. À l'heure de la parution en français du présent volume, l'auteur travaille toujours à sa suite. (N.d.E.)

REMERCIEMENTS

Un mal de chien, voilà ce que m'a donné ce *Feast for crows*. Il me faut une fois de plus exprimer ma gratitude et mes remerciements aux âmes indéfectibles qui ont veillé sur la publication : Nita Taublib, Joy Chamberlain, Jane Johnson, et tout particulièrement à Anne Lesley Groell pour ses conseils, sa bonne humeur et son indulgence.

Merci également à mes lecteurs, pour la gentillesse réconfortante de tous leurs e-mails. Un cimier de heaume spécial pour Lodey des Trois Poings, pour Pod le Lapin démoniaque, pour les Rois Futiles Trebla et Daj, pour la délicieuse Caresse du Mur, pour Lannister le Tueur d'écureuils, et pour tous les autres membres de la Fraternité sans Bannières, cette compagnie d'ivrognes à moitié cinglés qui, constituée de preux chevaliers et d'aimables dames, donnent les meilleures réceptions que connaisse la Worldcon[1], année après année après année. Et qu'il me soit permis de faire aussi sonner une fanfare en l'honneur d'Elio et de Linda qui semblent mieux connaître que moi les Sept Couronnes et qui m'aident à poursuivre

1. Abréviation pour World [Science Fiction] Con[vention(s)], rencontre(s) annuelle(s) de la World Science Fiction Society, société/club littéraire indépendante qui décerne les prix « Hugo ». C'est aussi l'occasion pour les fans du monde entier de se rencontrer. (N.d.T.)

mon chemin tout droit sans discontinuer. Leur site web Westeros et tout ce qui s'y raccorde m'émerveillent en faisant ma joie.

Et merci à Walter Jon Williams de me piloter au travers de nouvelles mers salées, à Sage Walker pour les sangsues, les fièvres et les os brisés, à Pati Nagle pour HTML et les boucliers qu'on y voit tournoyer, ainsi que pour sa promptitude à mettre mes nouvelles à jour, à Melinda Snodgrass et Daniel Abraham pour les services qu'ils me rendent et qui, véritablement, font mieux que surpasser et que dépasser les obligations de leur tâche. C'est grâce au coup de pouce de mes amis que je me tire de la mienne.

Il n'y a pas de mots pour rendre pleine justice à Parris, qui s'est trouvée là, les bons comme les mauvais jours, pendant que je m'échinais sur mes garces de pages. La seule chose à dire est que, sans elle, je serais dans l'incapacité de chanter ma Chanson de la Glace et du Feu[1].

---

1. *A Song of Ice and Fire*, titre du cycle dans sa langue d'origine. (N.d.E.)

Le Nord
Château
Ville
Château en ruine
Bourg
Les Crocgivre
La Forêt Hantée
LA GRÈVE GLACÉE
LE MUR
Tour Ombreuse
Château noir
Fort levant
Reine Couronne
LE DON
BAIE DES PHOQUES
Skagos
BAIE DES GLACES
Atre-lès-Confins
Ultime
Ile-aux-Ours
Karhold
Presqu'île de Merdragon
Motte-la-Forêt
Bois-aux-Loups
Fort-Terreur
N
Winterfell
Route Royale
Blanchedague
Quart-Torrhen
Les Roches
LES TERTRES
LES RUS
Blancport
FJORD DE PIQUESEL
Moat Cailin
La Veuve
Baie d'Enfer
Pouce-Flint
LE NECK
LA MORSURE
Galet
Les Piz
Cap Kraken
Falaises de Flint
Griseaux
Les Trois Sœurs
LES DOIGTS
Les Jumeaux
Iles de Fer
Cap des Aigles
Salvemer
Vieux Wyk
Grand Wyk
Baie du Fer-né
Harloi
Verfurque
Les Eyrié
La Porte Sanglante
VAL D'ARRYN
Vieilles-Pierres
Bleufurque
Carte par James Sinclair
Culbute
Ruffurque

Le Sud
Château
Château en ruine
Les Trois Sœurs
Les Piz
LES DOIGTS
Route Royale
Verfurque
Cap des Aigles
Iles de Fer
Vieux Wyk
Grand Wyk
Pyk
Harloi
Baie du Fer-né
Salvemer
Bleufurque
Vieilles-Pierres
Grand-Arc
VAL D'ARRYN
Cordial
Les Eyrié
La Porte Sanglante
Goëville
LE TRIDENT
Auberge
Ruffurque
Culbute
Vivesaigues
Herpivoie
Salins
Falaise
Noblecœur
Belle Ile
Belcastel
Cendremarc
La Dent d'Or
Rouffurque
La Glandée
Harrenhal
Ile aux Faces
L'Œildieu
Route Royale
Baie des Crabes
Presqu'île de Claquepince
Pince-Isle
Viergétang
Sombreval
Lamarck
Peyredragon
Le Gosier
Pierremoûtier
Castral Rock
Port-Lannis
Feux-de-Joie
Route d'Or
Rosby
Port-Réal
Néra
La Baie de la Néra
Le Bec de Massey
Route du Front de Mer
LE BIEF
N
Bois-du-Roi
Wend
Bronzes
Torth
Route de la Rose
Pont-l'Amer
Cidre
Mander
La Vesprée
Accalmie
BAIE DES NAUFRAGEURS
Iles Bouclier
Cendregué
Lestival
Hautjardin
Séréna
Marches de Dorne
Havrenoir
Bois de la Pluie
Rubriant
Cap de l'Ire
Rocvert
Mielbois
Passe du Prince
Les Osseux
MER DE DORNE
Mielvin
Villevieille
Le Murmure
Ferrugyer
Les Météores
DORNE
Le Bras Cassé
Fléau
Voi
Lancehélion
Soufre
Versang
La Treille
Carte par James Sinclair